D0594803

Jet

PLAZA & JANES

JANE AUSTEN

SENTIDO Y SENSIBILIDAD

**Traducción de
Ana María Rodríguez**

PLAZA & JANES EDITORES, S. A.

Título original: *Sense & Sensibility*
Diseño de la portada: Clive Coote
© 1995 Columbia Pictures Industries, Inc. Todos los dere-
    chos reservados

Tercera edición: abril, 1996

© 1996, Plaza & Janés Editores, S. A.
© de la traducción, Ana María Rodríguez
Enric Granados, 86-88. 08008 Barcelona

Printed in Spain – Impreso en España

ISBN: 84-01-46292-4
Depósito legal: B. 15.925 - 1996

Fotocomposición: Alfonso Lozano

Impreso en Litografía Rosés, S. A.
Progrés, 54-60. Gavà (Barcelona)

L 462924

I

La familia Dashwood vivía hacía mucho tiempo en Sussex. La heredad que poseía era de gran extensión, y en medio de ella, en el llamado Nordland Park, se hallaba la residencia donde habían morado los Dashwood por varias generaciones, gozando del respeto y la consideración de sus vecinos. El más reciente poseedor de aquella heredad era un solterón que alcanzó una edad avanzada y durante gran parte de su vida tuvo como compañera y ama de casa a su hermana. Pero la muerte de ésta, diez años antes de la del buen caballero, determinó un considerable trastorno en la casa. Para reparar en lo posible la pérdida, el anciano admitió en su casa a la familia de su sobrino Henry Dashwood, heredero legal de aquellas propiedades, por cuanto pensaba hacer testamento a su favor. En compañía de sus sobrinos y las hijas de éstos, el anciano caballero pasaba sus días reposada y confortablemente, y el afecto que sentía hacia ellos iba creciendo. La constante solicitud del señor y la señora Dashwood en atender sus menores deseos, no solamente dictada por el interés sino también por su natural bondad de corazón, le proporcionaba todo el bienestar que en su longevidad era posible encontrar; y la graciosa jovialidad de las niñas aportaba sin duda algo de consuelo a su existencia.

De su primer matrimonio, al señor Henry Dashwood le quedaba un hijo; de su actual esposa, tres niñas. El muchacho, un mozo fuerte y digno, contaba con medios más que suficientes, gracias a la considerable fortuna de su madre, de cuya mitad entró en posesión al alcanzar la mayoría de edad. Y por su matrimonio, celebrado poco después, acrecentó aún más su patrimonio. Para él, por consiguiente, la sucesión en la heredad de Nordland no era tan importante como para sus hermanastras, pues la fortuna de éstas, aparte de lo que pudiese provenirles tras haber heredado su padre aquella propiedad, resultaba casi insignificante. Su madre no poseía nada, y su padre, de peculio propio, sólo unas siete mil libras; de la otra mitad de los bienes de su primera esposa Henry Dashwood tenía el simple usufructo, y la propiedad efectiva había de pasar, fallecido él, a su hijo.

El anciano caballero murió, el testamento fue leído y, como casi todos los testamentos, aportó más desengaños que satisfacciones. Realmente no era tan injusto y desagradecido para no dejar Nordland a su sobrino, pero lo hizo en tales términos que invalidaban la mitad del valor de tal legado. El señor Dashwood ambicionaba aquella propiedad más para su esposa e hijas que para él mismo o para su hijo. El hecho fue que Nordland quedó asegurado para su hijo y para el hijo de éste de tal forma que Henry Dashwood no tenía posibilidad de proveer a los seres que más quería y que más necesitados se encontraban de obtener algún beneficio de la finca, poseyendo una parte de ella, o al menos de sus rentas, por ejemplo, del producto de la tala de sus magníficos bosques. Todo estaba muy bien atado en beneficio de su nieto, quien en sus visitas con su padre y su madre a Nordland se había ganado el afecto del anciano mediante los encantos propios de los niños de dos o tres años —una imperfecta articulación de las palabras, un tozudo impulso de realizar en todo momento su voluntad, algunas graciosas agudezas, y bastantes chillidos y lloros— hasta el punto de ensombrecer toda la solicitud de años y años que le habían dedicado la mujer y las hijas de su sobrino. El buen caballero no creía haber sido poco amable con ellos, muy al contrario, y como muestra de afecto a las tres jóvenes les dejó mil libras a cada una.

El desencanto de Henry Dashwood fue profundo, pero su temperamento era más bien alegre y vitalista y no tardó en pensar que existían razonables esperanzas de vivir muchos años más y atesorar sumas considerables provenientes de las rentas de una propiedad tan extensa. Pero tal riqueza sólo pudo reunirse durante doce meses. Henry Dashwood no sobrevivió mucho tiempo a su tío. Y sólo diez mil libras, incluyendo los últimos legados, fue cuanto pudo dejar a su viuda e hijas.

Hicieron venir al hijo en cuanto el desenlace fatal pareció inminente y el señor Dashwood le rogó, con toda la fuerza y perentoriedad que los postreros instantes suelen dictar, que pusiese el mayor interés en mejorar la suerte de su madrastra y sus hermanas.

John Dashwood no poseía la delicadeza de sentimientos del resto de la familia, pero no dejó de sentirse impresionado por un ruego de tal naturaleza y en tales circunstancias, y prometió hacer cuanto estuviese en su mano para procurarles una existencia decorosa. El padre pareció satisfecho con aquella promesa y John tuvo que considerar de cuánto podía disponer en beneficio de ellas.

El joven caballero no tenía mal corazón, a menos que se considere por tal cierta frialdad y cierto egoísmo; por lo general se le respetaba en todas partes por cuanto procedía con tino y cautela en sus quehaceres ordinarios. Si hubiese tomado en matrimonio a una mujer más complaciente habría sido aún más querido de lo que en realidad era –y él mismo más complaciente, porque se casó muy joven y enamorado en extremo–. La señora Dashwood no era más que una grotesca caricatura de él mismo, de más estrecha mentalidad y mayor egoísmo.

Tras ofrecer a su padre aquella promesa, caviló que la forma de acrecer los bienes de sus hermanastras podría consistir en entregarles a cada una mil libras más. Le pareció que era un sacrificio proporcionado a sus medios. La perspectiva de una renta de cuatro mil libras al año como adición a la suya actual, más el resto de los bienes de su madre, fueron datos que le volvieron generoso. «Sí, les daré tres mil libras. Será un acto liberal y caballeroso. Es bastante para que puedan vivir con desahogo.» ¡Tres mil libras! En realidad podía economizar esa suma con poco esfuerzo. Pensó en aquello a todas horas durante varios días, y no halló motivo para arrepentirse.

No había pasado el día de los funerales, cuando llegó la señora de John Dashwood, sin previo aviso, con su hijo y sus criados. Nadie podía discutirle el derecho –la casa era de su marido desde el momento del fallecimiento de su padre–, pero la indelicadeza de su conducta era evidente y para una mujer en la situación de la viuda resultó altamente desagradable. Pero ésta poseía un agudo sentido del honor, una generosidad tan romántica, que una ofensa de cualquier suerte, cometida o recibida por alguien, la desazonaba en extremo y se convertía en una fuente de continuo malestar. La esposa de John Dashwood nunca había tenido gran simpatía por nadie de la familia de su marido; pero hasta el presente no había tenido oportunidad de revelar con qué desatención hacia los demás era capaz de proceder, cuando la ocasión exigía algo de ella.

Tan agudamente sintió la viuda Dashwood aquella

conducta desconsiderada y tanto menosprecio hacia su hija política, que se propuso abandonar la casa. La hija mayor, empero, le aconsejó que reflexionase sobre las consecuencias de aquella marcha, y así fue que, gracias al gran amor que sus hijas le manifestaron, decidió quedarse, logrando con ello evitar a éstas una dolorosa ruptura con su hermanastro.

Elinor, la hija cuyos consejos habían resultado tan eficaces, era extremadamente comprensiva y poseía una gran serenidad de juicio, a pesar de no contar más que diecinueve años. Y ello la capacitaba para ser la consejera de su madre, neutralizando con la discreción, en bien de todos, el apasionamiento de los juicios de ésta, que la inclinaban a la imprudencia y el despropósito. Además, tenía buen corazón, carácter afectuoso y encendidos sentimientos, aunque conocía diestramente el arte de gobernarlos. Un arte que su madre nunca llegó a saber y que una de sus hermanas nunca quiso aprender.

Las cualidades de Marianne en muchos aspectos eran las mismas que las de Elinor. Sensible e inteligente, era, no obstante, apasionada en todo y no hallaba mesura en sus alegrías o sus penas. Era generosa, amable, llena de interés; todo, menos prudente. El parecido con su madre era sorprendente.

Elinor veía con contrariedad los excesos de la sensibilidad de su hermana, pero la viuda Dashwood los apreciaba y los impulsaba. En aquellos momentos Marianne y su madre parecían rivalizar en exteriorizar con aspaviento su aflicción. La agonía de la pena que las embargó desde el primer momento era atizada voluntariamente, buscada, encendida de nuevo a cada momento. Se entregaban por entero a su dolor, se negaban a escuchar cualquier reflexión que se les hiciese, y se revolvían contra la idea de que un día pudiesen llegar a consolarse. Elinor también se hallaba hondamente afligida, pero lograba luchar por llevar una vida normal.

Habló con su hermano, recibió con toda cortesía a su cuñada, tratándola con la atención debida, y se esforzó en conseguir que su madre se recuperase, tal como ella hacía, animándola a mostrarse indulgente con la nuera.

Margaret, la otra hermana, era una muchacha alegre y de buen carácter; pero como estaba ya empapada en buena parte de la manera de ser novelesca de Marianne, sin poseer la inteligencia de ésta, a los trece años no prometía tanto como sus hermanas.

II

Al fin la señora de John Dashwood se instaló en la casa como dueña de Nordland; y su suegra y hermanas políticas quedaron rebajadas al grado de simples huéspedes. No obstante, eran tratadas por ella con serena cortesía; y por su marido con el máximo de benevolencia que podía sentir hacia una persona que no fuese él mismo, su mujer o su hijo. Insistió con sinceridad en que considerasen Nordland su hogar; y como no había proyectos aparte de permanecer allí hasta acomodarse en alguna casa de los alrededores, la invitación fue aceptada.

Para la viuda Dashwood nada era más deseable y más acorde con su estado de ánimo que el mismo lugar de su antigua felicidad. En las épocas venturosas nadie se hubiese mostrado más ávida de ventura que ella, más sumida en aquella vital espera de felicidad, que en sí misma ya es felicidad. Pero en el dolor era también arrastrada por su propia fantasía, y se mostraba tan inconsolable como acendrada se había mostrado en el placer.

La señora Dashwood no concedió su entera aprobación a los propósitos de su marido respecto a sus hermanas. Arrancar tres mil libras a la fortuna de su idolatrado pequeño era empobrecerle hasta el grado más extremo. Solicitó de su marido que lo meditase nuevamente. ¿Cómo lograría justificar ante su propia conciencia la acción de privar a su único hijo de tan grande suma? ¿Y era razonable que correspondiese a las hermanas, que sólo lo eran por sangre paterna y que ella no reconocía casi como parientes, una parte tan considerable en las obligaciones y la generosidad de su marido? Es sabido que no suele existir demasiado afecto entre los hijos de un hombre habidos de dos matrimonios. Así pues, ¿cómo era posible que malbaratase su hacienda, en perjuicio propio y del pequeño Harry, entregando todo su dinero a unas hermanastras?

–Fue lo último que me pidió mi padre –se defendió el marido–. Me rogó que prestase mi auxilio a la viuda y mis hermanas.

–Ya no sabía lo que decía –replicó ella–. Apostaría a que ya no estaba en sus cabales. Por poco que hubiese razonado no se le habría ocurrido forzarte a entregar la mitad de tu fortuna en beneficio de sus hijos.

–Querida, no mencionó cantidad alguna; sólo me rogó, en términos generales, que no las abandonase y procurase que llevasen una vida más decorosa de lo que la situación en que iban a quedar hubiese permitido. Tal vez quiso dejarlo a mi criterio. Creo que nunca imaginó que yo pudiese abandonarlas. No obstante me exigió la promesa, y en aquellos momentos no podía negársela, por lo menos así lo creí entonces. Sea como sea, la promesa fue dada y no me queda otro remedio que cumplirla. Cuando abandonen Nordland y se vayan a su nueva casa, han de contar con medios suficientes. Hay que prestarles ayuda.

–Muy bien, pero esa ayuda no consistirá en tres mil libras. Has de pensar que cuando el dinero se marcha ya no vuelve. Tus hermanas pueden casarse, y ya lo habrás perdido para siempre. Si realmente algún día pudiese ser devuelto a nuestro hijo…

–Una seguridad en este sentido –repuso el marido gravemente– podría ser de gran importancia. Puede llegar un día en que Harry lamente ver mermada su herencia. Por ejemplo, si tuviese una numerosa familia, la devolución no le vendría nada mal.

–Sin duda.

–Quizá sería mejor, para una y otra parte, reducir esta suma a la mitad. Quinientas libras para cada una no es una insignificancia.

–¡Oh, es más de lo que nunca esperarían! ¿Qué hermano haría algo semejante por sus hermanas, aunque fuesen sus verdaderas hermanas? Y ellas no son más que hermanastras de padre, a medias. ¡Pero tú tienes un espíritu demasiado generoso!

–No me propongo hacer nada corriente, como la mayoría –replicó el marido–. En estas ocasiones es mejor pecar por exceso que por carencia. Nadie podrá decir que no hice lo bastante, ni ellas mismas; difícilmente hubiesen podido esperar más.

–Nadie conoce lo que ellas esperan –replicó la dama–, aunque no hemos de pensar en ello. El problema estriba en lo que nosotros podemos conceder.

–Ciertamente, y mi criterio es que no podemos desprendernos más que de quinientas libras para cada una. Tal como están ahora, sin que yo les haya entregado nada, cada una de ellas recibirá unas tres mil libras el día que su madre muera, una fortuna no despreciable para cualquier muchacha.

–Por supuesto; y es por lo que me sorprende que tengas que darles nada. Recibirán diez mil libras para repartir. Si se casan, no dejarán de prestarles gran utilidad; y en caso contrario, podrán vivir desahogadamente con los intereses de las diez mil libras.

–Es cierto, y, por lo tanto, tal vez sería más acertado y más aconsejable hacer algo a favor de la madre mientras viva… algo como una pensión anual. Mis propias hermanas se beneficiarían de los resultados de esta solución tanto como ella misma. Un centenar de libras al año les permitiría vivir con holgura.

Su mujer vacilaba también en aceptar aquel plan.

—Ya –afirmó ella–, es mejor que darles mil quinientas libras de una vez. Pero si la viuda Dashwood vive quince años, habremos caído en una trampa.

—¿Quince años, querida Fanny? La vida que le queda no superará la mitad de esos años.

—No lo creas. Si te fijas un poco, la gente a quien hay que pagar una pensión es eterna; y ella está fuerte y robusta y sólo tiene cincuenta años. Una pensión anual es un asunto muy serio; vuelve año tras año, y no hay manera de desembarazarse de ella. Aceptarla es una insensatez. He conocido muchos disgustos a causa de pensiones, pues mi madre fue crucificada por el testamento de mi padre a pagar tres pensiones a otros tantos antiguos sirvientes. Le amargó la vida. Las pensiones se pagaban dos veces al año y había que buscar a esas gentes, y a lo mejor llegaba la nueva de que habían muerto, para saberse luego que no era cierta. Para mi madre fue casi como una enfermedad. Con tantas obligaciones sus rentas no parecían suyas; fue muy desagradecido por parte de mi padre, pues de otro modo todo el dinero hubiese quedado libremente a su disposición. Todo ello me dejó un mal recuerdo de tales pensiones.

—Ha de ser muy desagradable –replicó Dashwood– encontrarse cada año con esta merma de las rentas. Parece que ya no son de uno, como decía tu madre. Desde luego es poco deseable verse obligado al pago regular de una suma, para un día fijo; quita toda independencia.

—Exacto; y encima ni te dan las gracias. Uno no entrega lo que los demás esperan, y no encuentras gratitud alguna. Yo de ti, cualquier cosa que les diese lo haría a mi voluntad, sin comprometerme a cantidades anuales. Muchos años puede resultarnos un grave inconveniente vernos en la obligación de ahorrar cien libras, incluso cincuenta, de nuestros propios gastos.

–Querida, me parece que estás en lo cierto; nada, pues, de anualidades. Cualquier cosa que les entregue ocasionalmente les será de mayor ayuda que una renta anual, porque si tienen la tranquilidad de una renta fija su estilo de vida será más caro, y a fin de año no habrán ahorrado ni un penique. Me parece el mejor camino. Un presente de cincuenta libras de vez en cuando evitará que se encuentren en apuros de dinero, y yo habré cumplido la promesa hecha a mi padre.

–Muy bien. Y si he de decirte lo que creo, añadiría que estoy segura de que tu padre jamás pensó que tuvieses que darles dinero. La ayuda en que pensaba era sin duda la que tú buenamente puedas prestarles; es decir, buscarles una buena y confortable casita, ayudarlas a trasladar sus cosas, enviarles pescado o caza, y mil fruslerías similares. Apostaría la vida a que no quiso significar nada más; ciertamente, hubiese resultado extraño y poco razonable pensar en otra cosa. Considera, querido, con qué comodidad y holgura pueden vivir tu madrastra y tus hermanas con sus siete mil libras, a más de las mil que cada una de las chicas posee, y que les rentan cincuenta cada año a cada una; en conjunto, una renta de quinientas libras, con la que cuatro mujeres pueden vivir sobradamente. ¡Tienen tan pocas necesidades! Su estilo de vida es muy discreto. No necesitan coches, ni caballos, ni casi criados y reciben a poca gente. En fin, no tienen gastos de ninguna especie. ¡Imagina con qué comodidad podrán vivir! ¡Pocos gastos y quinientas libras al año! No imagino cómo se las compondrán para gastar la mitad de ello. Así pues, pensar que tú has de darles algo más me parece absurdo. Quizá ellas podrían darte algo a ti.

—Me has convencido –dijo John Dashwood–. Seguramente mi padre no se refería a nada más que a lo que
tú has dicho. Ahora lo comprendo claramente y procu-
raré cumplir mi compromiso con auxilios y generosi-
dades como los que has sugerido. Cuando mi madre
decida marcharse de aquí, podrá contar con mi ayuda
para instalarse en su nueva casa. Haré cuanto pueda.
Tal vez podría obsequiarla con alguna pieza de nuestro
ajuar.

—Ciertamente –replicó ella–. Pero, no obstante, no
hemos de echar en olvido una cosa. Cuando tus padres
vinieron a Nordland, aunque se vendió el ajuar de Stan-
hell, la porcelana, la cristalería y la ropa fue conservada
y entregada a tu madre. Su nueva casa está, pues, cumplidamente abastecida antes de existir.

—Desde luego. ¡Y qué buen legado todo ello! Algunas de aquellas piezas no desentonarían con las nuestras.

—Sí, y el servicio de porcelana para el desayuno es
dos veces más variado y elegante que el nuestro, mucho
más elegante de lo que corresponde a esta casa; a mi juicio, excesivamente bueno para cualquiera de las casas
donde será llevado. Pero, en fin, las cosas son como son.
Tu padre sólo pensaba en ellas. Y tengo que confesarte
que a él no le debes ninguna gratitud especial, ni has de
preocuparte en demasía por cumplir sus deseos, ya que
todos sabemos que de haber podido se lo habría dejado
todo a ellas.

Este argumento resultó irresistible. Y prestó a sus
propósitos lo que antes les hubiese podido faltar de efec-
tividad. Y así, John Dashwood consideró absolutamente
innecesario, incluso indecoroso, realizar a favor de la viuda y las hijas de su padre otra cosa que aquellos servicios
de buena vecindad que su esposa había mencionado.

III

La viuda Dashwood permaneció en Nordland unos meses aún, no por falta de ganas de salir de aquel lugar, aun cuando la vista de lugares tan conocidos dejaban ya de producirle las violentas emociones que habían despertado durante cierto tiempo. Su espíritu comenzaba a revivir y su inteligencia a sentirse capaz de otras elucubraciones que las de intensificar su propia aflicción con melancólicos recuerdos. A pesar de todo ello, se sentía impaciente por salir de aquella casa y no menguaban sus afanes en la búsqueda de una morada conveniente en las cercanías de Nordland, ya que apartarse de aquel querido rincón era algo impensable. Pero no conseguiría encontrar una habitación que satisfaciese, a la vez, sus propias ideas sobre el confort y la comodidad y la prudencia de su hija mayor, cuyo sólido juicio había rechazado varios ofrecimientos que su madre habría aceptado sin vacilar, siempre por demasiado costosos.

La viuda Dashwood había sido informada por su marido de la solemne promesa del hijo en favor de ella, promesa que había endulzado las últimas reflexiones terrenas de aquél. Ella no dudó de la sinceridad de aquella promesa, y a veces pensaba en ello con ánimo esperanzado, en particular por lo que a sus hijas atañía, aunque en lo tocante a ella no dejaba de reconocer que con menos de siete mil libras podía atender holgadamente sus necesidades. También se alegraba por el propio hermano de ellas, por aquellas muestras de generosidad y a menudo se reprochaba su manifiesta injusticia al considerarle incapaz de ello. La solicitud hacia ellas, de que a cada instante él hacía gala, la convenció de que su bienestar le importaba algo, y por largo tiempo vivió convencida de la generosidad de los propósitos de él.

El menosprecio que había sentido, ya en los primeros tiempos de haberla conocido, hacia su hija política se había acrecentado con un más minucioso conocimiento de su carácter tras aquel medio año de convivencia bajo el mismo techo. Y quizá, a pesar de cualquier consideración de cortesía o de afección maternal, por parte de la primera, hubiese resultado imposible para aquellas dos damas habitar en la misma casa, de no ser por una circunstancia especial que hacía desear a la viuda Dashwood que sus hijas continuasen en Nordland.

Esta circunstancia especial era la creciente inclinación mutua entre su hija mayor y el hermano de la señora Dashwood, un muchacho agradable, que les había sido presentado a poco de la llegada a Nordland de la hermana. El joven pasaba en la finca casi todo el tiempo.

Algunas madres habrían alentado aquellas relaciones por motivos de interés, por cuanto Edward Ferrars era el hijo mayor de un hombre de sólida situación financiera; otras las habrían desalentado por razones de prudencia, pues toda su fortuna, a excepción quizá de una porción insignificante, dependía de la madre de él. Pero a la viuda Dashwood parecía no importarle: para ella era suficiente con que fuese un muchacho caballeroso, que quisiese a su hija y fuese correspondido por ésta. Era contrario a sus convicciones el principio que la diferencia de fortuna mantiene cierta separación en una pareja cuyos miembros se sienten atraídos por semejanzas de caracteres. Por otra parte, que los merecimientos de Elinor no fuesen reconocidos por cuantos la conocieran, le resultaba por entero incomprensible.

Edward Ferrars no podía alardear de belleza masculina, y sus gentiles maneras exigían un trato íntimo para resultar cautivadoras. Se mostraba desconfiado en exceso, pero cuando lograba superar su natural timidez, su manera de conducirse revelaba un corazón abierto y afectuoso. Era inteligente, con una inteligencia sólidamente cultivada por la educación. Pero no poseía habilidades o disposiciones naturales capaces de satisfacer los anhelos de su madre y su hermana, que pretendían verle convertido en un hombre distinguido, en algo como... difícilmente hubiesen podido precisar qué deseaban para él. Pretendían que de una u otra manera representase un buen papel en la sociedad. Su madre aspiraba a verle participar en los asuntos políticos, con un escaño en el Parlamento y, si fuese posible, bien relacionado con alguna de las grandes personalidades del momento. La señora Dashwood, su hermana, lo deseaba también, sin duda; en el ínterin, empero, hasta que una mayor fortuna les lloviese del cielo, se habría sentido satisfecha con verle conducir un coche de cuatro caballos. Pero Edward no sentía inclinación alguna hacia las grandes personalidades ni hacia los coches de cuatro caballos. Todos sus deseos se limitaban a una doméstica comodidad y al reposo de la vida privada. Afortunadamente su hermano pequeño parecía más prometedor.

Hacía varias semanas que Edward se encontraba en la casa y aún no había logrado llamar la atención de la viuda Dashwood, ya que por aquel entonces se hallaba tan agobiada por su pena que parecía insensible a todo lo demás. Se dio cuenta de que era un muchacho reposado y discreto y por eso le agradó. No perturbaba la depresión de su espíritu con inoportunas conversaciones. Fue incitada por primera vez a observarle y concederle mayor categoría en su aprecio a causa de la reflexión que un día Elinor expuso, por azar, referente a las diferencias entre la señora Dashwood y él. Existía entre ambos un contraste que le hacía crecer a los ojos de la viuda.

—Con eso es bastante —decía—; es suficiente poder decir que es distinto de Fanny. Una diferencia con ella quiere decir algo agradable. Sólo de pensarlo le quiero ya.

—Estoy segura de que simpatizaría usted con él, madre —dijo Elinor—, si le conociese mejor.

–¡Que simpatizaría con él! –respondió ella con una sonrisa–. Yo no conozco otra manera de simpatía que el afecto franco.

–Lo estimaría sin duda.

–Nunca he comprendido la diferencia entre la estima y el amor.

Desde aquel momento la viuda Dashwood se esforzó en conocerle más a fondo. Procuraba usar con él las más cordiales maneras y no tardó en disipar la reserva del muchacho y en comprender todos los merecimientos de éste. La fuerza persuasiva de las miradas de Elinor tuvieron tal vez buena parte en ello, pero el hecho fue que se sentía muy segura de la valía de él, y aun aquel carácter tranquilo, que contradecía todas sus convicciones sobre lo que han de ser las cualidades de un joven, acabó por resultarle interesante cuando descubrió la cálida ternura de su corazón y su carácter afectuoso.

Cuando llegó a percibir síntomas que podían hacer creer en un amor para Elinor, se convenció súbitamente de que su inclinación hacia ella era verdadera y profunda, y, adelantándose a los hechos, vio la posibilidad de aquel matrimonio como algo seguro que se avecinaba con presteza.

–Dentro de pocos meses, querida Marianne –decía–, Elinor se habrá situado ya para toda la vida. La echaremos en falta, pero ella será feliz.

–¡Oh, mamá! ¿Cómo podremos pasar sin ella?

–Querida, apenas llegará a ser una separación, estaremos a pocas millas unos de otros, y quizá nos veremos cada día. Vosotras ganaréis un hermano, un hermano de verdad y afectuoso. Tengo en la más alta consideración el corazón de Edward. Pero pones la cara seria, Marianne, ¿por ventura desapruebas la elección de tu hermana?

–Quizá es algo que me sorprende –replicó Marianne–. Edward es un joven amable y yo le guardo un afecto sincero. Pero no es el tipo de joven que creo conveniente; parece como si le faltase alguna cosa, tiene una figura que no llama la atención, carece de cualquier gracia que cabría esperar en el hombre que haya de ser querido por mi hermana. Sus ojos carecen de aquella espiritualidad y aquel fuego que anuncian pasión e inteligencia. Y además, casi me da pena decirlo, carece de buen gusto. Apenas si le interesa la música, y aunque parece admirar los dibujos de Elinor, no es la admiración de una persona que comprende su valor. Es evidente que, por más que parece encantado de verla dibujar, de hecho no entiende nada. Su admiración es la de un enamorado, no la de un hombre inteligente. A mí me harían falta las dos cosas. No podría ser feliz con un hombre cuyos gustos e inteligencia no coincidiesen con los míos. Desearía que penetrase en todos mis sentimientos e intereses, habrían de fascinarnos los mismos libros, la misma música. Mamá, recuerda con qué acento tan tímido, tan sin alma, nos leyó Edward ayer por la noche. Yo padecía por ella. Aguantaba con mucha compostura, pero apenas si se fijaba en lo que leía. Yo casi no podía quedarme quieta en la silla. ¡Escuchar aquellas hermosas líneas, que me han emocionado tantas veces, pronunciadas con aquella calma impenetrable, con aquella terrible indiferencia!

—Tal vez hubiese estado mejor leyendo una prosa simple y elegante. Así lo pensé en aquellos momentos, pero quisisteis que leyese Cowper.

—No lo veo así. Si Cowper no le dice nada, tendremos que admitir una diferencia de gustos. Elinor no siente como yo. Tal vez logre correr un velo sobre todo esto y ser feliz con él. Pero a mí se me habría partido el corazón, si le hubiera querido y le hubiese oído leer con esa falta de sensibilidad. Mira, madre, cuanto más conozco el mundo, más me convenzo de que nunca encontraré un hombre que realmente valga la pena de ser querido. ¡Exijo demasiado! Tendría que tener todas las buenas maneras de Edward, pero que en su persona la bondad fuese sazonada por un poco de gracia, por cierto encanto personal.

—Recuerda, querida, que aún no tienes diecisiete años. Es demasiado pronto para desesperar de la felicidad. ¿Por qué habrías de ser menos feliz que tu madre? ¡En sólo una cosa desearía que tu destino fuese distinto del mío!

IV

—Lástima, Elinor —dijo Marianne—, que Edward no halle gusto en los dibujos y las pinturas.

—¡Que no le gustan las pinturas! —replicó Elinor—. ¿Por qué lo dices? Él no sabe dibujar, es verdad, pero se deleita como nadie en los trabajos de los demás; te aseguro que en manera alguna puede decirse que le falte buen gusto natural, aunque no haya tenido ocasión de educarlo convenientemente. Si hubiese tenido un buen maestro, creo que dibujaría de manera excelente. Lo que pasa es que posee tal desconfianza de sus propios juicios que nunca da de buen grado su opinión sobre una pintura; posee, no obstante, unas cualidades innatas de simplicidad en el gusto, que por lo general le sirven de excelente guía.

Marianne, temerosa de ofender con su insistencia, no añadió una palabra más sobre aquel tema; pero, sin duda, aquella suerte de emoción que, según Elinor, le producían a Edward las obras de arte realizadas por los demás, estaba harto distante de la arrobadora delicia que sienten las personas verdaderamente dotadas de buen gusto. Sin embargo, aunque sonriendo para sus adentros del error de su hermana, no dejaba de hacer honor a ésta por su ciega parcialidad para con Edward, por todo lo que ello revelaba.

–Espero, Marianne –prosiguió Elinor–, que no le consideras deficiente por lo que al buen gusto se refiere. No lo creo así, en verdad, por cuanto observo que tu trato con él es del todo cordial; y si tu opinión fuese aquélla, no creo que pudieses tratarle con afabilidad.

Marianne no acertaba a encontrar respuesta. No quería herir los sentimientos de su hermana pero afirmar lo que no creía le resultaba imposible. Al fin, alcanzó a decir:

–No te ofendas, Elinor, si mis elogios hacia él no coinciden con tus ideas sobre sus méritos. No he tenido ocasión de aquilatar las pequeñas peculiaridades de su inteligencia, sus inclinaciones y sus gustos, tal como tú tal vez has podido hacer; pero poseo el más elevado concepto de sus cualidades en lo tocante a la bondad y la inteligencia. Encuentro en él todas las condiciones imaginables de dignidad y buenas maneras.

–Estoy segura –repuso Elinor con una sonrisa– de que ni su más querido amigo quedaría insatisfecho de estas palabras tuyas. No sé cómo podrías expresarte con más calor.

Marianne se alegró de ver a su hermana complacida con tanta facilidad.

–De su inteligencia y su bondad –prosiguió Elinor– nadie que le haya tratado lo suficiente tendrá la más pequeña duda. La innegable excelencia de su comprensión y de sus principios puede hallarse únicamente velada por esa timidez que con excesiva frecuencia le mantiene en silencio. Tú le conoces lo bastante para hacer justicia a su verdadera valía. Pero es verdad que de sus pequeñas peculiaridades, como tú las llamas, tú has de resultar más ignorante que yo. Él y yo nos hemos encontrado juntos muy a menudo, mientras tú eras absorbida por el inconmensurable afecto de nuestra madre. He podido ver mucho en él, sus sentimientos, sus actos, y he tenido ocasión de escuchar sus opiniones en materia de literatura o de arte; y te aseguro que posee una inteligencia perfectamente cultivada, que es persona que disfruta sobremanera leyendo libros, y que su imaginación es viva y ardiente, sus observaciones justas y correctas y su gusto puro y delicado. Las habilidades que muestra en todos los asuntos son tan buenas como sus maneras o su persona. Al primer golpe de vista su porte no llama la atención y no diríamos que es una persona muy agraciada, pero la expresión de sus ojos, llenos de una bondad inusual, y la suavidad de sus gestos y palabras le prestan un encanto especial. En la actualidad lo veo de una manera que me parece realmente un buen mozo. ¿Tú no le ves así, Marianne?

—No tardaré en descubrir su gran belleza, Elinor, si ahora aún no se la encuentro. Si me dices que le quieres como a un hermano, terminaré por encontrar en su cara todas las virtudes que hallo en su corazón.

Elinor se sintió sobrecogida ante estas palabras y se arrepintió del calor de las suyas, que la había traicionado hablando de él. Tenía un elevado concepto de Edward, y estaba convencida de que era correspondida, pero precisaba estar segura de la profundidad de aquellos sentimientos. Sabía que en Marianne y en su madre una simple conjetura se tornaba rápidamente en realidad —que en ellas era la esperanza y el deseo—. Así que optó por exponer a su hermana la realidad de las cosas.

—No negaré que tengo de él la mejor impresión posible —dijo Elinor—, que le estimo en gran manera, que le encuentro un joven agradable.

Marianne estalló de indignación.

—¡Que le estimas! ¡Que es de tu agrado! ¡Elinor, qué fría eres de corazón! Peor que fría. Te avergüenza sentir hondamente. Si vuelves a hablar así, me marcharé.

Elinor no pudo dejar de reír.

–Perdóname –prosiguió–, no me proponía ofenderte al hablar con tanta compostura de mis propios sentimientos. Desde luego son más apasionados de lo que te he dicho; en suma son los que sus merecimientos y la esperanza de su afecto hacia mí pueden determinar, sin imprudencia o locura. Pero aún no poseo ninguna prueba de un verdadero afecto. Hay instantes en que me parece dudoso que sea muy grande; y, por lo tanto, hasta que sus sentimientos me sean claramente revelados, no es de extrañar que desee evitar cualquier estímulo que, proveniente de mi inclinación, pudiese hacer que su afecto apareciese mayor de lo que es en realidad. En el fondo de mi ánimo no dudo demasiado de su preferencia. Pero hay que atender otros puntos aparte de su inclinación. Él está muy lejos de poderse independizar. No conocemos el temperamento de su madre a ciencia cierta; pero por lo que dice de vez en cuando Fanny sobre su proceder y su manera de pensar, no podemos considerarla pacífica y condescendiente; y yo tendría que estar muy equivocada para no creer que Edward sabe las muchas dificultades que encontrará en su camino si decide casarse con una mujer que no posea gran fortuna o una elevada posición social.

Marianne quedó sorprendida viendo hasta qué punto la imaginación de su madre y la suya propia habían deformado la verdad.

–¡Pero todavía no estás comprometida con él! –dijo ella–. Seguramente no tardarás mucho en estarlo, pero este aplazamiento tiene a mi entender dos ventajas. Tardaremos un poco más en perderte, y Edward tendrá mayor oportunidad de perfeccionar su natural gusto por las cosas artísticas, que son las que tú prefieres, y tal vez este refinamiento sea algo necesario para vuestra futura felicidad. ¡Oh, si llegases a estimularle con tus aficiones hasta el punto de decidirle a tomar lecciones de dibujo, qué delicia!

Elinor había manifestado a su hermana su verdadera opinión. No podía considerar sus relaciones con Edward en el avanzado estado que Marianne había supuesto. A veces encontraba en él una falta de valor, que si no denotaba indiferencia, tampoco prometía demasiado. Una duda sobre el afecto de ella, si es que la experimentaba, sólo tendría que haberle causado a él cierta inquietud, pero no aquel aletargamiento espiritual que le asaltaba a menudo. Era menester hallar una razón más sólida en la situación de dependencia que le vedaba entregarse a sus sentimientos. Él sabía que su madre no le facilitaría fundar en aquel momento un hogar estable, ni autorizaría nada que significase una promesa en ese sentido. Sólo obtendría su ayuda para una boda que satisficiese su ambición, la de su madre. Así pues, no era posible para Elinor ver las cosas con optimismo. No alcanzaba a tener la seguridad del afecto de él, que su madre y su hermana daban por descontado. No, en verdad, cuanto más estaban juntos y se trataban, más dudosa le parecía la naturaleza de sus sentimientos; y algunas veces, le parecía como si el afecto de él no fuese más que simple amistad.

Pero cualquiera que fuera la realidad, era suficiente para desazonar a la hermana del muchacho, al caer en la cuenta de ello, tornándola (cosa bastante frecuente) de humor avieso y difícil. Y así fue que no dejó de aprovechar la primera ocasión de encontrarse con su madre política, para hablarle de las grandes perspectivas que soñaban para su hermano, de la firme resolución de la señora Ferrars en procurar un buen partido para sus dos hijos y del peligro, quizá a la vista, que alguna muchacha poco conveniente le atrapase. Y todo, con tanta insistencia, que la viuda Dashwood ni pretendió siquiera permanecer indiferente, ni conservar la sangre fría. Dio una respuesta harto reveladora de su indignación e inmediatamente abandonó la estancia, resuelta a que cualesquiera fuesen los inconvenientes o los gastos de un traslado tan súbito, no quería que su querida Elinor permaneciese expuesta a personas de aquella calaña.

Hallándose en tal estado de ánimo le llegó una carta por correo que contenía una oferta que le venía como anillo al dedo: una casita, en excelentes condiciones, que pertenecía a un pariente suyo –un caballero, gran propietario y muy considerado en el Devonshire–. Era el propio caballero quien escribía y con verdadero espíritu de solidaridad. Había comprendido que ellas precisaban una casa, y por más que la casita era simplemente una morada campesina, le aseguraba que se haría lo posible y lo imposible para adecentarla. Le rogaba, tras ofrecer algunos detalles de la casa y del jardín, que viniese con sus hijas a visitarle a Barton Park, donde él residía, y allí podría servirles de ayuda. El buen hombre parecía muy interesado en hallarles acomodo, y toda la carta se hallaba escrita en un tono tan cordial y de buena amistad que no dejó de producir una viva satisfacción en su prima –muy especialmente en aquellos momentos, cuando le era forzoso sufrir los desdenes y el glacial proceder de sus parientes más cercanos–. Deliberaciones e informaciones parecían fuera de lugar. Al terminar de leer aquella carta, su resolución era ya firme. La situación de Barton, en un condado tan lejano de Sussex como Devonshire, cosa que una hora antes hubiese constituido la principal objeción, ahora resultaba la primera razón que lo hacía recomendable. Abandonar las cercanías de Nordland ya no era un mal, sino una bendición, en comparación con la tortura de ser huéspedes de su nuera; y apartarse para siempre de aquella querida propiedad resultaría menos penoso que acudir allí de simple visita, mientras la dueña fuese aquella arpía. Escribió al punto al señor John Middleton, acusando recibo de su carta y aceptando, agradecida, su ofrecimiento. Luego enseñó ambas cartas a sus hijas, con el fin de estar segura de su conformidad.

Elinor siempre había pensado que lo más discreto resultaría escoger una casa bastante lejos de Nordland, para ahorrarse las habladurías de los vecinos. En este sentido, pues, nada cabía objetar a los proyectos de trasladarse a Devonshire. Por otra parte, la casa, tal como la describía el caballero, su pariente, era tan modesta, y el alquiler tan excepcionalmente moderado, que realmente no dejaba lugar para la menor objeción. Sin embargo, aquel plan no constituía algo que tuviese especial encanto, ya que se alejarían de Nordland más de lo que hubiese deseado; con todo, prefirió no realizar el menor intento de disuadir a su madre.

V

Apenas salida la carta, la viuda Dashwood se permitió el placer de anunciar al yerno y a la nuera que disponía ya de una casa y que, por lo tanto, sólo les incomodaría con su presencia el tiempo necesario para disponer las cosas. Parecieron sorprendidos. La señora Dashwood no dijo nada, pero su marido insinuó cortésmente que confiaba en que la casa no estuviese demasiado alejada de Nordland. Entonces ella pudo darse la satisfacción de contestar que se trataba de Devonshire. Edward volvió la cabeza con presteza al oír esto, y con aire sorprendido y turbado, al que no era menester hallar una explicación, repitió:

—¿Devonshire? ¿De veras se van ustedes allí? ¿Tan lejos de nosotros? ¿Y a qué parte del condado?

Ella dio los detalles sobre el lugar donde se encontraba la casa. Cuatro millas al norte de Exeter.

—Es solamente una casita de campo –agregó–, pero confío ver en ella a mis amigos. Y si para mis amigos no resulta una dificultad invencible trasladarse tan lejos, para mí tampoco lo resultará el procurarles alojamiento.

Y terminó invitando amablemente al señor y a la señora John Dashwood a visitarla en Barton, haciéndolo extensivo a Edward con palabras aún más expresivas. Aunque su última conversación con su nuera le había decidido a no permanecer en Nordland más de lo imprescindible, no tuvo ninguna influencia en su ánimo respecto de las relaciones entre su hija y Edward. Una ruptura entre Elinor y el joven no cabía en sus previsiones, y con aquella subrayada invitación al joven quería demostrar a la señora Dashwood qué poco caso hacía de su aversión a tales proyectos.

John Dashwood repitió una y otra vez a su madrastra la gran pena que le causaba el verles marchar a una región tan lejana que dificultaría el que él la ayudase. Y es que estaba verdaderamente contrariado, porque el plan al cual había reducido la promesa a su padre resultaba ahora casi impracticable.

Todo el ajuar de casa fue enviado por mar. Consistía principalmente en ropa de cama, vajilla, porcelana y libros. Y también el magnífico piano de Marianne. La señora Dashwood vio salir aquellas cajas no sin un suspiro: no atinaba a comprender cómo teniendo aquella familia una renta tan exigua, comparada con la suya, poseían objetos tan valiosos y escogidos.

La viuda Dashwood arrendó la casa por un año. Estaba amueblada y pudo ocuparla inmediatamente. No se produjo ninguna dificultad en los acuerdos para disponer los objetos que habían de trasladarse, y ella aguardaba sólo haberlos reunido todos en Nordland, todo cuanto había de constituir la riqueza de su nueva casa, para emprender el viaje hacia el oeste; tarea que, poseyendo todos una idea clara de lo que les pertenecía, fue muy simple. Los caballos que le había dejado su marido fueron vendidos a poco de la muerte de él, y habiéndose presentado una ocasión para vender ahora el coche, fue aprovechada siguiendo el sensato criterio de la hija mayor. Pensando en la utilidad que podría reportar a sus hijas, la viuda Dashwood lo hubiese conservado sin duda, pero prevaleció la prudencia de Elinor. Su buen juicio, por otra parte, impuso la disminución a tres del número de sirvientes –dos doncellas y un criado–, cuyas plazas fueron cubiertas rápidamente entre los que habían tenido hasta entonces en Nordland.

El marido de una de las doncellas fue enviado inmediatamente a Devonshire a preparar la casa para la llegada de las inquilinas, pues, teniendo en cuenta que lady Middleton era desconocida para la señora Dashwood, prefirió dirigirse directamente a su casita antes que ser un huésped en Barton Park; y confiaba tan extremadamente en la descripción de sir John que no sentía curiosidad por conocerla hasta el momento de alojarse allí. Su afán por salir de Nordland se mantenía incólumne a causa sin duda de la actitud de la nuera, que ante la perspectiva de su marcha no podía disimular su satisfacción –una satisfacción que intentó ocultar sólo con una fría invitación a diferir la partida–. Así pues, había llegado el momento de ver realizada la promesa hecha a su difunto marido. Ya que no se había cumplido al hacerse cargo su hijastro de la heredad, al salir ellas de Nordland era el momento indicado para llevarla a efecto. Pero la señora Dashwood no tardó en ver frustradas todas sus esperanzas a este respecto y comprendió, al escuchar el tono de las palabras de su hijastro, que su ayuda no llegaría más allá de la manutención durante seis meses en Nordland. Él aludía con frecuencia a los crecientes gastos de la casa, a las constantes solicitudes de dinero, tantas que un hombre de cierta posición está expuesto a tener aire de necesitado de dinero antes que de sobrado.

Al cabo de unas semanas del día en que llegó la primera carta de sir John Middleton a Nordland, tantas cosas habían sido ya trasladadas a la futura morada que la viuda Dashwood y sus hijas ya podían comenzar su nueva vida.

Muchas fueron las lágrimas al decir adiós a aquel lugar tan querido. «¡Nordland, Nordland, cuánto afecto te tengo! —se decía Marianne, paseando ante la casa la última tarde que pasaron allí–. ¿Cuándo dejaré de añorarte, cuándo llegaré a sentirme en casa en otro lugar? ¡Oh hogar feliz, si pudieses saber cuánto sufro despidiéndome de ti desde este lugar, desde el cual quizá jamás volveré a verte! Y vosotros, árboles amigos, seguiréis siendo igual como sois. ¡Ni una hoja se os marchitará porque nosotros marchemos! ¡Seguiréis siendo tal como sois, inconscientes del placer o la pena que causáis, insensibles a cualquier cambio de los que discurren bajo vuestras frondas! Pero ¿quién quedará para disfrutar de vosotros?»

VI

La primera parte del día transcurrió en una disposición de ánimo demasiado melancólica para sentir otra cosa que aburrimiento o desazón. Pero cuando el día se acercaba a sus postrimerías, el interés por la belleza de la región donde iban a morar les levantó el ánimo y la visión del valle de Barton, en el instante en que entraban en él, las dejó maravilladas. Era un rincón del mundo acogedor, fértil, boscoso y rico en pastos. Después de seguir el serpentear del camino que lo atraviesa, llegaron a la casa. Todas sus tierras eran un exiguo pero verde jardincillo y una deliciosa puertecita de cerca permitía el acceso a él.

Aquella pequeña casa era sólida y confortable; pero no era una perfecta casa campesina, por lo regular de sus líneas, con tejas en el tejado, con postigos no pintados de verde ni muros cubiertos de madreselva. Un corredor atravesaba la casa para conducir a la parte posterior del jardín. A cada lado de la puerta se hallaban dos saloncitos, de unos seis metros cuadrados, y más allá la cocina y la escalera. Cuatro dormitorios y dos desvanes constituían el resto de la casa. No hacía mucho que había sido edificada y estaba en buen estado. En comparación con Nordland era evidentemente humilde y sencilla, pero las lágrimas de añoranza que acudieron a sus ojos al entrar en ella no tardaron en secarse. Los criados se mostraban llenos de regocijo por su llegada, y unos por otros procuraban parecer felices. Era a comienzos de septiembre y hacía un tiempo claro. Ver por primera vez aquel lugar con las ventajas de un buen tiempo causó en ellas una favorable impresión, que fue de gran utilidad para perfilar la idea definitiva y duradera. Por lo demás, la situación de la casa era excelente. Unas colinas cercanas y bastante altas se levantaban detrás de ella y a los lados. En éstos había hondonadas abiertas, tierras de labor y bosques. La aldea de Barton estaba situada en uno de estos altozanos y ofrecía una agradable imagen al ser divisada desde las ventanas de la alquería. Delante de ésta, la perspectiva era más amplia. Las colinas que rodeaban la casa perfilaban allí una especie de entrada al valle, y bifurcándose entre dos de las más escarpadas la cadena tomaba un nombre distinto y seguía otro curso.

En conjunto, la señora Dashwood se sentía satisfecha de las condiciones y la decoración de la casa, pues si bien adolecía de algunos inconvenientes que procedían de su antiguo destino y requería algunas reparaciones, añadir cosas y mejorar las ya existentes constituiría una delicia para ella, ya que en aquel momento disponía de dinero suficiente para procurar a tales habitaciones lo que fuese menester para prestarles un aire de elegancia.

–La casa –decía– es ciertamente demasiado pequeña

para nosotras, pero creo que de momento lograremos hacerla lo bastante confortable. Para emprender obras la estación está demasiado adelantada. Tal vez en la primavera pueda disponer de dinero para realizar reformas importantes. Estos saloncitos son insuficientes para las reuniones de amigos que confío ver aquí; y se me ha ocurrido hacer la entrada en el extremo de uno de ellos y la parte restante unirla con el otro para convertirlo en una sola pieza. A ello podría añadirse fácilmente una salita de trabajo con un dormitorio encima y una buhardilla en lo alto, y tendríamos una aceptable casita de campo. Me gustaría que las escaleras fuesen más elegantes. Pero no se puede tenerlo todo; aunque supongo que no sería difícil ensancharlas. Hemos de pensar de antemano cómo andarán mis cosas en la primavera y hacer los proyectos de reforma de acuerdo con las posibilidades.

En el ínterin, mientras no pudiesen realizar tales mejoras –con los ahorros de una dama que no había logrado ahorrar un céntimo en su vida–, se contentaron discretamente con la casa en su estado presente; y cada una de ellas se puso a la obra para adecentar y ordenar lo que le interesaba especialmente, tratando cada una de ordenar sus libros y demás pertenencias a fin de formarse un hogar propio. El piano de Marianne fue desembalado y situado en el lugar conveniente; los dibujos de Elinor fueron colgados en las paredes de su saloncito.

En tales ocupaciones fueron interrumpidas en la mañana del día siguiente, a poco de haber desayunado, por la visita del dueño de la casa, que venía a darles la bienvenida a Barton, y a ofrecerles de su casa y su jardín cuanto pudiese hacerles falta. Sir John Middleton era un hombre de aspecto agradable que rondaba los cuarenta. Antaño les había visitado en Standhell, pero hacía demasiado tiempo para que sus jóvenes primas pudiesen acordarse de él. Su aspecto era el de una persona de buen temple y sus maneras, tan cordiales como el estilo de su carta. La llegada de sus parientas parecía llenarle de satisfacción y atendía al bienestar de ellas con verdadera solicitud. No perdía ocasión de manifestar su deseo de entrar en estrecha relación con los nuevos vecinos, y les suplicaba con insistencia que acogiesen favorablemente su invitación de comer cada día en Barton Park hasta que tuviesen la casa en orden, y su insistencia, casi excesiva, era soportable por la benevolencia y cordialidad que revelaba. Y su amabilidad no consistía en meras palabras, pues una hora después de haberse marchado les fue llevada de Barton Park una magnífica cesta de verduras, seguida, antes de la noche, por un presente de piezas de caza. Insistió también en recoger sus cartas y enviarles las que llegasen por correo, así como en tener la satisfacción de facilitarles cada día sus revistas y periódicos.

Lady Middleton les envió, por mediación de su marido, unas amables palabras, expresando su deseo de visitarles en cuanto ellas lo tuviesen a bien. Y como estas frases tuvieron una rápida y cortés respuesta, la visita de la noble señora fue anunciada para el día siguiente.

Madre e hijas se sentían deseosas de conocer aquella dama de la cual dependía buena parte de su bienestar en Barton. La elegancia y la gracia de ésta no las defraudaron. Lady Middleton no parecía mayor de veinticinco años, con un rostro de gran belleza, figura esbelta y atractiva, y atavíos discretos y graciosos. Sus maneras eran todo lo elegantes que las de su marido requerían, pero hubiesen ganado con algo del calor y la franqueza que éste ponía en sus cosas. La visita fue suficientemente larga para disipar la favorable impresión inicial, revelando que, si bien educada con todo primor, lady Middleton se mostraba reservada y fría y no contaba con muchas más palabras aparte de los más desabridos lugares comunes y las observaciones más insulsas.

A pesar de ello, conversación no es lo que hacía falta, porque sir John era muy locuaz y lady Middleton había tomado la precaución de llevar consigo al mayor de sus hijos, un encantador pequeño de seis años. Con estos recursos siempre hallaría a mano un tema para los casos de necesidad. Las recién llegadas, quizá preguntarían cuántos años tenía el niño, podrían deshacerse en elogios de lo adorable que era, y seguramente le dirigirían preguntas que la madre contestaría en su lugar, mientras el chico se agarraría de sus faldas con aire avergonzado, para gran sorpresa de ésta, que no cesaría de asombrarse de que el pequeño se mostrase tan tímido ahora, con la bulla que armaba en casa. En todas las visitas el niño tenía que acompañarla como una reserva para salvar la conversación. En la presente visita se invirtieron más de diez minutos en deliberar si el muchacho se parecía más al padre o a la madre y en qué detalles se parecía al uno o a la otra. Naturalmente, cada persona opinaba de manera distinta y se sorprendía de la opinión de los demás.

No había de tardar en ofrecerse una ocasión a las Dashwood para discutir el parecido de los otros niños, ya que sir John no quiso abandonar la casa sin la seguridad de que al día siguiente aquellas damas comerían en Barton Park.

VII

Barton Park estaba situado a una milla de distancia de la casa de los Dashwood. La casa era grande y solemne y los Middleton vivían allí en un ambiente tanto de hospitalidad como de elegancia. La primera podía ser atribuida a sir John, así como la segunda a su esposa.

Casi nunca se encontraban sin un amigo en la casa, y solían acoger más huéspedes que cualquier otra familia de la región. Era algo necesario para la felicidad de ambos; porque, si bien diferentes de temperamento y maneras, coincidían en una falta absoluta de talento y gusto que limitaba extraordinariamente sus ocupaciones y las situaba en una reducida área siempre que quedaban desconectados de la vida social. Sir John era cazador y lady Middleton madre. Él cazaba y disparaba, ella atendía y acariciaba a sus niños; a esto quedaban reducidos los recursos de sus vidas. Lady Middleton gozaba de la ventaja de poder arrullar a sus pequeños durante todo el año, mientras que las ocupaciones independientes de sir John no alcanzaban a un semestre. Continuas invitaciones de amigos a su casa, o de él a casa de los amigos, suplían tales deficiencias de carácter o de educación, mantenían el buen humor de sir John y concedían ocasión para exhibir el buen tono de su esposa.

Lady Middleton se sentía orgullosa de lo selecto y distinguido de su mesa, y en general de todas las cosas de su hogar; y, muy dada a esta clase de vanidad, su mayor placer eran sus invitados. El goce, empero, que hallaba sir John practicando la hospitalidad era más real, disfrutaba en extremo viendo reunida tanta juventud como podía albergar la casa, y cuanto más bulliciosa era ésta mayor era su placer. En suma, una bendición para los jóvenes de los alrededores: en verano no se cansaba de organizar cenas frías en pleno campo, y en invierno sus recepciones, siempre animadas con baile, eran lo suficientemente numerosas para cualquier muchacha que no adoleciese aún del afán insaciable de los quince años.

La llegada de una nueva familia a la comarca constituía siempre para él un motivo de alegría; y actualmente se sentía lleno de satisfacción por los vecinos que había sabido procurarse en la alquería de Barton. Las señoritas Dashwood eran jóvenes, bonitas y de trato sencillo. Y eso era suficiente para contar con su buena opinión y simpatía, pues tener llaneza en el trato es lo que puede hacer a una muchacha cautivadora en sus maneras y en su persona. La cordialidad de sir John le hacía sentir feliz en complacer y atender a aquellas personas cuya situación social, en comparación con la de otros tiempos, pudiese resultar desventurada. Mostrándose deferente con sus primas, sentía, además, la real satisfacción de un corazón bondadoso; y acomodando una familia, compuesta únicamente de mujeres, en aquella casa de campo situada en sus tierras, experimentaba una plena satisfacción.

La viuda Dashwood y sus hijas llegaron a la puerta de la casa de sir John, quien salió a darles la bienvenida a Barton Park con una sinceridad sin afectación. Y mientras las acompañaba al saloncito repitió a las muchachas lo que les había dicho el día anterior: que lo excusasen por no haberles podido presentar a algunos jóvenes distinguidos de aquella región. En esa ocasión, en su casa sólo encontrarían otro caballero además de él, un gran amigo suyo, pero ni muy joven, ni muy divertido. Confiaba en que escusarían la exigüidad del repertorio, pero les garantizaba que no sería igual en lo sucesivo. Aquella mañana había visitado a varios amigos, con la esperanza de poder aumentar el número de caballeros, pero todo el mundo estaba lleno de compromisos. Por fortuna, a última hora llegó a Barton la madre de la señora Middleton, una mujer encantadora y agradable, y sir John confiaba en ella para que las señoritas Dashwood no se aburriesen demasiado. Tanto las muchachas como su madre estuvieron encantadas de hallar dos personas de fuera de la casa en la reunión.

La señora Jennings, la madre de lady Middleton, era una dama gruesa y entrada en años, pero alegre y de buen temple, muy habladora y de aspecto feliz y más bien vulgar. Todo eran ocurrencias que querían ser agudas, y risas, y antes de comer había bromeado ya profusamente sobre maridos y novios; no quería creer que aquellas muchachas hubiesen dejado olvidados sus corazones en Sussex y pretendía que se ponían coloradas, tanto si era así como si no. Marianne padecía por su hermana y dirigía sus ojos con aire inquieto a Elinor para ver cómo resistía aquellos ataques, pero tanta preocupación hacía sufrir más a Elinor que los lugares comunes de las chanzas de la señora Jennings.

El coronel Brandon, el amigo de sir John, parecía, por la semejanza y el aire de las maneras, más apropiado para ser su amigo que lady Middleton para ser su esposa, o la señora Jennings para ser la madre de aquélla. Era grave y reservado. Su aspecto, sin embargo, no resultaba desagradable, a pesar de ser, según opinaba Margaret, un verdadero solterón, porque se encontraba ya en las peligrosas alturas de los treinta y cinco años. Aunque su rostro no era atractivo, tenía un aire inteligente y sensible y vestía con especial distinción.

Realmente, en aquella pequeña reunión no había nada que se pudiese parangonar con los Dashwood. Pero la glacial insustancialidad de lady Middleton resultaba tan repulsiva, que en comparación la gravedad del coronel Brandon y la vulgar jovialidad de sir John y su suegra resultaban interesantes. Lady Middleton sólo se puso alegre con la entrada bulliciosa, después de la cena, de los cuatro pequeños que se agarraron a su madre, le tiraron de los vestidos y pusieron brusco término a toda conversación que no se relacionase con ellos.

Por la noche, habiendo descubierto que Marianne tocaba el piano y cantaba, la invitaron a que interpretase algo. Todos se dispusieron a escuchar y Marianne, que cantaba con mucho arte, comenzó a entonar algunas canciones de unas partituras que lady Middleton había traído al casarse y que tal vez desde entonces dormían encima del piano; porque la señora había celebrado su matrimonio abandonando la música, aunque, al decir de su madre, tocaba maravillosamente bien, pero, según su propio parecer, no era más que una simple aficionada.

Marianne fue muy aplaudida. Sir John, al final de cada pieza, manifestaba a viva voz su admiración, y a menudo también conversaba con su amigo durante el canto. Lady Middleton le llamaba al orden, como extrañada de que algo en el mundo pudiese distraerle un momento de la música, y pedía a Marianne que cantase una canción, que resultaba ser la que Marianne acababa de cantar. Solamente el coronel Brandon, de todos los presentes, sabía escuchar, y concedía a Marianne la delicadeza de escucharla con interés y en silencio. Marianne, por su parte, experimentó cierto respeto hacia él, viendo cómo los demás incurrían en exageradas alabanzas. El placer que él hallaba en la música, aunque no alcanzaba el éxtasis, resultaba simpático en comparación con la falta de auténtica sensibilidad de los demás. Marianne era lo suficientemente razonable para admitir que un caballero de treinta y cinco años había perdido ya la agudeza de sus sentimientos y el exquisito poder de gozar. Pero se sentía dispuesta a hacer al coronel todas las concesiones a su avanzada edad que los sentimientos humanitarios requiriesen.

VIII

La señora Jennings era una viuda con una renta considerable. Sólo tenía dos hijas, y logró ver a las dos respetablemente casadas; ahora no le quedaba otra ocupación que procurar que se casase el resto del mundo. En la persecución de este objetivo se mostraba infatigablemente activa, tanto como lo permitía su inteligencia, y no perdía ocasión de proyectar casamientos entre sus jóvenes conocidos. Se mostraba sutil en extremo para descubrir las inclinaciones de los jóvenes, y gozaba de la superioridad de saber hacer subir los colores al rostro y exaltar la vanidad de cualquier jovencita, insinuando la impresión que debía haber causado en tal o cual muchacho; y aquella suerte de instinto le permitió, a poco de haber llegado a Barton, anunciar resueltamente que el coronel Brandon estaba enamorado de Marianne Dashwood. Lo intuyó la primera velada que pasó allí, viendo con qué atención escuchaba el coronel las canciones de Marianne; y cuando devolvieron la visita y comieron en la casa de campo de las Dashwood, la intuición fue corroborada por la atención que el coronel prestaba nuevamente a la música que interpretaba Marianne. No cabía duda. Estaba convencida de ello. Sería un enlace magnífico, porque él era rico y ella bellísima. La señora Jennings experimentaba un fervoroso deseo de ver bien casado al coronel Brandon, y eso lo sentía desde que se había convertido en suegra de sir John y conocido al coronel; por otra parte, también deseaba siempre con ardor encontrar un buen marido a todas las chicas bonitas.

La ventaja inmediata de aquella situación era para ella considerable, pues le proporcionaba incontables ocasiones de chancearse a expensas de ambos. En Barton Park gastaba bromas al coronel, y en casa de las Dashwood a Marianne. Por lo que atañe al primero, aquellas bromas, cuando se referían a él solo, probablemente le resultaban indiferentes. En cuanto a Marianne, al principio le fueron incomprensibles pero cuando hubo descubierto a la otra víctima, no supo si reírse de su absurdidad o indignarse de su impertinencia. Todo ello le parecía fuera de lugar, atendiendo a los avanzados años del coronel y a su triste condición de solterón empedernido.

La viuda Dashwood, que se resistía a considerar a un

hombre más joven que ella tan exageradamente viejo como lo describía la juvenil fantasía de su hija, intentó disuadir a la señora Jennings de aquella tendencia a poner en ridículo a un caballero de la edad del coronel Brandon.

—Al menos, mamá, no puedes negar el poco sentido común del rumor, a menos que prefieras pensar que esconde cierta maldad. El coronel Brandon es sin duda más joven que la señora Jennings, pero lo suficientemente viejo para ser mi padre; y si alguna vez tuvo el corazón bastante joven para enamorarse, ahora debe de haber abandonado todo sentimiento de esa índole. ¡Sería ridículo! ¿Cuándo se verían libres los hombres de tales ideas, si la edad y los achaques no les protegiesen?

—¿Los achaques? —preguntó Elinor—. Supongo que no calificarás al coronel Brandon de achacoso. Comprendo que resulte para ti más viejo que para mamá, pero difícilmente puedes engañarte por lo que se refiere al uso de sus piernas y brazos.

—¿No le has oído quejarse de reuma, la enfermedad más corriente del declinar de la vida?

—¡Hija mía! —repuso la madre riendo—. A este paso te sentirás triste de pensar que yo soy vieja. Y encima resultará un milagro que yo haya alcanzado esta edad.

—Mamá, no me haces justicia. Sé muy bien que el coronel Brandon no es lo bastante viejo para que sus amigos tengamos que padecer aguardando su próximo fallecimiento por el curso natural de las cosas. Puede vivir, sin duda, veinte años más. Sólo digo que a los treinta y cinco años no se piensa ya mucho en el matrimonio.

—Tal vez —repuso Elinor—, treinta y cinco y diecisiete sí tienen que ver con el matrimonio, pero no el uno con la otra. Si hay mujeres solteras a los veintisiete años, no creo que pudiese objetarse nada a los treinta y cinco del coronel Brandon si se casa con ella.

–Una mujer de veintisiete años –dijo Marianne tras una breve pausa– no puede pretender ya sentir o inspirar un amor sólido; y si tiene la casa desguarnecida y poca fortuna, lo mejor que puede hacer es convertirse en institutriz o enfermera, para ganarse la vida y proteger su ancianidad. En el casarse con una mujer tal realmente no hay nada insólito; es un conjunto de pequeñas o grandes conveniencias y nada más. Para mí no tendrían que casarse pero eso no importa. A mi entender no resultaría otra cosa que un intercambio casi comercial, en el que cada uno pretendería beneficiarse a expensas del otro.

–Sé que es imposible –replicó Elinor– convencerte de que una mujer de veintisiete años puede sentir por un hombre de treinta y cinco algo tan próximo al amor que le convierta en un apetecible compañero. Pero no estoy de acuerdo con la manera como condenas al coronel Brandon y a su posible esposa al confinamiento en una habitación, simplemente porque quiso el azar que ayer se quejase (hacía un tiempo frío y húmedo) de un ligero reumatismo en la espalda.

–Pero también habló de chalecos forrados de lana –replicó Marianne–, y para mí un chaleco forrado de lana es algo unido con reumas, dolores, calambres y toda clase de calamidades que suelen afligir a los viejos y débiles.

–Si hubiese padecido una violenta fiebre, no le despreciarías de tal modo. Confiésamelo, Marianne, ¿no encuentras algo que te interese en las mejillas encendidas, los ojos hundidos y el rápido pulso de la fiebre?

Dicho esto, Elinor se marchó de la habitación.

–Mamá –dijo Marianne–, estoy preocupada por un enfermo en particular y quiero que lo sepas tú también. Estoy segura de que a Edward Ferrars le ocurre algo. Casi llevamos quince días aquí y aún no ha venido a vernos. Ninguna otra causa, aparte de una enfermedad, puede haber ocasionado esta tardanza. ¿Qué podría retenerle en Nordland?

—¿Tú creías que vendría tan pronto? —repuso la viuda Dashwood—. Yo veo las cosas de otro modo. Cuando yo le invitaba a venir por Barton parecía hallarse poco dispuesto, como si no le agradase mi invitación. ¿Le esperaba Elinor?

—No hemos hablado una palabra de esto, pero creo que le aguarda.

—Me parece que te equivocas. Cuando hablábamos ayer de comprar una parrilla para la chimenea del cuarto de invitados, me dijo que no era nada urgente, ya que en mucho tiempo no tendríamos necesidad de aquella habitación.

—¡Qué extraño! No se me ocurre qué significa todo ello. En conjunto, la conducta de uno y otro resulta inexplicable. ¡Qué fríos y forzados fueron sus últimos adioses! ¡Qué lánguidas sus conversaciones el último día que estuvieron juntos! En la despedida, apenas si Edward hizo alguna diferencia entre yo y Elinor: parecían las palabras de adiós de un afectuoso hermano. Intenté dejarles solos dos veces durante aquella mañana, y en ambas ocasiones, inexplicablemente, él salió conmigo. Y ni Elinor ni Edward, cuando abandonamos Nordland lloraban como yo. Ahora mismo se la ve de un temple equilibrado. ¿Está triste o melancólica? ¿Intenta apartarse de la gente, o se la ve inquieta y nerviosa en sociedad?

IX

Las Dashwood llegaron a instalarse en Barton agradablemente. La casita y el jardín, todas las cosas que les rodeaban, se les iban tornando familiares, y la adaptación tan perfecta en Nordland que había sido su mayor encanto era también perfecta allí, de un vivir casi más feliz en Barton de lo que fuera en Nordland desde la muerte del padre. Sir John Middleton, que las visitó casi cada día durante las primeras semanas, y que no solía ver a la gente de su casa muy ocupada, se quedó sorprendido de ver que allí no se paraba un momento.

Las visitas, excepción hecha de los dueños de Barton Park, eran pocas, pues a despecho de la repetida insistencia de sir John, quien deseaba verlas más relacionadas con la gente de la vecindad, y de sus repetidos ofrecimientos de poner sus coches a disposición de ellas, el instinto de independencia de la viuda Dashwood dominaba los deseos de sus hijas de alternar en sociedad y logró mantenerse sin frecuentar a nadie que viviese a una distancia mayor de un simple paseo a pie. Y eran pocas las familias que pudiesen clasificarse en este grupo, y no todas conocidas. A una milla y media de la alquería, caminando a lo largo de las ondulaciones del valle de Allenham, que arrancaba del de Barton, las muchachas, en uno de sus primeros paseos, descubrieron una respetable y antigua casa, que por recordarles algo el aspecto de Nordland, les interesó y provocó el deseo de conocerla. Preguntando, alcanzaron a saber que la dueña era una anciana de gran bondad, pero, por desgracia, de salud demasiado precaria para la vida social y que nunca salía de casa.

Toda aquella región ofrecía agradables paseos. Los altozanos, que de todas las ventanas de la alquería parecían invitar a buscar el exquisito goce del aire libre en sus cimas, constituían una deliciosa perspectiva cuando el polvo y la humedad del fondo del valle velaban casi la más noble belleza de los altos; y hacia una de aquellas colinas se encaminaron Marianne y Margaret, una mañana, atraídas por el rayo de sol que se filtraba entre las nubes de lluvia, incapaces ambas de resistir por más tiempo el confinamiento de dos días consecutivos de ininterrumpida lluvia. El tiempo no estaba lo bastante tentador para distraer a las otras dos damas del pincel y de los libros, a pesar de que Marianne aseguraba que el día acabaría bueno y claro y que todos los nubarrones se desharían. Fuera como fuese, las dos muchachas salieron juntas de paseo.

Fueron subiendo por las colinas alborozándose con cada rayo de sol y cada desgarro azul, pensando en los propios pronósticos; y al recibir deliciosamente en sus rostros los soplos vivificantes del claro viento del sudoeste, lamentaron que los temores de su madre y hermana no habían permitido a éstas disfrutar de aquellas sensaciones tan exquisitas.

–¿Existe alguna felicidad en el mundo superior a ésta? –preguntó Marianne–. Margaret, hoy vamos a caminar por lo menos dos horas.

Margaret asintió y prosiguieron su camino de cara al viento, entre risas y bullicio por más de veinte minutos, hasta que de pronto las nubes se cerraron sobre sus cabezas y un fuerte chubasco les cayó encima. Sorprendidas, se vieron obligadas a retroceder, pero no había otro cobijo por aquellos andurriales que el de su propia casa. No obstante, les quedaba una solución que las exigencias del momento hacían aconsejable en extremo: correr cuesta abajo sin pausa hasta alcanzar la puerta del jardín.

Comenzaron la carrera. Al principio Marianne llevaba ventaja, pero un resbalón la hizo caer a tierra; y Margaret, con el empuje que llevaba, no pudo pararse para asistirla, y pasando de largo casi sin querer alcanzó la meta.

Un joven caballero con una escopeta, y seguido de dos pointers que correteaban alrededor de él, descendía también por la colina, a poca distancia de Marianne, cuando tuvo lugar la caída. Dejó la escopeta y se apresuró a socorrer a la muchacha. Ésta se había levantado ya, pero se había lastimado un tobillo y casi no podía tenerse en pie. El caballero se ofreció para ayudarla y percatándose que la modestia de ella negaba lo que la situación hacía necesario, la cogió entre sus brazos, sin más dilaciones, y la llevó monte abajo. Al llegar a la cerca del jardín, cuya puerta Margaret había dejado abierta, penetró sin vacilar en la casa, en el momento en que Margaret salía a recibirlo, y no soltó a Marianne hasta dejarla bien aposentada en un sillón del saloncito.

A la entrada de la pareja, la madre y la otra hermana se levantaron sorprendidas, y mientras los ojos de ambas se dirigían a él con sorpresa y secreta admiración a causa de su elegante porte, el muchacho intentó justificar su brusca intromisión y comenzó a relatar lo sucedido. Y todo ello con tan buenos modales y agradable franqueza, que su persona ganaba aún más con el encanto de su voz y de sus maneras. Aunque hubiese sido viejo, feo y vulgar, habría recibido la gratitud y la benevolencia de la viuda Dashwood por ese acto de atención para con su hija; pero la juventud, la belleza y la elegancia del muchacho provocaron un interés particular en él, que tenía su mejor aliado en la favorable impresión que su aspecto había causado a la viuda Dashwood.

Ésta le dio una y otra vez las gracias, y con tono afable le rogó que se sentase. Él no aceptó la invitación, alegando que estaba sucio y empapado. La señora Dashwood le preguntó entonces con quién tenía el gusto de hablar. Su apellido, respondió el muchacho, era Willoughby, y actualmente vivía en Allenham, desde donde confiaba que podría tener el honor de venir a visitarlas para interesarse por el estado de la señorita Dashwood. La autorización fue concedida al punto y luego el joven se marchó. Aquella súbita marcha bajo la lluvia parecía hacerle aún más interesante.

Su belleza masculina y su porte agraciado se convirtió al momento en el tema de las conversaciones de aquellas damas, que no disimulaban su admiración. Las bromas que dedicaron la madre y la otra hermana a Marianne, por la galantería del muchacho, parecían despertar una vibración particular en ella. Marianne, en realidad, le había visto menos que las otras, porque la confusión que le enrojeció el rostro cuando el muchacho la cogió en brazos, le había robado la serenidad necesaria para mirarle, aun luego de haber entrado en la casa. No obstante, había alcanzado a ver lo suficiente para unirse a la admiración de las demás. El aspecto de aquel joven era exacto al que su fantasía hubiese podido esbozar para el héroe de una novela, y la manera resuelta, sin perder un segundo, con que la había llevado a casa, tan desprovista de formalidades y ceremonias, revelaba rapidez de reflejos y resolución. Cuanto se relacionaba con él resultaba interesante. El nombre era agradable, su casa quedaba en el pueblo favorito de ella, y no tardó en decidir que, de todas las indumentarias masculinas, la chaqueta de caza era la más atractiva. Su imaginación estaba en plena actividad y sus reflexiones surgían con placer, y del dolor del tobillo dislocado ni se acordaba.

Sir John fue a visitarlas en cuanto el próximo intervalo de buen tiempo le permitió aquella mañana salir de casa. Tras contarle el accidente a Marianne, le preguntó con gran interés si conocía a un joven caballero llamado Willoughby y que vivía en Allenham.

–¡Willoughby! –exclamó sir John–. ¿Cómo? ¿Anda por aquí? Una buena noticia, sin duda. Mañana cabalgaré hasta su casa para invitarle a cenar el jueves.

–¿Le conoce usted? –preguntó la viuda Dashwood.

–¡Que si le conozco! Cada año se da una vuelta por aquí.

–¿Y qué clase de muchacho es?

–El mejor y más agradable que pueda encontrarse, se lo aseguro. Sabe disparar con una puntería formidable, y es el jinete más audaz de Inglaterra.

–¿Eso es todo lo que puede decirnos de él? –exclamó Marianne–. ¿No sabe qué clase de persona es en su vida íntima? ¿No conoce sus talentos, sus cualidades, su espiritualidad?

Sir John se sintió confundido.

–Por los clavos de Cristo –contestó–, no sé de él más que eso. Pero es un muchacho agradable, de buen temple, y posee la mejor perra negra pointer que nunca he visto. ¿Iba con él esta mañana?

Pero Marianne podía satisfacerle tan poco respecto al color de la perra del joven Willoughby como sir John a ella sobre los matices del carácter.

–Pero ¿quién es? –añadió–. ¿De dónde ha venido? ¿Tiene una casa en Allenham?

Sobre estos puntos sir John pudo dar más precisiones, y refirió que Willoughby no poseía tierras propias en aquella región, que sólo residía aquí en las temporadas que pasaba en Allenham Court, como invitado de la anciana señora, de la que era pariente y cuyas propiedades tenía que heredar; añadiendo:

–Sí, es una presa digna de ser cazada, se lo aseguro señorita Margaret. Tiene buenas propiedades en Somersetshire; yo de usted no lo dejaría para su hermana, a pesar de su caída en la colina. Marianne no pretenderá acaparar a todos los hombres, ¿verdad? Brandon se pondría celoso.

–No creo –dijo la señora Dashwood con una sonrisa afable– que el señor Willoughby pueda llegar a sentirse molesto por lo que hagan mis hijas. Cazar no es una tarea para la cual han sido educadas. Con nosotras los hombres pueden estar seguros, aunque sean tan ricos como éste. Por otra parte estoy satisfecha, por lo que usted dice, de que sea un muchacho respetable y de buena condición, una persona cuya amistad puede ser algo selecto.

–Es un muchacho tan excelente, creo, como el que más –confirmó sir John–. En las últimas Navidades, en la fiesta que celebramos estuvo bailando desde las ocho hasta las cuatro de la madrugada sin sentarse.

—¿De veras? —exclamó Marianne con los ojos brillándole—. ¿Baila bien, con elegancia, con gracia?

—Ya lo creo, y a las ocho estaba ya levantado para una partida hípica.

—Así me gusta —dijo Marianne—, así debe ser un muchacho. Cualesquiera sean sus esparcimientos, ha de entregarse a ellos con ardor, sin conocer la fatiga.

—Sí, ya entiendo cómo ha de ser —añadió sir John—, ya comprendo cómo le gusta a usted. Me parece que va usted de conquista por este camino y que no volverá a pensar en el pobre Brandon.

—Esa expresión me molesta, sir John —repuso Marianne con firmeza—, le tengo una antipatía especial. Aborrezco los lugares comunes que pretenden tener gracia e «ir de conquista» e «ir a la caza de muchachos» son de los que más odiosos encuentro. Demuestran una particular grosería y vulgaridad; y si en algún momento pudieron parecer divertidos, el tiempo ha gastado toda su ingenuidad.

Sir John no comprendió muy bien aquel reproche, pero se rió de tan buena gana como si lo hubiese hecho, y luego replicó:

—Sea como sea, serán muchas las conquistas que usted podrá apuntar en su lista. ¡Pobre Brandon!, está ya casi deshecho, y es muy digno de ser cazado por usted, se lo aseguro, a pesar de todos los paseos bajo la lluvia y todos los tobillos dislocados.

X

El defensor de Marianne, como Margaret llamaba a Willoughby, llamó a la casa al día siguiente, no muy avanzada la mañana para interesarse por su protegida. Fue recibido por la señora Dashwood con algo más que cortesía: con una efusiva amabilidad, atribuible a la gratitud y sin duda también a lo que había referido sir John del muchacho. Todo el transcurso de aquella visita no sirvió más que para revelar a éste la inteligencia, la elegancia, la correspondencia de los afectos y el bienestar doméstico de aquella familia, a la que por un accidente fortuito había conocido. Para quedar convencido del encanto personal de aquellas damas no necesitó una segunda visita.

La mayor de las señoritas Dashwood tenía una complexión frágil y delicada y una figura perfecta. Marianne era aún de talle más gentil. Si no tan correcta como su hermana, como era más alta, llamaba más la atención; su cara era tan bella que al usar los habituales lugares comunes de elogio, si se decía que era una hermosa muchacha, se faltaba menos a la verdad de lo que suele hacerse en tales casos. Tenía la tez morena, pero de una transparencia que parecía resplandecer; las facciones, correctas; dulce y atractiva la sonrisa; y en sus ojos muy oscuros, fulguraba una vida, un espíritu y una avidez cautivadores. Con Willoughby, al principio se había mostrado un poco recelosa, a causa sin duda de su confusión al recordar la ayuda del muchacho. Pero luego, cuando su espíritu se sintió más sereno, se dio cuenta de que, aparte de una perfecta educación, aquel joven caballero aunaba franqueza y vivacidad, y por encima de todo, se sintió encantada al saber que le aficionaban la música y el baile, y le dirigió una mirada de simpatía como para asegurar al muchacho la satisfacción que le producía su visita.

Sólo fue necesario citar alguna de sus diversiones favoritas para decidirla a intervenir en la conversación. No podía quedarse en silencio cuando surgían temas semejantes y al discutirlos no mostraba timidez ni reserva. Rápidamente descubría que el mutuo interés por la música y el baile parecía crear una complicidad de juicio con aquel muchacho. Animada por tales constataciones a emprender un mayor análisis de las opiniones del muchacho, comenzó a dirigirle preguntas sobre libros; los autores favoritos de ella eran mencionados en primer lugar y elogiados con términos tan efusivos que cualquier joven había de sentirse inclinado a reconocer la excelencia de tales obras, aunque antes las hubiese menospreciado. Los mismos libros, a menudo los mismos pasajes de cada libro, eran adorados por ambos; y si surgía alguna diferencia, si alguna objeción era planteada, duraba hasta que la fuerza de los argumentos de ella y el brillar de sus ojos decía la última palabra. El muchacho abundaba en todas las opiniones de ella y procuraba participar de su entusiasmo; y antes de que terminase la visita conversaban ya con el tono familiar de viejos conocidos.

—Muy bien, Marianne —dijo Elinor, tan pronto se hubo marchado el joven—, por esta mañana creo que ya es bastante. Procuraste indagar las opiniones del señor Willoughby en todos los terrenos importantes. Ya sabes ahora lo que opina de Cowper y Scott (ya puedes asegurar que considera sus obras como se merecen) y puedes estar segura de que siente por Pope toda la admiración de rigor. Pero ¿cómo resultará soportable una amistad, habiendo despachado tan rápidamente los principales temas de conversación? Pronto te encontrarás que se te han agotado los temas. Con su próxima visita conocerás sus opiniones en materia de pintura y segundas nupcias, y luego ya no sabrás qué preguntarle.

—Elinor —exclamó Marianne—, ¿crees que son tan escasas mis ideas? Pero ya sé lo que quieres decir. Me he mostrado demasiado franca, demasiado encantada. He faltado a la idea corriente del decoro; me he mostrado abierta y sincera, cuando tenía que haber sido reservada, apagada y elusiva; si solamente hubiese hablado del tiempo y los caminos, en una conversación de diez minutos, me habría ahorrado estos reproches.

–Querida –dijo la madre–, no tienes que enfadarte con Elinor. No ha sido más que una broma. Yo misma la regañaría si hubiese sido capaz de interrumpir tu conversación con ese joven.

Por su parte, Willoughby daba muestras de su placer en haber conocido aquella familia y de su deseo de cultivar aquella nueva amistad. Cada día iba a la casa para preguntar por el estado de Marianne. Al principio ésta fue su única excusa, pero era tan bien recibido que no tardó en ser innecesaria, y esto antes que ésta no fuese ya posible por el perfecto restablecimiento de Marianne. Es verdad que tuvo que quedarse encerrada en casa, pero nunca un encierro fue menos aburrido que aquél. Willoughby era un muchacho de inteligente conversación, imaginación viva, espíritu vivaz y abierto y maneras afectuosas. Parecía exactamente formado para cautivar el corazón de Marianne, porque a las cualidades citadas añadía no sólo un aspecto magnífico, sino también una inteligencia ardorosa, que era incrementada y exaltada por el fulgor de la de ella, circunstancia que le hacía apto, más que cualquier otra persona, para merecer el afecto de la muchacha.

El trato con él fue tornándose para ella el placer más exquisito de la vida. Juntos leían, platicaban y cantaban; el talento musical del joven era notable; y leía con la sensibilidad y la gracia de que desgraciadamente carecía Edward.

Para la señora Dashwood, Willoughby era tan intachable como para Marianne; y Elinor no encontraba

nada censurable en él, salvo la tendencia, por la cual ase-
mejábase a su hermana, de revelar demasiado lo que
pensaba, sin atender a personas o circunstancias. En la
presteza que mostraba en formar y declarar el concepto que los demás le merecían, en el gusto de sacrificar la
cortesía habitual para llamar la atención cuando su corazón era absorbido por algún sentimiento profundo, y
en el abandonar con facilidad las normas de urbanidad,
revelaba una falta de tiento y mesura que no podía ser
del agrado de Elinor, por más que él y Marianne se es-
forzaban en defenderse.

Marianne comenzó a darse cuenta de que su deses-
peranza de los dieciséis años, respecto a hallar un hombre que colmase sus ideas sobre la perfección masculina,
había sido ligera e infundada. Willoughby le ofrecía ahora cuanto su imaginación soñara en aquellas horas de
desasosiego, y cuanto soñara en otros momentos más
optimistas, como capaz de engendrar en ella un verdadero afecto; y la conducta de él anunciaba tanta seriedad
en sus deseos como autenticidad en sus dotes.

Su madre, por otra parte, en cuya imaginación no
había acudido aún ninguna idea acerca de un posible
casamiento, inducida por las perspectivas de tantas cualidades y riquezas, a finales de aquella semana comenzó
a sentir algo parecido a una esperanza de tal ventura, y
secretamente se sentía feliz ante el porvenir de unos yer-
nos como Edward y Willoughby.

El interés del coronel Brandon, que había sido sorprendido al vuelo por sus amigos, ahora, cuando ya no
se hablaba de él, comenzó a preocupar a Elinor. La atención de todos se fijaba ahora en aquel rival más afortunado; y las burlas de que había sido objeto antes de que
su inclinación fuese verdadera, desaparecieron cuando
tuvo conciencia del ridículo que le aparejaba su sensibilidad excesiva. Elinor se sentía obligada a creer que los
sentimientos atribuidos por la señora Jennings, para

propio regocijo, a este caballero, actualmente eran reales. Elinor contemplaba el desarrollo de aquel asunto con vivo interés; de qué era capaz, se preguntaba, un hombre reservado de treinta y cinco años, cuando tiene como rival a un despierto muchacho de veinticinco. Y como no era posible desearle éxito, de todo corazón le deseaba indiferencia. Aquel hombre le caía simpático y, a pesar de su gravedad y reserva, lo encontraba interesante. Sus maneras eran serias pero suaves; y su reserva parecía antes procedente de una actividad espiritual que de un carácter verdaderamente sombrío. Sir John mencionó brevemente pasados disgustos y sinsabores del coronel que venían a corroborar la convicción de Elinor de que se trataba de un hombre maltrecho por grandes desdichas, y le miraba con respeto y compasión.

A veces se compadecía y le estimaba más, por cuanto era menospreciado por Willoughby y Marianne, que a causa del prejuicio de que no era animado ni joven parecían no reconocer sus evidentes cualidades.

–Brandon es justamente el tipo de hombre –dijo Willoughby, un día que estaban hablando de él– del cual todo el mundo habla bien, pero de quien nadie se acuerda que exista; todo el mundo está encantado de verle, pero nadie se acuerda de dirigirle la palabra.

–Es exactamente lo que yo pienso de Brandon –coincidió Marianne.

–Es injusto que penséis así –dijo Elinor–. Brandon es muy estimado en Barton y siempre que le he visto todos querían conversar con él, hasta el punto que me ha sido difícil hablarle.

–Que tú le protejas –replicó Willoughby– es ciertamente un tanto a su favor, pero la consideración de otras personas le desfavorece. ¿Quién se resignaría a verse solamente acogido por unas damas como lady Middleton y la señora Jennings, que parecen decretar la indiferencia de todos los demás?

–Pero tal vez el contar con la antipatía de personas como tú mismo y como Marianne es un castigo por el favor de lady Middleton y su madre. Si el elogio de ellas es censura, la censura vuestra puede ser elogio, porque no son ellas más obtusas que vosotros injustos y llenos de prejuicios.

–En defensa de tu protegido llegas a hablar con una desenvoltura excesiva.

–Mi protegido, como le llamas, es un hombre sensible; y el sentimiento es algo que siempre me resulta atractivo. Sí, Marianne, aun en un hombre entre los treinta y los cuarenta. Ha visto buena parte del mundo, ha viajado por el extranjero, ha leído y ha reflexionado mucho. Le he encontrado en toda ocasión capaz de proporcionarme detalles de importantes cuestiones; y siempre contesta a mis preguntas con una solicitud que revela buena educación y ánimo complaciente.

–Lo que quiere decir –exclamó Marianne con desdén– que te ha contado que en las Indias Orientales el clima es cálido y los mosquitos insufribles.

–Me hubiese contestado esto, sin duda, si lo hubiese preguntado, pero justamente lo hice sobre cosas de las que tenía ya alguna referencia.

–Quizá –añadió Willoughby– sus observaciones llegaron hasta mencionar los nababs, los *mohurs* de oro y los palanquines.

–Puedo arriesgarme a aseguraros que sus observaciones fueron mucho más extensas que vuestro candor. ¿Por qué le tenéis en tan baja consideración?

–Te equivocas. Le considero un hombre muy respetable, que cuenta con el mejor concepto de todos, aunque no llame la atención de nadie. Posee más dinero del que es capaz de gastar, más tiempo del que consigue utilizar, y dos levitas nuevas cada año.

–Añade a todo esto –exclamó Marianne– que no posee ingenio, ni gusto, ni espiritualidad; que su inteligencia no es brillante, sus sentimientos no son ardientes y su voz no es expresiva.

—Vosotros juzgáis sobre sus imperfecciones en la misma medida —replicó Elinor— y con el mismo vuelo de vuestras fantasías, de tal suerte que la apología que yo puedo hacer de él resultará fría y desabrida. Yo sólo puedo afirmar que se trata de un hombre sensible, bien educado, de gran ilustración, muy galante con las damas y, según creo, dueño de un corazón benevolente.

—Elinor Dashwood —exclamó Willoughby—, estás procediendo conmigo desconsideradamente. Te empeñas en desarmarme por razonamiento y de convencerme contra mi voluntad. Pues bien, tengo tres razones para que Brandon me desagrade: me dijo que llovería cuando yo deseaba buen tiempo, encontró defectuosa la suspensión de mi coche, y no se decidió a comprar mi yegua castaña. No obstante, dejando esto de lado, reconozco en él irreprochables condiciones, y lo admito de buen grado. Pero no puedes negarme el privilegio de que nunca en la vida encuentre a este señor de mi gusto.

XI

Poco hubiesen imaginado la señora Dashwood y sus hijas, cuando llegaron a Devonshire, que tantos compromisos les tomarían el tiempo desde el mismo instante de la llegada, y que las invitaciones serían tantas que no les dejarían un momento para ocupaciones más serias. Pero he aquí las causas. Desde que Marianne estuvo repuesta, los proyectos de diversiones en casa y fuera de ella, que sir John había arreglado previamente, fueron cumpliéndose uno a uno. Los bailes comenzaron en Barton Park y se llevaron a cabo excursiones al río tan a menudo como el tiempo lluvioso lo permitió. En todas estas partidas tomó parte Willoughby; y la confianza y la familiaridad que acompaña a tales pasatiempos parecía calculada exactamente para incrementar la intimidad de su trato con las Dashwood. En aquellos paseos no dejaba pasar ocasión de percatarse de las cualidades de Marianne y de poner de manifiesto su encendida admiración hacia ella, sin contar las oportunidades de convencerse del afecto de la muchacha atendiendo a las maneras con que ella le trataba.

Elinor no se sorprendió de aquella mutua inclinación. Su deseo, empero hubiese sido que no apareciese tan ostensiblemente, y una vez o dos estuvo a punto de sugerir a Marianne la conveniencia de mostrar algo más de discreción. Pero Marianne aborrecía toda simulación que no fuese estrictamente necesaria para evitar mayores daños, y proponerse esconder unos sentimientos que no eran dignos de censura le parecía un esfuerzo innecesario y una desdichada sujeción de lo razonable a los lugares comunes y las ideas erróneas. Willoughby era de la misma opinión y la conducta de ambos ilustraba esa manera de pensar.

Cuando él estaba presente, ella parecía no tener ojos para nada más. Todo lo que él hacía le resultaba acertado; todo lo que decía, correcto. Y cuando las veladas en Barton Park terminaban con partidas de naipes, él perjudicaba su propio juego y el de todos los demás, para dar a Marianne las mejores cartas. Si había baile, estaban de pareja la mitad de la noche, y cuando tenían que separarse un par de bailes, volvían a reunirse al punto y apenas si dirigían la palabra a nadie más. Semejante conducta movía tal vez a risa, pero el ridículo no les avergonzaba sino que parecía dejarles indiferentes.

La señora Dashwood se interesaba tanto por aquellos sentimientos que no parecía dispuesta a poner freno a tan excesivas expansiones. Para ella no era sino la consecuencia natural de un poderoso afecto entre dos inteligencias jóvenes y ardientes.

Fue por entonces la época más feliz de Marianne. Su corazón estaba consagrado a Willoughby y su gran devoción por Nordland se desvaneció mucho antes de lo que hubiese imaginado por el encanto que la presencia de aquel joven proporcionaba a la nueva morada.

La felicidad de Elinor no era tanta. Su corazón no se sentía tan a gusto, ni era tan auténtico el placer que mostraba en sus diversiones. Éstas no le habían procurado un compañero que pudiese compensarle lo que había dejado, ni que la hubiese llevado a pensar en Nordland con menos añoranza. Ni lady Middleton ni la señora Jennings podían sustituir el trato de las personas que echaba en falta, por más que esta última era una impertinente habladora, y desde buen principio miró a Elinor con una simpatía que le garantizaba una buena parte de sus abundantes pláticas. Había repetido ya tres o cuatro veces a Elinor su propia historia; y si la memoria de Elinor hubiese sido igual a sus otras cualidades, habría retenido desde sus primeras conversaciones todos los detalles de la enfermedad del señor Jennings y lo que dijo a su mujer momentos antes de morir. Lady Middleton era más agradable que su madre, porque hablaba menos. Elinor no necesitó muchos detalles para percatarse de que aquella reserva era más bien debida a tranquilidad natural del carácter, que a verdadera inteligencia y discreción. Para con su marido y su madre era la misma que para con los demás, y no parecía buscar ni desear intimidad con nadie. Ningún día manifestaba nada que ya no hubiese dicho el día anterior. Su insipidez era constante, su falta de vivacidad siempre la misma; y aunque no se oponía a las excursiones en común organizadas por su marido, procuraba que todo fuese de acuerdo con sus preferencias. El resultado era que la presencia de la buena señora añadía tan poco al placer de los demás interviniendo en sus conversaciones, que a menudo éstos fingían que no se encontraba allí con ellos, por la persistente solicitud que demostraba en corregir a sus revoltosos hijos.

Sólo en el coronel Brandon, entre todos los nuevos conocidos, descubrió Elinor una persona que pudiese ofrecerle verdadero respeto y que fuese, por otra parte, un compañero en extremo agradable. Willoughby no era el caso. Ella le dispensaba toda su admiración y afecto, un afecto fraternal; pero se trataba de un enamorado y sólo tenía ojos para Marianne. El coronel Brandon, para su desgracia, no había encontrado tan buena acogida en Marianne y conversando con Elinor hallaba consuelo para paliar la total indiferencia de la hermana.

La compasión que Elinor sentía hacia él creció al creer que Brandon se hallaba ya en las cuitas de un amor sin esperanza. La primera sospecha le vino de algunas palabras que por azar salieron de los labios del coronel una noche en Barton Park, hallándose ambos sentados, mientras los otros bailaban. Sus ojos se fijaron en Marianne y, tras un silencio, dijo con una leve sonrisa:

—Creo que su hermana no encuentra bien unos segundos amores.

—No —replicó Elinor—, sostiene un criterio completamente romántico.

—O cuando menos no cree posible que puedan existir.

—Imagino que es así. Aunque no sé cómo no piensa en su propio padre, que tuvo dos esposas. Algunos años más, no obstante, asentarán sus opiniones sobre la base razonable del sentido común y la observación; y con ello podrá comprender y justificar con más facilidad muchas cosas que hoy podría ver todo el mundo menos ella.

—Puede —replicó el coronel—, aunque sea como sea hay algo tan delicioso en los prejuicios de una cabecita joven, que uno se pone triste al ver que termina por pensar como los demás.

–No estoy de acuerdo con usted –dijo Elinor–. Una manera de sentir como la de Marianne presenta muchos inconvenientes, todos los encantos del entusiasmo y la gracia de ignorar la maldad del mundo no pueden echarle un velo encima. Su carácter posee la desventurada tendencia a conceder grandes virtudes a lo que en el fondo no es nada; y lo que le deseo para su mayor bienestar es un conocimiento del mundo, lo más exacto y profundo posible.

Tras una breve pausa el coronel añadió:

–¿No hace distinciones su hermana al creer que un segundo enlace es reprochable? ¿Lo encuentra igualmente impensable en todos los casos? ¿Han de vivir en indiferencia y soledad aquellos que sufrieron desencantos en la primera elección, ya sea por la inconstancia de la persona querida o por lo desdichado del propio destino?

–En verdad, no estoy muy enterada de los matices de su manera de pensar. Solamente sé que en ningún caso le resulta perdonable un segundo amor.

–Eso es absurdo –repuso el coronel–; todo podría arreglarlo un cambio de manera de sentir. Pero en realidad no lo deseo; porque cuando la romántica delicadeza de una cabeza juvenil tiene que desaparecer, a menudo da paso a opiniones más vulgares y peligrosas. Hablo por experiencia. Una vez conocí a una señora que, en temperamento e inteligencia, se parecía notablemente a su hermana, tenía sus mismas opiniones, pero a causa de desdichadas circunstancias se vio obligada a cambiar de manera de sentir.

En este punto se interrumpió súbitamente, como si temiese haber hablado demasiado, y por la actitud y su gesto dio base a las conjeturas que nacerían luego en la imaginación de Elinor. La historia de aquella dama hubiese pasado inadvertida de no haber dado muestras de apuro el coronel. Y tal como se presentaban las cosas,

Elinor no precisaba sino un pequeño esfuerzo de imaginación para enlazar aquella emoción con el tierno recuerdo de un amor de antaño. Elinor no insistió. Marianne, en su lugar, no se habría conformado con tan poco. Toda una historia se habría ido formando en su imaginación y habría resultado nada menos que el cuadro de un amor desgraciado.

XII

Mientras Marianne y Elinor paseaban juntas a la mañana del día siguiente, aquélla comunicó una cantidad de novedades a su hermana, quien, a despecho de lo mucho que sabía de la falta de discreción y la imprudencia de Marianne, quedó sorprendida. Marianne, llena de alborozo, le contó que Willoughby le había regalado un caballo –uno de los que él criaba en sus propias dehesas de Somersetshire–, un caballo muy apropiado para Marianne. Sin ninguna consideración al hecho de que probablemente no entraba en los planes de su madre mantener un caballo –y si la buena señora cambiase de parecer tendría que comprar otro caballo para el criado, tener el criado, y disponer de una cuadra–, sin atender pues a lo que su madre pensase, aceptó sin titubear y ahora hablaba del animal con entusiasmo.

–Se propone enviármelo inmediatamente con su criado –añadió Marianne–. Cuando lo tenga montaré cada día. Ya te dejaré divertirte un poco con él. Imagina, Elinor, qué maravilloso cruzar al galope estos valles.

Marianne se mostró reacia a salir de aquel sueño de felicidad para considerar las desdichadas verdades inherentes a semejante empresa, y por cierto tiempo se resistió a considerarlas. En último término hallaba buenas excusas. Por lo referente al nuevo criado, su coste sería una bagatela; sin duda su madre no tendría nada que objetar. En Barton Park hallarían un caballo para el sirviente. Para establo, cualquier cobijo sería suficiente. Elinor se arriesgó a dudar de que resultase conveniente recibir un obsequio de aquella cuantía de un caballero tan poco conocido aún o, por lo menos, conocido tan recientemente. Aquello colmó el vaso.

–Estás en un error, Elinor –dijo Marianne con tono exaltado–, si supones que tengo poca amistad con Willoughby. Es verdad que no hace mucho tiempo que le conozco, pero me siento más próxima a él que a cualquier otra criatura en el mundo, a excepción de mamá y de ti. No es el tiempo o la oportunidad lo que engendra amistad y confianza: sino la inclinación de un ser hacia otro. Siete años son a lo mejor insuficientes para que dos personas puedan conocerse, pero otras veces bastan siete días. Creería más desagradable y poco correcto aceptar un caballo de un hermano mío que de Willoughby. De John sé muy poca cosa, aunque hayamos vivido juntos más de diez años; pero de Willoughby tengo ya un concepto exacto.

Elinor creyó prudente no insistir sobre aquel particular. Conocía el temperamento de su hermana. Una oposición en aquel asunto de amor la habría afianzado más en sus ideas. Pero apelando a su afecto hacia su madre, y pensando en las dificultades que una madre tan buena tendría que afrontar en el caso de consentir mayores gastos, consiguió que Marianne no tardara en ceder. Al fin dio su palabra de no poner tentaciones a la infinita ternura de su madre y no mencionar el ofrecimiento, así como de anunciar a Willoughby en su próxima entrevista que renunciaba al caballo.

Y fue fiel a su palabra. Cuando aquel mismo día Willoughby le visitó, Elinor oyó cómo Marianne le anunciaba en voz baja su disgusto por no poder aceptar el regalo. Al mismo tiempo le relató los motivos de su decisión, y el muchacho no pudo insistir. Su interés, empero, era evidente; y luego de haberlo manifestado con seriedad y corrección, añadió:

—Pero, Marianne, de todos modos el caballo es tuyo, hasta que puedas usarlo. Yo lo guardaré hasta ese momento. Cuando abandones Barton, para tener tu hogar en un lugar más definitivo, *Queen Mab* será tuyo.

Todo esto fue oído por Elinor, pero en la manera de pronunciar aquellas palabras y la forma de dirigirse a su hermana, adivinó una intimidad tan obvia, una preferencia tan exclusiva, que sugería un perfecto acuerdo entre ellos. Desde entonces no dudó que eran prometidos y esta convicción no dejó de sorprenderla.

Al día siguiente, Margaret le contó algo que proyectaba más luz sobre la cuestión. Willoughby había pasado la velada anterior con ellos, y Margaret, habiéndose quedado sola en el saloncito con Willoughby y Marianne, tuvo ocasión de realizar tales observaciones, que comunicó a su hermana con un aire grave y misterioso:

—Oh, Elinor, tengo que anunciarte un gran secreto respecto a Marianne. Estoy segura de que se casará con Willoughby y pronto.

—Dices eso mismo cada día, desde que le encontramos por vez primera en Highchurch Down —replicó Elinor—; cuando no hacía una semana que se conocían, tú ya decías que Marianne llevaba colgado al cuello un retrato de él. Pero resultó una miniatura de nuestro tío abuelo.

—Pero ahora se trata de algo muy diferente. Estoy segura de que se casarán muy pronto, porque él tiene un rizo de su cabello.

—Ve con cuidado, Margaret, que no resulte el cabello de algún tío.

—Pues me consta que es de Marianne, sencillamente porque vi cómo se lo cortaba. Anoche él parecía pedirle algo en voz baja cuando de pronto cogió unas tijeras que había sobre la mesa, cortó un largo rizo de su cabello, que como sabes Marianne lleva bajándole por la espalda, lo besó, lo envolvió en un papel blanco y se lo guardó en la cartera.

Elinor no podía negar detalles tan autorizados y fidedignos, tanto más cuanto los hechos expuestos coincidían con sus observaciones, con lo que ella misma había visto y oído. Pero la sagacidad y el tacto de Margaret a menudo dejaban algo que desear.

Cuando una tarde la señora Jennings atacó a Margaret para que dijese el nombre del galán de Elinor, asunto que desde hacía tiempo la preocupaba, Margaret dirigió sus ojos a Elinor y dijo:

—Qué te parece, Elinor, ¿lo digo?

Esta salida provocó la risa de todos y Elinor procuró reír también, pero le costó un penoso esfuerzo. Quedó convencida de que Margaret tenía la idea fija de una persona, cuyo nombre no podía escuchar con indiferencia, y todo podía terminar en un perpetuo motivo de burlas para la señora Jennings.

Marianne era de sentimientos más sinceros hacia ella; pero se perjudicó al ruborizarse y decir a Margaret con tono de reproche:

—No olvides que, sean cuales sean tus suposiciones, no tienes derecho a repetirlas.

—Nunca he hecho suposiciones —repuso Margaret—, has sido tú quien me lo ha contado repetidamente.

Estas razones aumentaron la curiosidad de los presentes, y Margaret se vio instada a referir algo más.

—Oh, te lo ruego, Margaret, cuéntanos todo lo que sepas —pidió la señora Jennings—. ¿Cómo se llama el galán?

—No puedo decírselo, señora. Pero sé muy bien cuál es su nombre y dónde se encuentra.

—Sí, ya imagino dónde está: en su propia casa de Nordland. Es el cura de la parroquia, no cabe duda.

–No, no lo es. Aún no tiene oficio alguno.

–Margaret –dijo Marianne con calor–, sabes muy bien que todo esto que dices son puras invenciones, que esa persona no existe.

–Pues será que se ha muerto, Marianne, porque estoy segura de que existió y su nombre comienza con una F.

Profundo agradecimiento sintió Elinor hacia lady Middleton, porque en aquel instante se le ocurrió decir que llovía muy fuerte, aunque sabía que la interrupción salvadora derivaba menos de una atención hacia ella que del desagrado que aquella dama experimentaba ante burlas tan vulgares como las que regocijaban a su madre y a su marido. El tema de la lluvia fue continuado por el coronel Brandon, siempre tan respetuoso de los sentimientos de los demás; y muchas palabras fueron dedicadas por ambos a la lluvia. Willoughby abrió el piano y rogó a Marianne que interpretara algo, y así, entre los esfuerzos de diferentes personas en remediar la situación, al fin se consiguió. Pero a Elinor le costó un poco más rehacerse del contratiempo.

Se organizó una excursión para visitar al día siguiente una magnífica propiedad a unas once millas de Barton, propiedad de un cuñado del coronel Brandon, sin cuya intervención no podía hacerse, ya que el propietario se hallaba en el extranjero y había dejado órdenes muy severas sobre el particular. Todos pregonaban la belleza del lugar, sir John se mostraba especialmente entusiasta en tales elogios, ya que había organizado excursiones a esos parajes dos veces por verano durante los últimos diez años. En esa propiedad había un magnífico lago donde navegar a la vela constituía uno de los placeres reservados a los expedicionarios por la mañana; habían de llevar provisiones y emprender la ruta en coches descubiertos, como suele hacerse en tales partidas de campo.

A unos pocos pareció temeraria aquella salida, teniendo en cuenta la época del año y que hacía más de dos semanas que el tiempo se presentaba lluvioso. La señora Dashwood, algo resfriada, fue convencida por Elinor de permanecer en casa.

XIII

La proyectada excursión a Whitwell tomó un sesgo muy diferente del que imaginaba Elinor. Esperaba pasar frío, lluvia y fatiga; pero sucedió algo más desdichado aún: no fueron a la excursión.

Hacia las diez, toda la comitiva se hallaba reunida en Barton Park para desayunar. La mañana era bastante buena, aunque había llovido toda la noche. Las nubes parecían dispersarse y el sol lucía de vez en cuando. Todos estaban de buen humor, dispuestos a divertirse y a soportar todas las incomodidades que fuesen menester antes de abandonar el proyecto.

Mientras estaban desayunando, llegaron unas cartas. Entre éstas una para el coronel Brandon. La cogió, leyó las señas del remitente y, palideciendo repentinamente, salió de la estancia.

–¿Qué le sucede a Brandon? –preguntó sir John. Nadie lo sabía.

–Espero que no haya recibido malas noticias –dijo lady Middleton–. Ha de ser algo extraordinario para que el coronel Brandon abandone mi mesa tan precipitadamente.

Al cabo de cinco minutos volvió a entrar.

–Confío en que no se trate de malas noticias –dijo la señora Jennings.

–Nada de eso, señora.

–¿La carta es de Avignon? Espero que no le anuncien que su hermano está peor.

—No, señora. Llega de la ciudad y es simplemente una carta de negocios.

—¿Pero cómo le ha afectado tanto si sólo es una carta de negocios? Acérquese, coronel, y díganos la verdad de todo.

—Mi querida señora —dijo lady Middleton—, piense en lo que está diciendo.

—¿Tal vez le anuncian que su prima Fanny se ha casado? —dijo la señora Jennings, sin atender a las protestas de su hija.

—No, no es eso.

—Bueno, entonces, ya sé de quién se trata, coronel, y espero que ella siga bien.

—¿A quién se refiere, señora? —dijo Brandon, sonrojándose un poco.

—¡Oh!, bien sabe usted a quién me refiero.

—Lo siento, señora —dijo él dirigiéndose a lady Middleton—, pero se trata de un negocio que requiere mi inmediata presencia en la ciudad.

—¡En la ciudad! —exclamó la señora Jennings—. ¿Qué tiene usted que hacer en la ciudad, en esta época del año?

—Soy yo el más perjudicado —continuó—, ya que me veo obligado a dejar tan agradable compañía, pero estropeo la excursión porque mi presencia es necesaria para obtener el permiso para entrar en Whitwell.

—¡Buen papel nos deja usted a los demás!

—Pero si escribiera usted dos líneas al administrador, señor Brandon —dijo ansiosamente Marianne—, ¿no sería suficiente?

El coronel sacudió la cabeza.

—Es obligado que vayamos —dijo sir John—, no hemos de postergar esta excursión justamente cuando estábamos a punto de realizarla. Usted no puede marcharse a la ciudad hasta mañana, Brandon, así de sencillo.

—Desearía poder arreglarlo fácilmente, pero no me es posible retardar mi viaje ni un solo día.

—Si usted nos explicase de qué se trata —dijo la señora Jennings—, nosotros podríamos juzgar si puede diferir el asunto o no.

—No llegaría ni seis horas más tarde —dijo Willough-by—, si aplazase su viaje hasta nuestro regreso.

—No puedo perder ni una hora.

Elinor oyó cómo Willoughby decía en voz baja a Marianne:

—Existen ciertas personas que no pueden soportar ni un día de diversión. Brandon es uno de ellos. Temió coger un resfriado, y por eso inventó este engaño, para salir del paso. Apostaría quince guineas a que la carta estaba escrita de su propia mano.

—No dudo de ello —replicó Marianne.

—Es imposible hacerle cambiar a usted de opinión cuando la ha tomado, le conozco bien, Brandon. Sin embargo, creo que ha de pensarlo mejor. Considere que aquí están las dos señoritas Careys, que han venido de Newton, las tres señoritas Dashwood que llegaron de su casa de campo, y el señor Willoughby, que se levantó dos horas antes de su costumbre para visitar Whitwell.

El coronel Brandon expresó de nuevo su pena por ser la causa del fracaso de la excursión, pero, no obstante, confirmó que su marcha era inevitable.

—Bien, ¿y cuándo estará usted de vuelta?

—Espero que lo veamos en Barton —añadió la señora Middleton—, tan pronto como le sea posible dejar la ciudad. De momento aplazaremos la excursión a Whitwell hasta su regreso.

—Es usted muy amable. Pero como ignoro el tiempo que permaneceré en la ciudad, no puedo comprometerme a nada.

—Es obligado que vuelva —exclamó sir John—. Si a últimos de semana no está aquí, iré a buscarle.

—Hágalo, sir John —dijo la señora Jennings—, y entonces quizá podrá descubrir de qué se trata.

—No me gusta entrometerme en los asuntos ajenos, porque quizá es algo que le compromete.

En aquel momento anunciaron que los caballos del coronel Brandon estaban preparados.

—¿Irá usted a caballo a la ciudad? —preguntó sir John.

—No; solamente hasta Honiton. Luego tomaré el tren correo.

—Si está decidido a marcharse, le deseo un buen viaje. Pero siento que no le hayamos convencido.

—Le aseguro que no puedo obrar de otra manera.

El coronel se despidió de todos.

—¿Tendré el gusto de verlas este invierno en la ciudad, señorita Dashwood?

—En absoluto.

—Así pues, tal vez he de despedirme de usted por más tiempo del que en realidad hubiera deseado.

A Marianne la saludó sin dirigirle la palabra.

—Venga, coronel —añadió la señora Jennings—, díganos adónde piensa usted ir.

Pero él se despidió de ella y, acompañado de sir John, salió de la estancia.

Las palabras de disgusto, y contenidas por educación hasta aquel momento, estallaron al unísono entre los presentes, que se lamentaron de aquel fracaso.

—Imagino por qué se ha marchado —dijo la señora Jennings.

—¿De veras? —exclamaron todos.

—Sí, se trata de la señorita Williams, casi lo aseguraría.

—¿La señorita Williams? —preguntó Marianne.

—¿No conoces a la señorita Williams? Seguro que has oído hablar de ella en alguna ocasión. Es pariente del coronel, una parienta muy cercana. Son tan allegados que no hablaré de ello por respeto a estas señoritas. —Y bajando un poco la voz, dijo a Elinor—: Es una hija natural.

—¿De veras?

—Pues claro. El parecido salta a la vista. No cabe duda de que el coronel le dejará toda la fortuna.

Al regresar, sir John se unió al coro de lamentaciones. Pero no tardó en proponer que, estando todos reunidos, organizaran algún pasatiempo. Todos estuvieron de acuerdo en que si bien la excursión a Whitwell habría sido más divertida, podrían pasar unas horas agradables dando un paseo en coche por el campo. Dieron orden de enganchar. El coche del señor Willoughby llegó el primero, y Marianne se sintió feliz de aceptar un sitio en él. Willoughby conducía. Atravesaron el parque rápidamente, y muy pronto se perdieron de vista. Nadie volvió a verles hasta el regreso, después de la llegada de los demás. Ambos parecían encantados del paseo, pero no dieron detalles, excepto que no habían dejado el camino, aunque los demás se internaron en el bosque.

Decidieron que por la noche habría baile y que durante todo el día no podía faltar el buen humor y la animación. Se quedaron a comer algunos de los Careys, y unas veinte personas se reunieron alrededor de la mesa, para gran satisfacción de sir John. Willoughby se situó como de costumbre entre las dos señoritas Dashwood; y a la derecha de Elinor, la señora Jennings, la cual se inclinó hacia Marianne y, en voz alta para ser oída también por Willoughby, exclamó:

—¿Creéis habernos engañado? Sé muy bien dónde habéis pasado esta mañana.

Sonrojándose, Marianne replicó apresuradamente:

—¿Dónde, diga usted?

—Salimos en mi coche —dijo Willoughby—. Usted tal vez no lo sabía.

—Sí, señor, lo sé muy bien, porque quise ver dónde os habíais metido. ¿Te ha gustado la casa, Marianne? Es muy amplia, la conozco; y cuando vuelva a visitarla espero encontrarla amueblada y redecorada, tanto tiempo ha transcurrido desde que estuve allí.

Marianne volvió el rostro, confundida, mientras la señora Jennings se reía satisfecha. Fue Elinor quien llegó a saber cómo dicha señora había pedido a su sirviente que se enterara de todo por el criado de Willoughby. Y de ese modo averiguó que había estado en Allenham, y que fueron de paseo por el jardín y recorrieron la casa.

Elinor no se lo creía. No concebía que Willoughby propusiera semejante cosa, ni mucho menos que Marianne consintiera en pisar la casa de la señora Smith sin mantener con dicha señora ninguna relación.

Al salir del comedor, Elinor comenzó sus pesquisas para cerciorarse de ello, y su sorpresa fue grande al constatar que todas las palabras de la señora Jennings eran ciertas. Y aun la propia Marianne pareció extrañarse de que su hermana lo dudase.

—Pero dime, Elinor, ¿por qué crees que no podíamos entrar ni visitar la casa? ¿No es lo que tú habías deseado tantas veces?

—Es verdad, Marianne, pero sabiendo que la señora Smith no se encontraba allí, y sin otra compañía que Willoughby…

—Willoughby es la única persona que tiene derecho a enseñar la casa; y en su coche no cabía nadie más. Pasé una mañana muy divertida.

—Que pasaras una mañana divertida –replicó Elinor– no quiere decir que hayas obrado correctamente.

—Nada de eso, Elinor. Si realmente hubiese tenido conciencia de estar haciendo algo reprobable, no habría podido sentirme feliz en aquellos momentos.

—Pero querida Marianne, ya has visto cómo te exponías a interpretaciones desagradables. ¿No empiezas a dudar sobre la discreción de tu conducta?

—Si son las interpretaciones de la señora Jennings las que han de juzgar mi conducta, entonces todos obraríamos mal en todos los momentos de la vida. No doy valor a su censura, ni me importa su alabanza. Creo no haber hecho nada malo, yendo de paseo por la propiedad de la señora Smith y visitando su casa. Cosas que un día serán de Willoughby, y...

–Aunque lleguen a pertenecerle algún día, Marianne, eso no justifica lo que has hecho.

Marianne se turbó al oír esta insinuación, pero a la vez se sintió halagada. Unos instantes después se acercó a su hermana y le dijo jovialmente:

–Tal vez no hice bien en ir a Allenham, pero Willoughby tenía especial interés en enseñarme ese lugar, y la casa es encantadora. Tiene una habitación en la parte superior, muy proporcionada, que arreglada con muebles diferentes puede resultar muy confortable y cómoda para pasar en ella el mayor tiempo posible del día. Dicha habitación se encuentra en un ángulo de la casa con ventanas a dos lados. Por una de ellas se ve la pista de bolos situada detrás de la casa y un bosque frondosísimo; por la otra se domina la iglesia del pueblo y, más allá, aquellas suaves colinas que tantas veces hemos admirado. Los muebles y todo lo demás están tan abandonados que difícilmente podría sacárseles partido, pero si se decorara de nuevo, (costaría unas doscientas libras solamente) dice Willoughby que resultaría una de las más encantadoras estancias de Inglaterra.

Si los demás no les hubiesen interrumpido, Marianne hubiera descrito cada habitación de la casa con aquel mismo placer y entusiasmo.

XIV

La súbita marcha del coronel Brandon de Barton Park, y la firmeza que demostró en ocultar el motivo,

73

preocuparon a la señora Jennings por dos o tres días. Era una señora siempre preocupada, como suelen estarlo los que ponen demasiado interés en las andanzas de sus amigos. Sentía una aguda curiosidad por saber la razón y estaba segura de que se trataba de una mala noticia. Así pues, reflexionó sobre qué clase de desgracia podía haberle acontecido al coronel, convencida de que no era posible que se hubiese librado de ella.

–Seguramente se trata de algo muy triste –dijo–. Bien lo revelaba su rostro. ¡Pobre Brandon! Le ha ocurrido algo desagradable. A la propiedad de Delaford no se le calcula una renta superior a doscientas libras anuales, y su hermano dejó las cosas algo enredadas. Le habrán llamado por cuestiones de dinero; ¿qué otra cosa puede ser? La verdad es que daría cualquier cosa por saberlo. Tal vez se trata de la señorita Williams. Sí, es verdad, sin duda se trata de ella, ¡se le veía tan abrumado cuando la mencioné! Quizá se encuentra enferma en la ciudad, pues me consta que suele estar algo delicada. Apostaría a que se trata de la señorita Williams. No es probable que se apure ahora por sus asuntos, pues es un hombre discreto y durante este tiempo habrá podido aclarar los enredos de la herencia. También cabe que su hermana estuviese peor en Avignon, y que le llamase a su lado. La rapidez de su marcha obedeció sin duda a cosas de ese tenor. De todo corazón desearía verle libre de preocupaciones.

De tal suerte hablaba la señora Jennings, variando de parecer cada vez que una nueva suposición surgía en su ánimo. En ciertos momentos, todas ellas le parecían igualmente probables. Elinor, aunque realmente interesada en el bienestar de Brandon, no concedió la importancia que hubiera deseado la señora Jennings a la súbita marcha del coronel, pues aunque esta circunstancia no dejaba de preocuparle, tenía absorbida toda su atención en otro asunto. Se sentía intrigada por el silencio que guardaban su hermana y Willoughby, respecto a lo que tanto interesaba a todos. La persistencia de su silencio hacía más incomprensible el comportamiento de ambos. Elinor no podía comprender por qué no les anunciaba a ella y a su madre lo que claramente traslucía la manera en que ambos se trataban.

Era fácil comprender que no se pudiesen casar enseguida, pues aunque Willoughby era independiente, no podía llamársele rico. Sir John evaluaba su patrimonio en unas seis o setecientas libras al año, pero con la vida que llevaba difícilmente podrían bastarles estas rentas. Algunas veces se había lamentado de sus escasos medios. Pero el secreto que guardaban respecto a su compromiso, que de hecho no comprometía a nadie, no guardaba seguramente relación con aquellas circunstancias. Y esta manera de proceder, en realidad tan contraria a las opiniones de ambos jóvenes, hizo nacer la duda en el ánimo de Elinor: ¿estaban realmente comprometidos? Y esa duda fue suficiente para que no se atreviese a formular ninguna pregunta sobre el particular a Marianne.

El comportamiento de Willoughby para con ellas no podía ser más afectuoso y atento. A Marianne le demostraba toda la ternura que puede inspirar una muchacha, y para el resto de la familia demostraba la afectuosa atención de un hijo y un hermano. Consideraba la alquería como su propia casa, y pasaba más tiempo allí que en Allenham. Si de común acuerdo se reunían en Barton Park, las salidas que efectuaba todas las mañanas, para hacer ejercicio, le llevaban casi siempre a la alquería, donde se le veía diariamente al anochecer para estar con Marianne...

La semana después de la marcha del coronel Brandon, una noche en que parecía más inclinado que de costumbre a mirar con afecto los objetos que le rodeaban, al manifestar la señora Dashwood su intención de hacer algunas reformas en la casa en cuanto llegase el buen tiempo, Willoughby pareció contrariado. El afecto que sentía por aquellas cosas le hacía considerar con recelo cualquier modificación en ellas.

–¡Cómo! –exclamó–. ¿Transformar mi querida casita? Nunca lo consentiré. Es mi mayor deseo que ni una piedra se añada a sus muros ni se altere en un metro su espacio.

–No se inquiete –dijo Elinor–. Nada de esto se va a realizar; mamá nunca tendrá el suficiente dinero para intentarlo… Créame que es peculiar pero me encanta –añadió.

–Si no tiene otro medio de emplear su riqueza, es preferible que no sea rica.

–Descuide, Willoughby. Puedo asegurarle que nunca sacrificaré su sentimiento a todas las reformas del mundo. No sé si en primavera, después de haber arreglado mis asuntos, podré disponer de algún dinero. Pero preferiría dejar sin colocar aquella suma antes que utilizarla en una forma que resultase penosa para usted. Pero ¿es que realmente encuentra tan interesante este lugar, hasta el punto de no distinguir sus defectos?

–Para mí este lugar es perfecto –dijo él–. La casa tiene para mí la única forma y estructura que yo considero acorde con la felicidad. Si yo fuera lo bastante rico para permitirme tal capricho, haría derribar Combe, y edificar en su lugar una pequeña construcción idéntica a la alquería.

–Naturalmente, sin que faltase una oscura y angosta escalera, y una cocina que invada toda la casa de humo. ¿No es cierto? –dijo Elinor.

–Desde luego –exclamó él con el mismo tono vehemente–, con todo lo que hay en ella: tanto las comodidades como los inconvenientes. El más pequeño cambio será al punto perceptible. Si pudiese realizar el ideal de vivir bajo un techo como éste, podría ser tan feliz en Combe como lo he sido en Barton.

—Me halaga pensar —replicó Elinor— que aun con la desventaja de mejores habitaciones y una amplia escalera, andando el tiempo encontrará su propia casa tan perfecta como actualmente la nuestra.

—Es que existen circunstancias —dijo Willoughby— que influyen para que esta casa me sea tan querida. Este lugar siempre tendrá en mi afecto un derecho preferente que difícilmente podrá ser destruido.

La señora Dashwood miró complacida a Marianne, quien, fijando una mirada expresiva en Willoughby, revelaba la reciprocidad de sus sentimientos.

—¡Cuando estuve en Allenham, meses atrás, cuántas veces deseé que Barton Cottage estuviese deshabitado! Nunca pasé por sus inmediaciones sin admirar su excelente situación, lamentando que nadie habitase allí. Poco podía pensar entonces que la primera noticia que había de darme la señora Smith, cuando volviese al cabo de un tiempo, sería que Barton Cottage estaba ocupado. La noticia me causó gran satisfacción, debido sin duda a un presentimiento de la felicidad que experimentaría más adelante. ¿No lo crees así, Marianne? —le preguntó en voz baja. Y continuando luego con su tono natural, añadió—: ¡Y usted deseaba estropear esta casa, señora Dashwood! Por una mejora imaginaria la habría despojado de su sencillez. Y este querido saloncito donde nos conocimos, en el cual tantas horas felices hemos pasado reunidos, lo haría usted desaparecer para convertirlo en vestíbulo, y todo el mundo pasaría distraídamente por una habitación, que ha contenido tanta comodidad y verdadero confort como ninguna otra en el mundo.

La señora Dashwood insistió en que no intentaría realizar ningún cambio en la casa.

—Es usted muy bondadosa —dijo él con tono de afecto—. Su promesa me tranquiliza. Hágala usted un poco más categórica y seré feliz. Prométame, además, que no solamente la casa quedará tal como está ahora, sino que encontraré en usted y en los suyos el mismo inalterable afecto, y que en lo sucesivo me considerarán con la misma benevolencia que me han demostrado hasta ahora.

Se lo prometieron gustosas, y el comportamiento de Willoughby durante toda la velada pareció querer dar muestras a la vez de afecto y satisfacción.

—¿Vendrá usted mañana a cenar? —dijo la señora Dashwood, antes de que el muchacho se marchara—. No le digo que venga usted por la mañana, porque tenemos intención de ir a Barton Park, a visitar a lady Middleton.

Él les aseguró que vendría a las cuatro.

XV

Al día siguiente, la señora Dashwood, acompañada de dos de sus hijas, visitó a lady Middleton. Marianne, bajo un pretexto insignificante, se excusó de ir con ellas, y su madre, pensando acertadamente que se quedaba en espera de la visita de Willoughby, se marchó complacida de que no las acompañase.

A su regreso de Barton Park, encontraron el coche y el criado de Willoughby aguardando ante la casa. La suposición de la señora Dashwood era cierta. Hasta aquí había llegado su perspicacia, pero al entrar en la casa comprobó que las cosas no se ajustaban por entero a sus deseos. Al llegar al corredor, divisaron a Marianne que salía apresuradamente del saloncito, muy disgustada y llevándose el pañuelo a los ojos. Corrió hacia la escalera, sin reparar en la presencia de ellas. Algo sorprendidas, se dirigieron al saloncito de donde había salido Marianne y allí encontraron a Willoughby. Apoyado contra la chimenea, les daba la espalda. Se volvió al oír pasos y por su semblante adivinaron que estaba profundamente conmovido.

—¿Qué le ha sucedido a Marianne? —exclamó la señora Dashwood apenas entró en el saloncito—. ¿Se encuentra mal?

—Creo que no —dijo él, procurando disimular su confusión, y con una sonrisa forzada añadió—: Soy yo el que va a caer enfermo ya que me he llevado un disgusto muy grande.

—¿Un disgusto?

—Sí, por no poder cumplir la promesa que le hice a usted. Esta mañana la señora Smith abusó del privilegio que tienen los ricos hacia los parientes pobres, y dispuso que fuese a Londres para atender unos asuntos. Recibí hace poco los documentos y sin tardanza he salido de Allenham; con pena me veo ahora obligado a despedirme de ustedes.

—¡A Londres! ¿Se marcha usted esta mañana?

—Ahora mismo.

—¡Cuánto lo siento! Cuando la señora Smith le manda a usted a Londres, sin duda tiene motivos para ello; confío en que estos asuntos no le alejarán por mucho tiempo de nosotros.

Al oír estas palabras él se sonrojó.

—Es usted muy amable, pero no pienso volver por ahora. Sólo una vez al año acostumbro a visitar a la señora Smith.

—Pero ¿acaso la señora Smith es su única amistad? ¿Cree usted que sólo sería bien recibido en Allenham? No es posible, Willoughby. Usted olvida que puede disponer también de nuestra casa.

Su turbación aumentó, y sin levantar la vista dijo:

—Es usted demasiado bondadosa.

La señora Dashwood miró a Elinor. Podía leerse el asombro en su cara. Guardaron unos momentos de silencio. Luego la señora Dashwood añadió:

–Sólo le diré, mi querido Willoughby, que será usted siempre bienvenido en Barton Cottage; pero no quiero insistir en que vuelva enseguida, ya que no puedo juzgar hasta qué punto puede resultar agradable a la señora Smith.

–Mi situación es algo delicada –replicó turbado Willoughby.

La señora Dashwood se quedó atónita. Se hizo otra pausa. La rompió Willoughby, que, al tiempo que sonreía vagamente, murmuró:

–Es insensato alargar tales momentos. No quiero permanecer más tiempo entre amigos de cuya amistad y compañía no puedo gozar.

Se despidió apresuradamente y salió del saloncito. Le vieron subir al coche y un momento después le perdieron de vista.

La señora Dashwood, muy impresionada, hasta el punto de no poder hablar, salió de la estancia para reflexionar a solas sobre el motivo de aquella rápida partida.

Elinor sentía la misma inquietud que su madre. Recordaba lo ocurrido con ansiedad y desconfianza. La conducta de Willoughby despidiéndose de ellas con prisa, su turbación, su afectada animación, y por último la negativa a aceptar las invitaciones de su madre –conducta inexplicable de su parte– eran preocupantes. De momento temió que Willoughby hubiese tomado la cosa con seriedad excesiva, pero luego consideró más probable que su hermana y él hubiesen reñido. La emoción de Marianne al salir del saloncito quizá había sido provocada por una discusión, aunque se resistía a creerlo, pensando que entre ellos reinaba una completa avenencia.

El motivo de la separación, sea cual fuese, causaba pena a Elinor. Se compadecía profundamente de Marianne; la imaginaba sumida en sus pesares, en lugar de buscar alivio.

Media hora después volvió la madre. Tenía ojos de haber llorado, pero sereno el semblante.

—Nuestro querido Willoughby se encuentra ya a varias millas de Barton, Elinor —exclamó mientras se sentaba—. ¡Y qué triste debe de estar!

—Su brusca partida es inexplicable. Fue cosa de unos minutos. ¡La última noche que pasó con nosotras estaba tan contento, animado y afectuoso! Y ahora, de repente se marcha, al parecer sin propósito de volver. Debe de haber ocurrido algo que nosotras ignoramos. Últimamente se le veía callado, no era el mismo de antes. Seguramente usted ha notado la diferencia tanto como yo misma. ¿Qué le ocurrirá? ¿Habrá reñido con Marianne? Si no fuese así, ¿por qué tenía que rehusar la invitación que usted le hizo?

—Disimulaba sus sentimientos, Elinor. Me di cuenta de ello claramente. No podía aceptar mi invitación, como era su deseo. Después de pensar en todo lo sucedido me explico perfectamente algunas cosas que ya antes me parecían anormales y que a ti tampoco te pasaron por alto.

—¿De veras?

—Sí, ahora me explico muchas cosas que antes no podía comprender. Pero a ti, Elinor, quizá no te convenza mi explicación; no obstante, puedo asegurarte que difícilmente me harás cambiar de parecer. Estoy convencida de que la señora Smith conoce el afecto que el muchacho siente hacia Marianne y no lo aprueba (tal vez porque tiene otros planes respecto a él). La misión que le ha encomendado no es más que una excusa para alejarle de aquí. Creo que es así. Por otra parte, el muchacho no se atreve a confesar su compromiso con Marianne, porque sabe que la señora Smith lo desaprueba; y se ve obligado por su situación subalterna a dejar Devonshire por un tiempo, sin puntualizar nada. Me dirás que tal vez puede haber ocurrido otra cosa, pero no quiero creer nada más, a no ser que puedas darme razones convincentes. Dime, pues, lo que consideres oportuno.

—Nada en absoluto… La verdad es que opino como usted.

—Oh, Elinor, me temo que das más crédito a lo malo que a lo bueno. Se ve que por compasión a Marianne consideras al pobre Willoughby culpable. Estás resuelta a pensar mal de él, porque se despidió de nosotras con menos afecto que de costumbre. ¿No puedes atribuirlo a descuido o a la preocupación del disgusto reciente? ¿No hemos de pensar también en las cosas posibles, aunque no sean absolutamente seguras? Y al fin y al cabo, ¿qué es lo que sospechas?

—No sé cómo explicarme, pero creo que la alteración de su semblante era la consecuencia de algo desagradable. Sin embargo, tiene usted razón en decir que debemos ser indulgentes para con él, y es mi mayor deseo juzgar a las personas con benevolencia. Sin duda Willoughby tiene sus motivos para obrar así. Aunque hubiese sido más propio de él hablar con franqueza desde el principio. Los secretos son aconsejables en muchas ocasiones, pero tanta reserva me sorprende en él.

—No le culpes si en esta ocasión ha obrado de una manera que parece contraria a su modo de ser. ¿No crees que son razonables los motivos que doy en su defensa? Me alegra ver que piensas como yo. Queda, pues, absuelto.

—No del todo. Que oculte sus relaciones (si es que están prometidos) a la señorita Smith es natural, y en este caso es prudente que Willoughby no permanezca mucho tiempo en Devonshire. Pero que lo disimule ante nosotros no tiene excusa.

—¡Que lo disimulen! Pero ¿eres tú, Elinor quien acusa a Willoughby y a Marianne de exceso de reserva? No lo entiendo. Siempre has censurado su falta de discreción.

—No me satisface tener sólo pruebas de que se quieren –dijo Elinor–, preferiría tenerlas de su compromiso.

–Creo que tenemos pruebas suficientes.

–Nunca dijeron a usted una palabra de sus relaciones.

–Muchas veces, los hechos hablan tan claramente que no precisan palabras. ¿Acaso la conducta observada hasta ahora por Willoughby, respecto de nosotras y de Marianne, no daba a entender que la consideraba ya como su prometida, y que sentía por nosotras verdadero afecto? ¿No lo creíamos todas así? Su constancia y respetuosa atención, ¿no parecía siempre pedir mi consentimiento a sus propósitos? ¿Si crees esto, puedes dudar aún, Elinor, de su compromiso? ¿Puedes pensar que Willoughby, persuadido por alguien de dejar a tu hermana, se haya separado de ella sin hablarle de su afecto; crees que se ha marchado sin un cambio de impresiones entre ellos?

–Confieso –contestó Elinor– que todo me induce a creer que están prometidos, excepto una cosa. Me refiero al silencio de ambos sobre su compromiso, y esto es lo que considero más importante.

–¡Cómo puedes pensar así! Debes de tener a Willoughby en muy mal concepto, cuando después de lo sucedido aún dudas de la naturaleza de sus sentimientos. ¿Crees que el afecto que demostraba a tu hermana no era verdadero? ¿Le supones indiferente respecto a ella?

–No, desde luego que no. Seguramente la quiere de veras.

–Aunque, por lo que tú supones, debe de ser un cariño muy especial, ya que se marcha con indiferencia y sin hacer mención de su regreso.

–Pero recuerde usted, madre, que nunca he considerado este compromiso como cosa segura. A veces he tenido mis dudas, pero tan débiles que pronto se han desvanecido. Sin embargo, si llegamos a descubrir que se escriben, no dudaré más.

–¡Poco me concedes! Y si les vieras delante del altar,

¿creerías que van a casarse? ¡Qué incrédula eres, Elinor! Por mi parte no necesito tantas pruebas. Nada en absoluto ha existido que pudiera hacerme dudar de que se quieren; nunca lo han ocultado, ni han demostrado reserva. Respecto a Marianne, me parece que puedes estar segura de sus sentimientos. Es de Willoughby de quien tal vez desconfías. Pero ¿por qué razón? ¿No crees que sea un joven de honor y buenos sentimientos? ¿Has notado alguna inconsecuencia por parte de él que te haya hecho pensar mal? ¿Crees que miente?

—No puedo ni quiero pensarlo —dijo Elinor—. Willoughby me inspira verdadero afecto, y dudar de su seriedad es tan penoso para mí como pueda serlo para usted. Se me ha ocurrido esto no sé cómo, involuntariamente, y no quiero acordarme más de ello. De momento me alarmé por el cambio que vi en él; esta mañana no era el mismo, y no se dirigía a usted con la amabilidad acostumbrada. Pero todo se explica por la preocupación que le embargaba, sin duda, tal como había usted supuesto. Esta mañana se separó de Marianne y se dio cuenta de su pena; además, si se creía obligado, por temor a la señora Smith, a renunciar a la invitación que usted le hizo, es natural que se sintiese confuso en nuestra presencia. En tal caso una franca confesión de sus dificultades habría sido más noble de su parte, tanto más conociendo su carácter. Pero no me propongo objetar la conducta de otro porque no sea de mi agrado.

—Tienes razón. Willoughby no merece que sospechemos de él. Aunque no lo conozcamos de tiempo, no es un desconocido para todos. ¿Sabes de alguien que haya hablado mal de él? Si su situación hubiese sido independiente, con medios para casarse, seguramente no se habría marchado sin darnos una explicación, pero no es el caso. Se trata de unas relaciones que las circunstancias alargarán bastante antes de llegar al matrimonio, y opino que es mejor guardarlo en secreto.

Margaret entró en la estancia y la conversación quedó interrumpida. Entonces Elinor pudo reflexionar sobre lo que opinaba su madre, deseosa de creer que todo era cierto.

No vieron a Marianne hasta la hora de comer. Entró en la habitación y sin decir palabra se sentó en su sitio de costumbre. Tenía los ojos enrojecidos y sólo con un gran esfuerzo lograba contener las lágrimas. Evitaba las miradas y no le era posible comer ni hablar. Poco después, la madre estrechó en silencio la mano de Marianne, que conmovida por este gesto afectuoso rompió a llorar y salió de la estancia.

Durante aquella noche todos estuvieron deprimidos y tristes.

Marianne no tenía suficiente fuerza de voluntad para dominar su pena. La mínima mención de Willoughby la trastornaba, y aunque su familia se esforzaba en consolarla, les resultaba difícil eliminar de su conversación cualquier tema relacionado con él.

XVI

Marianne, sumida en su aflicción, encontraba imperdonable entregarse al sueño aquella primera noche después de la partida de Willoughby. Se habría avergonzado de seguir con su familia, por lo que se había levantado más necesitada de reposo que al acostarse. Pero los sentimientos que la afligían no la dejaban descansar. Durante toda la noche estuvo desvelada, y sollozando la mayor parte de ella. Se levantó con dolor de cabeza, siéndole muy penoso hablar, y se sintió incapaz de tomar cualquier alimento. La madre y la hermana, sumamente afligidas, procuraban aliviar su pena, pero Marianne rechazaba el menor intento de consuelo y daba muestras de exagerada sensibilidad.

Después de comer, Marianne salió de la casa y se dirigió paseando hacia los alrededores de Allenham. Se complacía en el recuerdo de lo que había gozado allí, y lloraba pensando en cuanto había de sufrir aquella mañana.

Marianne pasó la noche abismada en sus pensamientos. Sentada al piano, interpretó una tras otra las canciones que gustaban a Willoughby, recreándose especialmente en aquellas que habían cantado juntos. Contemplaba como absorta por la emoción las partituras de música que Willoughby le había dedicado y sentía el ánimo tan dolido que ninguna pena habría podido ser más profunda. Así alimentaba y daba pábulo a su tristeza. Y así pasaba largas horas, hasta que sus cantos acababan en sollozos y las lágrimas ahogaban su voz.

Un estado de ánimo tan exacerbado no podía durar, y pronto empezó a sentir una sosegada melancolía. No obstante, debido sin duda a los solitarios paseos y las meditaciones silenciosas, algunas veces volvía a sentir vivamente la misma aflicción del primer momento.

No llegó ninguna carta de Willoughby. Marianne, sin embargo, no daba muestras de esperarla. La madre estaba asombrada, y Elinor parecía otra vez muy inquieta. Pero la señora Dashwood anhelaba descubrir alguna explicación que la tranquilizara.

–Recuerda, Elinor –dijo–, cuán a menudo sir John recogía nuestras cartas del correo para traerlas aquí. Ya hemos convenido que lo mejor de momento era no hablar del asunto; por lo tanto, difícilmente podríamos guardar el secreto en caso de recibir la correspondencia por medio de sir John.

Elinor sabía que era verdad, pero al mismo tiempo trataba de encontrar otro motivo al silencio de Willoughby. Según ella opinaba, existía una manera sencilla y preferible para poner en claro aquel misterio.

—¿Por qué no le pregunta usted a Marianne si tiene relaciones con Willoughby? —propuso Elinor—. Si esta pregunta viene de usted que tanto la quiere, no puede ofenderla. Sería natural con el cariño que siente usted por ella. No acostumbra a ser muy reservada y no es fácil que le oculte a usted la verdad.

—No soy capaz de hacerlo. Suponiendo que no estén prometidos, ¡qué pena le causarían mis indagaciones! No estaría bien por mi parte. Además perdería su confianza, si le obligo a decir lo que ella prefiere ocultar. Conozco a Marianne, sé que me quiere de veras y espero no ser la última persona en conocer este asunto, cuando debido a las circunstancias pueda contarlo abiertamente. No quiero forzar a nadie a que me haga sus confidencias, y mucho menos a una chiquilla, porque el sentido del deber me privaría contrariar sus deseos.

Elinor consideró excesiva aquella delicadeza, habida cuenta de la edad de su hermana. Trató de hacerlo comprender a su madre, pero todo fue en vano. La prudencia, la sensatez, el sentido común, todo se desvanecía ante la romántica delicadeza de la señora Dashwood.

Nadie mencionó el nombre de Willoughby, ante Marianne, hasta después de algunos días. Sir John y la señora Jennings no se mostraban con ellas tan amables como de costumbre, y ésa era otra pena que se añadía a la que sufrían ya. Pero, una noche, la señora Dashwood, tomando de la librería un volumen de Shakespeare, exclamó:

—Nunca hemos leído *Hamlet* hasta el final, Marianne; nuestro querido Willoughby se marchó antes de poder terminarlo. Lo guardaremos para cuando vuelva... Pasarán algunos meses tal vez, antes de que eso ocurra.

—¡Meses! —exclamó Marianne, sorprendida—. Nada de eso. Sólo unas semanas.

La señora Dashwood se arrepentía ya de sus palabras; no obstante fueron del agrado de Elinor, ya que habían provocado una respuesta espontánea que revelaba muchas cosas.

Ocho días después de la marcha de Willoughby, una mañana Elinor y su hermana persuadieron a Marianne de que fuera a pasear con ellas. Hasta entonces había evitado toda compañía en sus paseos. Si las hermanas se internaban en el bosque, seguía el camino; si hablaban de ir por el valle, intentaba escabullirse y trepar por las colinas; cuando se hablaba de salir, no había manera de hallarla. Pero al fin se dejó convencer por Elinor, que desaprobaba semejante aislamiento. Aquel día tomaron por la carretera que atraviesa el valle; iban silenciosas, porque Marianne dejaba traslucir aún su pena, pero Elinor estaba satisfecha de haber logrado que las acompañara. Al lado opuesto de la entrada del valle, el bosque aparecía más claro y menos salvaje; distinguieron la carretera por donde habían pasado cuando llegaron a Barton. Se detuvieron para admirar la bella perspectiva del lugar.

Mientras contemplaban el panorama, divisaron un punto que se movía: era un hombre a caballo que se dirigía hacia ellas. Tras unos minutos pudieron distinguir que se trataba de un joven. Al poco Marianne exclamó con ímpetu:

—¡Es él! Le conozco muy bien. —Y se apresuró a su encuentro.

Elinor exclamó:

—Te equivocas, Marianne. No es Willoughby. Este caballero no es tan alto y tiene el pelo de otro color.

—¡Es él, es él! —dijo Marianne—. Estoy segura de que es él: su aire, su abrigo, el caballo. No andaba errada de que volvería pronto.

Y mientras hablaba, seguía andando. Elinor casi podía asegurar que aquel hombre no era Willoughby. Se acercó a Marianne para consolarla. Sólo unos metros las separaban del joven. Marianne se dio cuenta de su error y se volvió bruscamente, dispuesta a echar a correr, cuando las voces de sus hermanas la detuvieron: otra voz conocida se unía a las de Elinor y Margaret para decirle que aguardara; entonces se dio la vuelta y quedó sorprendida al ver a Edward Ferrars.

Aquella persona le inspiraba suficiente simpatía como para hacerle olvidar de momento su desengaño con Willoughby, y era el único ser capaz de arrancarle en aquel momento una sonrisa. Entre lágrimas pudo sonreír a Edward, y la alegría de Elinor le hizo olvidar unos momentos su propio desencanto.

Al apearse, Edward entregó las riendas al criado. Y regresaron juntos a Barton. El joven había venido a Barton para visitarlas.

Le recibieron todas con mucha cordialidad, especialmente Marianne, que parecía demostrar hacia él más interés que la propia Elinor. Marianne observó que aquel nuevo encuentro de Edward y su hermana mostraba los mismos síntomas de inexplicable frialdad que ya le llamaron la atención durante su estancia en Nordland. La actitud de Edward era impropia de un enamorado. Se le veía turbado y no parecía complacido de verlas, hablaba poco, sólo contestaba a las preguntas que le dirigían, y no dedicaba a Elinor ninguna prueba especial de afecto. Marianne se dio cuenta de ello y se sorprendió. Un sentimiento de antipatía hacia Edward nació en su ánimo y acabó, como es natural, dirigiendo su pensamiento a Willoughby, cuyas maneras eran tan diferentes y formaban tan vivo contraste con las de su posible cuñado.

Luego de las primeras preguntas se hizo un silencio, que interrumpió Marianne preguntando a Edward si había venido directamente de Londres. El joven contestó que hacía quince días que se hallaba en Devonshire.

—¡Quince días! —repitió, sorprendida de que, estando tan cerca de Elinor, hubiese podido pasar tantos días sin verla.

Edward pareció vacilar al confesar que había permanecido unos días cerca de Plymouth con unos amigos.

—¿Hace poco que estuvo usted en Sussex?

—No hace mucho pasé casi un mes en Nordland.

—¿Y cómo está nuestro querido Nordland? —preguntó Marianne.

—Nuestro querido Nordland —respondió Elinor— debe de estar como todos los años en esta época, con los bosques y paseos en deshoje, el suelo enteramente cubierto de hojas caídas.

—¡Qué sensación experimenté la primera vez que viví tales días de otoño! —dijo Marianne—. Me sentí encantada al salir a pasear y ver cómo, impelidas por el viento, las hojas caían sobre mí. ¡Qué sentimientos me sugería el paisaje otoñal! Nadie ha de mirarlas ahora con nuestro embeleso. Las tendrán como un estorbo, se apresurarán a barrerlas, dejándolas tristemente abandonadas en un rincón.

—No todo el mundo —repuso Elinor— tiene esta afición tuya por las hojas caídas.

—No, ya sé que mis sentimientos no suelen ser muy comprendidos. Casi nunca. —Y al decir esto se quedó pensativa unos momentos; luego, animándose de nuevo, exclamó—: Mire usted, Edward. —Y llamó su atención sobre el paisaje que tenían a la vista—. He ahí el valle de Barton. Contemple esas colinas. ¿Ha visto algo tan bello? A la izquierda, entre bosques, se halla Barton Park. La casa se distingue un poco. Y allí, al pie de la colina más lejana y majestuosa, nuestra casita.

—Es una región admirable —respondió el muchacho—, pero en invierno estos fondos deben de ser verdaderos barrizales.

—¿Cómo se le ocurre pensar en cosas desagradables cuando todo es tan bello en derredor?

—Porque me he dado cuenta —replicó sonriendo—, entre lo mucho que me llama la atención, que el camino está lleno de polvo.

«¡Qué manera peculiar de ver el mundo!», pensó Marianne mientas continuaba andando.

—¿Son simpáticos los vecinos de por aquí? ¿Es agradable la familia Middleton?

—No mucho —contestó Marianne—, por desgracia no podíamos haber caído peor.

—Marianne —dijo su hermana—, ¿por qué dices algo tan injusto? No la crea, Edward; al contrario, son muy amables y se han portado con nosotras como viejos amigos. ¿Has olvidado, Marianne, los días agradables que hemos pasado en su compañía?

—Recuerdo muy bien los malos ratos que les debemos —dijo Marianne en voz baja.

Elinor no se dio por aludida, pues se mostraba atenta con el recién llegado y se esforzaba en mantener la conversación, hablándole de la nueva casa, de sus inconvenientes, etcétera. La reserva de Edward la mortificaba en extremo, pero al mismo tiempo la animaba a tratarle cordialmente y, en aras de la simpatía que en otro tiempo le inspirara, procuró disimular su resentimiento actual y comportarse, en fin, como con un buen amigo o un pariente cercano.

XVII

La sorpresa que tuvo la señora Dashwood al ver a Edward sólo duró breves instantes, ya que consideraba muy natural que fuera a Barton para visitarlas. La alegría de verle allí fue más duradera que su asombro. Lo recibió afectuosamente y pareció que la timidez y la reserva de

Edward se desvanecían un tanto. Apenas hubo entrado en la casa, estos sentimientos desaparecieron completamente ante las maneras cautivadoras de la señora Dashwood. Era difícil para alguien que quisiese a cualquiera de las hijas, dejar de sentir un profundo afecto hacia la madre; y Elinor comprobó finalmente que Edward era el mismo de siempre. El afecto que había sentido hacia ellas parecía revivir y demostraba el mayor interés por todas sus cosas. Elogiaba la casa, admiraba el paisaje, estaba atento y afectuoso con todos, aunque un tanto cohibido aún. La señora Dashwood atribuía esta actitud a influencias de la madre de Edward, y en su fuero interno se sintió indignada de que existiesen padres tan egoístas.

–¿Tiene aún su madre los mismos planes respecto a usted, Edward? –dijo la señora Dashwood después de comer, mientras se acondicionaban junto al fuego–. ¿Piensa aún hacer de usted un gran político, a pesar de ir contra sus deseos?

–No creo. Creo que mi madre está ya convencida de que no tengo vocación ni talento para hacer de mí un político, como ella hubiera deseado.

–Además, no es tan fácil hacerse célebre. Nunca, quizá, llegaría a ser famoso como desea su familia, sobre todo sin contar con una vocación o una inclinación, y no poseyendo suficiente confianza en sí mismo.

–No he intentado probarlo. No tengo el menor deseo de abandonarme a la ambición y me sobran razones para mantenerme en esta postura. Nadie podrá obligarme a ser lo que no soy.

–No es usted ambicioso, lo sé muy bien. Un hombre de aspiraciones moderadas.

–Es verdad. Mis aspiraciones son tan moderadas que están al alcance de todo el mundo. Yo deseo lo mismo que mucha gente: ser feliz; desde luego, una felicidad adaptada a mi propia manera de ser. La celebridad, por ejemplo, no me haría feliz.

–Lo comprendo muy bien –dijo Marianne–. ¿Qué relación tiene la riqueza y la fama con la felicidad?

–La fama no tiene mucha relación –dijo Elinor–, pero la riqueza creo que sí.

–¡No digas eso, Elinor! –repuso Marianne–. El dinero solo no puede proporcionar la felicidad. Naturalmente algo se necesita para vivir, pero la riqueza por sí sola no puede procurarnos la felicidad.

–Tal vez tengas razón –dijo Elinor, sonriendo–, acabaremos por estar de acuerdo. Seguramente lo que tú consideras necesario y mi riqueza son equivalentes, no cabe duda; porque si encontramos insuficiente toda comodidad… Tus ideas tal vez son más nobles que las mías. Pero dime, ¿cuánto crees necesario para vivir?

–De mil ochocientas a dos mil libras al año.

Elinor se rió.

–¡Dos mil libras al año! ¡Pues, imagina, mil libras es lo que yo considero riqueza! Ya ves dónde vamos a parar.

–Con todo, dos mil libras es una suma muy moderada –dijo Marianne–. Con menos es imposible mantener a una familia. Creo no ser exigente. Se necesitan criados, uno o dos coches, perros de caza; menos que esto me resultaría duro.

Elinor volvió a sonreír, oyendo a su hermana describir tan exactamente los gastos que tendría en Combe Magna.

–¡Perros de caza! –repitió Edward–. Pero ¿para qué quiere usted perros? No todo el mundo puede cazar.

Marianne se sonrojó mientras replicaba:

–Pero todo el mundo no es igual.

–Qué maravilla –dijo Margaret, cambiando de conversación–, si cada uno de nosotros tuviese una gran fortuna.

–¡Sería maravilloso! –exclamó Marianne, animándose, y encendido el rostro con la idea de semejante ventura.

—Aunque la fortuna no haga la felicidad —dijo Elinor—, ya veis que todos estamos de acuerdo en el fondo.

—Sería tan feliz si esto fuese posible —dijo Margaret—. Me gustaría saber lo que haría con mi fortuna.

Marianne la miró sorprendida, porque ella no tenía ninguna duda sobre aquel punto.

—Me encontraría en apuros si tuviese que gastar yo sola una fortuna —dijo la señora Dashwood—, si mis hijas estuviesen en buena posición y no necesitasen mi ayuda.

—Lo mejor sería que empezara por mejorar la casa, madre —observó Elinor—, ya vería cuántas ocasiones tendría para gastar.

—¡Y cuántos encargos harían ustedes a Londres para toda la familia! —dijo Edward—. ¡Qué dicha para los libreros, las casas de música y las imprentas! Usted, señora Dashwood, daría orden de que le enviaran todos los libros interesantes que salieran. Y música suficiente en Londres capaz de contentarla. Respecto a libros (Thomson, Cowper, Scott) los compraría todos; quizá querría acaparar las ediciones para impedir que cayeran en manos indignas; compraría también todos los libros que nos enseñan a admirar los árboles y las plantas. ¿No es así, Marianne? Le pido perdón si he sido un poco insolente, pero quería demostrarle que no he olvidado nuestras antiguas disputas.

—No me desagrada que me recuerden el pasado, Edward; sea melancólico o alegre, me gusta que me hagan acordar de él; nunca será una ofensa para mí que me hablen de los tiempos pasados. Lleva usted razón en sus suposiciones de cómo gastaría yo el dinero. Una gran parte, el dinero sobrante, sería para mejorar mi colección de libros y de música.

—Y el grueso de su fortuna pasaría a los autores o a sus herederos en forma de una cantidad anual.

—Eso sí que no; tendría otros intereses donde aplicarla.

–Tal vez la concedería usted como premio a la persona que escribiese la más elocuente defensa de su máxima favorita: que no se puede querer más de una vez en la vida; pues supongo que su opinión sobre este particular no ha cambiado.

–Sin duda. A mi edad las opiniones son ya bastante fijas. Probablemente la experiencia no me aportaría nuevas razones para mudar de parecer.

–Marianne es tan constante como siempre –dijo Elinor–, no ha variado absolutamente nada.

–La veo un poco más seria de lo que tenía por costumbre.

–Por favor, Edward, no me reproche nada –replicó Marianne–. Usted tampoco tiene un aire muy alegre que digamos.

–¿Por qué lo dice? –repuso el joven con un suspiro–. El estar alegre nunca fue cosa de mi carácter.

–Y yo nunca pensé que lo fuese del de Marianne –dijo Elinor–. No se le puede llamar una muchacha alegre. Es muy seria, muy vehemente en cuanto hace y dice; a pesar de que es demasiado locuaz a veces y habla con pasión, propiamente no se le puede llamar alegre.

–Tal vez lleve usted razón –afirmó Edward–, no obstante, a mí siempre me pareció alegre.

–También he incurrido yo en parecidos errores –dijo Elinor–. En ciertos casos he dado muestras de total incomprensión respecto de algunas personas, teniendo a muchos por más alegres, más graves o más estúpidos de lo que realmente son; aunque no puedo precisar de qué circunstancia deriva el error. Unas veces nos guiamos en tales materias por lo que ellos mismos dicen, otras por lo que afirman los demás, el hecho es que no nos tomamos el trabajo de observar por nosotros mismos.

–Pues yo creo, Elinor, que es conveniente dejarse guiar por la opinión de los demás –dijo Marianne–.

Nuestro juicio nos ha sido dado para adaptarse al de los demás. Creo que ésta ha sido siempre tu opinión.

–No lo creas, Marianne, nunca lo fue. Nunca he creído en la sujeción del pensamiento. Lo único que siempre creí que debía adaptarse es la conducta. No está bien que confundas mis opiniones. Puedo ser culpable, lo admito, de haber deseado a menudo que hubieses tratado a tus amigos con mayor consideración, pero ¿cuándo te aconsejé adaptar tus sentimientos o limitarte en materias importantes?

–Veo que aún no ha conseguido conducir a su hermana a un plano de sentido común –dijo Edward a Elinor–. No sé si ha adelantado usted algo en este sentido.

–Muy poco, a decir verdad –replicó Elinor, mirando a Marianne.

–Mi razonamiento está con usted –prosiguió el muchacho–, pero en la práctica temo que estoy más cerca de su hermana. No deseo ofender, pero soy tan terriblemente tímido que a menudo parezco negligente ante los demás, y es que mi natural torpeza no me deja actuar. Con frecuencia he pensado que tal vez he sido destinado por la naturaleza a más groseras compañías, ya que me siento incómodo entre gentes distinguidas.

–Marianne no siente timidez de aparecer ante los demás como poco atenta –dijo Elinor.

–Conoce demasiado bien su propia valía para una falsa vergüenza –replicó Edward–. La timidez no es más que una sensación de inferioridad. Si yo lograse convencerme de que mis maneras resultan perfectamente graciosas y desenvueltas, no sería tímido.

–Pero aún así sería reservado –dijo Marianne–, y eso es peor.

Edward pareció sobrecogido.

–¿Reservado? ¿Por ventura, Marianne, me considera reservado?

–Sí, muchísimo.

—No la entiendo —replicó el muchacho sofocándose—. ¡Reservado! ¿Cómo? ¿En qué forma? ¿Qué desearía que le contase? ¿Qué fantasías se hace usted sobre mí?

Elinor quedó sorprendida de aquella vehemencia; pero tratando de restarle importancia a la cosa, le dijo:

—¡Ah! Usted no conoce bastante bien a mi hermana por lo que veo. ¿No sabe usted que llama reservados a todos los que no hablan tanto como ella y a todos los que no admiran con su mismo entusiasmo lo que ella admira?

Edward no contestó. Al punto volvió a su aire grave y meditativo, si cabe más marcado que antes, permaneciendo sentado en silencio.

XVIII

Elinor se dio cuenta del ánimo deprimido de su amigo. Su visita no le causó más que una satisfacción relativa, viendo que Edward no hallaba placer en nada. Evidentemente se sentía desgraciado. Ella hubiese deseado una igual evidencia en lo tocante a que la preferencia hacia ella fuese la misma de antes; pero esto parecía harto dudoso. Y la reserva de sus maneras para con Elinor parecía querer borrar la intimidad que una actitud más cordial habría creado antaño.

Al día siguiente el muchacho se acercó a Elinor y a Marianne cuando estaban en el comedor, antes que los demás hubiesen salido de sus habitaciones. Marianne, siempre dispuesta a dar facilidades para que la pareja pudiese hallar momentos de intimidad, les dejó solos. Pero no había llegado aún a subir la escalera, cuando oyó que abrían la puerta del salón y vio a Edward salir del comedor.

—He de ir al pueblo en busca de mis caballos —dijo el joven—, ya que el desayuno aún no está preparado. No tardaré en regresar.

Al poco Edward estaba de vuelta, lleno de admiración por la belleza de los alrededores: en su paseo hasta el pueblo había contemplado diversos aspectos del valle, y el mismo pueblo, en una situación asaz más elevada que la alquería, le había deleitado sobremanera. He aquí un tema que tenía que atraer la atención de Marianne, y realmente comenzó ésta a hablar sobre el entusiasmo que aquéllos paisajes le producían y a preguntar al joven por los lugares que más especialmente le habían interesado, hasta tal punto que Edward le dijo al fin:

—No prosiga con sus preguntas, Marianne, piense que no poseo sentido pictórico, y que si continuamos ocupándonos de ello han de causarle contrariedad mi falta de conocimientos y de gusto. Yo no veré más que cimas empinadas, donde otros las verían altivas, tierras quebradas y ásperas, donde otros animadamente variadas; sólo objetos perdiéndose en la lejanía, cuando para otros flotarían en una atmósfera de nebulosidad luminosa. Puede darse por satisfecha con la admiración que manifiesto con llaneza. Sin duda es una región deliciosa. Colinas abruptas, bosques poblados de árboles jóvenes, los valles acogedores con ricas dehesas y numerosas alquerías esparcidas entre el verdor. Corresponde exactamente a mi idea de una región ideal, porque posee belleza y utilidad; y me atrevo a añadir que debe de tener un gran valor pictórico, puesto que usted la admira. Sin duda se ven rocas singulares, cimas sinuosas, musgos canosos y arbustos multicolores, aunque todo sea cosa muerta para mí. No sé apreciar lo pictórico.

—Me temo que tenga usted razón —dijo Marianne—, pero no comprendo por qué ha de hacer alarde de ello.

—Me parece —dijo Elinor— que Edward, para evitar una afectación, cae en otra. Seguramente ha visto tantas

veces cómo la gente finge más entusiasmo por las bellezas naturales del que realmente siente, que se ha hastia-
do de tales exageraciones y prefiere afectar una indiferencia excesiva, una falta de sensibilidad mucho mayor
de la que realmente posee. En su hastío, reacciona queriendo exagerar él también.

–Es verdad que la admiración por los paisajes se va
convirtiendo en pura charlatanería –repuso Marianne–.
Todo el mundo pretende sentir e intenta describir con
buen gusto y elegancia lo que ha de ser un paisaje perfecto. Me molesta la pedantería de la gente; muchas veces he ocultado mis propios sentimientos, por temor a
no hallar un lenguaje que pueda expresarlos con fortuna.

–Estoy convencido de que usted encuentra en un
bello paisaje toda la delicia de que nos habla –dijo Edward–. Pero su hermana ha de concederme que yo no
encuentre allí nada más que lo que digo. Me satisface un
bello paisaje, pero no por razones pictóricas. No siento
placer viendo árboles torcidos, desmedrados y con escasas hojas; admiro los que aparecen rectos, bien crecidos,
frondosos. No me gusta ver alquerías medio ruinosas y
derruidas. No me atraen las ortigas, ni los cardos, ni los
brezales. Un caserío bien provisto y aderezado me agrada más que una torre vetusta, y un grupo de honrados y
felices labradores más que la más estilizada partida de
banditti que pueda darse en el mundo.

Marianne miró con sorpresa a Edward y con compasión a su hermana.

No siguieron con aquel tema. Marianne permaneció
pensativa, sentada junto a Edward. Al tomar éste la taza
de té que le daba la señora Dashwood, la muchacha
pudo ver en la mano de Edward una sortija de cabello en
uno de los dedos.

–No me había dado cuenta que llevase usted una sortija, Edward –exclamó–. ¿Es cabello de Elinor? Me acuerdo que le prometió una, pero su pelo es más oscuro.

Marianne solía expresar sin reservas lo que sentía realmente, pero al darse cuenta de que había molestado a Edward se regañó a sí misma. Enrojeciendo y lanzando una mirada a Elinor, añadió impulsivamente.

–Sí, es cabello de mi hermana. Tejido, el cabello toma un color diferente.

Elinor miró al joven y sus miradas se encontraron, y ya no tuvo dudas de que aquel cabello era suyo. Se sintió satisfecha aunque sabía, naturalmente, que él lo había conseguido mediante algún ardid o estratagema. No consideró aquel atrevimiento como una afrenta, y quitando importancia a la cosa intentó desviar la conversación, resuelta a no dejar pasar la ocasión de comprobar fehacientemente que aquel pelo era exactamente del color del suyo.

El embarazo de Edward duró, no obstante, un rato y luego adoptó un aire de preocupación que se prolongó toda la mañana. Marianne estaba arrepentida de su indiscreción, pero hubiese sido más benevolente consigo misma si hubiese sabido cuán poca culpa tenía su hermana de ello.

Antes del mediodía recibieron la visita de sir John y de la señora Middleton, quienes, al corriente de la llegada de un caballero a la alquería, acudían por pura curiosidad. Con ayuda de su suegra, no tardó sir John en adivinar quién era aquel caballero, lo que hubiese dado lugar a una serie de chanzas a costa de la buena de Elinor, que sin embargo no surgieron a causa de que acababan de ser presentados a Edward. Tal como estaban las cosas, no obstante, se leía en sus ojos, que estaban bastante enterados por las indiscreciones de Margaret.

Nunca venía sir John a casa de las Dashwood sin invitarlas a su casa a comer o a tomar el té. En la presente ocasión, a fin de atender mejor al huésped, a cuyas diversiones y pasatiempos quería contribuir, les invitó para ambas cosas.

—Podrían ustedes tomar el té con nosotros esta tarde –dijo–, estaremos solos. Y mañana podrían comer en casa, seremos muchos.

La señora Jennings insistió en ello.

—Y tal vez habrá también baile –añadió la buena dama–. ¿No te entusiasma, Marianne?

—¿Un baile? –exclamó Marianne–. Imposible. ¿Quién habrá para bailar?

—¿Quién? Ustedes y seguramente los Careys y los Whitakers. ¿Acaso cree que no se puede bailar porque falta una persona a la que no quiero nombrar?

—Desearía con toda el alma –terció sir John– tener a Willoughby de nuevo entre nosotros.

Estas palabras y el sonrojo de Marianne hicieron recelar a Edward.

—¿Quién es Willoughby? –preguntó en voz baja a la señorita Dashwood sentada a su lado.

Ésta le informó brevemente. La actitud de Marianne parecía más comunicativa. Edward comprendió lo suficiente para adivinar el sentir de los otros, y también el de Marianne; y cuando sus visitantes se hubieron marchado, se dirigió a ella y le susurró:

—Creo haber adivinado una cosa. ¿Quiere que se la cuente?

—¿A qué se refiere?

—¿Se lo cuento?

—Está bien.

—Creo que usted y ese Willoughby se quieren.

Marianne se sintió sorprendida, pero no dejó de sonreír, y tras un momento de silencio repuso:

—Oh, Edward, ¿cómo lo ha averiguado? Sí, tal vez llegue un día… tengo esperanzas. Estoy segura de que usted le encontrará agradable.

—No lo dudo –replicó el muchacho, casi sorprendido de la franqueza y emoción de aquellas palabras. De no haber creído que se trataba de algo intrascendente, motivo de bromas entre los amigos, no se habría arriesgado a referirse a ello con semejante ligereza.

XIX

Edward permaneció una semana en la alquería. La señora Dashwood le insistía en que se quedara; pero, como si sintiese preferencia por la mortificación, el muchacho parecía dispuesto a marcharse cuando las diversiones llegaban a su apogeo. Su estado de ánimo durante aquellos dos o tres últimos días, si bien variable, parecía haber mejorado sensiblemente. Cada día parecía más a sus anchas en aquella casa, nunca mencionaba su partida sin un suspiro; anunciaba que no tenía comprometido su tiempo, hasta tal punto que no sabía aún hacia dónde se dirigiría cuando saliese de allí. De todos modos se declaraba resuelto a partir. Nunca, decía, le había transcurrido tan velozmente una semana, apenas podía creer que tuviese que marcharse ya. Todo esto lo repetía una y otra vez; y añadía otras cosas reveladoras de sus sentimientos y del fondo de sus actos. No hallaba placer en Nordland y detestaba la ciudad, pero no le quedaba otro partido que tomar el camino de Nordland o de Londres. La amabilidad de aquella familia era lo que más apreciaba en el mundo y su mayor felicidad se cifraba en estar con ella. Sea como sea, tuvo que dejarles a fin de semana.

Elinor atribuía lo inexplicable de aquella manera de proceder a las exigencias de la madre de Edward, y se extrañaba de que él tuviese una madre tan peculiar que pudiese servir de excusa a las excentricidades del hijo. Aunque desconcertada y contrariada por la conducta vacilante del muchacho para con ella, se sentía dispuesta

a juzgarle con todas las ingenuas concesiones y los generosos calificativos que tanto le costaba a su madre
sonsacarle cuando se trataba de Willoughby. La falta de
decisión del joven, así como de franqueza y de tenaci-
dad, solían ser atribuidas por ella a un deseo de independencia y al conocimiento más preciso que el mozo
sin duda tenía del carácter de su madre, la señora Ferrars. La brevedad de la visita y la firmeza de su propósito de marcharse convencieron a Elinor de la necesidad
de contemporizar con la madre. Sin duda la causa de
todo ello era la constante lucha entre el deber y la voluntad, entre la generación pasada y la nueva. Cuánto
deseaba que llegara el tiempo en que se desvanecieran
aquellos estorbos, cedieran aquellas resistencias; la señora Ferrars modificara su carácter y su hijo tuviera la
libertad de ser feliz. Pero de tales vanos deseos se sentía impelida a pasar de nuevo, como para obtener alguna
satisfacción, a su fe en el afecto de Edward, a los recuerdos de sus pruebas de simpatía en miradas o palabras
durante su estancia en Barton, y en particular a aquella
halagadora señal de su cabello en el dedo del joven.

—Estaba pensando —había dicho la señora Dashwood
mientras desayunaban el último día— que resultaría más
cómodo para usted aplicarse a una profesión cualquiera, ya que sabría cómo emplear su tiempo, y sus proyectos y actividades resultarían más interesantes. Sería sin
duda una contrariedad para sus amigos. Usted no podría
dedicarles tanto tiempo como ahora. Pero —añadió sonriendo— obtendría la ventaja de saber dónde encaminar
sus pasos cuando tuviese que dejar a los amigos.

—Le aseguro que he meditado largamente este punto —respondió el muchacho—. Ha sido siempre, y probablemente continuará siéndolo, una grave dificultad para
mí el no tener una ocupación ni un negocio que pueda
reportarme algo parecido a la independencia. Pero, por
desgracia, mi propia meticulosidad y la de mis conseje-

ros, me ha convertido en lo que soy: un ser perezoso e inútil. Nunca logramos estar de acuerdo en la profesión o escoger. Yo siempre preferí la Iglesia, como la prefiero aún hoy. Mi familia no la consideraba una ocupación bastante distinguida. Me recomendaban el ejército. Y yo lo encontraba demasiado distinguido para mí. El derecho parecía de bastante categoría: más de un joven que tiene su buena plaza en el Temple ha penetrado en los círculos más elevados y se pasea por la ciudad en elegantes coches que todos conocen. Pero no siento vocación legal, ni siquiera en la rama tan poco abstrusa que me recomendaba mi familia. Por lo que atañe a la marina, tiene la elegancia a su favor, pero yo era mayor cuando pensamos en ello; y al fin y al cabo, no me resultaba estrictamente necesario tener profesión alguna, pues mi vida había de ser tan cara y perezosa con una guerrera colorada como sin ella. Al final decidimos que la vagancia, era, según se mirara, lo más ventajoso y honorable, y, por otra parte, un joven de dieciocho años, en general, no se siente tan inclinado al trabajo como para resistir las proposiciones de sus amigos para que no haga nada. Por lo tanto, fui a Oxford, y desde entonces la desocupación fue mi oficio.

—Y la consecuencia de todo ello creo que será —dijo la señora Dashwood—, ya que la pereza no le ha proporcionado la felicidad, que educará a sus hijos para toda suerte de negocios y ocupaciones, para todos los trabajos.

—Serán educados —respondió Edward con aire grave— para que crezcan diferentes de mí en sentimientos, acciones y condición; en todo.

—Ya; típicamente las palabras del deprimido, Edward. En este momento es presa de un humor melancólico e imagina que todo lo que es distinto de usted ha de ser feliz. Pero piense que la pena de la despedida de los amigos ha sido sentida por todos, cualesquiera sean su educación o rango. Es preciso conocer la propia felicidad. Créame que no necesita sino paciencia, o mejor llámele esperanza. Su madre no dejará de proporcionarle esta independencia que usted tanto desea. Por otra parte, es su deber encontrarla, y lo hará sin duda antes de que transcurra mucho tiempo, ya que ha de ser la mayor ilusión de ella que su juventud no se malgaste en el descontento. ¿Cuántas cosas pueden depararnos unos cuantos meses?

–Creo que no puedo confiar en que los meses venideros hayan de depararme nada agradable –repuso Edward.

Este ánimo desesperado y abatido no fue expresado abiertamente a la señora Dashwood, pero ensombrecía a todos en el momento de la despedida, que tuvo lugar poco después, dejándolas con el corazón acongojado, especialmente a Elinor, que se sintió muy triste. Pero su enérgica decisión de resistir, de mantener la serenidad, la guardó de mostrarse más consternada que su familia ante la despedida del joven; no quiso aplicar el método utilizado por Marianne en momentos parecidos, quien procuraba acrecentar y prolongar su pena por medio del aislamiento, el silencio y el desánimo. Los medios de Elinor fueron tan diferentes como sus fines, perfectamente adecuados aquéllos a éstos.

En cuanto el joven hubo marchado, Elinor se sentó a su mesa de dibujo. Trabajó durante todo el día más de lo que tenía por costumbre y no evitaba la mención del nombre del muchacho. Parecía interesarse más que nunca en los asuntos de la casa; y con tal proceder no solamente logró disminuir su propia pena sino que ahorró a su madre y hermanas tener que preocuparse de ella y consolarla.

Ese comportamiento, exactamente contrario al de Marianne, no parecía más meritorio a ésta de lo retorcido que parecía el suyo propio a Elinor. Resolvía fácilmente el problema del autodominio: en los grandes afectos tenía a éste por imposible, y en los más reposados por de poco mérito. Que el de su hermana podía contarse entre éstos resultaba innegable, y no dejaba de causarle cierto sonrojo. Pero a pesar de la violencia de su propio afecto sentía que apreciaba y quería mucho a su hermana.

Sin separarse de su familia, o abandonar la casa en busca de soledad o permanecer durante la noche en vela para meditar, Elinor hallaba ocasión para pensar en Edward y en su proceder, de manera diferente según sus cambiantes estados anímicos: con ternura, compasión, aprobación, censura o duda. Desde luego había muchos momentos en que, si no por la ausencia de la madre y las hermanas, por la naturaleza de sus ocupaciones, no se suscitaba la conversación y sus efectos eran muy semejantes a los de la soledad. Entonces la imaginación de Elinor se sentía en libertad, sus pensamientos vagaban, y el pasado y el futuro, en relación con los sentimientos que la embargaban, acudían a su mente, la dominaban, nutrían su memoria, sus reflexiones y sus fantasías.

De tales ensoñaciones fue sacada por la llegada de visitas, cierto día poco después de la marcha de Edward, mientras se hallaba sentada a su mesa de dibujo. Estaba completamente sola. Oyó cerrarse la pequeña puerta que daba acceso al verde jardincito delantero y miró por la ventana. Distinguió un grupo de personas que se disponían a llamar. Entre ellas, sir John, lady Middleton y la señora Jennings. Y además una dama y un caballero desconocidos. Elinor estaba junto a la ventana y cuando sir John la distinguió, dejó que el grupo de amigos llamase a la puerta y, avanzando sobre el césped, le hizo abrir la ventana para hablarle, aunque la distancia entre la ventana y la puerta era tan pequeña que casi no era posible hablar sin que lo oyesen los demás.

—Le he traído unos forasteros. ¿Qué le parecen?

—Cuidado, ¡que van a oírle!

—No me importa. Son los Palmer. Carlota es encantadora, seguro que le caerá muy bien.

Como Elinor sabía que iba a conocer a aquella señora en unos segundos, se excusó de cualquier otro comentario.

—¿Dónde está Marianne? ¿Se ha marchado porque hemos llegado nosotros? Veo el piano abierto.

—Ha ido a dar un paseo, según creo.

La señora Jennings, que no tuvo bastante paciencia para aguardar que abriesen la puerta, se acercó a ellos, y exclamó hacia la ventana:

—¿Cómo está, querida? ¿Cómo están la señora Dashwood y sus hermanas? ¿Qué, sola? Debe de agradarle la soledad. He traído a mi otro hijo y mi otra hija para que la conozcan a usted. Me ha sorprendido lo poco que han tardado en volver. Piense que la otra tarde, mientras tomábamos el té, oí el ruido de un carruaje pero no se me ocurrió que pudiesen ser ellos. Sólo pensé que podía ser el coronel Brandon que regresaba; y dije a sir John: «Me parece que oigo un carruaje, quizá es el coronel Brandon que está de vuelta.»

Elinor tuvo que apartarse de ellos a la mitad de la historia para recibir al resto del grupo. Lady Middleton presentó a los dos recién llegados. La señora Dashwood y Margaret bajaban al mismo tiempo por la escalera y luego se sentaron todos, mientras la señora Jennings llegaba por el corredor refiriendo aún su historia a sir John.

Lady Palmer era unos años más joven que lady Middleton y muy diferente de ella en todos los aspectos. Era más bien bajita y algo gruesa, pero con un bello rostro, y una expresión amable y acogedora. Sus maneras no eran tan elegantes como las de su hermana, pero sí más llenas de vanidad. Entraba con una sonrisa, sonreía durante toda la visita, excepto al reírse y sonreía cuando se marchaba. Su marido era un joven de grave aspecto, de unos veinticinco años, de aspecto más distinguido que su esposa, pero menos amable. Penetró en la estancia con gran dignidad, se inclinó levemente ante las damas, sin decir palabra y, luego de un breve examen de éstas y de la habitación, cogió un periódico que había sobre la mesa y estuvo leyendo durante todo el tiempo.

Lady Palmer, al contrario, espléndidamente dotada para mostrarse amable y feliz, apenas podía contener su admiración por aquel saloncito y su mobiliario.

–¡Qué habitación tan deliciosa! Nunca he visto nada semejante. Mira, mamá, cómo la han mejorado desde la última vez que estuve aquí. Siempre creí que esta casa tenía condiciones. –Y dirigiéndose a la señora Dashwood–: Pero ustedes la han hecho encantadora. ¡Mira, hermana, es magnífico! Me gustaría tener una casa así. ¿Verdad, marido mío?

El señor Palmer no respondió, ni siquiera levantó los ojos del periódico.

–Mi marido ni me oye –añadió ella riéndose–. Algunas veces se hace el sordo, una ridiculez.

Aquello resultaba una novedad para la señora Dashwood; no estaba acostumbrada a verse objeto de la desatención de persona alguna y no supo dejar de contemplar aquella pareja con ojos extrañados.

En el ínterin, la señora Jennings terminaba su relato a voz en cuello, refiriendo detalladamente la inesperada llegada de la tarde anterior. Lady Palmer rió de buena gana al recordar el asombro de todos, y todos estuvieron de acuerdo en que había sido una agradable sorpresa.

–Pueden imaginar cuán contentos nos sentimos al verles –añadió la señora Jennings, inclinándose hacia Elinor y hablando casi en voz baja, como si no quisiera ser oída por los demás–. Yo deseaba que no viajasen tan largas distancias, pero a causa de un negocio tuvieron que pasar por Londres; ya sabe usted –hizo un significativo gesto con la cabeza y señaló a su hija–, en su situación no es conveniente. Hoy quería que permaneciera en casa descansando pero ha querido venir con nosotros, deseaba tanto conocerlos a ustedes.

Lady Palmer sonrió y dijo que no le haría ningún daño.

—Parece que será para febrero —dijo la señora Jennings.

Lady Middleton se sentía nerviosa ante el curso de aquella conversación y dirigiéndose al señor Palmer le preguntó si había alguna novedad en el periódico.

—Nada, nada de nuevo —contestó él, y continuó leyendo.

—¡Ahí viene Marianne! —exclamó sir John—. Atención Palmer, que ahora conocerá a una muchacha excepcionalmente bonita.

Inmediatamente se dirigió por el corredor a la puerta de la casa y la abrió, dejando entrar a Marianne. La señora Jennings le preguntó al punto si había estado en Allenham; y lady Palmer rió de buena gana al oírlo como dando a entender que comprendía el asunto. El señor Palmer estuvo mirando a Marianne unos minutos y luego volvió a su lectura. Los ojos de lady Palmer fueron atraídos por los dibujos que colgaban de las paredes. Se levantó para admirarlos de cerca.

—¡Oh querida, son maravillosos! ¡Un encanto! Mira, mamá, qué delicadeza. Sí, son preciosos. Desearía tenerlos siempre delante de mí. —Y sentándose, al punto pareció olvidar que tales dibujos estuviesen allí.

Cuando lady Middleton se levantó para marcharse, el señor Palmer se puso en pie, dejó el periódico a un lado, pareció desentumecerse y miró en derredor.

—Querido, ¿has dormido quizá? —dijo su mujer riendo.

Él no contestó. Sólo dijo que aquella habitación le parecía baja y abombada de techo. Luego se inclinó y salió con los demás.

Sir John insistió en que las Dashwood pasasen el día siguiente en Barton Park. La señora Dashwood, que no hallaba placer en comer casi más a menudo con ellos que en la alquería, rehusó y dijo a sus hijas que hiciesen lo que les apeteciese. Pero éstas no sentían ninguna curiosidad por ver cómo el señor y la señora Palmer se comportaban a la mesa ni por ningún otro detalle de su vida. Intentaron, pues, excusarse. El tiempo era inestable y parecía que acabaría lloviendo. Sir John no daba el brazo a torcer. Les enviaría el carruaje. Tenían que aceptar la invitación. Lady Middleton no hizo presión a la madre, pero tuvo más autoridad para hacerlo con ellas. Y las señoras Jennings y Palmer se unieron a las súplicas. Las muchachas tuvieron que ceder.

–¿Por qué siempre tienen que invitarnos? –se preguntó Marianne, una vez sus vecinos se marcharon–. Se dice que el alquiler de nuestra casa es muy bajo, pero sería muy elevado si tuviésemos que pagar comiendo en Barton Park, cuando alguien visite su casa o la nuestra.

–Todo ello no revela otro propósito que ser amables con nosotros –dijo Elinor–, tanto por la invitación de hoy como por las de días atrás. Si sus reuniones se han ido tornando aburridas no es culpa de ellos. La razón de ello hemos de buscarla en otro sitio.

XX

Apenas las señoritas Dashwood entraron en el saloncito de Barton Park al día siguiente, apareció apresuradamente por una puerta lady Palmer, con su aire de buen temple y de alegría. Las tomó afectuosamente de la mano y expresó su satisfacción de verlas allí.

–¡Qué contenta estoy! –exclamó, sentándose entre

Elinor y Marianne–. Qué mal tiempo, ¿verdad? Temía que no viniesen pues nos vamos mañana. La próxima semana llegan a casa los Weston. Nuestra visita fue de improviso; yo no sabía nada y el coche estaba ya en la puerta. Mi marido me preguntó si quería ir a Barton. ¡Es un hombre tan espontáneo! Nunca me informa de nada. Lamento no poder quedarme más tiempo, pero confío en que no tardaremos en vernos en la ciudad.

Las muchachas tuvieron que decir que no era probable.

–¡Que no vendrán a la ciudad! –exclamó lady Palmer–. Me aburriré soberanamente si no van. Les alquilaré una casa encantadora, puerta a puerta con la nuestra, en Hanover Square. Deben ir. Me haría feliz de servir a ustedes de dama de compañía hasta que salga de cuentas, si la señora Dashwood no se siente con humor para ello.

Las muchachas dieron las gracias pero intentaban excusarse.

–¡Oh, querido! –dijo lady Palmer a su marido, que acababa de entrar–. Has de ayudarme a convencer a las señoritas Dashwood de que pasen el invierno en la ciudad.

Su querido esposo no respondió; y luego de haberse inclinado ante las jóvenes comenzó a lamentarse del mal tiempo.

–¡Es insoportable! –exclamó–. Contraría a todos y a todo. Casi siempre el mal humor en los hogares viene de la lluvia. Todos los amigos resultan insufribles. ¡Qué diablo debió inspirar a sir John para no poner un billar en esta casa! Poca gente sabe comprender el valor de un billar. Pero sir John es tan tonto como el tiempo.

Los demás no tardaron en acudir.

–Según veo, Marianne –dijo sir John–, hoy ha olvidado usted su paseo hasta Allenham.

Marianne frunció el entrecejo y no contestó nada.

–Ah, no se muestre contrariada con nosotros –dijo lady Palmer–, pues ya lo sabemos todo y no podemos más que admirar su buen gusto, porque se trata de un verdadero buen mozo. En el campo vivimos a poca distancia de su casa, no más de unas diez millas.

–Yo diría treinta –dijo el señor Palmer.

–Está bien, no hay tanta diferencia al fin y al cabo. Nunca he estado en su casa, pero dicen que es un sitio delicioso.

–Nunca he visto nada más desagradable –terció el marido.

Marianne no articuló palabra, aunque su aspecto revelaba el interés que tenía en aquella conversación.

–¡Un lugar de lo más desagradable! –remachó el señor Palmer–. Eso de sitio delicioso deberías guardarlo para otro lugar.

Cuando estuvieron sentados a la mesa, sir John lamentó que sólo eran ocho comensales.

–Querida –dijo a su esposa–, ¿por qué no invitaste también a los Gilbert?

–¿No te dije, cuando hablamos de ello, que hoy no podía ser? ¡Comieron con nosotros hace muy poco!

–Ni yo ni sir John estamos por tanta ceremonia –manifestó la señora Jennings.

–Pues no pueden vanagloriarse de buena educación –exclamó el señor Palmer.

–Querido, llevas la contraria a todo el mundo –replicó la esposa, riendo como siempre–. ¿Sabes que eres algo rudo?

–No creo que sea contradecir a nadie decir que tu madre no tiene buena educación.

–Sí, puedes pincharme tanto como quieras –dijo la buena señora con su habitual buen humor–. Me arrebataste a Charlotte y no quieres devolvérmela. Por eso me fustigas siempre.

Charlotte rió de buena gana y dijo con alborozo que

no sabía si él estaba contento o no, el hecho era que vivían juntos. Hubiese sido imposible hallar una persona de mejor temple y más decidida a ser feliz que la señora Palmer. La indiferencia, insolencia y descontento que mostraba su marido no la apenaban; sus accesos y rudezas casi le divertían.

—¡Mi marido es muy peculiar! —susurró a Elinor—. Siempre anda de un humor pésimo.

Elinor no creyó que aquel buen señor fuese de tan mal carácter y tan mal educado. Su carácter podía haber sido un poco agriado por la constatación de que, junto a los imponderables que tenían que ser atribuidos a la belleza, era en realidad el marido de una mujer necia; aunque sabía muy bien que tal calamidad era demasiado común para que un hombre sensible tuviese que sentirse molesto de una manera permanente. A juicio de Elinor, su actitud de trato desdeñoso para con todos y de incesante crítica era atribuible al inmoderado deseo de distinguirse, al afán de mostrarse superior a los demás. La causa era, pues, demasiado común para despertar admiración; y los medios, aunque conseguían realmente situarle en un plano de superioridad en lo tocante a la mala educación, no le resultaban simpáticos a nadie, excepto a su esposa.

—¡Oh, querida señorita Dashwood! —dijo lady Palmer—. Tengo que pedirles un favor a usted y su hermana. ¿Os apetece pasar una temporada con nosotros en Cleveland por Navidades? Os lo ruego de veras. Para ese entonces los Weston estarán también con nosotros. ¡No pueden imaginar lo feliz que me harían! ¡Sería maravilloso! Querido —añadió dirigiéndose a su marido—, ¿no te gustaría que las señoritas Dashwood fuesen a Cleveland?

—Sin duda —replicó con tono de mofa—. No he venido a Devonshire con otra intención.

—Ya lo ven ustedes —dedujo la buena señora—, el señor Palmer las invita, no pueden negarse.

Pero las muchachas se negaron resueltamente a comprometerse a nada.

—Sí, tienen ustedes que venir. Estoy segura de que lo pasarían muy bien. No pueden imaginar qué región tan agradable es Cleveland; mi marido tendrá que viajar por la región haciendo campaña por su elección y llevará a comer con nosotros a muchas personas del distrito. La casa estará animada como no lo ha estado nunca. Encantador. Pobre marido mío, cómo se fatigará, ya que se verá obligado a resultar agradable.

Elinor apenas si pudo contener la risa.

—Será magnífico cuando sea miembro del Parlamento —dijo Charlotte—, ¿no es cierto? Entonces sí podré reírme de buena gana. Qué divertido ver que todas sus cartas llevarán en el sobre: M. P. Podrá franquear las cartas sin pagar y dice que no me escribirá. ¿No es cierto, querido?

El señor Palmer no le prestó atención.

—Es que no le gusta escribir —prosiguió lady Palmer—, lo encuentra una cosa ridícula.

—No —repuso al fin el marido—, nunca dije nada tan insensato. No me atribuyas las necedades que se te ocurren.

—Ya ven ustedes qué peculiar es mi marido. Siempre está de este humor. A lo mejor se pasa medio día sin decirme una palabra y de pronto salta con una de estas rarezas suyas, sobre cualquier cosa.

Pero Elinor se sintió sorprendida cuando al volver al saloncito le preguntó si hallaba simpático al señor Palmer.

—Ya lo creo —contestó Elinor—; parece una persona muy agradable.

—Me alegra que piense así. Él, por su parte, siente una viva simpatía hacia usted y sus hermanas, se lo aseguro y no puede imaginar qué desencantado se sentirá si no vienen ustedes a Cleveland. No imagino qué razón les impedirá hacerlo.

Elinor tuvo que excusarse de nuevo y, cambiando de tema, terminó el capítulo de invitaciones. No obstante, se le ocurrió que, viviendo en la misma región que Willoughby, lady Palmer podría darle informaciones más precisas y más imparciales que las conseguidas por los Middleton. Sintió deseos de obtener por aquel camino una confirmación de las cualidades de Willoughby que lograsen disipar cualquier temor del ánimo de Marianne. Comenzó por preguntarle si veían a menudo a Willoughby en Cleveland, y si tenían amistad con él.

—Oh sí, querida, le conocemos bastante —replicó lady Palmer—, aunque no he hablado mucho con él. Le veo muchas veces en la ciudad. En algunas ocasiones me he hallado en Barton cuando él se encontraba en Allenham; mi madre le vio una vez allí, pero yo estaba con mi tío en Weymouth. Además, le habríamos visto en Somersethiside si nos hubiésemos encontrado al mismo tiempo que él en la región. Según creo no para mucho en Combe; pero aunque estuviese allí mucho tiempo, no creo que mi marido les visitase, porque, sabe usted, es de la oposición; son de ideas muy diferentes. Adivino por qué me pregunta usted por Willoughby: su hermana va a casarse con él. Me alegro de ello, ya que tendremos el gusto de tenerla como vecina.

—Pues usted sabe más del asunto que yo misma —replicó Elinor—, si tantos motivos tiene para creer en este matrimonio.

—No pretenda negarlo, porque bien sabe usted lo que se comenta. En la ciudad oí hablar bastante de este asunto.

—¡Querida lady Palmer!

—Por mi honor que es cierto. Un lunes por la mañana me encontré con el coronel Brandon en Bond Street, poco antes de salir nosotros de Londres, y me habló de ello directamente.

—Me sorprende. ¿El coronel Brandon le habló de

ello? Seguramente se equivoca usted. Suponer que una persona que no tiene interés en el asunto, ni motivos para opinar de determinada manera, dijese estas cosas, es lo último que esperaría del coronel.

—Insisto en que es cierto. Le contaré cómo fue: cuando nos encontramos, nos acompañó en un paseo y comenzamos a hablar de mi hermano y mi hermana, de una cosa y de otra, y yo le dije: «Coronel, ha venido una nueva familia a la alquería de Barton, según dicen; mi madre los considera gente encantadora. Una de las chicas, me dijo, está a punto de casarse con el señor Willoughby de Combe Magna. Dígame, ¿es verdad? Usted estuvo últimamente en Devonshire y debe saberlo.»

—¿Y qué respondió el coronel?

—Ah, no dijo gran cosa, pero me miró como si fuese verdad; y desde aquel momento lo consideré cosa cierta. ¿Cuándo será la boda?

—El señor Brandon está bien, ¿verdad?

—Oh, sí, perfectamente; y siempre deshaciéndose en elogios de ustedes; no hace más que dedicarles palabras maravillosas.

—Me alegro. Es una excelente persona y de trato muy agradable.

—Por supuesto. Es un caballero tan encantador que me apena verlo tan triste. Mamá dice que está enamorado de su hermana. Si es verdad, hay motivo para enorgullecerse, pues tiene fama de un hombre muy difícil de enamorar.

—¿Es muy conocido Willoughby en esa zona? —preguntó Elinor.

—Oh, sí, y se le tiene en alta consideración; no es que muchos le conozcan personalmente, pues Combe Magna está muy lejos, pero todo el mundo tiene de él el mejor concepto. Vaya donde vaya Willoughby, nadie es más apreciado que él. Así lo puede contar a su hermana. Ella es una muchacha fabulosamente afortunada de haberle conquistado; pero la verdad es que él es más feliz aún, porque se lleva una joven preciosa y simpática como ninguna... a no ser usted misma. Os considero dos bellezas y mi marido es de la misma opinión, estoy segura.

Las informaciones de lady Palmer sobre Willoughby no eran muy precisas, pero cualquier testimonio en favor del joven resultaba agradable a Elinor.

–Me encanta que al fin nos hayamos conocido –dijo Charlotte–, y estoy segura de que seremos buenas amigas. No puede usted imaginar cuánto me alegra. Es bonito que vivan en una casita de campo; no hay nada mejor, no lo dude. Su hermana hará una boda magnífica; y sin duda contribuirá a que la veamos con frecuencia por Combe Magna; un lugar delicioso bajo todo concepto.

–¿Tratan ustedes mucho al coronel Brandon?

–Ya lo creo, desde que se casó mi hermana. Era un gran amigo de sir John. Y creo –añadió en voz baja– que habría estado dispuesto a casarse conmigo, si hubiese podido conseguirlo. Sir John y lady Middleton lo deseaban; pero mamá encontraba que no era un buen partido para mí; de lo contrario, sir John hubiese hablado con el coronel y nos habríamos casado inmediatamente.

–¿Conocía el coronel los planes que sir John había expuesto a la madre de usted? ¿Habló alguna vez a usted de sus sentimientos?

–Oh, no; pero si mi madre no hubiese objetado nada, estoy segura de que nos habríamos casado. Por aquellos tiempos el coronel sólo me había visto dos veces, porque yo estaba aún en el colegio. No obstante todo eso, ahora soy más feliz. Mi marido es exactamente el tipo de hombre que me interesa.

XXI

Los Palmer regresaron a Cleveland al día siguiente, y las dos familias de Barton quedaron solas para solazarse unos días en la mutua compañía. Elinor apenas podía apartar de su mente a la peculiar pareja; maravillándose de que Charlotte fuese tan feliz sin razón alguna y el señor Palmer exteriorizase, no sin cierta habilidad, tan ruda franqueza, sin echar en olvido la falta de adaptación, entre aquel marido y aquella mujer. Y Elinor siguió así hasta que sir John y la señora Jennings, de un celo incansable en favor de la causa de la vida social, le procuraron nuevas amistades.

En una excursión matinal a Exeter se encontraron con dos muchachas, de quienes la señora Jennings descubrió al punto que eran parientes suyas y esto constituyó razón suficiente para que sir John las invitase a Barton Park, tan pronto como sus compromisos en Exeter lo permitiesen. Ante tal invitación cedieron al punto los compromisos en Exeter; y lady Middleton se alarmó cuando al regresar sir John supo que no tardaría en recibir la visita de dos jóvenes desconocidas y de cuya elegancia –y aún de su buen trato– no tenía ninguna prueba, a no ser los elogios de su madre y de su marido, que en tal caso eran de escaso valor. El que fuesen parientes de esta señora era la causa principal de tanta parcialidad y de la insistencia de que no cabía conceder tanta importancia a si eran o no elegantes. Por cuanto no resultaba posible evitar ya que se consumase la visita de las forasteras, lady Middleton tuvo que resignarse con toda la filosofía de una dama, contentándose con aplicar un severo correctivo a sir John.

Las dos invitadas llegaron al fin. Su porte no podía considerarse poco distinguido; sus vestidos eran elegantes y corteses sus maneras. Se mostraron encantadas con la casa y entusiasmadas con los muebles, y tan cariñosas con los niños que muy pronto la opinión de lady Middleton cambió radicalmente. Dijo que eran unas muchachas verdaderamente agradables, lo que viniendo de ella significaba una admiración entusiasta. La confianza de sir John en su propio juicio se fortaleció y se dirigió sin demora a la alquería para comunicar a las Dashwood la llegada de las señoritas Steele, asegurando que eran las muchachas más gentiles del mundo. No obstante, no cabía conceder demasiada importancia a aquel calificativo. Elinor sabía sobradamente que las más gentiles muchachas del mundo se encuentran en cualquier parte de Inglaterra, en todas las variaciones de carácter, figura, rostro e inteligencia. Sir John deseaba que toda la familia se dirigiese inmediatamente a Barton Park para conocer a los nuevos huéspedes. ¡Hombre benevolente y filántropo!

–Vamos, ahora mismo –decía–. No pierdan tiempo. No imaginan qué agradables son estas nuevas amigas. Lucy es muy bonita, y posee buen humor y carácter. Los niños no se separan un momento de ella, como si la conociesen de toda la vida. ¡Y desean conocerlas a ustedes! Parece que en Exeter oyeron que eran ustedes las muchachas más bonitas de la creación, y yo les dije que desde luego era verdad. No duden que será un placer tratar con semejantes personas. Llegaron con el coche lleno de juguetes para los niños. Además, también son primas de ustedes porque ustedes son primas mías y ellas lo son de mi mujer; parientes al fin.

Pero sir John no se salió con la suya, pues sólo obtuvo la promesa de una visita a Barton Park dentro de dos o tres días, y se marchó muy contrariado. Sin embargo, no dejó de hablar de ellas con entusiasmo a las señoritas Steele.

Cuando tuvo lugar la prometida visita a Barton Park y la consiguiente presentación a las jóvenes, en realidad no hallaron en el aspecto de la mayor, que debía contar unos treinta años y tenía un rostro bastante vulgar, nada que llamase la atención; pero en la otra, que frisaba los veintitrés años, apreciaron una considerable belleza. Las facciones correctas, los ojos vivos y penetrantes y una distinción en el porte que, si no llegaba a prestarle verdadera elegancia, le quitaba cualquier asomo de vulgaridad. Las maneras de estas jóvenes eran corteses en extremo, y la consideración de Elinor hacia ellas aumentó al percatarse con qué inteligencia y empeño conseguían hacerse agradables a lady Middleton. Con los niños se mostraban embelesadas, hacían notar el encanto de los pequeños, celebraban su ingenio y sus ocurrencias; y el resto del tiempo lo dedicaban a admirar cuanto hacía lady Middleton. Afortunadamente para los que se valen de tales debilidades, una madre cariñosa es el ser más ávido de elogios para sus pequeños, y a la vez el más crédulo; sus exigencias son exorbitantes pero engulle todo lo que se le lanza. Por lo tanto, el cariño y la paciencia de las señoritas Steele hacia los vástagos de lady Middleton eran contemplados por ésta sin sorpresa ni asomo de desconfianza. Su complacencia maternal llegó a consentir incluso todas las impertinencias y travesuras con que los niños atormentaban a sus nuevas primas. Veía sus ropas ajadas, sus cabellos en desorden, hurgadas sus bolsas, hurtados los cortaplumas y tijeras, y creía que todo era divertido en extremo. Y no le sorprendía ver a Elinor y Marianne comedidas y compuestas, sin participar en todo aquel jolgorio.

—John está muy alegre hoy —dijo la buena señora viendo a su pequeño lanzar por la ventana un pañuelo de una de las señoritas Steele—; cuando está así no hace más que tonterías.

Y a poco de ello, viendo a su segundo hijo que se disponía a retorcer el dedo de una de aquellas jóvenes, observó enternecida:

—¡Qué ganas de jugar tiene William! —Y acariciando tiernamente a una pequeña de tres años que desde unos minutos permanecía quietecita, agregó—: Mirad a mi pequeña Ana María. Nunca se vio una niña más juiciosa.

Pero desgraciadamente, un alfiler del traje de la buena señora arañó el cuello de la pequeña y desató en aquel modelito de compostura unos desgarradores chillidos. La consternación de la madre fue excesiva, pero no aventajaba a la de las señoritas Steele; y para colmar la agonía de la pequeña, intentaron colmarla por todos los medios que el afecto sugería. La pequeña estaba sentada en el regazo de su madre, que la cubría de besos, mientras una de las señoritas Steele, arrodillada junto a ella, le lavaba la herida con agua de lavanda. La otra visitante consolaba a la pequeña poniéndole dulces en la boca, pero con tal premio a sus lágrimas, la pequeña era demasiado lista para interrumpir sus lloros. Gritaba y sollozaba a más y mejor, pegó a sus hermanos porque quisieron tocarla y todos los esfuerzos para calmarla resultaron inoperantes, hasta que lady Middleton recordó que en una escena parecida de la semana anterior habían recurrido con éxito a la mermelada de albaricoque. La pequeña fue sacada de la estancia en brazos de su madre en busca del ansiado remedio, y las cuatro jóvenes quedaron en una tranquilidad como no habían conocido en bastantes horas.

—¡Pobre pequeña! —exclamó una de las señoritas Steele en cuanto hubo salido el cortejo de la pequeña paciente—. ¡Debe de haberle dolido mucho!

—No me lo explico —dijo Marianne—, pues la cosa no parecía para tanto. He aquí el conocido sistema de alarmarse cuando no existe motivo para ello.

—¡Es que lady Middleton es muy sensible! —repuso Lucy Steele.

Marianne se calló. Le resultaba imposible decir algo que no sentía, aun en la ocasión más trivial, y por lo tanto, recaía siempre en Elinor la tarea de mentir cuando la buena educación lo exigía. En este caso procuró hacerlo lo mejor que sabía, dedicando a lady Middleton los mayores elogios, pero quedó muy atrás de Lucy.

—Y sir John también —exclamó la mayor de las hermanas—, ¡qué hombre tan encantador!

Aquí también el elogio de la señora Dashwood, como no fue más que el justo, sonó de manera poco entusiasta.

—¡Y qué niños tan preciosos tienen! Nunca en la vida vi encantos semejantes. Oh, los adoro; aunque es cierto que los pequeños son mi punto débil.

—Lo he adivinado por cuanto he presenciado esta mañana —dijo Elinor con una sonrisa.

—Me temo que usted piensa que consentimos demasiado a los pequeños Middleton —dijo Lucy—. Tal vez en parte es verdad, pero es tan natural de parte de lady Middleton, y a mí me gusta ver a los niños llenos de vivacidad y alegría; no puedo soportarles dóciles y quietos.

Tras una pausa, la señorita Steele que parecía más inclinada a la conversación, dijo bruscamente:

—¿Cómo le resulta Devonshire, señorita Dashwood? Seguramente se siente muy triste por haber abandonado Sussex.

Sorprendida por aquella pregunta o al menos por el tono con que fue hecha, Elinor contestó que realmente lo echaba de menos.

—Pues Devonshire es un lugar maravilloso —repuso la señorita Steele.

—Hemos oído que Nordland es un sitio que agrada mucho a sir John —dijo Lucy, para suavizar las palabras de su hermana.

—Creo que todo el mundo debe admirar como merecen aquellos parajes —replicó Elinor—, aunque no cabe imaginar que otra gente la quisiera tanto como nosotras.

–¿Verdad que conocían allí a muchachos muy distinguidos y elegantes? Me parece que aquí no conocen tantos. Para mí hay aquí los que tiene que haber.

–¿Supongo que no quieres decir –observó Lucy, algo avergonzada de los despropósitos de su hermana– que aquí no se ven muchachos tan elegantes como en Sussex?

–No, querida, no me refiero a eso. La verdad es que nosotras no podemos saberlo. Lo único que yo temía es que la señorita Dashwood se aburriese en Barton, si no ha encontrado tantos muchachos como en Nordland. Pero tal vez estas jóvenes no se interesan en los galanes. Por mi parte, encuentro que resultan muy agradables, con tal que vistan bien y se muestren correctos y corteses. Pero si van sucios y desaliñados no puedo soportarlos. Un verdadero modelo es Rose de Exeter, un muchacho prodigiosamente elegante, un verdadero petimetre, empleado en casa del señor Simpson, como ustedes saben. Supongo que el hermano suyo debía de ser verdaderamente elegante, señorita Dashwood, antes de casarse; ¡era tan rico!

–Pues no puedo decírselo porque no llego a comprender claramente qué quiere usted decir con esto de «elegante» –replicó Elinor–. Pero una cosa puedo asegurarle: que si antes era elegante, continúa siéndolo, porque no ha cambiado en lo más mínimo.

–¡Oh, querida, una nunca recuerda que los muchachos casados también pueden ser elegantes y galanes! ¡Aparentan tener otras cosas en que pensar!

–¡Por Dios, Anne! –exclamó su hermana–. Hablas como si no tuvieses otra cosa que pensar que en los muchachos. –Y para desviar la conversación comenzó a hablar de lo mucho que admiraba la casa y los muebles.

Las señoritas Steele pronto se mostraron tal cual eran. La vulgar franqueza y la indiscreción de la mayor no la hacían muy recomendable; y como la belleza y la astucia de la pequeña no ocultaban a Elinor su real carencia de elegancia y naturalidad, abandonó aquella casa con su hermana sin el menor deseo de conocerlas más a fondo.

Las señoritas Steele sentían todo lo contrario. Habían llegado a Exeter bien provistas de admiración hacia sir John Middleton, su familia y todos sus parientes, la cual aumentó al conocer a aquellas hermosas primas a quienes consideraban las más bellas, elegantes y bien dotadas muchachas que nunca hubiesen visto y por las cuales sentían deseos de íntima amistad. Y para alcanzarla Elinor constituía su objetivo inmediato. Como sir John se hallaba enteramente del lado de las señoritas Steele, cualquier decisión en ese sentido era impulsada y se fomentaba la intimidad que consiste en estar juntos en la misma pieza dos o tres horas cada día. Sir John no podía hacer más, aunque probablemente ignoraba que se necesitaban muchas otras cosas. Estar juntos era a su juicio intimar. Y mientras alcanzasen fortuna sus incesantes combinaciones para pasatiempos en común, no dudaba de que la amistad entre aquellas familias se iba consolidando.

Hay que hacerle justicia reconociendo que realizaba cuanto estaba en su mano para aumentar el prestigio de las Dashwood y procuraba poner en contacto a las señoritas Steele con todas aquellas personas que podían confirmar las más favorables impresiones de aquella familia. Elinor sólo las había visto dos veces y la mayor ya le había dado la enhorabuena por la suerte de su hermana al haber conquistado, desde su llegada a Barton, a uno de los más apuestos y elegantes galanes de la región.

–Seguramente es muy interesante ver a una hermana casarse tan pronto –decía la señorita Steele–; y según dicen es un mozo con auténtica clase. Espero que usted no tendrá menos suerte; quizá tiene ya algún secreto.

Elinor no podía suponer que sir John hubiese sido

más discreto anunciando sus sospechas del afecto que ella sentía hacia Edward de lo que había sido en el caso de Marianne; en verdad era su broma predilecta, mucho más que el otro caso, como algo más nuevo y sólo conjetural; y desde la visita de Edward nunca habían comido juntos sin que el buen señor dejase de brindar por las esperanzas de la muchacha, con tantos guiños y movimientos de cabeza que llamaba la atención de todos los comensales. La letra F (que aludía al apellido de Edward) se hallaba siempre presente en todas las chanzas y bromas, su contenido humorístico era inagotable y estaba considerada la letra del alfabeto más relacionada con Elinor.

Tal como ésta esperaba, las señoritas Steele disfrutaban de los beneficios de aquellas chanzas; y en la mayor de ellas habían despertado una viva curiosidad por conocer el nombre de aquel joven cuya existencia, aunque aludida a menudo con excesiva impertinencia, no era suficientemente precisa para satisfacer el interés que sentía la muchacha por los asuntos de sus nuevos amigos. Sir John se mostró solícito en complacer aquella curiosidad que él mismo había despertado.

–Se llama Ferrars –le dijo en un cuchicheo bien perceptible–, pero le ruego estricta reserva, porque se trata de un gran secreto.

–¡Ferrars! –repitió la joven–. ¿Ferrars es ese feliz mortal? Ah, el hermano de su cuñada, señorita Dashwood. Un muchacho excelente, sin duda. Le conozco muy bien.

–¡Qué cosas dices, Anne! –exclamó Lucy, dispuesta como siempre a corregir las desafortunadas salidas de su hermana–. Le hemos visto un par de veces en casa de nuestro tío, y a eso no se puede llamar conocerle.

Elinor escuchaba con atención y sorpresa.

–¿Y quién es ese tío? ¿Vive aún? ¿Cómo se conocieron? –Quería que aquella conversación prosiguiese, aunque no deseaba tener que intervenir. Pero no se dijo una palabra, y por primera vez en su vida la señora Jennings le falló tanto en su curiosidad de detalles de un asunto como en su disposición para comunicar los que sabía. La forma en que la señorita Steele habló de Edward aguzó su curiosidad, pues le pareció advertir cierto tono de crítica y le despertó la sospecha de que aquella muchacha conocía, o suponía conocer, algo desagradable de Ferrars. Pero su curiosidad resultó infructuosa, pues no volvió a mencionarse el nombre de Ferrars, ni fue aludido por la señorita Steele, ni mencionado abiertamente por sir John.

XXII

Marianne, que en ningún caso se mostraba más tolerante que su hermana con la impertinencia, la vulgaridad, o la poca inteligencia, o aun simplemente con cualquier gusto o temperamento diferente del suyo, se sentía por aquel entonces demasiado desanimada para corresponder a los avances de las señoritas Steele y menos para sentirse a gusto con ellas, y eso paralizaba cualquier intento de intimidad. Así pues, Elinor se convirtió en objetivo de aquella preferencia que no tardó en hacerse evidente en la actitud de las señoritas Steele hacia ella, especialmente de Lucy, que no perdía ocasión de trabar conversación e intentar un progreso de sus relaciones mediante una franca comunicación de sentimientos.

Lucy era inteligente y discreta; pero sus observaciones, por lo general justas y apropiadas para compañera de una media hora, resultaban desagradables a Elinor. Carecía de una sólida educación, era ignorante y de pocas letras y su ausencia de refinamiento intelectual y de conocimientos, aun en los asuntos más comunes, no escapaban a Elinor, a pesar de los esfuerzos de Lucy en ocultarlas. Elinor lo comprendía y la compadecía por no haber logrado cultivar unos dotes que la educación hubiese podido convertir en valores apreciables. Veía, no obstante, con mayor desagrado la total falta de delicadeza, rectitud e integridad de espíritu que sus atenciones excesivas y sus adulaciones en Barton Park revelaban inequívocamente. Le habría resultado imposible sentirse cómoda en la compañía de una persona cuya insinceridad unida a la ignorancia y carencia de instrucción impedían mantener en términos de igualdad una conversación cualquiera y cuya conducta para con los otros invalidaba cualquier atención y deferencia hacia ella.

–Usted tendrá mis palabras por muy insustanciales y extravagantes –le dijo un día Lucy, mientras paseaban juntas de Barton Park a la alquería–, pero quiero preguntarle si conoce personalmente a la madre de su cuñada, a la señora Ferrars.

Elinor encontró aquella pregunta bastante improcedente y contestó que nunca había visto a tal persona.

–¿De veras? –replicó Lucy–. Me extraña, pues recuerdo haber oído que estuvo en Nordland. Así pues, no podrá usted informarme de qué clase de persona se trata.

–No, lo siento –contestó Elinor, temerosa de expresar la verdadera opinión que tenía de la madre de Edward y poco dispuesta a satisfacer aquella curiosidad que le parecía impertinente–. No sé nada de ella.

–Estoy segura de que a usted le resultará extravagante que yo pregunte tal cosa –dijo Lucy mirándola fijamente mientras hablaba–, pero tengo mis razones. De todos modos confío en que no me juzgará impertinente.

Elinor respondió unas palabras corteses y continuaron andando unos minutos en silencio. Al cabo, Lucy dijo con cierta vacilación:

–No soporto que usted me atribuya una curiosidad impertinente. Preferiría cualquier cosa antes que verme considerada de esta suerte por una persona cuya sensata opinión tengo en alto aprecio. Creo que no he de tener ningún temor por haberme confiado a usted; ciertamente me hubiese alegrado conocer su opinión sobre la forma de encauzar la desagradable situación en que me encuentro, pero no me parece un buen momento para turbar su ánimo. Lamento que no conozca usted a la señora Ferrars.

–Yo también lo lamento –dijo Elinor visiblemente sorprendida–, ya que no puedo decirle qué opinión me merece. En realidad nunca creí que usted tuviese relación alguna con esa familia y me sorprende que me pregunte tan en serio sobre su carácter.

–Ya sé que se sorprende y no tengo razón alguna para extrañarme de ello. Pero su sorpresa se desvanecería al punto si se lo contase todo. A la señora Ferrars en realidad no me ata nada aún, pero puede llegar un día (tarde o no depende tal vez de ella misma) en que estemos enlazadas íntimamente. –Miró al suelo al decir esto, con cierto apuro, pero sin dejar de mirar de soslayo a Elinor para ver el efecto de sus palabras.

–¡Qué curioso! –exclamó Elinor–. ¿Qué significa esto? ¿Mantiene usted relaciones con Robert Ferrars? –No le agradaba mucho la perspectiva de una cuñada semejante.

–No –replicó Lucy–, no con Robert Ferrars, al que nunca he visto, sino –fijó la mirada en Elinor– con su hermano mayor.

¿Qué sintió Elinor en aquellos instantes? Sorpresa, que hubiese sido tan penosa como profunda si la duda no la hubiese asaltado. Se volvió hacia Lucy en silencioso asombro, incapaz de adivinar la razón o el objeto de aquella declaración; y aunque sus ideas y sensaciones se atropellaban en su mente, se mantuvo firme en su incredulidad y no se vio presa ni de una sonrisa nerviosa ni de un desvanecimiento.

—Usted se queda sorprendida —prosiguió Lucy—, pues sin duda no tenía ni la más remota idea, ya que puedo asegurar que él no reveló ni el más pequeño indicio a usted ni a nadie de su familia. Todo ello siempre se mantuvo en estricto secreto, que por mi parte he guardado fielmente hasta este momento. Excepto Anne, nadie de mis parientes sabe nada y nunca se lo hubiera mencionado a usted, pero mi pregunta por la señora Ferrars resultó tan incomprensible para usted que requería una explicación. Y estoy segura de que él no se disgustaría si supiese que le he confiado nuestro secreto, pues sé muy bien que tiene la mejor opinión de toda su familia y considera a usted y a la otra señorita Dashwood como a verdaderas hermanas.

Elinor guardó silencio unos momentos. Su asombro era demasiado grande para hallar palabras; pero al fin, obligándose a hablar con sumo tiento, dijo con un gesto de imperturbable serenidad que ocultaba su íntima turbación:

—¿Sus relaciones son de mucho tiempo?

—Nuestro compromiso data de cuatro años.

—¿Cuatro años?

—Sí, en efecto.

Elinor, aunque conmocionada, no daba crédito a tales palabras.

—No supe hasta el otro día que ustedes se conocían —dijo.

—Nuestra amistad data de cuatro años. Él estuvo durante mucho tiempo, como sabe usted, bajo la tutela de mi tío.

—¿Su tío?

—Sí, el señor Pratt. ¿No ha oído hablar del señor Pratt?

—Creo que lo conozco —replicó Elinor con un esfuerzo de serenidad para contener su creciente malestar.

–Estuvo cuatro años con mi tío, que vive en Longstaple, cerca de Plymouth. Allí comenzó nuestra amistad,
porque mi hermana y yo pasábamos muchas temporadas
con el tío, y fue allí donde entramos en relaciones y
nos comprometimos, pero ello ocurrió cuando ya hacía
un año que había dejado de ser estudiante. Luego nos
frecuentamos casi sin interrupción. Yo no quería adquirir el compromiso, como puede usted imaginar, sin saber si su madre lo aprobaba; pero yo era demasiado joven y le quería demasiado para mostrarme tan prudente
como hubiese sido menester. Aunque usted no le conoce tan bien como yo, habrá podido observarlo bastante
para percatarse de que cuenta con cualidades suficientes
para gustar a una mujer.

–Ciertamente –respondió Elinor sin atinar a lo que
decía, pero al cabo de unos instantes de reflexión, con
una renovada convicción del amor y honorabilidad de
Edward y de la falsedad de la señorita Steele, añadió–:
¡Comprometida con Ferrars! Me siento enteramente
desconcertada, pero perdóneme, pues sin duda se trata
de algún error de nombre o de persona. No es posible
que hablemos del mismo Ferrars.

–No puede ser otro –exclamó Lucy sonriendo–. Yo
me refiero al señor Edward Ferrars de Park Street, hermano de su cuñada, la esposa de John Dashwood. Ya
comprenderá que no me equivoqué sobre el nombre del
cual depende mi felicidad.

–Es curioso –replicó Elinor angustiosamente perpleja– que nunca le haya oído mencionar el nombre de
usted.

–Teniendo en cuenta nuestra situación es lo más
natural del mundo. Nuestro principal cuidado ha sido
mantener el secreto más riguroso. Usted no sabe nada de
mí ni de mi familia, y por lo tanto no debe habérsele
presentado ocasión para mencionar mi nombre; y su

especial temor de que su hermana se enterase, ¿no es razón suficiente para no mencionarlo jamás?

Elinor parecía vacilar, pero su autodominio no cedía.

—Cuatro años de compromiso —dijo con voz firme.

—Sí, y sólo el cielo sabe lo que nos tocará esperar. Pobre Edward, esta espera le tiene desazonado. —Y sacándose una miniatura del bolsillo añadió—: Para descartar la posibilidad más remota de error, mire este retrato. No está favorecido, pero no deja lugar a dudas acerca de quién se trata. Me lo dio hace tres años.

Se lo entregó a Elinor, y cuando ésta distinguió el retrato, cualquier duda que hubiese albergado se desvaneció ante el verdadero rostro de Edward. Se lo devolvió casi al instante, reconociendo su parecido.

—Yo no puedo darle un retrato mío —continuó Lucy—, y me molesta mucho porque él siempre me lo pidió con afán. Pero estoy decidida a que me pinten un retrato a la primera ocasión.

—Es muy natural —replicó Elinor con una calma perfecta.

Avanzaron un tramo en silencio y luego Lucy comenzó de nuevo:

—Nada en el mundo me haría dudar de la fidelidad con que usted conservará nuestro secreto, ya que usted ha de comprender la importancia que tiene para nosotros que su madre lo ignore todo. Me atrevería a decir que esta señora nunca aprobará nuestro enlace. Poca fortuna he tenido por este lado. Creo que es una dama excesivamente orgullosa.

—En realidad yo no provoqué su confidencia —añadió Elinor—, pero creo que usted me hace justicia fiándose de mí. Su secreto quedará a salvo, pero excúseme si me permito manifestar mi sorpresa. Al fin y al cabo, me ha comunicado innecesariamente estos asuntos, y no por habérmelos comunicado estarán en mayor seguridad.

Y miró con inquisitiva insistencia a Lucy como pretendiendo descubrir algo en la reacción de ella, la falsedad de la mayor parte de lo que decía; pero el rostro de Lucy permaneció inalterable.

–Temo que piensa que me he tomado demasiada libertad con usted refiriéndole estas cosas. No hace mucho que la conozco personalmente, aunque sabía mucho de su familia por referencias. Pero apenas la vi me pareció que éramos viejas amigas. Además, creí que le debía ciertas explicaciones, después de haber tratado de conocer a través de usted detalles de la madre de Edward. Soy tan desafortunada que no tengo a ninguna persona a quien pedir consejo. Anne es la única persona que conoce el asunto pero tiene muy poco juicio; sin duda me ha causado más perjuicio que beneficio, y siempre estoy temiendo que me traicione. Como usted habrá notado, le resulta muy difícil retener la lengua... El otro día, cuando sir John nombró a Edward, pasé un gran susto, creí que mi hermana lo arruinaría todo. No puede usted imaginar qué confusión reina en mi cabeza. Lo extraño es que aún siga con vida, después de lo que he sufrido estos cuatro años por Edward. Todo incierto y en suspenso y viéndole apenas más de dos veces al año. Es un milagro que mi corazón no haya estallado. –Sacó su pañuelo, pero Elinor no la compadecía demasiado.

–A veces –continuó Lucy luego de haberse enjugado las lágrimas– pienso que tal vez sería mejor que rompiésemos definitivamente. –Y al decir esto miró directamente a Elinor–. Pero en otros momentos me falta valor para ello. No puedo soportar la idea de hacer sufrir tanto a Edward, como sé que lo haría la simple mención de tal propósito. Y por mi parte (es tanto lo que le quiero) no creo posible la resignación. ¿Qué me aconsejaría usted, señorita Dashwood? ¿Qué haría usted en mi situación?

–Perdóneme –replicó Elinor, sobrecogida por la

pregunta–, pero no sé qué aconsejarle. Debe guiarse por su propio juicio.

–Sin duda –prosiguió Lucy tras una pausa– su madre se ocupará un día u otro de establecerle decorosamente. ¡Pero Edward se siente tan deprimido por esta dependencia! ¿No le encontró usted muy abatido cuando estuvo en Barton? Se le veía tan triste al salir de Longstaple para visitarlas a ustedes, que temí que le tomasen por enfermo.

–¿Venía de casa de su tío cuando nos visitó?

–Sí, había pasado con nosotros unos quince días. ¿Acaso creyeron que venía de la ciudad?

–No –replicó Elinor, sintiendo cada vez más dolorosamente cualquier nueva circunstancia en favor de la veracidad de las palabras de Lucy–. Recuerdo que nos dijo que había pasado quince días con unos amigos en Plymouth. –Y también se acordaba de que no había añadido ni un solo detalle de aquellos amigos, ni siquiera su nombre.

–¿No les pareció como sumido en la tristeza? –repitió Lucy.

–Sí, desde que llegó.

–Le supliqué que se esforzase por temor a que ustedes adivinasen algo. Se sentía muy afligido por no poder permanecer más tiempo con nosotros y por verme a mí tan desesperada. ¡Pobre muchacho! Creo que su estado de ánimo no ha mejorado, porque aún nos escribe con tono deprimido. Tuve nuevas de él al salir de Exeter –dijo sacando una carta del bolsillo y, como al desgaire, mostrando la dirección a Elinor–. ¿Conoce esta letra? Encantadora, ¿verdad?, aunque no tan correcta como de costumbre. Parece fatigado, no escribe más que una hoja, aunque con letra muy apretada.

Elinor contestó que era verdaderamente letra de Edward, no cabía ya duda alguna. El retrato podía haber sido conseguido accidentalmente y no ser directamente un presente de Edward, pero entre ellos no podía existir correspondencia más que en el caso de un verdadero compromiso –ninguna otra cosa podría justificarla–. Su entereza pareció flaquear –su corazón palpitaba y apenas podía tenerse de pie–. Pero era necesario luchar, y lo hizo tan denodadamente contra la opresión de sus sentimientos, que de momento consiguió sobreponerse.

–Escribirse es el único consuelo en las largas separaciones –prosiguió Lucy, guardando otra vez la carta en el bolsillo–. Hallo consolación también en este retrato, pero el pobre Edward no la tiene. Siempre dice que si tuviese mi retrato la vida le sería más llevadera. Le di un rizo de mi cabello, formando una sortija, la última vez que nos vimos en Longstaple, y pareció muy complacido de poseerlo, pero no tanto como lo hubiera estado con un retrato. Tal vez usted se dio cuenta.

–Sí, ciertamente –dijo Elinor con voz segura, bajo la que se escondía una emoción y un desconsuelo como no había experimentado jamás en su vida. Se sentía mortificada, sorprendida y humillada.

Afortunadamente para ella habían llegado a la alquería y la conversación no pudo proseguir. Luego de descansar unos minutos, la señorita Steele volvió a Barton Park y Elinor pudo entregarse por entero a su pena.

XXIII

Por muy poca fe que tuviese Elinor en las cualidades de Lucy, le era imposible, reflexionando seriamente, hallar algo endeble en aquella historia, en la cual no cabía el considerarla como una desbocada mentira. Lo que Lucy había contado no podía ser racionalmente puesto en duda por Elinor; tal como se presentaba, tenía a su favor todo aquel cúmulo de probabilidades y pruebas, y en contra sólo el propio deseo de Elinor. La circunstancia de haberse conocido en casa del señor Pratt era una base probada e inquietante; y la visita de Edward a Plymouth, su estado de ánimo melancólico, su abatimiento respecto a su porvenir, su equívoca conducta para con la muchacha, el sorprendente conocimiento de que la señorita Steele hacía gala en lo tocante a Nordland y a los Dashwood, el retrato, la carta, la sortija, constituían en conjunto un entretejido de evidencias que podían disipar cualquier recelo y asentar firmemente unos hechos que acreditaban fidedignamente el mal proceder de Edward respecto de Elinor. El resentimiento de la muchacha y su indignación por haber sido engañada sólo le permitían pensar en sus propios sufrimientos, pero no tardaron en surgir otras ideas y consideraciones. ¿Edward la había engañado intencionadamente? ¿Había fingido hacia ella un afecto que no sentía? ¿Su compromiso con Lucy había sido dictado por el corazón? En cualquier caso, Elinor no podía creerlo. El afecto del muchacho le pertenecía. Su madre, sus hermanas, Fanny, todas se habían percatado de las inclinaciones de Edward en Nordland. No, no había sido una ilusión de su propia vanidad. Sin duda él la quería.

¡Qué bienestar proporcionaba a su alma aquella idea! Él merecía una dura censura por haber permanecido en Nordland después de haberse dado cuenta que la influencia de la muchacha en su ánimo era mayor de lo conveniente. En esto sí que no podía defendérsele. Pero si él la había ofendido, también se había ofendido a sí mismo. Si la situación de ella era lamentable, la de él era sin esperanza. Aquella imprudencia la hizo sentir desgraciada por unos momentos; sin embargo, ella tal vez algún día recobraría el sosiego, pero ¿cómo podría él mirar su porvenir? ¿Podría ser feliz con Lucy Steele?

Dejando de lado su afecto por Elinor, aquel muchacho con su delicadeza, su integridad y su inteligencia cultivada, ¿podría sentirse satisfecho con una mujer como aquélla, una mujer ignorante, artera, egoísta?

La juvenil presencia de sus diecinueve años le había cerrado los ojos a cualquier cosa que no fuese su belleza y su carácter; pero los cuatro años que siguieron, años que sí fueron decorosamente aprovechados, tenían que haber señalado un considerable desarrollo para la inteligencia y abrir sus ojos a los defectos y a la ausencia de educación de aquella muchacha, mientras, de otra parte, el mismo período vivido por ella en una sociedad de tipo inferior, en pasatiempos frívolos, la habían desposeído tal vez de aquella simplicidad que antaño era el más interesante rasgo de su belleza.

En el supuesto de que Edward se hubiese casado con Elinor, las dificultades con la madre del joven hubiesen sido grandes; y por tanto, ahora lo serían mucho más, tratándose de una nuera de cuna, relaciones y fortuna inferiores. Por otra parte, el joven que vislumbra en su porvenir oposición familiar y falta de cordialidad y educación con su esposa, se abandona irremediablemente a la tristeza.

Estas consideraciones se le ocurrían en rápida sucesión, y derramaba lágrimas, más por Edward que por ella misma. Sostenida por la convicción de no haber hecho nada para merecer tales desdichas, y consolada por la certeza de que Edward no había realizado nada que significase una traición a la estima con que parecía honrarla, pensó que aun en aquellos momentos, bajo los primeros efectos de aquel rudo golpe, debía guardarse de dejar comprender nada a su madre y sus hermanas. Y estaba tan dispuesta a ello que cuando se reunió con su familia a la hora de la comida, solamente dos horas después de haber vivido la muerte de sus mejores esperanzas, nadie habría supuesto por su aspecto que sufría terriblemente a causa de los insalvables obstáculos que la separaban ahora de su amor. ¡Qué contraste con Marianne, que vivía en la ilusión de las cualidades de un hombre cuyo corazón era íntegramente poseído por ella y del cual esperaba que descendiera de todos los coches que pasaban junto a la casa!

La necesidad de ocultar a su madre y a Marianne lo que en extrema confianza le había sido revelado, aunque la obligaba a una lucha continua, no agravaba el sufrimiento de Elinor. Muy al contrario, era un descanso para ella verse liberada de comunicar hechos que sólo engendraban pena y de ahorrarse la tortura de ver acusado a Edward, acusación derivada del propio exceso de afecto hacia ella, todo ello más de lo que podría soportar.

De su consejo y de la discusión con ellas sabía que no tenía que esperar ayuda; la ternura y la pena de ellas no haría sino aumentar la propia aflicción, mientras la serenidad y el control de su madre y su hermana sin duda no iban a ser estimulados por su ejemplo. Sola se sentía más fuerte; su buen sentido la amparaba eficazmente, y su firmeza permanecía tan incólume, su gracia y su gentileza tan intactas, como una experiencia tan hiriente y profunda podía permitir.

Aunque padeció infinitamente en su primera conversación con Lucy sobre aquellos asuntos, experimentaba un vivo deseo de proseguirla; y ello por muchas razones. Quería conocer todos los detalles de las relaciones de Lucy y Edward y oírlos repetir; anhelaba comprender con la mayor claridad qué clase de sentimientos abrigaba Lucy realmente hacia Edward –en realidad eran sinceras sus afirmaciones de quererle y adorarle–; además, y muy particularmente, deseaba convencer a Lucy, por su buena disposición a tratar de nuevo de aquel asunto, y su calma al hacerlo, de que no sentía ninguna clase de inclinación especial hacia Edward, sólo la que se experimenta normalmente hacia un buen amigo. Aunque temía que su involuntaria agitación en la conversación de aquella mañana hubiese podido engendrar alguna sospecha. Lucy parecía dispuesta a sentir celos de ella: es indudable que Edward había hablado elogiosamente de ella, y ello lo deducía no sólo de las palabras de Lucy sino del hecho de haberle confiado tan inopinadamente un secreto de tan crucial importancia. Y aun las mismas bromas de sir John podían haber contribuido a dar pábulo a tales celos, pues mientras Elinor permaneciese convencida de ser querida por Edward, no necesitaba ningún otro cálculo para deducir que Lucy tenía que sentirse celosa. Y tal vez sus confidencias no eran más que una prueba de sus celos. ¿No era justificación suficiente de ellas la convicción de que, una vez informada de los superiores derechos de Lucy sobre Edward, Elinor se apartaría sin duda de éste sin vacilar? Con tal base no halló dificultad en comprender las intenciones de su rival; y mientras decidía proceder según los principios del honor y la honestidad, reprimiendo su afecto hacia Edward y viéndole lo menos posible, no podía negarse a ella misma el placer de presentarse a los ojos de Lucy como indiferente. Como ya no podría enterarse de nada más doloroso, era necesario ahora confiar en su habilidad para oír dignamente una repetición de aquel relato.

La ocasión apropiada no se presentaría de inmediato, aunque Lucy se hallaba tan dispuesta como ella misma a sacar partido de la primera oportunidad: el tiempo no solía ser lo bastante bueno aquellos días para permitirles salir de paseo, que era la forma más fácil de separarse de los demás para poder hablar a solas. Como se veían cada noche, en Barton Park o en la alquería, no hubiesen podido alegar que querían reunirse para conversar; esa idea hubiese resultado sospechosa a sir John o a la señora Middleton, y por lo tanto escaseaban las ocasiones de hablar a solas. Según sir John y su esposa, la gente tenía que reunirse para comer, beber, jugar a las cartas o a prendas, o a cualquier otro juego suficientemente bullicioso.

Una de estas reuniones, y algo favorable a sus intentos aunque sin proporcionar a Elinor plena ocasión de reunirse a solas con Lucy, tuvo lugar un día que sir John llegó por la mañana a la alquería, para pedir que acudiesen, como acto de caridad, a comer con lady Middleton, ya que él se veía obligado a permanecer en Exeter y la buena señora quedaría sola con su madre y las señoritas Steele. Elinor atisbó perspectivas favorables a sus proyectos en tal reunión, pues la benevolente, sosegada y siempre correcta anfitriona les daría mayores posibilidades que cuando estaba presente el marido, siempre dispuesto a la acción y el bullicio. Elinor aceptó la invitación al punto. Margaret, con el permiso de su madre, estuvo de acuerdo en comer en Barton Park, y Marianne, aunque siempre acudía de mala gana a tales fiestas, fue convencida por su madre, que no aprobaba su apartamiento de las diversiones, y también decidió acudir.

Las jóvenes llegaron a Barton Park y de ese modo lady Middleton fue felizmente rescatada de la terrible amenaza de la soledad. La insulsez de aquella reunión fue exactamente tal como Elinor imaginaba; nada nuevo hubiese podido ser señalado y nada menos interesante que los temas que se tocaron tanto en el comedor como en el saloncito. En éste, los niños estuvieron con ellas, por lo que no era posible llamar la atención de Lucy para entablar la tan deseada conversación. Salieron de allí al ser retirados los servicios de té. Trajeron la mesa de juego y Elinor perdió toda esperanza de encontrar tiempo en Barton Park para una conversación privada con Lucy. Todas se dispusieron a comenzar una partida de naipes.

–Me complace –dijo lady Middleton a Lucy– que no

pretendas terminar esta noche aquel cestito para la pobre Ana María. Trabajar a la luz de las velas te perjudi-
caría la vista; ya procuraremos ofrecer algunas compen-
saciones a la pequeña, pues se disgustará al despertarse
mañana y hallarse sin el ansiado cestito. Luego ya no
pensará más en ello.

La indirecta fue recogida; Lucy vaciló un instante, y
luego repuso:

—Ciertamente se equivoca, lady Middleton. Estoy
aguardando a que ustedes organicen la partida sin mí
para luego dirigirme a mi labor. Por nada del mundo
querría afligir a la pequeña. Si ahora me necesitan en la
mesa de juego, acabaré el cestito después de cenar.

—Eres tan amable como siempre; supongo que no te
perjudicará la vista. ¿Quieres que traigan las velas? Mi pequeña quedaría desencantada si mañana no encontrara su
cestito. Yo intenté convencerla de que no sería posible,
pero estoy segura de que confía encontrárselo mañana.

Lucy se sentó ante la mesa de trabajo y se entregó a
su tarea con tanto entusiasmo, rapidez y buen humor
como si en la vida no existiese mayor placer que bordar
un cestito para una niña majadera.

Lady Middleton propuso una partida de naipes.
Nadie puso objeciones, excepto Marianne, quien con su
habitual desdén por las fórmulas de cortesía, exclamó:

—Le agradecería, lady Middleton, que me excusase,
porque detesto las cartas. Me entretendré tocando el
piano. No lo he tocado desde que lo afinaron. —Y sin
más ceremonias se dirigió hacia el instrumento.

Lady Middleton hizo un gesto como agradeciendo
a Dios que ella nunca hubiese proferido palabras tan
poco delicadas.

—Marianne no logra separarse de su querido instrumento, ya lo sabe usted, señora —señaló Elinor tratando
de justificar a su hermana—, y aquí dispone del mejor
piano que nunca oí.

Los demás se disponían a barajar los naipes.

–Sin duda –prosiguió Elinor– si ayudo a recortar y doblar los papeles seré de gran utilidad a Lucy, porque aún falta mucho trabajo para dejar listo el cestito, y temo que sin ayuda no podría terminarlo hoy. Esta clase de trabajos me encantan y supongo que Lucy me permitirá colaborar.

–Bienvenida sea su ayuda, pues desde luego hay más trabajo del que imaginaba –dijo Lucy–; al fin y al cabo, sería triste que la pequeña Ana María tuviese que disgustarse.

–¡Sería terrible –dijo la otra señorita Steele–, pobre pequeña, con lo que yo la quiero!

–Eres muy amable –dijo lady Middleton a Elinor–. Bien, si tanto te place ayudar a Lucy, tal vez no deseas jugar una partida; ¿o quieres tentar la suerte antes del trabajo?

Elinor se excusó y, con aquella amabilidad que Marianne nunca supo imitarle, obtuvo lo que se proponía y dejó contenta al mismo tiempo a lady Middleton. Con solicitud Lucy le hizo sitio a su lado, y las dos bellas rivales quedaron inclinadas sobre la misma mesa, en perfecta armonía, afanándose en la misma labor. El piano, al que se entregaba Marianne a su propio capricho, como ignorando que había otras personas en la sala, afortunadamente se hallaba tan cerca que Elinor creyó que al amparo de sus sonidos podrían reanudar el interesante tema, sin ningún peligro de ser oídas en la mesa de juego.

XXIV

Con tono precavido Elinor comenzó de esta guisa:
–No sería digna de la confianza con que usted me ha

honrado si no sintiese el deseo de comprobarla ni experimentase interés por sus revelaciones. Así pues, me parece provechoso volver a ellas de nuevo.

–Gracias a usted se ha roto el hielo –dijo Lucy cordialmente–, y tranquiliza usted mi corazón, pues temía haberla ofendido.

–¿Ofenderme? ¿Cómo puede imaginar una cosa así? Créame –Elinor hablaba con un tono de convincente sinceridad– que nada ha estado más lejos de mi ánimo. ¿Había algún fundamento en su confianza que no fuese halagador y favorable para mí?

–Y además –replicó Lucy, con sus ojos pequeños y penetrantes brillando de malicia–, me pareció percibir frialdad y disgusto en su gesto, y eso me inquietó. Estoy segura de que usted se enfadó conmigo. Desde aquel momento me reprocho el haberla perturbado con mis asuntos. Pero ahora me alegra comprobar que no fue más que una fantasía. ¡Si supiese qué consuelo aligera mi corazón al hablar con usted de aquello en que estoy pensando siempre, todos los momentos de mi vida! Su compasión prevalecerá sobre cualquier otra consideración.

–Esta convicción, que viene sostenida sin duda por la confianza de él, lo ha de ser todo para usted. Si la fuerza de este mutuo compromiso fallase, como en otras personas sería natural después de cuatro años, reconozco que la situación de usted inspiraría verdadera piedad.

Lucy levantó los ojos, pero Elinor se cuidó de que ni su gesto ni la expresión de su rostro pudiesen prestar a sus palabras un sentido sospechoso.

–El amor de Edward hacia mí –dijo Lucy– fue sometido a dura prueba por la prolongada separación desde nuestro compromiso. Pero la prueba fue magníficamente superada, y hoy la menor duda sería por mi parte imperdonable. Puedo proclamar que ni en los primeros momentos vacilé en que sucedería de esta manera.

Elinor no supo si cabía suspirar o sonreír ante estas razones.

Lucy prosiguió:

–Tengo un temperamento que casi podríamos llamar celoso. Es mi carácter. Y a causa de nuestra diferente situación en la vida, de su mayor trato social y de nuestra separación casi constante, me siento inclinada a sospechar embrollos, donde sin duda no los hay cada vez que, al vernos, creo notar una leve alteración en su conducta hacia mí, o un espíritu algo decaído, o si habla de una muchacha más que de otra, o parece menos feliz en Longstaple de lo que solía. No quiero decir que sea yo muy observadora y de rápida intuición, pero caso de que hubiese algo de verdad no creo que tardase en advertirlo.

–Comprendo –dijo Elinor–, pero no creo que deba preocuparse. ¿Cuáles son sus puntos de vista? –preguntó tras un breve silencio–. ¿O no tiene otro que aguardar la muerte de la señora Ferrars, que es una solución extrema y triste? Aunque su hijo esté dispuesto a este sacrificio, al aburrimiento de años y de espera, ¿no sería preferible correr el riesgo de decir la verdad y afrontar el conflicto?

–¿Sabe?, la espera no hubiese tenido que ser muy larga. Pero la señora Ferrars parece tenaz y difícil de convencer, y si oye el menor comentario sobre el asunto, lo dejará todo a Robert. Por eso, en atención principalmente a Edward, he de evitar cualquier impulso de tomar medidas precipitadas.

–Y en atención a usted debería evitar llevar su desinterés a terrenos que no son razonables.

Lucy volvió a mirar a Elinor y guardó silencio.

–¿Conoce a Robert Ferrars? –preguntó Elinor.

–En absoluto; jamás le vi, pero imagino que ha de ser muy diferente de su hermano: un ser fantástico y original.

–¿Original? –repitió la otra señorita Steele, que había oído aquellas palabras en una pausa que hizo Marianne en el piano–. Estas chicas siempre hablando de sus galanes favoritos. ¿Me equivoco?

–Pues sí que te equivocas –respondió Lucy–. Nuestros galanes no son nada originales.

–Me consta que el que gusta a la señorita Marianne –dijo la señora Jennings sonriendo– es una persona sensata y uno de los muchachos más razonables y comprensivos que he conocido; pero por lo que respecta a Lucy, como es una criatura tímida y reservada, no hay manera de saber quién es.

–¡Oh! –exclamó la otra señorita Steele mirando con malicia en derredor–. El galán de Lucy. Estoy segura de que es tan razonable y comprensivo como el de la señorita Elinor.

A su pesar, Elinor se ruborizó. Lucy se mordió los labios y miró a su hermana. Por un rato reinó el silencio. Lucy fue la primera en interrumpirlo hablando innecesariamente en voz baja, ya que Marianne le estaba procurando la protección de un magnífico concierto:

–He de admitir que pensaba hablar con usted acerca de una idea que se me ocurrió recientemente y confío en que sea una buena solución. Por otra parte, usted ha de participar activamente en esta idea. Supongo que por lo que ha tratado a Edward se habrá dado cuenta de que la Iglesia es su vocación preferida; mi plan consiste en que se ordene cuanto antes, y luego espero que, por amistad hacia él y también quizá un poco por la simpatía que me tenga, se interesaría en persuadir a su hermano de que se le confíe la plaza de Nordland, que según tengo entendido es excelente, ya que el actual rector parece que no vivirá mucho tiempo. He aquí una solución que nos permitiría casarnos, y para lo demás podríamos confiar en la fortuna y en el tiempo.

–Sería un placer para mí –respondió Elinor– poder

dar alguna prueba de estima y amistad al señor Ferrars, pero en esta ocasión mi interés resultaría perfectamente innecesario. Es hermano de la esposa de sir John, y ésa es una recomendación suficiente.

—Pero creo que su esposa no aprueba que Edward tome órdenes sagradas.

—En todo caso, tal vez mi propio interés no resulte muy eficaz.

Permanecieron unos momentos en silencio. Al fin Lucy suspiró y exclamó:

—¡Quizá la mejor solución sería terminar este asunto deshaciendo nuestro compromiso! Nos asaltan dificultades tan diversas y de tantos lados, que, si bien sufriríamos algún tiempo, probablemente al fin seríamos felices. ¿No quiere darme su consejo, señorita Dashwood?

—Lo siento —contestó Elinor y con una sonrisa pretendió ocultar sus agitados sentimientos—; en tal materia no puedo hacerlo. Mi opinión no tendría valor para usted, a menos que coincidiese con sus deseos.

—Ciertamente me desconcierta su actitud —replicó Lucy con énfasis—; no existe nadie cuyo juicio sea tan valioso para mí como el suyo y cumpliré a pies juntillas si usted me aconseja poner fin a mi compromiso con Edward Ferrars en beneficio de la felicidad de ambos. Y lo haré enseguida.

Los colores subieron a la cara de Elinor ante la falsedad de la futura esposa de Edward, y repuso:

—Su cumplido en realidad me asusta. No me atrevería, pues, a exponerle mi parecer en esta cuestión, si es que lo tuviese. Sobreestima mi criterio: el poder de separar dos personas que se quieren tan intensamente no está al alcance de una persona ajena.

—Lo está justamente porque usted insiste en considerarse una persona ajena —dijo Lucy algo violenta y agregó con énfasis—: Su juicio tiene mucha importancia para mí, y eso es precisamente porque los sentimientos no le resultan un obstáculo para ser imparcial. De lo contrario, su parecer carecería de importancia para mí.

Elinor prefirió no dar respuesta a estas razones, ya que no acertaba a decir algo que provocase confianza y cordialidad. Además, estaba decidida a no continuar con aquel asunto. Tras una pausa de unos minutos, Lucy habló otra vez.

—¿Vendrá este invierno a la ciudad, señorita Elinor? —preguntó con la misma afabilidad de siempre.

—No lo creo.

—¡Oh, qué pena! —repuso Lucy—. ¡Me hubiese gustado mucho encontrarme allí con usted! No obstante, aún creo que la veré por allí. Sus hermanos no dejarán de invitarla.

—Pero no está en mi poder aceptar su invitación.

—¡Cuánto lo siento! Anne y yo hemos sido invitadas para finales de enero por unos parientes que hace años esperan nuestra visita. Pero yo iré solamente por Edward. Estará allí en febrero; en otro caso pocos encantos tendría Londres para mí. No podría resistirlo.

De pronto fueron llamadas a la mesa de juego para que vieran el final de la primera partida, y la conversación tocó a su fin. Ambas cumplieron tal exigencia social sin contrariedad alguna, pues ninguna de las dos había dicho nada que pudiese dar a la otra un concepto peor del que ya tenía formado. Elinor se sentó a la mesa de juego con la melancólica convicción de que Edward no solamente carecía de verdadero afecto por la persona que iba a ser su esposa, sino que no tenía ante sí la perspectiva de una felicidad conyugal que un amor sincero podía depararle; sólo una ambición egoísta puede inducir a una mujer a mantener el compromiso con un hombre que da muestras inequívocas de poco entusiasmo.

Desde entonces Elinor no volvió a tratar de tales

asuntos. Pero Lucy volvía a ellos repetidamente y no dejaba pasar ocasión de aludirlos, sin olvidar manifestarle, cada vez que recibía carta de Edward, lo muy feliz que se sentía. Elinor acogía estas expansiones con una imperturbable serenidad y procuraba atajarlas tanto como sus buenas maneras se lo permitían, ya que se percataba claramente de que tales conversaciones significaban una cortesía que Lucy no merecía, y que por otra parte resultaban peligrosas.

La estancia de las señoritas Stelee en Barton Park fue prolongándose más de lo que implicaba la primitiva invitación. Su querencia iba creciendo y se hicieron indispensables... Sir John no quería oír hablar de que se marchasen. Y a pesar de sus numerosos y sólidos compromisos en Exeter, a pesar de la absoluta necesidad de regresar para cumplirlos –en particular los fines de semana–, por más de dos meses se halló manera de convencerlas de permanecer en Barton y asistir a la larga serie de bailes y cenas que proclamaban la importancia de la vida social que tenían ocasión de frecuentar.

XXV

Aunque la señora Jennings solía pasar gran parte del año en casa de sus hijos y sus amigos, no le faltaba sin embargo un rincón propio. Desde la muerte de su esposo, que había tenido prolíficas relaciones comerciales en la parte menos elegante de la ciudad, residió siempre en una casa de una de las calles inmediatas a Portmann Square. Cuando se acercaba enero su pensamiento comenzaba a dirigirse hacia su casa y las cosas de su hogar. Así fue, pues, que por entonces, un buen día, de manera brusca e inesperada, preguntó a la mayor de las señoritas Dashwood si querían acompañarla a la capital. Elinor, sin tener en cuenta el peculiar temperamento de su hermana y con los ojos llenos de sorpresa, inmediatamente expresó su agradecimiento, pero a la vez su absoluta negativa, con lo cual creía corresponder a los sentimientos de ambas. Se excusó diciendo que en aquella época del año no podían dejar sola a su madre. La señora Jennings recibió con desconcierto aquella negativa y no vaciló en insistir:

—¡Oh, por favor!, estoy segura de que vuestra madre podrá prescindir de ustedes por unos días, y para mí vuestra compañía sería un favor singular, porque tengo puesto en ello mi mayor ilusión. No creáis que causaréis molestias; no tendré que abandonar ninguno de mis planes. Enviaré a Betty en otro coche, cosa bien sencilla. Nosotras tres podemos viajar en el que tenía destinado para mí, y cuando lleguemos a la capital, si no queréis ir donde yo vaya, podéis haceros acompañar por una de mis hijas. Vuestra madre no pondrá objeciones, pues he sido una persona con tal habilidad para desembarazarme de mis hijas, que ha de considerarme capacitada para devolverle el favor. Y si no consigo ver a alguna de vosotras bien casada, no será ciertamente por culpa mía. No dejaré de hablar bien de vosotras a todos los jóvenes, podéis estar tranquilas a ese respecto.

—No sé por qué —dijo sir John—, me parece que Marianne no objetará nada a este proyecto, si su hermana lo acepta. Me parece un poco duro que tenga que renunciar a este gusto porque a su hermana no le plazca. Yo sería del parecer que os marchaseis sin ella, cuando os sintáis fatigadas de Barton, y sin decirle una palabra.

—¡Muy bien! —exclamó la señora Jennings—. Estaré muy contenta de la compañía de Marianne, tanto si Elinor quiere venir como no. No obstante, considero más agradable para ellas que vayan las dos, así cuando se cansen de mí podrán charlar y reírse de mi chochera a hurtadillas. Pero al menos tendré a una de ellas. ¡Dios me bendiga! ¡Y me compondré muy bien en mi casa, recuerda que el último año aún tuve a Charlotte conmigo! Oh, Marianne, estrechémonos las manos y sellemos el proyecto y si luego Elinor cambia de parecer, tanto mejor.

–Se lo agradezco sinceramente –dijo Marianne con calor–. Me sentiré muy feliz, desde luego, pero aun así temo por mi madre. Lo que dijo Elinor es bastante justo: quizá a mi madre no le agrade mi marcha. Oh, lo siento pero no podría dejarla.

La señora Jennings repitió que la señora Dashwood podía perfectamente pasar sin ellas una temporada, y Elinor, que comprendió ahora los sentimientos de su hermana, a quien nada podía entusiasmar tanto como una oportunidad de ver a Willoughby, no insistió en su oposición y propuso confiarlo todo a la decisión de su madre. En realidad confiaba en que ésta se mostraría partidaria de la idea, pues cuanto interesaba a Marianne hallaba en la madre el apoyo más decidido. Pero Elinor no estaba dispuesta a aceptar una invitación que tenía motivos muy especiales para rechazar. Poca confianza abrigaba de lograr influir en el ánimo de su madre en un asunto en el cual nunca pudo inspirarle desconfianza; y por otra parte no podía explicar sus propios motivos para sentirse poco inclinada a ir a Londres. El que Marianne, susceptible e irritable como era y conocedora de las aburridas maneras de la señora Jennings, aceptase soportar todas esas molestias y cerrase los ojos con tal de hallar ocasión de ver a cierta persona, era prueba de su enorme fuerza y de la grandísima importancia que aquel joven tenía para ella. Elinor se sintió conmovida ante semejante constatación.

Al conocer la invitación, la señora Dashwood, consciente de que el viaje no había de reportar sino agradables pasatiempos y distracciones a sus hijas y percatándose de que, a pesar del gran interés que demostraba por su madre, Marianne estaba deseosa de aceptarla, no quiso escuchar razones en lo tocante a rehusarla por atención a ella e insistió en que ambas acompañasen a la señora Jennings. Y no cesaba de augurar, con su habitual benevolencia, las múltiples ventajas que se derivarían de aquella momentánea separación.

–¡Estoy encantada con el proyecto! –exclamó–. ¡Es exactamente lo que yo deseaba! Margaret y yo nos beneficiaremos de él tanto como vosotras. Cuando vosotras y los Middleton hayáis partido, nos las arreglaremos muy bien con la música y los libros. Ya veréis qué adelantada encontraréis a Margaret a la vuelta. Además, tengo un pequeño proyecto de arreglo de vuestras habitaciones, que puede ser llevado a cabo sin grandes dificultades. Está muy bien que vayáis a la ciudad; todas las muchachas de vuestra edad y condición han de poder conocer la vida y las diversiones de Londres. Estaréis bajo la protección de una excelente señora, que os resultará casi como una madre. Y sin duda encontraréis allí a vuestro hermano; y sean cuales sean sus defectos o los de su esposa, cuando pienso de quién es hijo, me apena que os hayáis distanciado tanto de él.

–Aunque en el incesante desvelo de usted por nuestra felicidad –dijo Elinor– ha procurado acallar cualquier impedimento que derivase de usted, cabe también otra objeción que a mi juicio, no debe pasarse por alto.

Marianne puso expresión de desaliento.

–¿Qué quieres decir –repuso la señora Dashwood–, mi prudente Elinor? ¿Dónde radica ese misterioso obstáculo?

–Mi objeción es la siguiente: aunque tengo el mejor concepto de la señora Jennings, no es una dama cuyo trato pueda proporcionarnos mucho placer o cuya protección pueda sernos de utilidad.

–En ello llevas razón –replicó la madre–, pero de su

trato apenas si tendréis que sufrir mucho, en público iréis siempre con lady Middleton.

—Si a Elinor le desagrada el trato de la señora Jennings —dijo Marianne—, allá ella, pero eso no va a obligarme a rehusar la invitación. Yo no siento tales aprensiones, y estoy segura de que ella las superaría fácilmente con un pequeño esfuerzo.

Elinor no pudo dejar de sonreírse ante aquella simulada indiferencia hacia una persona tan difícilmente soportada por Marianne que más de una vez le había costado denodados esfuerzos comportarse ante ella con cortesía; y pensó que si Marianne persistía en la idea de ir a Londres, ella también iría, pues no le parecía prudente abandonar a Marianne a su libre albedrío, ni que la señora Jennings dependiese enteramente de Marianne para hallar solaz en sus horas de asueto doméstico. Y esta resolución se fortaleció cuando calculó que si Edward Ferrars no iba a Londres hasta febrero, el viaje podía perfectamente estar terminado para ese entonces.

—Iréis las dos —dijo la señora Dashwood—. Estas objeciones son absurdas. Visitar Londres, especialmente si lo hacéis juntas os proporcionará grandes satisfacciones. Si Elinor quiere tomarse la molestia de imaginar las ventajas que puede ofrecerle la capital, una de las principales es quizá la de relacionarse con la familia de su cuñada; sin duda aceptará.

Elinor había deseado muchas veces hallar una oportunidad para socavar la convicción que tenía su madre de que entre ella, la hija, y Edward había un verdadero afecto, a fin de que la conmoción resultase atenuada cuando la verdad saliera a la luz. En aquel instante, aunque con pocas esperanzas de éxito, lo intentó con el aire más sereno que pudo:

—Siento mucha simpatía hacia Edward Ferrars. Siempre me alegraré de verle; pero en lo relativo al resto de la familia, me deja completamente indiferente conocerles o no.

La señora Dashwood sonrió y no dijo nada. Marianne levantó sorprendida los ojos y Elinor tuvo la sensación de que callar hubiese sido más prudente.

Tras un rato de discusión, al fin se acordó que la invitación se aceptaría de pleno. La señora Jennings recibió la noticia con satisfacción y dio muestras de afecto y entusiasmo; para ella no era sólo un capricho. Sir John se sentía feliz, aunque para un hombre cuyo mayor temor era quedarse solo significaba algo considerable que la población de Londres aumentase en dos individuos. Aun la propia lady Middleton se tomó la molestia de mostrarse encantada, lo que en realidad se salía de su tono habitual, y por lo que atañe a las señoritas Steele, ambas, especialmente Lucy, nunca se sintieron más satisfechas que cuando supieron la noticia.

Elinor acató la solución que contrariaba sus deseos con menos desagrado del que esperaba. Por lo que a ella se refería el viaje a Londres le resultaba causa de inquietud; pero al ver a su madre tan complacida con el proyecto y a la hermana llena de alborozo en las miradas, en la voz y en los gestos, recuperaba de pronto su animación de antes y un buen humor exultante, no podía sentirse desgraciada ni dejar de creer en la importancia del proyecto.

La alegría de Marianne iba más allá de la felicidad, tan grande era la exaltación de su espíritu y su impaciencia en emprender la marcha. La pena que le causaba separarse de su madre era la fuerza contraria que mantenía el equilibrio, pero en el momento de la partida su pena fue inmensa. La aflicción de la madre no parecía menos; y Elinor resultó la única de las tres que aparentó no considerar aquella separación como algo próximo a la eternidad.

La marcha tuvo lugar en los primeros días de enero.

Los Middleton seguirían una semana después. Las señoritas Steele mantuvieron sus posiciones en Barton Park y sólo salieron de allí con el resto de la familia.

XXVI

A Elinor le parecía un sueño lo que le estaba sucediendo. Viajaba en un coche con la señora Jennings y emprendían el camino de Londres bajo su protección y hospitalidad, como si fuese lo más natural del mundo, cuando su amistad con aquella dama era tan reciente, tan desiguales las edades y los temperamentos, y tantos habían sido sus reparos pocos días antes de la partida. Pero aquellas objeciones habían sido vencidas por aquel feliz ardor de juventud que animaba a Marianne y que fascinaba a su madre.

Elinor, a pesar de las dudas que ocasionalmente le acuciaban respecto a la constancia de Willoughby, envidiaba el arrobo de apasionada espera que llenaba el alma de Marianne y resplandecía en sus ojos, sin sentirse herida por el vacío de sus propias perspectivas, viendo cuán frío y desabrido era su estado de ánimo en comparación con el de su hermana. Y con vivo anhelo deseaba hallarse en aquel grado de vibración, tener también un objetivo vivificante y aquellas posibilidades de esperanza. En breve se iba a saber cuáles eran las intenciones de Willoughby; sin duda el joven se hallaba ya en la capital. El entusiasmo de Marianne por emprender el viaje revelaba su esperanza de hallarle en Londres. Y Elinor estaba resuelta, no solamente a procurarse nueva luz sobre el carácter del muchacho, procedente de su propia observación o de la percepción de los demás, sino también a observar detalladamente la conducta del joven hacia su hermana, con tanto celo que llegase a captar su verdadero significado. Si los resultados eran desfavorables, intentaría abrirle los ojos a su hermana; si eran satisfactorios, intentaría evitar cualquier comparación egoísta y eliminar cualquier lamentación que pudiese empañar la felicidad de Marianne.

Tras tres días de viaje el comportamiento de Marianne era inequívoco respecto de lo que podía esperarse de su tolerancia y cordialidad hacia la señora Jennings. Casi todo el camino se mantuvo en silencio, abandonándose a sus propias meditaciones y pronunciando sólo las palabras necesarias; excepto cuando algún paisaje o algún monumento le llamaban la atención, ocasión en que profería una exclamación de entusiasmo, invariablemente dirigida a su hermana. Como consecuencia de esta conducta, Elinor tuvo que convertirse en abanderada de la cortesía, que, conociendo a su hermana, se había asignado de antemano. Se comportó, pues, con la mayor atención para con la señora Jennings, habló con ella, rió y bromeó, y se mostró dispuesta a escuchar pacientemente a la buena señora. Ésta, por su parte, trataba a las dos jóvenes con la mayor solicitud y deferencia, siempre preocupada de que en las hosterías pidiesen el menú que más les gustase, y procuraba saber si preferían salmón o bacalao, aves asadas o costillas de ternera. Llegaron a Londres a las tres de la tarde del tercer día de viaje, satisfechas de verse libres, tras tan largo camino, del confinamiento del coche y bien dispuestas a disfrutar de un buen fuego en la chimenea.

La casa era elegante y estaba decorada con gusto. A las muchachas se les asignó una habitación en extremo confortable y que había sido la de Charlotte. Sobre la chimenea podía admirarse un paisaje bordado en seda por ella, como prueba de haber pasado siete años de su vida en un distinguido colegio de la capital.

Como la cena no estaría lista hasta dos horas después de la llegada, Elinor decidió emplear el tiempo escribiendo cuatro líneas a su madre, y se dirigió al escritorio con este propósito. Al cabo de unos instantes, Marianne también quiso escribir.

–Voy a escribir a casa, Marianne –le dijo Elinor–. ¿No sería mejor que esperases un par de días para escribir?

–Es que no voy a escribir a mamá –replicó Marianne, como si tratase de evitar ulteriores explicaciones.

Elinor no insistió; se le ocurrió que tal vez se disponía a escribir a Willoughby y la conclusión que de ello se seguía inmediatamente era, que por mucho que fuese el sigilo con que intentaban encubrirlo, mantenían relaciones. Esta convicción, aunque no enteramente satisfactoria, no dejó de alegrarla y continuó su carta con buen ánimo. La de Marianne tardó unos minutos en quedar lista; en realidad debía de tener la extensión de una simple esquela. Fue doblada, lacrada y provista de dirección sin perder un instante. A Elinor le pareció distinguir una W mayúscula en el sobre. Y en cuanto todo estuvo dispuesto, Marianne hizo sonar la campanilla para llamar al mozo, al que encargó que llevase sin demora aquella carta al correo. Todo ello era muy revelador.

El buen humor no había aún abandonado a Marianne, pero no obstante, daba muestras de una inquietud que preocupaba a su hermana. A medida que avanzaba la tarde el desasosiego de Marianne fue aumentando. Apenas pudo cenar, y cuando después volvieron al saloncito se la notaba nerviosa y atenta al ruido de todos los carruajes que pasaban por la calle.

Afortunadamente para Elinor, la señora Jennings no pudo presenciar aquellos momentos pues sus menesteres la retenían en la habitación. Llevaron el servicio del té, y más de una vez Marianne se sintió desanimada oyendo parar los carruajes ante las casas vecinas. De pronto uno se detuvo ruidosamente delante de la casa. Elinor creyó que realmente se trataba de Willoughby y Marianne, presa de la emoción, se dirigió a la puerta. Todo permaneció en silencio durante unos segundos llenos de expectación. Marianne avanzó unos pasos hacia la escalera y luego de escuchar unos segundos, volvió a la estancia con la exaltación que la certidumbre de haber oído la voz de él le causaba. En el embeleso de sus sentidos no supo evitar exclamar «¡Ah, Elinor, es Willoughby, no cabe duda!», y avanzar como para arrojarse en sus brazos, cuando he aquí que fue el coronel Brandon quien entró en la habitación.

Fue un golpe demasiado fuerte para ser soportado con calma y Marianne se retiró sin dar explicaciones. Elinor se quedó confusa también, pero por consideración al coronel Brandon quiso dar la sensación de que era bien acogido, pues le desagradaba que un hombre tan interesado en su hermana tuviese que constatar que su llegada no despertaba en aquélla más que disgusto y desencanto. Elinor se dio cuenta de que Brandon lo comprendía y vio cómo contemplaba a Marianne salir de la estancia, con tal sorpresa y emoción que no atinaba casi a mostrarse cortés con la propia Elinor.

—¿Está enferma su hermana? —preguntó.

Elinor respondió que sí, que se encontraba mal, y luego habló de jaqueca, de ansiedad y de otros malestares, atribuyéndoles el absurdo proceder de su hermana.

Brandon la escuchaba con atención, pero recobrando al fin la compostura no habló más del asunto y mencionó el placer que le causaba saber que estaban en Londres, no olvidando preguntar por los detalles del viaje y por los amigos que habían dejado en el campo.

Entre aquel reposado conversar, con escaso interés en cada una de las partes, cada uno de ellos con la mente en otro lugar, Elinor pronto sintió deseos de preguntar si Willoughby se hallaba en la ciudad, aunque temió causar pena a Brandon hablándole de su rival. Al final se limitó a preguntar si Brandon había pasado todo aquel tiempo en Londres.

—Sí —contestó el coronel con cierta confusión—, casi todo el tiempo desde la última vez que nos vimos. Al principio pasé unos días en Delaford, pero no pude volver a Barton como deseaba.

Estas razones, y el tono con que fueron dichas, trajeron al punto a la memoria de Elinor todos los detalles de la marcha de Brandon y las sospechas que despertó en la señora Jennings. Temió entonces que su pregunta hubiese sugerido más curiosidad por el asunto de la que nunca había experimentado.

No tardó en acudir la señora Jennings.

—Ah, querido coronel —exclamó con su característica amabilidad—, me alegro de verlo. Perdone mi demora, pero he tenido cierto trabajo en instalar y ordenar mis cosas. Hace mucho tiempo que no estaba en esta casa, y ya imagina cuánto halla una que hacer cuando vuelve a casa tras una prolongada ausencia. Y además tengo que instalar a Cartwright. Bien, coronel, ¿cómo supo usted que yo estaba en Londres?

—Tuve el agrado de enterarme en casa de los Palmer, donde he comido hoy.

—¿De manera que comió con ellos? ¿Cómo se encuentran? ¿Cómo está Charlotte? Supongo que a estas alturas debe tener una figura poco presentable.

—Lady Palmer tiene muy buen aspecto; y transmito su encargo de anunciarle a usted una visita para mañana.

—Gracias. Bien, ya lo ve, coronel, he traído dos bellísimas muchachas, una está aquí presente y la otra no debe de andar muy lejos. Es su amiga Marianne Dashwood, y supongo que no le desagradará verla. No sé cómo están las cosas entre usted y Willoughby a causa de ella. ¡Qué maravilla ser joven y bonita! Sí, yo también fui joven, pero no demasiado bonita. En fin, mala suerte. No obstante, conseguí un buen marido, y muchas grandes bellezas no lo consiguen. ¡Ah, pobre marido mío! Murió hace ocho años. Coronel, ¿qué ha sido de su vida desde que nos marchamos? ¿Cómo van sus asuntos? Venga, entre amigos no hay secretos.

El buen coronel contestó con su acostumbrada benevolencia, pero sin dejar satisfecha a la señora Jennings. Elinor comenzó a servir el té y Marianne acudió de nuevo al salón.

Desde la llegada del coronel se la veía más cavilosa y callada que antes, y la señora Jennings no pudo conseguir que permaneciese mucho tiempo allí. Aquella tarde no vino ninguna otra visita, y decidieron acostarse lo más pronto posible.

Marianne bajó al otro día con buen temple y aspecto floreciente. La contrariedad del día anterior parecía caída en el olvido, ante la espera de lo que parecía inminente. No habían terminado aún el desayuno, cuando he aquí que el coche de lady Palmer se detuvo ante la puerta y a los pocos instantes ella y su eterna sonrisa penetraban en la estancia, encantada de verles a todos allí, aunque era difícil saber si le hacía más feliz ver de nuevo a su madre o a las señoritas Dashwood. Dio muestras de sorpresa de verlas en Londres, aunque siempre había creído que un día u otro vendrían, y de disgusto por haber aceptado ellas la invitación de su madre, cuando habían rehusado la suya. Pero añadió que si no hubiesen ido nunca se lo hubiese perdonado.

–¡Mi marido se alegrará de verlas aquí! –dijo–. ¿Qué creéis que dijo cuando supo que llegabais con mamá? Ahora no recuerdo qué fue, pero en todo caso resultó original.

Tras una hora o dos en lo que su madre llamaba una confortable conversación, es decir, tras las más variadas preguntas de la señora Jennings referentes a amigos y conocidos y las más abundantes risas sin motivo por parte de lady Palmer, ésta propuso que la acompañasen a algunas tiendas donde pensaba ir aquella mañana. La señora Jennings y Elinor asintieron de buen grado, ya que ellas mismas tenían que hacer algunas compras y Marianne, aunque se resistió al principio, decidió al fin salir con ellas.

Fuesen donde fuesen, Marianne permanecía siempre en guardia. Especialmente en Bond Street, donde tenían que hacer la mayor parte de sus compras. Sus ojos no se cansaban de buscar entre la gente; en las tiendas en que entraba su ánimo permanecía abstraído de aquello que ocupaba e interesaba a las demás. Elinor nunca pudo obtener su opinión sobre un artículo que se disponían a comprar y que interesaba a las dos. Nada parecía darle gusto, sólo aparentaba deseos de volver a casa y apenas lograba dominarse para no mostrarse descortés con lady Palmer, cuyos ojos eran atraídos por lo bonito, caro y nuevo. Como quería comprarlo todo, terminaba por no comprar nada, y pasaba el tiempo en vacilaciones y fantasías.

Cuando volvieron a casa era ya tarde por la mañana. En cuanto hubieron entrado, Marianne se apresuró escaleras arriba. Elinor la siguió y la encontró que volvía de hablar con el criado con aire decaído. Marianne le dijo al punto que Willoughby no había venido aún.

—¿No ha llegado ninguna carta para mí? —volvió a preguntar al criado que subía con los paquetes de las compras. La respuesta fue negativa—. ¿Está usted seguro? —insistió la muchacha—. ¿Está enteramente seguro de que ningún criado, ningún recadero ha dejado alguna carta o esquela para mí?

El hombre volvió a negar.

Elinor miró a su hermana con desconcierto. ¡Si él no sabía que ella estaba en la ciudad, no le habría escrito aquí, sino a Combe Magna; pero si estaba en la ciudad, cómo es que no había venido ni escrito! «¡Ah, querida madre, cómo te equivocaste permitiendo relaciones entre una hija tan joven y un muchacho tan poco conocido, y relaciones tan misteriosas! He de saber cómo andan los asuntos de Marianne. Pero ¿permitirá que pueda mezclarme en ellos?»

Al fin llegó a la conclusión, tras profundas reflexiones, de que si la cosa proseguía con el aspecto desagradable que tenía en aquellos momentos, se dirigiría a su madre para exponerle enérgicamente la necesidad de una seria investigación del asunto.

Lady Palmer y dos damas ya un poco mayores, amigas íntimas de la señora Jennings, la cual había encontrado e invitado aquella mañana, comieron aquel día con ellas. Lady Palmer se marchó después del té, para atender sus compromisos de aquella noche. Elinor se imaginó una mesa de *twist*. Por su parte, Marianne se consumía en la ansiedad de una anhelante espera y en el temor de un desengaño, y no prestaba atención a nada. En ciertos momentos intentaba leer, pero no tardaba en dejar el libro y volvía a la más interesante ocupación de pasearse por la habitación; y se paraba al llegar junto a la ventana en la esperanza de distinguir al anhelado coche.

XXVII

—Si este buen tiempo continúa —dijo la señora Jennings a la mañana siguiente, al reunirse para el desayuno—, sir John no querrá marcharse de Barton la semana próxima; es desagradable para los *sportmans* perder un día de caza. Pobres, les compadezco cuando veo que tienen que hacerlo, se les ve tan tristes.

—Es cierto —respondió Marianne con amabilidad y se dirigió a la ventana para ver qué tiempo hacía—. No había pensado en ello, este tiempo magnífico retendrá a muchos *sportmans* en el campo.

Fue una feliz idea: todos sus ánimos parecían recobrarse.

—No hay duda que es un buen tiempo para ellos —agregó al sentarse con expresión reposada y feliz para el desayuno—. ¡Cómo deben de disfrutar! Pero —con una nueva sombra de inquietud—, no cabe esperar que dure mucho. En esta época del año, y después de tantas lluvias, no es probable que tengamos muchos días de buen tiempo. No tardarán en llegar las heladas, y con toda probabilidad muy fuertes. Quizá mañana mismo. Esta benignidad del tiempo no es posible que dure, no, tal vez hiele ya esta noche.

—De todos modos —dijo Elinor con el deseo de evitar que la señora Jennings pudiese leer tan claramente como ella misma los pensamientos de su hermana—, me arriesgaría a afirmar que a finales de la semana próxima sir John y lady Middleton se encontrarán en Londres.

—Ah, querida, se lo garantizo. Mary sabe llevar a cabo lo que se propone.

«Y ahora —conjeturó Elinor— escribirá a Combe Magna sin tardanza.»

Pero si lo hizo, la carta fue enviada en absoluto secreto. Cualquiera que fuese la realidad del caso y por muy lejos que estuviese Elinor de sentirse contenta, cuando veía a Marianne alegre no podía dejar de sentir cierta satisfacción. Y Marianne estaba alegre, alegre por la benignidad del tiempo y, aún más, por la espera de las heladas.

Pasaron la mañana dejando tarjetas en las casas de los conocidos de la señora Jennings, para informarles del regreso de esta dama a la capital. Marianne se pasó el día observando la dirección del viento, atisbando las variaciones del cielo e imaginando repentinos cambios climáticos.

–¿No encuentras, Elinor, que ahora hace más frío que por la mañana? Decididamente hay una diferencia, apenas si logro calentarme las manos con el manguito. No me pasaba ayer. Las nubes parecen abrirse; no tardará en salir el sol y tendremos una tarde clara.

Elinor se sentía a la vez divertida y apenada por aquellas exageraciones, pero Marianne perseveraba en su idea fija y cada noche, en la claridad del fuego y cada mañana, en la nitidez de la atmósfera, creía descubrir indicios de que se avecinaban las heladas.

Las señoritas Dashwood en realidad no podían estar descontentas con la vida que llevaban en casa de la señora Jennings y de las amistades que ésta les presentaba, así como tampoco de su trato, de invariable amabilidad. Todo en aquella casa poseía un amplio sentido liberal, y excepción hecha de algunos viejos amigos de la ciudad, de los cuales, lamentándolo mucho lady Middleton, nunca quiso desprenderse, la señora Jennings, no visitaba a nadie cuyo trato pudiese resultar poco interesante para sus jóvenes huéspedes. Encantada de encontrarse mejor situada de lo que hubiese podido esperar, Elinor veía en ello una compensación por el tedio de las veladas, las cuales aquí, como en su casa, no consistían más que en jugar a cartas, lo que no era ciertamente su diversión favorita.

El coronel Brandon los visitaba cada día: iba para admirar a Marianne y conversar con Elinor, quien a lo mejor hallaba más interés en conversar con él que en cualquier otro suceso del día. Elinor se daba cuenta, y le causaba inquietud ver que el especial interés del coronel por su hermana no se había desvanecido. Llegó a creer que, al contrario, iba cobrando mayor fuerza. Le apenaba la melancolía con que a menudo contemplaba a Marianne; se le veía más decaído moralmente que durante su estancia en Barton.

Transcurrida una semana de la llegada de las muchachas a Londres, se confirmó que Willoughby había llegado también. Encontraron su tarjeta sobre la mesa cuando regresaron un día del paseo de la mañana.

–¡Santo Dios! –exclamó Marianne–. ¡Ha venido mientras estábamos fuera!

Elinor se alegró de saber que estaba en Londres, arriesgándose a decir:

–Tranquila, seguramente vendrá a visitarnos mañana.

Pero Marianne apenas la oyó, y al entrar la señora Jennings se marchó con la preciosa tarjeta en la mano.

Estos hechos animaron a Elinor, y exaltaron tanto a Marianne que pareció recaer en la inquietud y la agitación. Desde ese momento su espíritu pareció no conocer reposo; la expectación por verle, por su anhelada visita, la incapacitaba para cualquier otra cosa. Insistió en quedarse en casa, cuando a la mañana siguiente las demás salieron de paseo.

Los pensamientos de Elinor se centraron en lo que podía ocurrir en Berkeley Street durante su ausencia; pero con sólo mirar a su hermana cuando regresaron, supo que Willoughby no había realizado su segunda visita. En ese momento llegó una carta que fue dejada encima de la mesa.

–¿Para mí? –exclamó Marianne.

–No, señorita, es para la señora.

Pero Marianne, no convencida, la cogió.

–Es para la señora Jennings. Lo siento.

–¿Esperas una carta? –le dijo Elinor, no pudiendo guardar más silencio.

–Sí, la espero un poco... no, mucho, en verdad.

Tras una breve pausa, Elinor preguntó:

–¿No confías en mí, Marianne?

–Sí, Elinor, pero me choca tu reticencia hacia mí.

–¿Yo? –añadió Elinor algo turbada–. Es que no tengo nada de particular para contar.

–Ni yo tampoco –respondió Marianne–. Nuestra situación, pues, es la misma; tú porque no tienes nada para contar y yo nada para esconder.

Elinor, sorprendida por aquella acusación de reserva que no se sentía con autoridad moral para rechazar, no supo cómo presionar a Marianne para que fuese más comunicativa con ella.

Habiendo entrado la señora Jennings, le entregaron la esquela, que fue leída en voz alta. Era de lady Middleton, anunciando que había llegado a Conduit Street la noche anterior e invitando a su madre y sus primas para la noche siguiente. Los negocios de sir John y un resfriado de ella misma, les impedían acudir de visita a Berkeley Square. La invitación fue aceptada; pero cuando se acercó la hora convenida, Elinor tuvo grandes dificultades en persuadir a su hermana, porque aún no sabía nada de Willoughby y no estaba dispuesta a marcharse cuando podía suceder que el joven viniese de nuevo a visitarlas.

Al final de aquella velada Elinor concluyó que el temperamento no se altera cualquiera que sea el lugar donde habitemos, pues apenas instalados en la capital sir John había tramado una manera de reunir unos veinte jóvenes para organizar un baile. El asunto no mereció la aprobación de lady Middleton. En el campo, un baile improvisado resultaba cosa permitida; pero en Londres, donde la reputación de elegancia tenía que ser mantenida con mayor tiento y era más difícil de obtener, significaba arriesgarse –sólo para regocijo de unas cuantas muchachas– a que todo el mundo supiese que lady Middleton había dado un baile poco concurrido, ocho o diez parejas, con dos violines y un bufet escaso.

Los Palmer formaban parte de los invitados. Por lo que se refiere a él, no le habían visto desde que estaban en Londres, ya que procuraba evitar cualquier cosa que pudiese parecer una atención a su suegra, y por lo tanto nunca iba a verla. Al distinguir a las señoritas Dash-wood, fingió no conocerlas. Las miró como distraída-mente, y sólo saludó con la cabeza a la señora Jennings, que se hallaba en el otro extremo de la sala. Al entrar, Marianne lanzó una ojeada en derredor y ya tuvo sufi-ciente: él no estaba. Y se sentó tan mal dispuesta para divertirse como para inspirar agrado. Luego de haber estado juntos por más de una hora, el señor Palmer se dirigió a las señoritas Dashwood para expresarles su sorpresa de verlas en la capital, aunque el coronel Bran-don fue en su casa donde se enteró de la llegada de las muchachas a Londres, y él mismo había dicho algo ex-travagante cuando supo que iban a venir.

—Suponía que estaban ustedes en Devonshire —les dijo.

—¿De veras? —replicó Elinor.

—¿Cuándo regresan?

—No lo sabemos aún.

Y aquí terminó el diálogo.

Nunca había tenido Marianne tan pocas ganas de bailar como aquella noche, y nunca esta diversión la había fatigado tanto. Se quejaba de ello al volver a Ber-keley Street.

—Sí, sí —dijo la señora Jennings—, bien conocemos el motivo: no hay más que pensar en cierta persona, que es mejor que no nombre. Si hubiese estado allí no te ha-brías aburrido tanto, y a decir verdad, no ha sido muy galante, pues se le invitó.

—¿Le invitaron? —exclamó Marianne.

—Sí, mi hija Middleton me lo dijo ayer; parece que sir John lo encontró por la calle.

Marianne no dijo una palabra más y adoptó un aire acongojado. Deseosa de hacer algo que aliviase a su her-mana, Elinor resolvió escribir aquel mismo día a su madre, ya que confiaba despertar en ella temores por la salud de Marianne y decidirla a llevar a cabo aquellas investigaciones que tantas veces habían sido aplazadas. Y se sintió más dispuesta a tomar esta medida al darse cuenta, por la mañana, después del desayuno, de que Marianne volvía a escribir a Willoughby, por cuanto no era probable que lo hiciese a otra persona.

Hacia el mediodía la señora Jennings salió de casa para atender unos asuntos y Elinor comenzó su carta, mientras Marianne, demasiado inquieta para hacer nada y demasiado acongojada para conversar, se paseaba de una a otra ventana o se sentaba junto al fuego en melancólica meditación. Mientras, Elinor se aplicaba en referir a su madre todo lo sucedido, sus sospechas de la inconstancia de Willoughby, instándola en nombre de sus deberes y su afecto, a solicitar de Marianne una explicación sobre sus relaciones con aquel joven.

Apenas terminada la carta, un coche hizo presentir una visita, y al poco anunciaron al coronel Brandon. Marianne, que le había divisado desde la ventana y que odiaba cualquier clase de visitas, abandonó la estancia antes que entrase el coronel. Éste parecía más solemne que de costumbre y, aunque expresando su satisfacción por hallar a Elinor sola, como si tuviese algo particular que referirle, estuvo unos momentos sentado sin pronunciar palabra. Elinor intuyó que había ido para comunicarle algo referente a su hermana, y esperó con impaciencia a que comenzase a explicarse. No era la primera vez que tenía aquella sensación, pues en más de un caso, comenzando con «su hermana parece que hoy no se encuentra muy bien» o «su hermana parece algo decaída», había aparentado estar a punto de revelar o preguntar algo referente a Marianne. Luego de un silencio de unos minutos, Brandon preguntó con agitación, si tenía que darle la enhorabuena por tener un nuevo hermano. Elinor no esperaba aquella pregunta y, no sabiendo qué contestar, optó por el trillado sistema de preguntar qué quería decir con ello. Brandon respondió tratando de sonreír:

–El compromiso de su hermana con el señor Willoughby es bien conocido.

–No lo creo –replicó Elinor–, porque mi familia no sabe nada.

Brandon pareció sorprenderse y añadió:

–Excúseme si mi pregunta ha resultado inoportuna, pero yo no imaginaba ningún secreto en ello, ya que la gente habla abiertamente de la boda.

–¿Cómo es posible? ¿A quién oyó usted mencionarlo?

–A mucha gente; personas que usted no conoce, pero también otras de su mayor intimidad; por la señora Jennings, los Palmer y los Middleton. Pero aún no lo hubiese creído, pues cuando nuestra inteligencia no se halla dispuesta a dejarse convencer, encuentra siempre algo donde apoyar la duda. Pero no me quedó ni el menor rastro de ésta cuando vi por azar en manos del criado una carta dirigida por Marianne a Willoughby. Era verdaderamente su letra. He venido para saberlo, pero convencido de antemano de la realidad del hecho. ¿Es algo acordado? Es imposible a... Pero no tengo derecho, lo sé, a tales pretensiones. Excúseme, señorita Dashwood, sé que tal vez me equivoco al hablar tanto, pero atravieso unos momentos en que no sé qué hacer y tengo una fe absoluta en su discreción. Dígame, se lo ruego, si es algo ya definitivo e irremediable, si cualquier tentativa... si disimular, caso que disimular sea posible, es el único remedio que queda.

Estas palabras que significaban para Elinor una confesión directa del amor del coronel por Marianne, la sobrecogieron profundamente. No fue capaz de articular palabra y aun cuando consiguió recobrar un poco su serenidad, vaciló unos momentos en busca de la contestación más apropiada. Conocía tan poco la situación real de las relaciones entre su hermana y Willoughby, que al tratar de explicarlas corría el riesgo de decir poco o demasiado. Pero como creía que el afecto de Marianne por Willoughby no dejaba margen a las esperanzas del coronel, fuese cual fuese el rumbo que aquel afecto tomase, teniendo en cuenta que al mismo tiempo deseaba que su propio proceder no resultase merecedor de reprobación, consideró prudente y cortés decir más de lo que en realidad sabía y creía. Así pues, expuso al coronel que si los interesados nunca habían mencionado los términos de sus relaciones, ella estaba convencida de que su mutuo afecto era verdadero y profundo y no dudaba de que se correspondían plenamente.

Él la escuchó con silenciosa atención y cuando la muchacha dejó de hablar, se levantó y dijo con voz entrecortada por la emoción:

—Deseo a su hermana toda la felicidad de este mundo y a Willoughby que procure mostrarse digno de Marianne.

Luego se despidió y salió de la estancia.

De aquella conversación no obtuvo Elinor reposo suficiente para contrarrestar la congoja que le causaban otros aspectos de la cuestión; al contrario, le quedó una impresión melancólica de la pena que adivinaba en el coronel, una impresión casi dolorosa, pero que no entorpecía su anhelo de conocer en concreto los hechos que la motivaban.

XVIII

En los tres o cuatro días siguientes nada ocurrió para que Elinor tuviese que lamentar lo que había comunicado a su madre; pues Willoughby no fue de visita ni escribió. Las hermanas fueron invitadas a una reunión a la que asistirían con lady Middleton, y en la que eran especialmente necesarias, porque la señora Jennings no podía asistir a causa de la indisposición de su hija menor. Marianne se dispuso a tomar parte en la fiesta, pero completamente absorta en la pena, sin preocuparse de sus atavíos, sin el más pequeño gesto de ilusión o de alegría, como si le diese igual asistir o quedarse en casa. También aquel día permaneció sentada junto a la chimenea del saloncito hasta la llegada de lady Middleton, sin moverse de su sillón, sin cambiar de actitud, abstraída en sus pensamientos e indiferente a la presencia de su hermana. Y cuando les anunciaron que lady Middleton les aguardaba en la puerta, pareció sorprenderse como si nunca hubiese sabido que alguien iría a recogerlas.

Llegaron a la casa a la hora convenida, y tan pronto como la fila de carruajes que les precedía lo permitió, se apearon. Luego subieron las escaleras, oyeron su nombre repetido en voz alta de una a otra puerta y penetraron al fin en una sala espléndidamente iluminada, llena de gente y donde reinaba un calor agobiante. Cuando hubieron cumplido con la cortesía de saludar a la señora de la casa, pudieron mezclarse con los invitados y disfrutar de la parte de calor e incomodidades que les correspondía, sin duda un poco aumentados por su llegada. Tras un rato consumido en hablar poco y no hacer nada, lady Middleton se sentó a la mesa de juego y como Marianne no estaba de humor para participar, ella y Elinor, habiendo conseguido unas sillas, se situaron a poca distancia de la mesa.

No hacía mucho que estaban sentadas cuando he aquí que Elinor descubrió a Willoughby de pie y a poca distancia de ellas, conversando animadamente con una joven extremadamente bella y elegante. Elinor le miró directamente y el joven se inclinó saludando, pero sin dirigirse hacia ellas, por más que había visto a Marianne. Luego continuó su conversación con aquella elegante muchacha. Elinor se volvió hacia Marianne para ver si se le escapaba la escena. En aquel instante Marianne reparó en la presencia de Willoughby, y resplandeciendo de súbita alegría se hubiese precipitado hacia el joven, de no haberla contenido su hermana.

—¡Santo Dios! —exclamó—. ¡Él está aquí, está aquí! ¡Ah!, ¿por qué no me mira? ¿Por qué no viene a hablar conmigo?

—¡Por favor, te lo ruego, conserva la compostura —le dijo Elinor—. No reveles a todos tus sentimientos. Tal vez no te ha visto aún.

Esto era más de lo que Marianne podía creer. Y guardar la compostura no sólo estaba fuera de su alcance, sino más allá de sus deseos. Permanecía sentada en una agonía de impaciencia que se adivinaba en sus actitudes bruscas.

Al fin él se volvió y las miró. Marianne quedó sobrecogida y pronunció el nombre de él con tono de embeleso. El muchacho se acercó y, dirigiéndose antes a Elinor que a ella, como si tratase de evitar la mirada de Marianne y de no fijarse en ella, preguntó apresuradamente por la salud de la señora Dashwood y cuánto tiempo llevaban en Londres. También Elinor perdió su presencia de ánimo ante tal actitud, y no pudo articular palabra. Pero los sentimientos de su hermana no tardaron en estallar. Su rostro se tornó de un rojo vivo y con voz trémula de emoción dijo:

—¡Dios mío! Willoughby, ¿qué significa todo esto? ¿No has recibido mis cartas? ¿No quieres darme la mano?

Él lo hizo, no podía evitarlo; pero aquel contacto le resultó penoso y retuvo la mano sólo un instante. En aquellos momentos él también luchaba por no perder la serenidad. Elinor advirtió en él su lucha interior, y al final notó que se iba sosegando. Tras una pausa dijo con tono ya perfectamente sereno:

—Tuve el honor de visitarles en Berkeley Street el jueves pasado, sin tener el gusto de encontrar ni a ustedes ni a la señora Jennings. Supongo que mi tarjeta no se perdió.

—¿No recibiste mis esquelas? —exclamó Marianne en el paroxismo de la ansiedad—. Aquí hay algún embrollo, no hay duda, algún terrible embrollo. ¿Qué explicación puede darse de todo ello? Cuéntamelo, Willoughby, por lo que más quieras. ¿Qué pasa?

El joven no contestó y pareció volver a su embarazo inicial. Pero como inspirado por una mirada de la joven con quien había estado hablando antes, recobró la calma y luego dijo:

—Sí, tuve el gusto de tener noticia de la llegada de ustedes por las cartas que usted fue tan amable de enviarme. —Se apartó con una ligera inclinación y fue a reunirse con su bella pareja de antes.

Marianne, pálida e incapaz de tenerse en pie, se dejó caer sobre la silla. Elinor, temiendo que se desmayase, intentó ocultarla de la vista de los demás, mientras le daba a oler un frasco de sales.

—¡Ve, Elinor, ve donde él! —dijo Marianne al recobrar el habla—, ve donde él y oblígale a venir conmigo. ¡Dile que quiero volverlo a ver! Díselo ahora. No puedo descansar, no tendré un momento de reposo hasta que todo quede aclarado. Se trata de una confusión terrible. ¡Ve donde él, no te entretengas!

—No, querida Marianne, tienes que aguardar. Éste no es lugar para explicaciones. Aguarda hasta mañana.

Con grandes esfuerzos Elinor consiguió evitar que su hermana siguiese al muchacho y persuadirle de que se calmara y aguardase, al menos, con una apariencia de serenidad, hasta que pudiese hablarle a solas. Pero Marianne continuaba quejándose en voz baja de la poca fortuna de sus sentimientos y profiriendo gemidos de desesperación. Al cabo de unos instantes Elinor vislumbró que Willoughby salía de la sala hacia la escalera, y dijo a Marianne que el joven se había marchado ya, demostrándose con ello la imposibilidad de hablarle de nuevo aquella noche. Confiaba en que esto la calmaría. De inmediato Marianne suplicó a su hermana que pidiese a lady Middleton que las acompañase a casa, pues ella no podía resistir ni un momento más allí.

Lady Middleton, en medio de una partida de naipes, al saber que Marianne se hallaba indispuesta, fue lo suficientemente cortés para no hacer ninguna objeción al deseo de retirarse y, tras entregar sus cartas a un amigo, emprendieron el regreso sin más dilación. Durante el camino a Berkeley Street apenas si dijeron una palabra. Marianne, en su silenciosa agonía, se sentía demasiado aturdida por su pena para llorar. Como la señora Jennings no había llegado aún, al llegar se dirigieron a su habitación, donde Marianne tomó alguna medicina. No tardó en desnudarse y meterse en cama y, como manifestó deseos de quedarse sola, su hermana salió. Mientras aguardó la llegada de la señora Jennings tuvo tiempo para meditar lo sucedido.

Que ciertas relaciones habían existido entre Willoughby y Marianne no podía ponerse en duda, y parecía también bastante claro que Willoughby se había cansado de ellas. Por su parte, Marianne continuaba enamorada de él, aunque resultaba difícil atribuir la conducta de Willoughby a error o falta de inteligencia. La causa de todo ello no era sino cambios en el sentir. La indignación de Elinor habría sido más profunda si la confusión que constató en Willoughby no hubiese podido atribuirse a la propia conciencia de su mal proceder, confusión que evitaba que llegase a considerarle tan inescrupuloso como para jugar desde los comienzos con los sentimientos de su hermana, sin ningún propósito respetable. Quizá la ausencia había debilitado su afecto, y además la conveniencia podía haberle incitado a pasar por encima de lo que quedase de su amor. Pero era indudable que éste había existido.

Por lo que respecta a Marianne, en las torturas que

engendrara aquel desgraciado encuentro, sin contar con las que aún le aguardaban en el futuro, era materia en la que no podía pensar sin estremecerse. Su propia situación, la de Elinor, era comparativamente mejor; pues ella podía seguir considerando y estimando a Edward tanto como antes, y aunque en adelante tuviesen que estar separados, el recuerdo de él había de serle siempre soportable. Pero a poco que se avanzase en el camino de tales desdichas, todo había de parar en una separación de Marianne y Willoughby: en una inmediata e irremisible ruptura con él.

XXIX

Antes de que, a la mañana siguiente, la sirvienta encendiese el fuego de la chimenea, o que el sol comenzase a calentar algo aquel sombrío amanecer de enero, Marianne, a medio vestir, se encontraba de rodillas ante uno de los sillones que había junto a la ventana, para aprovechar la escasa luz, escribiendo todo lo aprisa que le permitía el torrente de lágrimas que brotaba de sus ojos. Elinor, despertada por sus suspiros y gemidos, la contempló con silenciosa ansiedad, y luego le dijo con tono cariñoso:

–Marianne, ¿puedo preguntarte...?

–No, Elinor, no me preguntes nada –replicó–. Pronto sabrás toda la verdad.

Aquella especie de calma desesperada con que dijo esas palabras fue seguida al punto por aquellas excesivas muestras de aflicción. Tardó unos minutos en poder continuar la carta; y los frecuentes accesos de pena que a intervalos la obligaban a dejar la pluma, eran evidentes pruebas de su convicción de que estaba escribiendo a Willoughby por última vez.

Elinor la contemplaba con ternura, y hubiese tratado de tranquilizarla y consolarla más aún si Marianne no le hubiese pedido, con todo el apasionamiento de su exaltación, que no le hablase por nada del mundo. En tales circunstancias era lo más deseable para ambas que no estuviesen demasiado tiempo juntas, y el estado de violencia y arrebato de Marianne no solamente la privó de permanecer en la habitación un momento después de haberse acabado de vestir, sino que, buscando a la vez soledad y un continuo cambio de sitio, la llevó a deambular por la casa hasta la hora del desayuno, evitando ver a persona alguna.

Durante el desayuno no comió nada, ni siquiera intentó hacerlo. Todo el afán de Elinor se aplicaba no a compadecer ni a aparentar que se ocupaba de ella, sino en procurar captar la atención de la señora Jennings y distraerla de lo que estaba pasando.

Como el desayuno era la colación preferida de la señora Jennings, duró bastante tiempo. Cuando se estaban sentando alrededor de la mesa de trabajo, el criado trajo una carta para Marianne, de la que la muchacha se apoderó en el acto, y palideciendo intensamente, salió corriendo de la habitación. Elinor, que vio claramente de qué se trataba, pues había distinguido la letra del sobre, que era de Willoughby, experimentó una terrible congoja y casi no podía coordinar las ideas, y sufrió una especie de temblor, de tal manera que era difícil que escapase a la atención de la señora Jennings. Pero esta buena señora sólo vio que Marianne había recibido una carta de Willoughby, feliz suceso a su entender, y trataba el asunto según esta idea: con la convicción de que la tal misiva alegraría a Marianne. Del desconcierto de Elinor bien poco había percibido, ocupada como estaba en medir el estambre para una alfombrilla. Al salir Marianne, ella dijo con toda calma:

—Nunca vi una muchacha tan desesperadamente

enamorada como ésta. Mis hijas no fueron nada en comparación con ella, y eso que no eran precisamente indiferentes. Marianne parece otra persona. Deseo de todo corazón que la espera no dure mucho, porque me da pena verla tan afligida y acongojada. Dime, ¿cuándo es la boda?

Elinor, poco dispuesta en ese momento para hablar del asunto, se sintió obligada a contestar algo a la buena señora y, tratando de sonreír, respondió:

—¿Es que usted cree que mi hermana va a casarse con el señor Willoughby? No me parece que pueda pensarse en consecuencias tan serias. Me agradaría que usted no se llamase a engaño. Le aseguro que me sorprendería mucho saber que van a casarse.

—¡Por Dios, Elinor, no hables de esa manera! ¿No está claro que esto acabará en boda, que están enamorados como unos tortolitos desde el primer momento que se conocieron? ¿No les vi en Devonshire juntos cada día a todas las horas del día? ¿No sé yo que su hermana ha venido a la capital sólo para preparar sus ropas de novia? Porque tú seas tan tímida en estas cuestiones no todos van a serlo. No, lo que me has dicho no puede ser verdad. Se trata de una boda que todo el mundo comenta ya.

—Le aseguro que se equivoca —dijo Elinor con aire grave—. Además, no creo que proceda usted bien difundiendo el rumor, y algún día se dará cuenta de ello, aunque ahora no quiera creerme.

La señora Jennings rió de buena gana, pero Elinor no tuvo ánimo para continuar, e impaciente por conocer lo que había escrito Willoughby, se dirigió a su habitación. Al abrir la puerta distinguió a Marianne sobre la cama, casi desmayada de emoción, con una carta en la mano y otras dos o tres en derredor. Elinor se acercó sin decir palabra y, sentándose en la cama, le cogió la mano y se la besó varias veces afectuosamente, para abandonarse después a sus lágrimas, no menos ardientes que las de Marianne. Ésta, aunque apenas si podía hablar apreció toda la ternura de Elinor y, tras unos momentos de aquella confluencia de sentimientos y penas, entregó a su hermana todas aquellas cartas. Luego se cubrió el rostro con un pañuelo y lloró amargamente. Elinor, que sabía cuán necesario es para una pena de aquella intensidad, por muy angustioso que sea presenciarla, concederle libre desahogo, aguardó que aquel exceso de angustia hubiese remitido un poco, y luego, abriendo la carta de Willoughby, leyó lo siguiente:

«Apreciada señorita: Acabo de tener el honor de recibir su carta, por la que, a mi vez, le envío mi más sincero agradecimiento. No puedo negar mi preocupación al ver cómo en mi proceder de la otra noche no merecí su aprobación. Al no poder discernir en qué punto fui tan poco afortunado para ofenderla a usted, no puedo por menos que solicitar su perdón por algo que, en todo caso, fue enteramente involuntario. Créame que recuerdo con emoción y agradecimiento los días que traté a su familia en Devonshire, y considero que esta buena amistad no ha de resentirse por una mala interpretación de mis actos. La estima que siento hacia su familia es profunda y sincera; pero si he tenido la mala fortuna de dar la impresión de algo distinto de lo que sentía o me proponía expresar, me he de reprochar severamente, por no haber sabido descubrir una medida conveniente a las manifestaciones de aquella estima. De ninguna manera he querido expresar más de lo que acabo de mencionar, por cuanto mis sentimientos están ya fijados en otro lugar y no pasarán muchas semanas, creo, antes de que este compromiso se formalice. Con verdadera pena cumplo el encargo de usted de devolverle las cartas con que me había honrado y el rizo de cabello de que usted me había hecho obsequio. Mientras, quedo de usted, señorita, el servidor más humilde y obediente. John Willoughby.»

Elinor leyó aquella carta con indignación. Aunque convencida al comenzar su lectura de que encontraría una confirmación de sus peores temores, no había supuesto que Willoughby fuese capaz de apartarse tanto de toda apariencia de sentimiento honorable y cortés, como del decoro que ha de suponerse en un caballero, para enviar una carta tan cínicamente cruel, una carta de la cual cada palabra era un insulto y que proclamaba a su autor como un auténtico villano.

Guardó silencio unos momentos presa de la más indignada sorpresa; luego la releyó una y otra vez, pero cada lectura no hacía sino acrecer su desprecio hacia aquel hombre. Y era tan acerba su indignación, que no se atrevía a pronunciar palabra, por temor de hacer más profunda aún la herida de Marianne. Aquella ruptura de compromiso no era una pérdida del bien más preciado sino la liberación del mayor y más irremediable de los males —un enlace para toda la vida con un hombre sin principios—. En el fondo, lo ocurrido constituía la más afortunada bendición.

En sus profundas meditaciones sobre el contenido de aquella carta, la depravación de quien la redactara, Elinor olvidó la desgracia de su hermana, olvidó que tenía sobre su regazo tres cartas más para leer, y olvidó también cuánto tiempo había pasado allí. Cuando oyó que un carruaje se detenía en la puerta, se asomó para ver quién podía llegar tan intempestivamente temprano y le sorprendió descubrir la berlina de la señora Jennings, que había sido pedida para la una. Resuelta a no dejar sola a su hermana, aunque sin esperanza de conseguir proporcionarle algún consuelo, descendió al punto para excusarse con la señora Jennings, alegando una indisposición de la hermana. La señora Jennings, mostrando un interés socarrón hacia aquella indisposición, aceptó de buen talante la excusa. Elinor, libre ya del compromiso, volvió donde Marianne, a la que halló intentando levantarse de la cama. Entró en el momento justo para evitar que cayese al suelo, agotada por la prolongada falta de sueño y alimento, porque desde hacía varios días no probaba bocado y no cerraba los ojos. Y ahora, cuando sus fuerzas no eran mantenidas por la fiebre de la espera, la consecuencia de ello fue una cabeza dolorida, un estómago exhausto y unos nervios agotados. Una copa de vino que le llevó Elinor le reportó algún alivio. Al fin Marianne pudo expresar su agradecimiento por tanta solicitud y dijo:

—Pobre Elinor, qué desgraciada te hago.

—Sólo deseo poder hacer algo que te proporcione consuelo —replicó su hermana.

—¡Oh, Elinor, soy muy desgraciada! —exclamó Marianne, conmovida, y los sollozos ahogaron su voz.

Elinor no pudo resistir por más tiempo tanta desdicha.

—Esfuérzate, querida Marianne —le dijo—, si no quieres matarte y matar a todos los que te quieren. Piensa en tu madre y en sus padecimientos viéndote sufrir. Por ella has de esforzarte un poco.

—¡Es que no puedo, no puedo! —gritó Marianne—. Déjame, si te doy pena, déjame, olvídame, ódiame si quieres, pero no me tortures de esta manera. ¡Oh, qué fácil para los que no tienen penas hablar de retenerse! Elinor, tú que eres feliz, no puedes tener una idea de cuánto sufro yo.

—¿Tú me llamas feliz, Marianne? ¡Si lo supieses! ¿Puedes creerme feliz mientras te vea tan desolada?

—Perdóname, perdóname —dijo echando sus brazos al cuello de la hermana—, sé lo que sufres por mí, sé qué corazón tienes, pero, no obstante, puedo llamarte feliz, porque Edward te quiere. ¿Qué cosa puede borrar una felicidad como ésta?

—Muchas, muchas circunstancias —repuso Elinor con solemnidad.

–No, no, no –gritó Marianne violentamente–. Él te quiere a ti, a ti sola. No es posible que estés triste.

–¿Cómo puedo yo estar alegre si te veo en un tal estado?

–Y nunca más me vas a ver de otra manera. Hay una tristeza en mí que nadie podrá disipar.

–No has de hablar de esta suerte, Marianne. ¿No puedes tener otros consuelos? ¿No tienes amigos? ¿Tu pérdida es tal que no deje lugar para rehacer tu vida? Si sufres ahora, mucho más habrías sufrido al descubrir más tarde el carácter de Willoughby; o si hubiese alargado vuestro compromiso meses y meses, antes de desengañarte. Cada día más de aquella confianza falsa había de hacer el golpe mucho más doloroso.

–¡Compromiso! –exclamó Marianne–. Nunca hubo compromiso.

–¿No hubo compromiso?

–No, no es tan indigno como tú crees.

–Pero ¿no te dijo nunca que te quería?

–Sí; no, nunca absolutamente. Siempre estaba implícito en lo que me decía, pero nunca se me declaró. Algunas veces parecía algo inminente, pero no llegó a realizarlo.

–¿Pero tú le escribiste?

–Sí, después de lo que había sucedido no podía hacer otra cosa. Pero ¿por qué hablar de ello?

Elinor no dijo nada más, y volviendo a las tres cartas que tenía delante, a las que prestaba ahora mayor atención, las leyó de corrido. La primera, que era la que enviara su hermana el mismo día de la llegada de Londres, decía lo siguiente:

Berkeley Street, enero.

Qué sorprendido va a quedar usted, Willoughby, al recibir esta carta, y algo más que sorprendido, así espero, cuando sepa que me encuentro en Londres. Una ocasión de venir aquí, aunque fuese con la señora Jennings, es algo que no supe resistir. Confío en que recibirá usted la presente y vendrá a visitarnos esta misma noche, pero no sé si le será posible. En todo caso le espero mañana. Por el momento, adiós.

M. D.

La segunda nota, escrita en la mañana después del baile en casa de los Middleton, lo fue en los siguientes términos:

Casi no logro expresar mi desencanto de no haber tenido el gusto de verle anteayer, y mi sorpresa por no haber, cuando menos, recibido respuesta a mi nota de hace más de una semana. He estado aguardando noticias de usted; he estado aguardando verle todas las horas del día. Le ruego se digne venir en cuanto pueda a explicarme los motivos de haberle aguardado en vano. Quizá algo más pronto que la otra vez, porque hacia la una solemos estar fuera. La última noche fuimos a casa de los Middleton, donde se ofrecía un baile. Se me dijo que usted había sido invitado, pero sin embargo no asistió. No considero posible un cambio tan extremo en usted y aguardo recibir cumplidas seguridades de su parte de que se trata de otras causas.

M. D.

He aquí el contenido de la última carta:

¿Qué debo pensar, Willoughby, de lo que me dice en su última carta? De nuevo me dirijo a usted en busca de una explicación. Con qué ansia aguardaba yo verle, con el ansia natural tras una separación prolongada y que la familiaridad de nuestro trato en Barton parece justificar. Me sentí contrariada, no cabe duda. Pasé la noche tratando de justificar un proceder que casi podría calificarse de insultante; pero aun cuando no concibo una excusa razonable de su comportamiento, estoy dispuesta a escuchar las explicaciones que usted quiera darme. Tal vez ha sido mal informado, o engañado, en algo que se refiere a mí y que me ha hecho desmerecer a sus ojos. Dígame de qué se trata, explíqueme los motivos de su comportamiento y me alegraré de aclarar tales infundios. Me atormenta tener que pensar de usted desfavorablemente, pero si ha de ser así, si tengo que saber que en lo sucesivo no va a ser usted el que yo había creído hasta ahora, si debo creer que su afecto hacia mí no era sincero, que sus actos y palabras sólo buscaban engañarme, comuníquemelo lo antes posible. Mi espíritu se halla en una terrible indecisión: deseo que usted se sincere conmigo, pero la realidad me hace temer los mayores sufrimientos. Si sus sentimientos no son ya hacia mí los de antaño, le ruego me devuelva mis cartas y aquel rizo de mi cabello que está en su poder.

M. D.

Elinor nunca hubiese creído que unas cartas tan llenas de afecto y confianza hubiesen sido contestadas en aquellos términos, por respeto al propio Willoughby. Pero la reprobación que éste le merecía no la cegaba hasta el punto de no comprender lo inoportuno de haber escrito tales misivas, y sufría en silencio de ver la temeridad con que había proporcionado su hermana aquellas pruebas de ternura que no tenían base en ninguna realidad precedente y de las cuales los hechos venían a demostrar su improcedencia. Mientras, viendo Marianne que Elinor había terminado la lectura de las cartas, le dijo que a su juicio no contenían nada que no hubiese escrito cualquier otra persona en su misma situación.

—Me siento —añadió— más solemnemente unida a Willoughby que si lo fuese por el más fuerte lazo legal.

—Lo creo —dijo Elinor—, pero desgraciadamente él no lo sentía de este modo.

—Él lo sintió así, Elinor; semanas y semanas lo sintió así. Lo sé muy bien. Por mucho que haya cambiado ahora (y debe de ser obra de la más ruin intriga), antes me quería con todo su corazón. Aquel rizo de cabello, que tan a la ligera piensa devolverme ahora, me lo pidió con la más ardorosa insistencia. Tú pudiste ver y oír su voz. ¿Has olvidado la última velada que pasamos juntos en Barton? ¿Y la mañana de su despedida? Cuando me dijo que tendríamos que pasar unas semanas sin vernos, recuerdo su pena y su angustia... nunca podré olvidarlo... —Por unos momentos no pudo proseguir; pero cuando su emoción se hubo sosegado, añadió con tono más firme—: Elinor, sin duda he sido arteramente traicionada, pero no por Willoughby.

—Querida Marianne, ¿de quién sospechas, pues? ¿Quién crees que lo hizo?

—Todo el mundo, menos su propio corazón. Antes admitiría que todos mis conocidos se uniesen contra mí para destruir la buena opinión que yo le merecía, que juzgarlo a él capaz de tal crueldad. A esta mujer, de quien me habla, sea quien sea, o a cualquier otra persona, excepto tú, mamá y Edward, las creería capaces de traicionarme. Aparte de vosotros tres no creo que haya otra persona en el mundo, salvo Willoughby, que me parezca incapaz de engañarme tan arteramente, pues conozco muy bien su corazón.

Elinor no quiso discutir y replicó:

—A ese malvado enemigo tuyo debes hacerle fracasar su perversa victoria, querida hermana, mostrándole con qué noble convicción de tu propia inocencia y rectitud soportas tantos sufrimientos. Has de encontrar un loable orgullo en resistir con entereza tanta maldad.

—No, no, una desgracia como la mía no puede dar muestras de orgullo. No me preocupa quién pueda fijarse en mis desventuras. El triunfo de verme vencida ha de ser asequible a todos, Elinor, los que sufren no pueden ser tan orgullosos e independientes como les plazca (sólo pueden resistir el insulto o devolver la mortificación). Yo sólo me siento vencida; ellos están llamados a gozar de lo que hacen y pueden hacer.

—Pero, por tu madre y por mí…

—…haría más que por mí misma. Pero aparentar felicidad cuando soy desgraciada, ¿quién podría exigírmelo?

Volvieron a guardar silencio. Elinor se paseaba de la chimenea a la ventana y de ésta a la chimenea, sin sentir el calor que ésta despedía ni mirar por la ventana. Marianne permanecía sentada al pie de la cama, apoyada la cabeza contra la madera de ésta. Tomó de nuevo la carta de Willoughby y, estremeciéndose a cada nueva palabra que leía, exclamó al fin:

—¡Todo esto es excesivo! Oh, Willoughby, Willoughby, ¿cómo es posible que estas palabras sean tuyas? Tu crueldad nadie puede justificarla: ni Elinor ni nadie. Por mucho que te hubiesen dicho de mí, ¿por ventura no podías haber dudado un poco de esas malas lenguas?, ¿no podías haberme dicho a mí algo de ello, haberme dado ocasión de aclarar yo misma las cosas? «El rizo de su cabello», leyó en la carta, «de que tan amablemente me hizo usted presente». ¡Es imperdonable! Willoughby, ¿dónde estaba tu corazón cuando escribiste estas palabras? ¡Oh, qué terrible insolencia! Elinor, ¿puede justificársele?

—No, Marianne, es imposible.

–Y además, esa mujer. ¿Quién sabe qué tretas utilizó, con qué minuciosidad pudo ser premeditado el asunto, con qué detalle pudo combinarlo ella? ¿Quién es ella? ¿Quién puede ser? ¿De quién le oí hablar con simpatía y admiración de entre sus amistades femeninas? De ninguna, de ninguna. Sólo hablaba de mí.

Se hizo otra pausa. Marianne estaba cada vez más agitada, y de pronto dijo:

–Elinor, quiero marcharme a casa y consolar a mamá. ¿No podríamos salir mañana?

–¿Mañana?

–Sí. ¿Qué hacemos aquí? Yo sólo vine para ver a Willoughby. Y ahora, ¿quién se ocupa de mí? ¿Quién piensa en mí?

–Es imposible hacerlo mañana. A la señora Jennings le debemos mucho más que simple cortesía; y la cortesía más elemental nos obliga a no marcharnos de esta manera, sin más.

–Pues dentro de dos o tres días a lo sumo. No puedo permanecer más aquí, no puedo resistir las preguntas y las consideraciones de todas estas personas, los Middleton y los Palmer. ¿Cómo podría soportar verles compadecerme? ¡La compasión de una mujer como lady Middleton! Oh, no, por favor...

Elinor le aconsejó que se echara otra vez en la cama, y Marianne lo hizo por un momento; pero ninguna postura le proporcionaba reposo; en permanente inquietud de cuerpo y alma, se agitaba de un lado a otro. Más nerviosa cada momento, Elinor apenas si podía retenerla en la cama y en algún momento creyó necesario pedir auxilio. Sin embargo, unas gotas de esencia de lavanda que logró al fin administrarle, la calmaron bastante. Finalmente, Marianne permaneció en la cama en reposo y sin agitación hasta el regreso de la señora Jennings.

XXX

A su llegada la señora Jennings se dirigió inmediatamente a la habitación de Marianne y Elinor y, sin pedir permiso, abrió la puerta y penetró en ella con aire de desconcierto.

—¿Cómo te encuentras, querida? —dijo a Marianne con tono de compasión, y la joven volvió el rostro sin dar respuesta alguna—. ¡Pobrecilla, qué aspecto tan triste! Ah, y todo era cierto. El muy bribón está a punto de casarse con otra. No puedo soportar esa clase de hombres. La señora Taylor acaba de contármelo y a ella se lo había contado una amiga íntima de la propia señorita Grey, de lo contrario yo no lo habría creído. Cuando lo supe casi me desmayé. Muy bien, dije, si esto es cierto, se ha burlado de una manera abominable de una muchacha que yo estimo y deseo que su esposa le dé su merecido. Y esto lo diré siempre, querida, puedes estar segura. Nunca he visto que los hombres que actúan de esta manera tengan buen fin, y si alguna vez me encuentro con él le daré una lección como no se la han dado en su vida. No obstante, querida Marianne, te queda un consuelo: ese granuja no es el único mozo bien parecido en el mundo, y con tu carita angelical no te faltarán admiradores. ¡Pobrecilla! Ahora me marcho, porque comprendo cómo te sientes. Por fortuna los Parrys y los Sanderson vendrán esta noche y esto tal vez te proporcione un poco de alivio.

Y salió de la estancia, caminando de puntillas, como si pensase que cualquier ruido aumentaría la aflicción de su joven amiga.

Marianne, para sorpresa de su hermana, decidió cenar con los invitados. La propia Elinor no se lo recomendaba. Pero ella quería asistir y decía que iba a soportarlo bien y que la expectación a su respecto decrecería.

Elinor, cediendo al fin tras verle tanta decisión, aunque creyendo difícil que aguantase toda la velada, no dijo una palabra más y dispuso los vestidos lo mejor que pudo, mientras Marianne permanecía aún en la cama. Y así, ambas estuvieron preparadas cuando las llamaron al comedor.

Una vez allí, aunque con aspecto deprimido, Marianne comió más y estuvo más sosegada de lo que su hermana esperaba. Si hubiese intentado hablar o corresponder a las atenciones de buena fe de la señora Jennings, no habría podido mantener la compostura. Ni una sílaba salió de sus labios y sus abstraídos pensamientos la amparaban, manteniéndola en la ignorancia de cuanto ocurría en derredor.

Elinor, que valoraba las amabilidades de la señora Jennings, aunque sus efusiones resultasen a veces molestas y casi siempre ridículas, trató de corresponder a las atenciones que Marianne no estaba en disposición de atender. Aquella buena señora veía que Marianne era infeliz y pensaba que por esta razón se le debía todo lo que pudiese hacer más soportable su miseria. Trataba a Marianne con toda la cariñosa indulgencia de un padre el último día de vacaciones de su hijo predilecto. Marianne tenía el mejor lugar al lado del fuego, se le ofrecía el mejor plato y se le referían, para entretenerla, las novedades del día. Si Elinor no se hubiese sentido también triste a causa del estado de su hermana, no habría dejado de agradecer aquellos esfuerzos de la señora Jennings por consolar las penas de amor de Marianne, aquella variedad de buenos platos, de dulces y aceitunas, de buen fuego y animada conversación. Cuando tales esfuerzos se hicieron patentes al ánimo de Marianne, ésta no pudo contenerse. Con una rápida exclamación de abatimiento y haciendo una seña a su hermana para que no la siguiese, se levantó y abandonó la estancia.

—¡Pobre chiquilla! —suspiró la señora Jennings una

vez Marianne hubo salido—. Qué pena me da verla en ese estado de desesperación. Y se ha marchado sin beber su copa de vino y ha dejado intactas sus cerezas en dulce. Dios mío, lo aborrece todo. Si supiese de algo que le gustase, cruzaría toda la ciudad con tal de traérselo. ¡Que un hombre maltrate así a una joven es la cosa que más indignación me produce! Pero cuando hay mucho dinero en un lado y casi nada en el otro, se ve que los de su calaña no pierden un minuto en ceremonias.

—¿Es muy rica la novia? —preguntó Elinor—. Creo que usted dijo que se llamaba Grey, la señorita Grey, ¿verdad?

—Se le suponen unas cincuenta mil libras al año, querida. ¿No la conoces? Una muchacha elegante y estilizada, según dicen, pero no bonita. Me acuerdo muy bien de su tía, Biddy Hensharve; se casó con un hombre muy rico. Toda la familia es acaudalada. ¡Cincuenta mil libras! Y según dicen este dinero vendrá muy oportunamente, pues al parecer el muchacho se está arruinando. No es de extrañar, con lo que despilfarra en tantos coches y lacayos. El hecho es que cuando un muchacho, sea quien sea, enamora a una chica y le promete casarse con ella, no tiene excusa si no cumple su promesa, basándose en que se está arruinando y encuentra una muchacha rica que lo quiere. ¿Por qué no vende sus caballos, despide a sus criados y reforma su vida por entero? Estoy segura de que Marianne aguardaría el tiempo necesario hasta que todo estuviese en orden. Pero hoy día no lo quieren así; los jóvenes de nuestra época no quieren privarse de un ápice de comodidad y buena vida.

—¿Sabe usted qué clase de muchacha es la señorita Grey? ¿Es de buen trato?

—Nunca oí hablar de ella en mal sentido, la verdad es que nunca la oí mencionar en ningún concepto, a no ser por la señora Taylor, quien esta mañana me dijo que creía que los señores Ellison no tendrían ninguna pena de ver casada a la señorita Grey, porque ella y los señores Ellison no se llevaban bien.

—¿Y quiénes son esos Ellison?

—Sus tutores, querida. Pero ahora es mayor de edad y puede escoger a quien le plazca, y sin duda ha hecho una buena elección. ¿Y ahora qué? —añadió tras una breve pausa—. Marianne se ha recogido en su habitación, supongo que para entregarse con más libertad a sus pesares. ¿Qué podríamos hacer para distraerla? Pobre pequeña, es casi una crueldad dejarla sola. A mi juicio lo mejor sería que invitásemos a algunos amigos para distraerla. ¿Quizá algún juego? Ya sé que el *twist* no le gusta, pero es que ningún otro juego le interesa.

—Créame, tanta amabilidad es innecesaria. Marianne no saldrá hoy de su habitación. Haré lo que pueda para acostarla temprano, pues necesita reposo.

—Bien, será lo mejor. Que cene sola y se acueste. Desde luego no tiene nada de particular que últimamente se le viese tan triste y decaída: tales desgracias pendían sobre su cabeza. Aquella carta fue sin duda el golpe de gracia. ¡Pobre muchacha! Si yo hubiese sabido lo que pasaba no le habría gastado ninguna broma, por nada del mundo. Pero ¿cómo podía adivinar lo que acontecía? Yo creí que no era más que una carta normal entre enamorados, y ya sabes cuánto gusta a las jóvenes que les gasten chanzas sobre ello. ¡Señor!, ¡cómo se disgustarán sir John y mis hijas cuando lo sepan! Si no hubiese casi perdido la cabeza, a mi regreso les hubiese visitado para decírselo. Ahora tendré que aguardar hasta mañana.

—Creo que no será necesario advertir a los Palmer y a sir John de la conveniencia de no citar a Willoughby ni nada del asunto ante mi hermana. Espero que su bondad natural les hará ver qué crueldad supondría mencionar la cuestión a Marianne. Y en lo que a mí respecta, cuanto menos se hable de ello más creeré que se me tiene consideración, como usted fácilmente comprenderá.

–Ya lo creo. Ha de ser terrible para ti oír cosas tan tristes, pero estoy segura de que nadie osará mencionar una sola palabra de tales desdichas. Ya has comprobado que no dije una palabra en toda la comida. Lo mismo harán sir John y mis hijas, todas personas inteligentes y consideradas. Además, ya les mencioné algo sobre el particular y no tienes nada que temer. Por mi parte, cuanto menos se hable de asuntos semejantes tanto mejor, pues se disipan y se olvidan más fácilmente. Las habladurías nunca han reportado ningún bien.

–En este caso no puede causarse sino daño, más que en otros casos similares, porque concurren circunstancias que, en beneficio de las personas que intervienen, sería lamentable que se ventilasen. A fin de cuentas, hay que hacer justicia a Willoughby; en realidad no ha roto un compromiso formal.

–Oh, no pretendas defenderle. ¡Que no existía un compromiso formal! ¡Luego de haberla llevado a Allenham House para mostrarle las habitaciones donde morarían de casados!

Elinor, por consideración a su hermana, no quiso continuar con el tema, y de otra parte no lo creía necesario en consideración a Willoughby, pues si por la revelación de toda la verdad Marianne podía perder bastante, Willoughby iba a ganar muy poco. Tras un breve silencio la señora Jennings agregó con su infatigable jovialidad:

–Muy bien, querida, no nos hemos de callar una cosa, y es que tantos males quizá no son sino un buen augurio para el coronel Brandon. Él la quería, ¡ya lo creo! Para mediados del verano ya podrían estar casados. ¡Señor, qué feliz se sentirá cuando sepa estas noticias! Dos mil libras al año sin deudas ni descuentos; ah, pero hay que contar con aquella hija natural, tan pequeña aún, me había olvidado. Pero puede ser alojada en cualquier lugar por poco dinero, y al fin y al cabo qué significa una cosa así. Delaford es un lugar magnífico, se lo aseguro, realmente una mansión dotada con todas las comodidades, rodeada de admirables jardines donde se recogen las frutas más exquisitas de la región; en un extremo hay un moral como no he visto otro. ¡Señor, cómo disfrutamos Charlotte y yo la última vez que estuvimos allí! Hay un gran palomar, un lago y un bello canal, en suma, cuanto pueda desearse. Además está cerca de la iglesia y solamente a un cuarto de milla del puente. Allí nunca te aburres, porque si te sientas un momento a la sombra de un añoso tejo, verás pasar carruajes y más carruajes. ¡Qué sitio encantador! Un buen carnicero en la aldea vecina, y el cura a un tiro de piedra. A mi entender, una finca mil veces preferible a Barton Park, donde se han de proveer de vituallas a más de tres millas y no tienen más vecinos que vuestra madre. Ah, sí, en cuanto vea al coronel le daré ánimos. Una espalda, ya sabe usted, sostiene a la otra. ¡Con tal que logremos arrancar a Willoughby de esa cabecita!

–¡Ah, si pudiésemos conseguirlo! –exclamó Elinor–. Grande fortuna, con o sin el coronel Brandon.

Más tarde fue a reunirse con Marianne, a quien halló en la habitación sumida en sus tristes cavilaciones, a la luz de un fuego escaso y mortecino que había sido su única luz hasta el instante de entrar Elinor.

–Preferiría que me dejases sola –le espetó Marianne.

–Lo haré si quieres irte a la cama –dijo Elinor.

Pero Marianne, impulsada por su sufrimiento angustioso, se negó a ello. Mas la persuasión amable pero firme de su hermana la ablandó al cabo de poco y cedió. Antes de marcharse Elinor la vio reposando su dolorida cabeza en la almohada y tratando de conseguir algún reposo para su cuerpo fatigado.

En el saloncito, fue alcanzada por la señora Jennings, que llevaba una copa llena de una bebida dorada.

—Querida —dijo al ver a Elinor—, he recordado que teníamos en casa algo del mejor vino de Constanza y le llevo una copa a su hermana. ¡Cuánto le gustaba a mi pobre marido! Cuando le molestaba la gota, siempre decía que este vino le procuraba el mayor alivio. Tómelo usted para su hermana.

—Querida señora Jennings —replicó Elinor sonriendo al pensar en los diversos males que sanaba aquella bebida—, es muy amable de su parte, pero he dejado a Marianne en la cama y confío en que se habrá dormido, y como el reposo es en este momento lo que más necesita, si no le importa seré yo quien se beba el vino.

La señora Jennings, lamentando no haber llegado cinco minutos antes, le entregó la copa sin vacilar. Y Elinor, al saborear aquel vino pensó que si sus efectos eran buenos para la gota, mejor, pero que a ella le interesaban sus virtudes para consolar un corazón doliente.

El coronel Brandon acudió aquel día a la pequeña reunión y de la manera en que miró en derredor para comprobar que Marianne no estaba presente, Elinor dedujo al punto que ni esperaba ni deseaba ver a su hermana allí. En resumen, que conocía los motivos de su ausencia. La señora Jennings no se dio cuenta de ello, pues al poco de haber entrado el coronel, cruzó la sala hacia la mesa del té, donde se hallaba Elinor, y le cuchicheó casi al oído:

—El coronel tiene su habitual aire meditabundo y sin duda no sabe nada aún. ¿Hemos de decírselo?

Luego el coronel se sentó junto a Elinor y, con un tono que acabó de convencerla de lo bien informado que estaba, le preguntó por Marianne.

—Mi hermana no se encuentra bien —contestó Elinor—. Todo el día se sintió algo indispuesta y la hemos convencido de quedarse en cama.

—Tal vez, según creo —dijo el coronel—, lo que me han

dicho esta mañana pueda resultar cierto; tal vez más cierto de lo que creí en ese momento.

–¿Qué le dijeron?

–Que un joven que yo sabía prometido… pero ¿por qué tengo que contárselo a usted? Si usted lo sabe ya, puede evitarme el apuro de contarlo.

–Se refiere usted –contestó Elinor con una calma forzada– al casamiento del señor Willoughby con la señorita Grey. Sí, lo sabemos todo. Parece que hoy ha sido un día de discusión general sobre este asunto. Desde esta mañana nos hablan de él. Willoughby es realmente un ser incomprensible. ¿Dónde le hablaron de ello?

–En una tienda de periódicos en Pall Mall, adonde suelo ir. Dos damas estaban aguardando allí sus carruajes y una de ellas hablaba a la otra de esta boda con una voz tan poco apropiada para el secreto que yo, aun sin querer, tuve que enterarme de todo. El nombre de Willoughby, John Willoughby, repetido con frecuencia me llamó la atención. Por lo que oí, se han resuelto ya todas las dificultades de su matrimonio con la señorita Grey. Todo ello dejará pronto de ser un secreto, porque la boda tendrá lugar dentro de pocas semanas. Y añadían detalles de los preparativos y la fiesta. Una cosa me quedó especialmente en la memoria, que me sirvió para identificar aun más claramente al héroe. Después de la ceremonia se dirigirán los novios a Combe Magna, la propiedad de Willoughby en Somersetshire. Ya puede imaginar mi sorpresa; es difícil describir mi reacción en aquel instante. Luego me enteré de que aquella dama tan comunicativa era la señora Ellison, y éste es el apellido, también fui informado de ello, del tutor de la señorita Grey.

–Es cierto. Probablemente oyó usted decir también que esa damita tiene cincuenta mil libras de renta. He aquí una base para explicarlo todo.

–Es posible. Ya que Willoughby es capaz de todo, al

menos yo lo creo así… –Se detuvo y luego añadió con tono de auténtica emoción–: ¿Y su hermana cómo se encuentra…?

–Está sufriendo mucho, pero tengo la esperanza de que este tormento no dure demasiado. Sufre realmente angustias de muerte. Hasta ayer no dudaba del amor de Willoughby, del cual tal vez ni siquiera ahora duda, pero estoy convencida de que nunca le quiso de veras. Ha sido un hombre engañoso, y en algunos momentos revela una verdadera dureza de corazón.

–¡Ah! –exclamó el coronel–. Yo bien lo sé. Pero seguramente su hermana no tiene esta opinión.

–Ya conoce usted su temperamento y puede suponer, sin temor a equivocarse, que le defiende apasionadamente.

El coronel no contestó.

Luego, al ser retirado el servicio del té y traer las cartas, tuvieron que abandonar el tema. La señora Jennings, que había estado contemplándolos y que aguardaba ver en el coronel la aparición de una súbita alegría, tal como habría sucedido en un hombre en la flor de la juventud, constató con sorpresa que el coronel conservó durante el resto de la velada su habitual aire grave y caviloso.

XXXI

Tras una noche con más sueño del que hubiese supuesto, Marianne despertó a la mañana siguiente con la misma sensación de inmenso desconsuelo con que había cerrado los ojos la noche anterior.

Elinor intentó que le comunicase sus angustias. Y antes del desayuno pudo comprobar en Marianne la misma inestabilidad y el mismo ímpetu de sentimientos y de opiniones que la víspera. En ciertos momentos le parecía que Willoughby era tan desgraciado e inocente como ella misma, y en otros perdía toda esperanza de consuelo viendo la imposibilidad de excusar su mezquino comportamiento. A veces parecía insensible a la curiosidad de la gente, en otras quería apartarse del mundo para siempre, y en otras parecía querer enfrentarse con el mundo y doblegarlo. Sólo en una cosa mantenía siempre el mismo temple: en evitar la presencia de la señora Jennings y en guardar silencio cuando se veía forzada a verse con ella. Su corazón se sublevaba con la idea de que la señora Jennings sentía verdadera compasión.

–No, no es posible. Su amabilidad no resulta simpática; no tiene un temperamento refinado. Lo único que le apasiona es la charlatanería; y sólo se interesa por mí en cuanto sirvo de alimento a esta pasión.

Elinor no había necesitado llegar a tales críticas circunstancias para darse cuenta de la manifiesta injusticia con que Marianne juzgaba a los demás, a causa precisamente del irritable refinamiento de su inteligencia y de la gran importancia que concedía a la susceptibilidad de una sensibilidad a flor de piel y a las gracias de unas maneras corteses. Parecida en ello a la mitad de las personas del mundo, si es que la mitad de las personas del mundo pueden considerarse inteligentes y buenas, Marianne no era ni ingenua ni razonable. Aguardaba siempre de los demás una coincidencia con sus opiniones y sentimientos, y juzgaba las razones de aquellos por el efecto inmediato que sobre ella ejerciesen sus actos. Así pues, acaeció un incidente mientras las dos muchachas se hallaban en el dormitorio, antes del desayuno, que aumentó la baja consideración que Marianne tenía de la señora Jennings; ya que lo que aconteciera, aunque llevado a cabo por la señora Jennings con la mejor voluntad, no dejó de ser para Marianne un nuevo venero de tristeza y angustia.

Tendiéndole una carta y sonriendo con jovialidad y alegría de proporcionar alivio, la señora Jennings entró en la habitación diciendo:

—Querida, te traigo algo que te sentará bien.

Aquello fue suficiente para Marianne: su imaginación le sugirió una carta de Willoughby llena de ternura y arrepentimiento, explicando el malentendido, satisfactoria y convincente; y la veía al poco seguida por el propio Willoughby, precipitándose ansioso en la estancia para confirmar a los pies de ella, con la elocuencia de sus ojos, las palabras de su carta. Pero Marianne vio ante sus ojos la letra de su madre, nunca mal recibida hasta ese instante, y en la rudeza del desencanto subsiguiente al éxtasis maravilloso, tuvo la sensación de nunca haber sufrido tanto.

La crueldad de la señora Jennings, a su juicio, era indescriptible, pero sus reproches sólo fueron expresados por la profusión de ardientes lágrimas que brotaron de sus ojos; unos reproches, empero, tan cabalmente incomprendidos por la persona a quien iban dirigidos, que ésta, insistiendo aún en sus pruebas de conmiseración, celebraba la llegada de la carta y la creía de gran consuelo en aquellos momentos. Pero la carta, que fue leída con cierta serenidad, poco alivio tenía que aportar ciertamente. Cada página venía llena de Willoughby. Su madre, aún en la confianza del compromiso y en la plena seguridad de la fidelidad de Willoughby, le escribía a causa de la sugerencia de Elinor de que era necesaria una explicación de Marianne en lo tocante a sus relaciones sentimentales. Y se expresaba en la carta con tanta ternura hacia ésta, con tanto efecto hacia Willoughby y tanta seguridad acerca de la futura felicidad de ambos, que leerla representó una verdadera agonía para la abandonada muchacha.

Sintió un urgente deseo de volver al hogar; le parecía querer a su madre más que nunca, más tal vez por su exceso de confianza en Willoughby. Así pues, exigió regresar a su casa de inmediato. Elinor, en la duda de lo que podría resultar más conveniente para Marianne, quedarse en Londres o volver a Barton, pidió consejo a su madre y decidió tener paciencia hasta que ésta diese su opinión. Marianne finalmente accedió a ello.

La señora Jennings las dejó más pronto de lo que acostumbraba, pues no estaría tranquila hasta que los Middleton y los Palmer supiesen la noticia y se afligiesen como ella; y rehusando el ofrecimiento de acompañarla de Elinor, salió sola aquella mañana. Elinor, con el corazón apesadumbrado, consciente de la pena que iba a causar con sus palabras, y dándose cuenta por la carta a Marianne, que poca fortuna había tenido en atemperar su entusiasmo por Edward, se sentó a escribir a su madre cuanto había sucedido. Mientras, Marianne, que había ido al saloncito tras la marcha de la señora Jennings, se quedó inmóvil junto a la mesa donde escribía Elinor, observando el avanzar de la pluma al tiempo que compadecía la dureza de aquella misión y se sentía desolada por los efectos que imaginaba en su madre.

De esta guisa permanecieron un cuarto de hora, hasta que Marianne, cuyos nervios exaltados estaban al atisbo de todos los rumores, percibió el ruido de un coche que se detuvo ante la casa.

—¡Quién puede ser! —exclamó Elinor—. ¡Y tan temprano! A esta hora creí que estábamos seguras.

Marianne se dirigió a la ventana.

—Es el coronel Brandon —dijo con gesto de contrariedad—. No logramos que nos deje en paz.

—Tal vez no entrará cuando sepa que la señora Jennings no se halla en casa.

—No me fío —dijo Marianne y se retiró a su habitación–. Un hombre que no sabe qué hacer con el tiempo ignora lo que es meterse en el de los demás.

Lo que siguió demostró verdadero este aserto, aunque fundado en la injusticia y el error: el coronel Brandon entró. Elinor, que creía que había sido su interés hacia Marianne lo que le había llevado allí y que aquel interés en su aspecto confuso y melancólico, y en su breve pero anhelante preguntar por la salud de Marianne, no bastaba para excusar a su hermana su desconsideración.

–Me encontré con la señora Jennings en Bond Street –dijo tras el primer saludo– y me sugirió que pasara a visitarlas, y no le fue difícil convencerme, ya que quería encontrarme con usted a solas. Mi objetivo era el de ser un motivo de consuelo, mejor dicho un motivo de convicción duradera para el espíritu de su hermana. Mi afecto hacia ella, usted y su madre me obliga a ello. Quiero ser útil.

–Entiendo –dijo Elinor–. Usted sabe algo de Willoughby que puede revelarnos aún más su manera de ser. Bien, una clara explicación de su parte es una de las mayores pruebas de amistad que podría dar a Marianne. Puede contar con mi gratitud desde ahora por cuanto usted me refiera, y la de ella creo que con el tiempo no le faltará a usted. Se lo ruego, dígame cuanto sepa.

–Muy bien, señorita Dashwood. Cuando salí de Barton en octubre… pero esto no le dará a usted idea; he de retroceder más atrás. Ya ve que soy un narrador desmañado; no sé por dónde empezar. Una breve noticia de mis cosas resulta necesaria. Descuide, que no me sentiré muy tentado a extenderme. –Suspiró profundamente.

Hizo una pausa como para reflexionar, y luego, con otro suspiro, prosiguió:

–Tal vez ha olvidado usted la conversación (no cabe suponer que la impresionase poco ni mucho) que mantuvimos una noche en Barton Park (era una noche de baile). Yo aludí a una dama que había conocido cierta vez que se parecía como dos gotas de agua a Marianne.

—Es cierto —repuso Elinor—, no lo he olvidado. —Él pareció alegrarse y añadió:

—Si no me engaña la memoria, el afecto o el recuerdo amoroso, existe un profundo parecido entre ambas, tanto en el espíritu como en la persona (el mismo ardiente corazón, el mismo volar de la fantasía, la misma avidez espiritual). Aquella dama fue durante mucho tiempo parte de mi familia más próxima, huérfana desde la infancia y pupila de mi padre. Nuestras edades son aproximadamente las mismas y en nuestros primeros años fuimos amigos y compañeros de juego. No conservo memoria de ninguna época en que no quisiese a Eliza, y con los años mi afecto hacia ella creció y fue tan apasionado como no puede dar idea mi austera severidad. El amor que ella me inspiró tuvo sin duda la vehemencia del de su hermana por Willoughby y fue, aunque en términos diferentes, no menos infortunado. A los diecisiete años la perdí para siempre, se casó, contra sus sentimientos, con un hermano mío. Ella poseía una gran fortuna, un envidiable rango social. Mi hermano no era digno de ella, apenas la quería. Pero ello no fue obstáculo para su tío y su tutor, es decir mi padre. Creí que el afecto que ella sentía por mí la ayudaría en medio de la adversidad, y por un tiempo así fue. Sin embargo, su dolorosa situación (pues sufrió muchos sinsabores) se tornó insoportable. Así pues, nos fugamos y al cabo de unas horas nos hallamos rumbo a Escocia. Pero la traición de un primo mío frustró nuestra fuga. Fui expulsado a la casa de un pariente que vivía lejos y ella fue privada de toda libertad, de toda relación social, de toda diversión; mi padre se salió al fin con la suya. El golpe fue terrible, pero si su matrimonio hubiese sido feliz, como yo era tan joven, pocos meses quizá hubiesen bastado para reconciliarme con aquel estado de cosas, y al menos no tendría ahora que lamentarme de ello. Pero no ocurrió así. Mi hermano no la quería; sus placeres no eran los que hubiesen debido ser, y desde el principio ya la trató mal. Los efectos de tal conducta sobre un espíritu tan joven, tan inexperto y lleno de vivacidad como el de la señora Brandon, fueron los que fatalmente tenían que ser. Al principio se resignó a la tristeza de aquella situación, y en cierta manera puede decirse que habría sido feliz de no ser por la pena que le traía mi recuerdo. Pero no tiene que sorprendernos si la conducta de su marido la inclinó al fin a la infidelidad, sin un alma amiga para orientarla o detenerla (mi padre murió poco después y yo estaba con mi regimiento en la India). ¿Cómo no había de caer? Si yo hubiese permanecido en Inglaterra... pero quería facilitar la ventura de ambos desapareciendo por varios años, separación que podía ser útil también para mi renovación espiritual. La conmoción que me causara su casamiento –prosiguió con voz cada vez más emocionada– fue nimia comparada con la que me causó la noticia de su divorcio. Fue este hecho el que me lanzó a la melancolía que no se ha separado más de mí (no es otra cosa que el recuerdo de cuanto padecí entonces).

Se interrumpió y, levantándose con presteza, se paseó unos momentos por la estancia. Elinor, conmovida por aquel relato y más aun por la desesperación de él, guardó silencio. El coronel adivinó su turbación y, acercándose a ella, le tomó una mano entre las suyas y la besó con todo respeto. Tras unos minutos más de silenciosa reflexión recobró la serenidad para proseguir:

–Tres años habían pasado de tan desventurados momentos cuando regresé a Inglaterra. Lo primero que hice al llegar fue, naturalmente, buscarla, una búsqueda tan infructuosa como triste. No pude hallar rastros de ella después de haber abandonado a su primer seductor, y todo lo que siguió parece que fue un hundirse más profundamente en una vida licenciosa. La pensión de que disfrutaba no era proporcionada a su fortuna, ni suficiente para vivir con decoro; y supe por mi hermano que al fin ella cedió su derecho de recibirla a otra persona. Él suponía, y era lógico que lo hiciese, que su obnubilación la había llevado a tener que disponer de la pensión en momentos difíciles, sin duda para satisfacer necesidades apremiantes. Al fin, tras seis meses de búsqueda en Inglaterra, di con ella. La confidencia de un antiguo sirviente me llevó a una prisión adonde había ido a parar por deudas; y allí, recluida por el mismo delito, se hallaba la compañera de mi infancia. Se la veía tan diferente, tan avejentada, tan gastada por toda clase de tormentos y privaciones, que apenas creí que aquella figura doliente y melancólica fuese lo que quedaba de aquella lozana y fresca muchacha que me había cautivado en mi mocedad. Sólo Dios sabe lo que sufrí viéndola en aquella situación, pero no heriré su sensibilidad refiriendo con detalle mis tormentos. Que ella se encontraba en el último grado de una enfermedad venérea era harto evidente, y, cosa singular, aquello casi me resultaba un consuelo. La vida no hizo nada a favor suyo, salvo ofrecerle una preparación para resignarse a morir. Procuré situarla en un alojamiento confortable y bien asistida; la visité cada día durante el resto de su corta existencia y estuve junto a ella en sus últimos instantes.

De nuevo se detuvo para recuperar el aliento. Elinor manifestó su sentir con una exclamación de piedad hacia la desventurada amiga del coronel.

–Supongo que su hermana no se ofendería –prosiguió el coronel– por el parecido que encuentro entre ella y aquella desdichada. Su destino y su suerte no han de ser forzosamente parecidos. Si el dulce carácter de aquélla hubiese sido amparado por una inteligencia firme o hubiese dado con una felicidad conyugal, tal vez hubiese podido alcanzar lo que sin duda llegará para Marianne.

Pero ¿a qué nos conduce todo ello? La estoy disgustando a usted para nada. ¡Ah, señorita Dashwood!, un tema como éste (que no había sido tocado en catorce años) resulta algo peligroso. Intentaré contenerme lo más que pueda y ser breve. Dejó a mi cargo su único hijo, una niña, el fruto de sus primeras relaciones culpables, que por aquel entonces tenía tres años. Ella quería mucho a la pequeña, de la que no se separó ni un momento. Aquella pequeña era como un precioso tesoro encomendado a mí; y de buen grado hubiese desempeñado mi misión de velar personalmente por su educación si mi situación lo hubiese permitido. Pero yo no tenía familia ni hogar, y la pequeña Eliza tuvo que ser enviada a un colegio. Voy a verla siempre que puedo; y luego de la muerte de mi hermano (que aconteció hace unos cinco años y que me reportó la posesión de sus bienes) venía muchas veces a verme en Delaford. Yo decía que era una pariente lejana, pero creo que la gente creyó siempre que nos unía un parentesco más inmediato. Hace ahora tres años (acaba de cumplir los catorce) que la saqué de la escuela para confiarla a la custodia de una dama respetable que vivía en Dorsetshire y tenía a su cargo cuatro o cinco chicas de su misma edad. Durante los dos años que siguieron tuve razones para estar satisfecho de aquella solución. Pero este febrero último, hará casi un año, de pronto desapareció. Le había permitido (con harta imprudencia, como luego se demostró), viendo su gran deseo, que fuese a Bath con una de sus compañeras, quien debía acompañar a su padre a esta población. Sabía que este señor era un hombre distinguido y tenía un elevado concepto de su hija, mejor del que sin duda merecía, pues con hermetismo obstinado no quiso revelar ningún indicio del plan, aunque sin duda estaba enterada de todo. Su padre, un hombre bien intencionado pero de pocos alcances, no dio información alguna, pero era verosímil que no estuviese muy enterado, por cuanto siempre se quedaba en casa mientras las muchachas paseaban por la población y trataban con quien les placía. El padre intentó convencerme, con sus mejores razones, de que su hija era enteramente inocente de tales hechos. Así pues, no pude saber nada pero la pequeña había huido. Por más de ocho meses tuve que atenerme a simples conjeturas. Lo que pensé y temí puede comprenderse; y también lo que sufrí.

–¡Santo Dios! –exclamó Elinor–. ¿Acaso piensa que Willoughby…?

–Las primeras noticias que me llegaron de ella –prosiguió el coronel– fueron una carta suya fechada en octubre pasado. Me la remitieron de Delaford y la recibí la mañana de nuestra proyectada excursión a Whitwell; y he aquí la razón de mi súbita marcha de Barton, que no dudo pareció extraña a todos y molestó a alguien. Poco imaginaba el señor Willoughby, cuando me acusaba de aguafiestas, que había sido llamado para socorrer a una persona a quien él había cubierto de oprobio y miseria; pero de saberlo, ¿qué habría significado para él? ¿Se habría mostrado menos alegre o menos enamorado sonriendo a su hermana? No, él había hecho lo que no cabe que realice un hombre con sentimientos humanos. Había abandonado a la muchacha de cuya virtud y cuya inocencia se había beneficiado. Y ahora se hallaba ésta en una situación desesperada, sin un hogar honrado, sin amigos, sin ayuda, ignorando incluso la dirección de él. La había abandonado prometiéndole que volvería, pero jamás volvió, ni escribió, ni supo nada de él.

–¡Nunca he oído nada semejante! –dijo Elinor.

–Tiene usted ahora ante sus ojos un retrato de su carácter: dilapidador, disipado… y algo peor aún. Conociendo todo esto, como yo lo conocía desde hace bastante tiempo, no es difícil imaginarse lo que sentí al ver a su hermana tan enamorada de él. Todos me aseguraban que se iban a casar. Ya puede pensar lo que he sufrido por todos ustedes. Cuando la semana pasada estuve hablando a solas con usted estaba decidido a saber la verdad, pero vacilaba sobre qué hacer cuando lo supiera. Mi conducta debía de parecerle misteriosa e incomprensible; pero no dudo que ahora acierta a explicársela. Tener que sufrir que se engañase de esa manera a usted, ver a su hermana..., pero ¿qué podía hacer yo? No cabía ninguna esperanza de intervenir con éxito. A veces he pensado que la influencia de su hermana tal vez le mejoraría. Pero hoy, tras su deshonroso proceder, ¿quién podría afirmar qué intenciones llevaba respecto a Marianne? Cualesquiera que fuesen, no obstante, ella tendría que sentirse hoy, como sin duda se sentirá el día de mañana, satisfecha por su situación actual, que puede compararse a la de la pobre Eliza; y cuando llegue a considerar la desesperada situación de esta pobre muchacha, y trate de representársela animada de un afecto hacia él tan fuerte y sincero como el de ella misma y con un corazón atormentado de remordimientos, le será más llevadera su propia suerte. Una comparación bien aleccionadora sin duda. Sus propios sufrimientos, ante aquellos, le parecerán de poca monta, ya que no proceden de una conducta censurable y no han acarreado aún ninguna calamidad real. Al contrario, a causa de ellos sus amigos la quieren más que antes. El interés por su felicidad y el respeto por su entereza no pueden sino fortalecer los lazos afectivos. Agradeceré a usted que quiera emplear toda su discreción en comunicar tales hechos a Marianne. Usted sabrá discernir mejor cuáles han de ser los resultados. Pero si yo no hubiese creído de todo corazón que el relato de las desdichas de mi vida había de serle de alguna utilidad, no habría turbado su ánimo con tales historias, que incluso podrían tomarse como un intento por mi parte de elevarme a expensas de los demás.

Elinor expresó su agradecimiento, pues estaba segura que se derivarían grandes ventajas para Marianne del conocimiento de lo que había ocurrido.

—Me han conmovido sus esfuerzos por justificarle —dijo Elinor—, pese a la convicción total de su indignidad. Ahora, si al principio sufrirá sin duda acerbamente, estoy segura de que a la larga le será un gran remedio. ¿Ha vuelto a ver a Willoughby —añadió tras un breve silencio— desde que le dejó a usted en Barton?

—Sí —contestó el coronel gravemente—. Una vez, y fue inevitable un desafío.

Elinor pareció sobrecogida al oírlo y le miró ansiosamente:

—¿Dice usted que llegaron a…?

—No había otra solución. Eliza me confesó el nombre de su amante, aunque con gran repugnancia, y cuando éste volvió a la capital, después de quince días de haber regresado yo, le reté a un duelo; yo para castigar su proceder, él para defenderse. Salimos ilesos y la historia de aquel duelo, por lo tanto, no trascendió.

Elinor suspiró pensando en la dudosa sensatez de recurrir a tales extremos, que en un caballero y un militar realmente no podían criticarse.

—Tal fue —añadió el coronel Brandon tras una pausa— la trágica semejanza entre el destino de la madre y el de la hija, y tal fue la poca destreza con que cumplí mi cometido.

—¿Se encuentra ella aún en Londres?

—No; cuando se hubo repuesto, porque yo la encontré próxima a dar a luz, le aconsejé que se trasladara al campo con el pequeño y allí se encuentra aún.

Acordándose que tal vez privaba a Elinor de estar con su hermana, el coronel puso fin a su visita, recibiendo de ella nuevas muestras de consideración y gratitud y dejándola llena de compasión y estima hacia él.

XXXII

Cuando Elinor contó los detalles de esta conversación a su hermana, muy poco después, el efecto sobre Marianne no fue enteramente como aquélla imaginara.

Marianne no mostró la menor sombra de duda en lo tocante a la veracidad de las manifestaciones del coronel, escuchó con profunda atención, no hizo ninguna objeción ni intentó refutar nada, no pretendió defender a Willoughby, ya que sus mismas lágrimas parecían confirmar que consideraba imposible toda defensa. No obstante, por más que esta actitud demostraba a Elinor que la convicción de la culpa de Willoughby había penetrado al fin en su ánimo, por más que viese que ya no evitaba al coronel Brandon cuando éste iba de visita, que hablaba con él afablemente y en respetuosa compasión, aun así Elinor no dejaba de adivinar que su desconsuelo era el mismo. Su ánimo parecía sosegarse, pero su sosiego era sombrío y desesperado. Era más dura la prueba de ver desvanecerse la idea que había tenido del carácter de Willoughby, que la de haber realmente perdido su corazón. La seducción y el abandono de la señorita Williams, las desdichas de esta pobre muchacha y la duda de si aquellos mismos propósitos habían existido en su caso devoraban de tal suerte su espíritu, que no podía decidirse a hablar de ello, a comunicarse ni aun con su propia hermana; y cavilando siempre sus penas en silencio causaba más pesadumbre a Elinor que lamentándose a viva voz.

Para dar una idea de los sentimientos y el lenguaje de la señora Dashwood cuando hubo recibido y contestado la carta de Elinor, bastará recordar lo que sus hijas habían sentido y dicho ya. Pues bien, su madre experimentaba una desesperación poco menos penosa que Marianne y una indignación, si cabe, mayor que la de

Elinor. Largas cartas, una detrás de otra, iban llegando para testimonio de cuánto se angustiaba y de cuánto sufría en aquellos momentos por no poder expresar personalmente su consuelo a Marianne, para ayudarla a soportar con entereza tal cúmulo de desdichas. ¡Cuán terrible debía de ser la pena de Marianne cuando hasta su madre se veía obligada a hablar de entereza! ¡Cuán humillantes y mortificantes tenían que ser los orígenes de aquellos infortunios para que ella los considerase imperdonables!

La señora Dashwood decidió que sería mejor para Marianne hallarse en cualquier otro lugar que no fuese Barton, donde todo le traería a la memoria su pasado feliz, de la manera más aflictiva y melancólica, colocando siempre a Willoughby delante de sus ojos, tal como le tuvo tantas veces en los tiempos pasados. Recomendaba, pues, a sus hijas, que alargasen su estancia en casa de la señora Jennings, cuya duración, aunque no se fijó exactamente, había sido proyectada para cinco o seis semanas. Todas las ocupaciones, asuntos y personas que tenían a mano en Londres no era posible encontrarlos en Barton. Aquellas distracciones podían hacer sentir a Marianne interés por cosas fuera de ella misma, aunque ahora la idea de estas cosas le resultase hostil.

Del peligro de ver de nuevo a Willoughby la madre opinaba que estaba igualmente protegida en Londres que en el campo, especialmente atendiendo al hecho de que todas sus amistades dejarían de tenerlo por amigo. Voluntariamente no era probable que sus caminos se cruzasen; por negligencia era difícil que viniesen a dar el uno con el otro; y el azar resultaba menos favorecido en la muchedumbre de Londres que en el retiro de Barton, donde Willoughby podía presentarse en cualquier momento ante ella durante el viaje que seguramente emprendería a Allenham al casarse, aquel viaje de novios que la señora Dashwood había soñado tan diferente.

Otra razón tenía aún para desear que sus hijas permaneciesen en Londres: una carta de su hijo entenado anunciándole que pensaba estar en Londres para mediados de febrero. Le parecía conveniente que de vez en cuando se viesen con el hermano.

Marianne prometió dejarse guiar por la opinión de la madre y la acató sin oposición alguna, aunque hubiese aguardado algo muy diferente. Consideraba aquella solución como desacertada y fundada en bases falsas. Exigiendo una permanencia más prolongada en Londres, la madre le privaba del único alivio que en su desesperación podía hallar, el calor de hallarse con ella; además, la condenaba a una sociedad y a un tipo de vida que no le iban a dejar ni un instante de reposo. No obstante, Marianne sentía satisfacción de que todo aquello representara un beneficio para su hermana; y Elinor, en cambio, sospechando que no estaba en su mano evitar del todo a Edward, se consolaba al pensar que una larga permanencia en Londres, si bien redundaba en contra de su felicidad, era mejor para Marianne que un inmediato regreso a Devonshire.

Su meticuloso cuidado en evitar que se pronunciase ante ella el nombre de Willoughby no había sido abandonado. Marianne, aunque lo ignoraba, cosechaba los beneficios de esta solicitud. Ni sir John, ni la señora Jennings, ni aun los Palmer volvieron a mencionarlo delante de Marianne. Elinor hubiese deseado lo mismo para ella, pero fue imposible, y se vio obligada a escuchar día tras día las indignadas endechas de todos ellos.

Sir John expresaba su incredulidad a viva voz.

—¡Un hombre del cual tenía tantas razones para merecerme el mejor concepto! ¡Un muchacho de tan buen trato! ¡El más valeroso jinete de Inglaterra! Algo inexplicable. El diablo se le ha metido en el corazón. Nunca más, allá donde le encuentre, volveré a dirigirle la palabra, aunque venga a Barton y aguarde horas y horas ante la puerta. ¡No es más que un pícaro redomado, traidor y falso!

La señora Palmer, por su parte, se hallaba igualmente exaltada. Estaba dispuesta a renunciar al punto a la amistad de Willoughby y a no volverle a ver en la vida. De todo corazón deseaba que Combe Magna no quedase tan cerca de Cleveland aunque en realidad estaba lo suficientemente lejos para no poder ir de visita. A Willoughby le odiaba con toda el alma y estaba resuelta a no volver a pronunciar su nombre, pero antes tenía que anunciar a todo el mundo que lo consideraba un malvado y un don nadie.

Lo restante de su simpatía se revelaba en proporcionar a Elinor toda clase de detalles sobre el casamiento en cuestión. Sabía en qué carrocero se construía el coche, a qué pintor se había encargado el retrato de Willoughby, y en qué tienda podía verse la ropa de la señorita Grey.

La serenidad y la cortés indiferencia de lady Middleton en aquella ocasión significó un verdadero consuelo para el espíritu de Elinor, agobiada como estaba por la exagerada amabilidad de los demás. Fue un gran consuelo saber que no despertaba interés por lo menos en una persona de su círculo de amistades; un gran consuelo, que al menos hubiese una persona que podía acercársele sin curiosidad por saber detalles ni excesiva ansiedad por la salud de su hermana.

Todas las cosas tienen un valor que depende de las circunstancias del momento, aparte de su intrínseca excelencia; y así, Elinor se sentía a menudo tan fatigada que llegaba a considerar la discreción y el tacto superiores a la bondad.

Siempre que se hablaba del asunto, lady Middleton decía: «Es verdaderamente algo en extremo incorrecto», y gracias a aquella actitud no solamente pudo verse con las señoritas Dashwood sin violencia desde el primer momento, sino que al cabo de poco, hablando con ella, parecía como si aquellas desdichas nunca hubiesen existido; y habiendo de tal guisa prestado ayuda a la dignidad de su propio sexo, y expresado con la necesaria energía la reprobación que le merecía lo perverso del otro, se sintió en libertad para pensar en el interés de sus propias reuniones, y decidió (un poco contra la opinión de sir John) que, si la futura señora Willoughby sería un personaje elegante y de fortuna, le mandaría tarjeta de visita tan pronto como estuviese casada.

Las preguntas delicadas y discretas del coronel Brandon fueron en todo momento bien recibidas por Elinor. Había merecido sobradamente el privilegio de una franca conversación sobre las desventuras de Marianne, a causa principalmente del amistoso interés con que había tratado de aliviarlas. A menudo hablaban de aquellos temas confiadamente. El más preciado éxito que el coronel obtenía en sus penosos afanes por abrir el mundo de sus pasadas aflicciones y de sus presentes humillaciones eran las miradas compasivas con que Marianne a veces le observaba y la amabilidad de su voz cada vez (no muy a menudo) que se veía obligada a hablarle. Aquello parecía probar que sus afanes habían determinado un acrecentamiento de la simpatía hacia él, y ello alentaba las esperanzas de Elinor. La señora Jennings, empero, que no vislumbraba nada de todo ello, que veía solamente que el coronel continuaba tan formal como de costumbre y que no se decidía por sí mismo a dar el paso, y ni siquiera era capaz de comisionar a la buena señora para que lo hiciese en su nombre, transcurridos dos días, pensó que la boda tal vez no tendría lugar a mediados del verano, sino en otoño, y al finalizar la semana creía que ya no era cosa de hablar de bodas. El buen entendimiento entre el coronel y Elinor dieron a la buena señora Jennings la impresión de que la propiedad del moral, el estanque y el tejo estaba antes en trance de pasar a ésta y por algún tiempo dejó de pensar en Ferrars para Elinor.

A primeros de febrero, al cabo de quince días de la carta de Willoughby, Elinor se vio en la penosa obligación de comunicar a Marianne el casamiento de Willoughby. Procuró estar enterada de aquel acontecimiento tan pronto como tuvo lugar la ceremonia, pues quería evitar a todo trance que Marianne se enterase por los periódicos que leía, cada mañana con extrema avidez.

Recibió la noticia con resuelta serenidad. No añadió la menor observación y en un primer momento no derramó una sola lágrima; pero al cabo de un rato, incapaz de contenerse, rompió a llorar y durante el resto del día permaneció en un estado no menos digno de lástima que cuando conoció la noticia.

Los Willoughby salieron de Londres inmediatamente después de la boda, y Elinor, que no veía ya peligro de hallar en la capital a la recién unida pareja, intentó convencer a su hermana, que no había salido de casa desde el infausto suceso, de que poco a poco volviese a salir tal como tenía antes por costumbre.

Por esas fechas, las señoritas Steele, llegadas recientemente a pasar unos días con sus primos en Bartlett's Buildings, Holborn, se presentaron de nuevo ante sus parientes y amigos en Conduit y Berkeley Street, y fueron recibidas por todos con gran cordialidad.

Sólo Elinor se sintió acongojada al verlas allí. Su presencia siempre la entristecía, y apenas sabía cómo corresponder a los cumplidos de Lucy, que afirmaba estar encantada de haberla hallado aún en la ciudad.

–¡Qué decepción hubiese sentido de no encontrarlas a ustedes en Londres! –dijo repetidamente, poniendo gran énfasis en sus palabras–. Aunque presentía que estarían aquí. Tenía la certeza de que no habrían salido aún de Londres, a pesar de haberme dicho en Barton que no se quedarían más de un mes. Siempre pensé que cuando llegase el momento cambiarían de opinión. ¡Qué lástima si se hubiesen marchado antes de que llegasen su hermano y su cuñada! Y ahora estoy segura de que no tienen ustedes ninguna prisa en abandonar la capital. No pueden figurarse cuán contenta estoy de que no hayan mantenido ustedes su palabra.

Elinor entendió perfectamente sus palabras y tuvo que recurrir a todo su dominio de sí misma para aparentar lo contrario.

–Y bien, querida –dijo la señora Jennings–; ¿cómo han viajado hasta aquí?

–En la diligencia no, desde luego –replicó la señorita Steele con viva exultación–. Vinimos en el coche correo y encontramos un galán muy elegante que nos acompañó todo el camino. Era el doctor Davies, que regresaba a la corte; enseguida adivinamos que viajaría en el correo. Estuvo muy amable y le costó el viaje diez o doce chelines más que a nosotras.

–¡Oh! –exclamó la señora Jennings–. Y además es buen mozo y soltero, se lo aseguro.

–¡Por Dios –dijo la señorita Steele–, todo el mundo me gasta bromas con el doctor y no sé por qué! Mis primas me dijeron que habían oído hablar de una conquista mía, pero yo les salí al paso afirmando que no había pensado en él ni por un momento. «¡Santo Dios!», me dijo el otro día cuando cruzábamos la calle para entrar en casa. «Por aquí viene su admirador.» «¿Mi admirador?», dije yo. «Si no tengo ninguno. No sé a quién puede usted referirse, pues con el doctor no tengo nada que ver.»

–Sí, sí, muy buenas palabras, pero no me lo creo; ya sé que el doctor es el hombre del momento.

–¡Créame que no! –replicó la prima con seriedad afectada–. Y le agradeceré que lo niegue siempre que oiga hablar de ello.

La señora Jennings le garantizó que *no* lo haría así, y la señorita Steele se quedó radiante de satisfacción.

–Supongo, señorita Dashwood, que se alojarán ustedes con sus hermanos cuando éstos vengan a la capital —dijo Lucy, volviendo a la carga, después de las primeras escaramuzas.

—No, no lo creo.

—¡Oh, no sé por qué me parece que sí!

Elinor no quiso molestarla con una contradicción más insistente.

—Es encantador que su madre haya podido prescindir de ustedes por tanto tiempo.

—¿Tanto tiempo? —terció la señora Jennings—. Su estancia aquí sólo ha comenzado.

Lucy guardó silencio.

—Lamento no poder saludar a su hermana, señorita Dashwood —dijo la señorita Steele—. Siento mucho que se encuentre indispuesta. —Marianne había salido de la sala al verla llegar.

—Es usted muy amable. Mi hermana sentirá también no haber podido tener el placer de saludarla; pero sufre una terrible jaqueca que no le permite conversar ni recibir a nadie.

—¡Oh, querida, lo siento de veras! ¿Ni siquiera puede saludar a unas amigas como Lucy y yo? Si pudiéramos vernos le aseguro que no hablaríamos mucho.

Elinor rechazó cortésmente aquella idea. Su hermana tal vez se había echado un poco en la cama y sin duda no podía volver a salir.

—No importa, no importa —exclamó una de las Steele—; si ella no puede salir ya iremos nosotras a su encuentro.

Elinor comenzó a encontrar excesiva aquella impertinencia, pero la situación fue salvada por la otra hermana, Lucy, que llamó al orden a la imprudente. En esta ocasión, como en tantas otras, Lucy demostraba que si sus maneras no eran agradables, al menos pretendía que las de su hermana sí lo fuesen.

XXXIII

Tras haberse resistido con ahínco, Marianne cedió al deseo de su hermana y consintió en salir un día con ella y la señora Jennings a dar un paseo de media hora. Puso como condición que no hicieran visitas y se limitó a acompañarlas a Sackville Street, a la joyería Gray, donde Elinor estaba en tratos para cambiar las joyas de su madre, ya pasadas de moda.

Cuando estuvieron en la puerta de la tienda la señora Jennings se acordó de que enfrente vivía una amiga a la cual debía visita, y como no era necesaria su presencia en la joyería, resolvió visitarla mientras sus jóvenes amigas trataban con el joyero. Luego se reuniría con ellas.

Una vez entraron en Gray, se encontraron con tanta afluencia de clientes que tuvieron que esperar. Todo lo que pudieron hacer fue acercarse al mostrador que les pareció con más perspectivas de quedar pronto libre, pues sólo se hallaba un caballero en éste, y Elinor se acercó confiando en que aquel señor tendría la cortesía de no entretenerse mucho. Estaba encargando una cajita de palillos, y aun cuando había elegido ya la forma, el tamaño y el estilo que deseaba, se quedó examinando y discutiendo sobre todas las cajas de palillos de la tienda, y tuvo que diseñarla finalmente según su propia fantasía –todo ello sin prestar ninguna atención a las dos damas–. Una descortesía que dejó marcada en la memoria de Elinor el tipo y la figura del caballero, cuyos modales distinguidos no se correspondían con su aspecto enteramente vulgar.

Marianne se mantenía al margen de aquellas circunstancias y parecía no darse cuenta de nada de lo que sucedía en derredor; sabía abstraerse tanto que le daba igual encontrarse en la joyería del señor Gray o en su propia habitación.

Al final el meticuloso cliente se decidió. El marfil, el oro y las perlas fueron llamados a resaltar el lustre de aquella obra eximia y el caballero, habiendo mencionado el último día que le sería posible vivir sin la posesión de tan anhelado tesoro, se puso los guantes con desdeñosa flema y dignándose dirigir otra mirada a las señoritas Dashwood, una mirada como solicitando admiración, se marchó con altivez y afectada indiferencia.

Elinor no perdió un instante en despachar el asunto, y ya casi lo daban por terminado cuando he aquí que otro caballero se situó al lado de la muchacha. Ella se volvió y, para su sorpresa, vio que era su hermano.

El afecto y el cariño que se expresaron confirmaron la más alta idea de unión familiar entre los clientes de la joyería Gray. John Dashwood, lejos de sentirse molesto de encontrarse con sus hermanastras, se mostraba rebosante de alegría. También preguntó por su madre con solicitud.

Elinor se enteró de que su hermano y Fanny estaban en Londres hacía dos días.

—Tenía deseos de pasar anteayer a visitaros —dijo John—, pero nos vimos obligados a acompañar a Harry para que viese los animales salvajes del Exeter Exchange y pasamos el resto del día con la señora Ferrars. Henry estuvo encantado. Esta mañana pensaba ir a veros, pero no pude disponer ni de media hora para ello: ¡se tienen tantas cosas que hacer en Londres! Hoy hemos venido aquí para encargar un sello para Fanny. Seguramente mañana podremos visitaros en Berkeley Street para que nos presentéis a vuestra amiga, la señora Jennings. Creo que es una dama de sólida posición. También me gustaría conocer a los Middleton. Como parientes de mi madre que son, me sentiría honrado de presentarles mis respetos. Comprendo que sean buenos vecinos vuestros en el campo.

–Sí, desde luego. Sus atenciones y sus deseos de complacernos han sido siempre maravillosos.

–Me satisface oír eso; de veras, me satisface mucho. Pero no me sorprende que sea así; son personas de buena posición y además parientes nuestros. Y es lógico aguardar de ellos que confirmen su buena educación y su deseo de consolidar unas amistades de su agrado. Así pues, vosotras debéis de estar perfectamente instaladas en vuestra pequeña alquería y sin duda no os falta de nada. Edward nos habló de las maravillas del lugar, a su entender el más maravilloso y perfecto como casa de campo. Nos dijo que allí os encontrabais muy a gusto. Enterarnos de ello nos alegró mucho.

Elinor se sentía un poco confundida respecto de los propósitos de su hermanastro, y no le resultó desagradable que en ese momento entrase el criado anunciando que la señora Jennings las esperaba fuera, con lo que logró evitar una contestación.

La visita finalmente tuvo lugar. El hermano fue a verlas, y se excusó de que su mujer no hubiese podido ir también.

–Está tan absorbida por su madre que no le queda tiempo para nada.

La señora Jennings observó con cortesía que sabía muy bien que su esposa no consideraba necesario gastar ceremonias con ellos, pues al fin todos eran parientes. El comportamiento del señor Dashwood con todos fue un poco frío, aunque de una perfecta corrección. Dio muestras de una extrema cortesía para con la señora Jennings. Al coronel Brandon, que llegó poco después, le dedicó una inquisitiva mirada de curiosidad dando a entender que le interesaba precisar si era rico, para tratarle también con deferencia y cortesía.

Luego de haber permanecido con ellos un cuarto de hora solicitó de Elinor que le acompañase a Conduit Street para presentarle a sir John y a lady Middleton.

Hacía un tiempo excelente y Elinor aceptó. Durante el camino comenzaron sus indagaciones.

–¿Quién es ese coronel Brandon? ¿Es un hombre de posición?

–Sí, tiene unas magníficas tierras en Dorsetshire.

–Me alegra saberlo. Parece un hombre correcto y ya sabes, Elinor, que siempre me ha interesado que halles un buen partido.

–¿Qué quieres decir?

–Pues sencillamente que le gustas. Lo estuve observando y estoy convencido de ello. ¿A cuánto asciende su fortuna?

–Creo que a dos mil libras al año.

–¿Dos mil libras? –Y luego, queriendo dar muestras de una entusiasta generosidad, añadió–: ¡Ay, Elinor, para ti bien desearía que fuesen al menos el doble!

–Pues yo creo –replicó Elinor–, y estoy segura de ello, que no tiene la menor intención de casarse conmigo.

–Te equivocas, Elinor. Que haya dificultades no lo dudo. Tal vez en estos instantes vacila aún. La exigüidad de tu fortuna debe de retenerlo, pues sus amigos y parientes han de desalentarlo. Pero aquellas astucias propias de las mujeres, seguramente lo atarán a ti a pesar de él mismo. No veo ninguna razón para que no te lo propongas. No cabe, así lo supongo, que un enamoramiento tuyo anterior se convierta en un obstáculo (ya sabes que tu afecto por aquel tipo no podía salir bien; las dificultades serían invencibles). El coronel Brandon ha de ser el hombre, y ninguna facilidad ha de faltar por mi parte para atraerle hacia ti y tu familia. Vuestro enlace causaría satisfacción a todos. Es un buen partido –dijo bajando la voz, con aire de cosa importante. Y añadió–: Ya sabes que todos tus parientes están ansiosos de verte bien colocada. Fanny, particularmente, se halla interesada en ello de todo corazón, te lo aseguro. Y su madre, la señora Ferrars, también es una mujer buenísima, de mucho corazón. Estaría encantada; el otro día por cierto hablaba de ello.

Elinor no quiso aventurar una contestación.

–Sería extraordinario –añadió John–, que Fanny casase casi por la misma época a una hermana y a un hermano. Y es bastante probable.

–¿Es que Edward se casa? –preguntó Elinor.

–No está decidido del todo aún, pero se está tramitando. Es que Edward tiene una madre que vale un tesoro. La señora Ferrars, con una magnífica liberalidad, va a situarle con una renta de mil libras al año, si la boda tiene lugar. La novia es la hija única del último lord Norton, que cuenta con unas treinta mil libras. Una buena boda desde todos los puntos de vista, y que creo que se llevará a efecto. Mil libras al año son muchas libras para que una madre pueda desprenderse así como así. Pero la señora Ferrars tiene un espíritu noble. He aquí otro ejemplo de su desprendimiento: la última vez que vinimos a la ciudad nos dimos cuenta de que nuestras reservas de dinero andaban un poco escasas, y ella lo supo y puso en manos de Fanny más de cuatrocientas libras. Y gracias a eso pudimos vivir holgadamente durante nuestra estancia en Londres.

Se interrumpió como para obtener el asentimiento de Elinor, pero ésta se limitó a decir:

–Vuestros gastos en la ciudad deben de ser considerables, pero vuestras rentas son muy cuantiosas...

–No tanto como crees, y casi me arriesgaría a decir, como supone la gente; sin embargo, no dejan de ser algo importante y andando el tiempo, si Dios quiere, lo serán más aún. Las obras de desagüe que estoy llevando a cabo en las tierras de Nordland van a ser importantísimas. Y además, este semestre pasado hice una compra no despreciable, la alquería de Kingham, ya recuerdas el sitio, donde solía vivir el anciano Gibson. Aquellas tierras eran de la mayor importancia para mí, porque lindaban con las mías y era casi una obligación comprarlas. No me hubiese agradado que pasaran a otras manos. Cuando una cosa conviene no hay más remedio que pagarla, y el hecho fue que me costaron una fortuna.

—¿Más de lo que tú creías que realmente valían?

—No, esto no. Si al día siguiente las hubiese podido vender, habría obtenido más dinero del que me costaron. Por lo que respecta al dinero no he sido muy afortunado que digamos; el precio de mis mercancías ha bajado tanto que, si no hubiese contado con algún dinero en los bancos, no habría podido cubrir mis necesidades.

Elinor sonrió.

—También cuando llegamos a Nordland nos encontramos con grandes gastos. Nuestro respetado padre, como sabes muy bien, legó a tu madre todo el ajuar de Standhill que quedaba en Nordland. No es que me arrepienta de habérselo entregado todo; ella tenía derecho a disponer de él. Pero la verdad es que, en consecuencia, nos hemos visto forzados a realizar grandes compras de lino, porcelana, etc., para suplir lo que os llevasteis. Ya puedes adivinar por todos estos contratiempos que andamos bastante estrechos de dinero y cuán bienvenido fue el auxilio de la señora Ferrars.

—Sin duda —dijo Elinor—; y ahora gracias a su liberalidad espero que podréis vivir holgadamente.

—Todavía nos faltan uno o dos años para nivelar —replicó con gravedad—. Por lo tanto, queda aún mucho por hacer. Aún no se ha puesto una piedra del invernáculo de Fanny y del jardín de flores no hemos hecho más que el plano.

—¿Dónde pondréis el invernáculo?

—Detrás de la casa. Tendremos que cortar el nogal para que quede espacio suficiente. Se verá desde muchos lugares del parque y producirá una impresión muy agradable; el bancal de flores se extenderá delante de él y será maravilloso. Hemos arrancado también la maleza que crecía por aquellos contornos.

Elinor supo guardar su indignación y la reprobación que bullían en su mente, y dio gracias a Dios de que Marianne no hubiese tenido que presenciar semejantes provocaciones.

Habiendo ya hablado lo suficiente para que quedase bien manifiesta la pobreza de John Dashwood, y aplazando el plan de comprar unos pendientes para sus hermanas hasta la próxima visita a la joyería Gray, la conversación de John se centró en temas más agradables y felicitó a Elinor efusivamente por tener una amiga como la señora Jennings.

—Ciertamente parece una dama de alta alcurnia. Su casa, su manera de vivir, todo sugiere una economía saneada; y es una amistad que hasta ahora os ha sido muy útil, pero que quizá os lo será aún más en el futuro. Su invitación ha sido realmente muy generosa y revela una gran consideración hacia vosotras. Sin duda a su muerte se verá que no os ha echado en olvido. Os legará una gran fortuna.

—Nunca se me había ocurrido algo así; tiene una buena fortuna, pero está gravada para sus hijos.

—Pero supongo que no se gasta toda su renta. Debe de ahorrar bastante y de esto puede disponer con toda libertad.

—¿Y cómo puedes imaginar que ha de dejar su dinero antes a nosotras que a sus hijas?

—Sus hijas están todas espléndidamente casadas y no veo necesidad de dejarles más dinero; y por otra parte, las atenciones que tiene hacia vosotras y el trato que os dispensa conceden el derecho de aspirar a una consideración especial en sus disposiciones póstumas, y una mujer de conciencia como ella no la olvidará. No he visto nada más amable que la manera como os trata, y no creo que le pase desapercibida la impresión que ello puede causarnos.

–¡Pero si es que no tiene por qué causar ninguna impresión! Verdaderamente, querido hermano, tu interés y tus desvelos por nuestra prosperidad tal vez te lleven demasiado lejos.

–Tienes razón –añadió como recapacitando lo que había dicho–; a lo mejor poco, muy poco está en nuestro poder. Dime, querida Elinor, ¿qué sucede con Marianne? Tiene un aspecto demacrado, ha perdido el buen color y ha adelgazado mucho. ¿Está enferma?

–Hace un tiempo que no se encuentra muy bien; sufre de alteraciones nerviosas.

–Me apena saberlo. A su edad una enfermedad cualquiera puede destruir el frescor para siempre. El suyo, por cierto, ha sido muy fugaz. Era una bella muchacha en septiembre cuando la vi, más bella que ninguna. Tenía la clase de belleza que atrae a los hombres. Fanny siempre ha dicho que Marianne se casaría antes y mejor que tú; y no por nada contra ti, al contrario, simplemente porque lo creía así. Pero yo, a pesar de todo, no lo creo así. No me sorprendería que Marianne se casase con un hombre de quinientas a seiscientas libras al año, mientras que tú conseguirás algo mejor. ¡Dorsetshire! ¡Qué poco conozco de Dorsetshire! Me encantaría pasar una temporada allí. No tendría nada de particular que no tardaseis mucho en tenernos de huéspedes.

Elinor intentó convencerle de que no había ninguna probabilidad de que se casase con el coronel Brandon; pero era algo que a John le producía satisfacción y estaba dispuesto a procurar por todos los medios conquistarle para Elinor. Como estaba convencido que no había hecho nada en favor de sus hermanas, sentía una gran impaciencia en orden a que otra persona hiciese mucho; un legado de la señora Jennings o una propuesta de matrimonio del coronel Brandon eran ideas que parecían limpiarle de culpa.

Tuvieron la suerte de hallar en casa a lady Middle-ton, y sir John llegó antes de que terminase la visita. Sir John se mostraba bien dispuesto hacia todo y, aunque el señor Dashwood no entendía demasiado de caballos, no dejó de considerarle una excelente persona. Mientras, lady Middleton halló en aquel nuevo visitante distinción suficiente para considerarle digno de su casa. John Dashwood salió de allí satisfecho de ambos.

–Una buena noticia para Fanny –dijo al salir con su hermana–. Lady Middleton es una elegantísima dama, y a Fanny le agradará conocerla. Y su madre es una señora de trato excelente, aunque no tan distinguida como su hija. No creo que tu cuñada tenga que tener ningún reparo en visitarlas, lo que a decir verdad no me pareció muy claro, ya que nosotros no sabíamos de ellas más que la señora Jennings era la viuda de un comerciante que había ganado su dinero en negocios de poca consideración y tanto Fanny como la señora Ferrars creían que no eran damas apropiadas a su categoría social. Ahora podré darles noticias más tranquilizadoras.

XXXIV

La señora de John Dashwood tenía tanta confianza en el buen criterio de su marido, que a la mañana siguiente se apresuró a visitar a la señora Jennings y su hija. Y halló merecida recompensa a su estima de la inteligencia del marido, porque encontró muy digna de ser tomada en cuenta a aquella dama en cuya casa se alojaban sus cuñadas; y por lo que atañe a lady Middleton, le pareció una de las mujeres más encantadoras que había conocido.

Lady Middleton se sintió igualmente cautivada con

la señora Dashwood. En ellas dos existía una especie de glacial egoísmo que forzosamente tenía que unirlas, y simpatizaban justamente por la desabrida cualidad del trato y por la común carencia de comprensión.

Aquella manera de ser, sin embargo, que hacía atractiva a lady Middleton la persona de la señora John Dashwood, no permitía una igual correspondencia con el temperamento imaginativo de la señora Jennings. Y a ésta Fanny le resultó simplemente una dama de aspecto altivo, de trato poco cordial, que mostraba tan poco afecto a las hermanas de su marido que casi parecía que no hallaba palabras para dirigirles, pues del cuarto de hora que duró la visita a Berkeley Street permaneció en silencio por lo menos siete minutos.

Elinor deseaba saber si Edward se encontraba o no en la capital, pero nada hubiese podido inducir a Fanny a mencionar el nombre de Edward ante Elinor, a no ser para anunciar que el asunto con la señorita Norton quedaba resuelto o hasta que las esperanzas de su marido relativas al coronel Brandon estuviesen en camino de verse cumplidas, pues consideraba a ambos demasiado unidos aun para que resultase inofensivo mencionar los nombres. La aclaración llegó, empero, de otra parte. Lucy no tardó en pedir a Elinor un poco de compasión, ya que no podía ver a Edward y sabía que se encontraba en Londres con el señor y la señora Dashwood. Temía ir a Bartlett's Buildings ante el peligro de ser descubierto, según decía Lucy.

El propio Edward no tardó en confirmar que se hallaba en la ciudad mediante dos infructuosas visitas hechas a Berkeley Street. Dos veces hallaron su tarjeta sobre la mesa cuando regresaron del paseo matinal. Elinor se alegró de que hubiese ido a visitarlas y de que no las hubiese encontrado en casa.

Los Dashwood se hallaban tan embelesados con los Middleton, que, pese a su tacañería, decidieron ofrecer una cena a los Middleton. A pesar del poco tiempo que se conocían, no vacilaron en invitarles a Harley Street, donde habían alquilado para tres meses una excelente casa. Las hermanas y la señora Jennings fueron invitadas también; y John Dashwood se ocupó de que no faltase el coronel Brandon, quien, contento como siempre de acudir donde pudiese ver a las señoritas Dashwood, recibió aquella invitación con placer y sin sorpresa. Invitaron también a la señora Ferrars, pero Elinor ignoraba si Edward asistiría también. La expectación que le causaba conocer a esta señora era suficiente para dar un atractivo muy particular a la fiesta; pues aunque no podía imaginar sin ansiedad la presentación a la madre de Edward, aunque no le sería posible verla y tratarla con sangre fría, con indiferencia, su deseo de conocer a aquella dama, de resultarle agradable, era más fuerte que nunca.

La expectación con que aguardaba la fiesta se acrecentó aún más por la noticia de que las señoritas Steele también asistían. Era una nueva que, si bien no prometía placer y esparcimiento a Elinor, no dejaba de entusiasmarla.

En tal forma habían sabido éstas ganar el ánimo de lady Middleton, a quien sus visitas resultaban agradables, que por más que Lucy no era elegante, y su hermana nada bonita, tanto lady Middleton como sir John estaban dispuestos a invitarlas a pasar una o dos semanas con ellos en Conduit Street, y resultó una invitación tan oportuna para las señoritas Steele que la cena en casa de los Dashwood tuvo lugar a los pocos días de encontrarse éstas con los Middleton.

Se creían con derecho a la estima de la señora Dashwood, como sobrinas del hombre que había tenido a su cargo la educación del hermano. Pero poco habrían podido influir para obtener un sitio en su mesa. No obstante, como invitadas de los Middleton hallaron todos los caminos abiertos. Lucy, para quien durante largo tiempo una de sus mayores ilusiones había sido trabar amistad con aquella familia, hacerse una idea clara del carácter de sus miembros y de su manera de ser, así como hallar una ocasión para ganarse su simpatía, nunca se sintió más feliz que cuando recibió la tarjeta de invitación de los señores Dashwood.

Elinor tuvo una reacción diferente. Comprendió al punto que Edward, viviendo con su madre, tenía que ser invitado, igual que aquélla a una reunión que daba la hermana; pero no sabía si podría resistir verlo por primera vez después de aquellas conversaciones con Lucy.

Tales angustias provenían de suposiciones vanas, y quedaron desvanecidas, no por el propio curso de sus ideas, sino por la buena intención de Lucy, que prefirió no causarle un gran disgusto anunciándole que Edward no asistiría a la cena del jueves en Harley Street.

Llegó al fin aquel jueves trascendental en que las dos muchachas conocerían a la formidable suegra en perspectiva.

–Compadézcame, señorita Dashwood –decía Lucy mientras subían juntas por la escalera, pues los Middleton llegaron casi juntos con la señora Jennings, y les acompañó el mismo criado–. Nadie aquí puede comprender mis sentimientos. Casi no puedo tenerme en pie. ¡Santo Dios! Voy a conocer a la persona de la cual depende toda mi felicidad; voy a conocer a mi futura suegra.

Elinor hubiese podido tranquilizarla haciéndole notar la posibilidad de que tal vez fuese la suegra de la señorita Norton y no la suya, la persona a quien iba a ser presentada dentro de pocos instantes; mas en lugar de hacerlo, le dijo, con evidente sinceridad, que la compadecía. Aquello desconcertó a Lucy, que se sentía contrariada viendo que no lograba despertar la envidia de Elinor.

La señora Ferrars era una mujer de poca estatura, envarada y de expresión grave, casi triste. De complexión débil y de pequeñas proporciones, carecía de belleza y de expresividad. Felizmente un fruncimiento del ceño la salvaba de la insipidez, prestándole un deje de orgullo y de fuerte carácter. No era mujer de muchas palabras, pues, a diferencia de la mayor parte de la gente, las tenía bien proporcionadas a sus ideas, es decir, escasas. Y de las pocas que salían de sus labios, las menos estuvieron dirigidas a Elinor, a quien miraba de vez en cuando con el deliberado propósito de no hallarle cualidad alguna.

A Elinor este proceder no la hería. Sin embargo, unos meses atrás le hubiese significado una gran desdicha. La señora Ferrars ya no podía atormentarla con aquellos desdenes; y la diferencia del trato que concedía a ella y a las señoritas Steele —unas diferencias subrayadas únicamente para molestar a Elinor—, ahora le resultaban casi divertidas. No podía sino sonreírse ante la dilección con que ambas, madre e hija, honraban a las señoritas Steele —en especial a Lucy—. Y si hubiesen sabido tanto como Elinor habrían acentuado aún más sus agasajos. Elinor sonreía al observar las artificiosas atenciones de las Steele para conservar aquella predilección sin menospreciar a todos los demás.

Lucy rebosaba gozo al verse tan afablemente acogida; mientras la otra hermana sólo deseaba que se le gastasen bromas con el doctor Davies, para sentirse deliciosamente feliz.

La cena fue de gran estilo, los criados numerosos y uniformados. Todo revelaba las tendencias al fasto de la anfitriona y el buen orden del anfitrión para mantener tanta grandeza. A pesar de las mejoras que éste había llevado a cabo en Nordland, y a pesar de haberse visto obligado a vender con pérdida el contenido de sus almacenes, ningún indicio se veía de aquella miseria que él había proclamado a Elinor. Ninguna pobreza había allí, sólo la de la conversación. John Dashwood no tenía mucho que decir y su esposa, menos aún. Pero esta circunstancia no constituía una rareza, ya que la pobreza de conversación aquejaba a la mayoría de sus invitados, que desenvolvían sus actividades bajo el signo de las siguientes carencias: falta de buen sentido, adquirido o natural, falta de elegancia, falta de espiritualidad y falta de temperamento.

Cuando las damas se retiraron al saloncito después de la cena, esta penuria se hizo especialmente sensible, pues los caballeros, carentes de temas más elevados, habían dado en conversar de temas vulgares, de caballos y de tierras, y aun éstos estaban ya agotados. Así pues, de un solo tema departieron hasta la llegada del café: el de quién era más alto por su edad si Harry Dashwood o William, el segundo hijo de lady Middleton.

Si los muchachos hubiesen estado presentes la cuestión hubiese quedado zanjada fácilmente midiéndolos uno tras otro; pero como sólo Harry se encontraba allí, sólo podían enunciarse conjeturas, y todo el mundo podía considerarse en posesión de la verdad y repetirla tantas veces como le viniese en gana.

La cosa estaba de esta suerte:

Cada una de las madres se hallaba convencida de que su hijo era el más alto, aunque por cortesía parecía ceder al criterio de la otra. Las dos abuelas, con igual parcialidad pero de mayor sinceridad, rompían lanzas en favor de sus respectivas estirpes.

Lucy, sin ningún interés en agradar más a un partido que al otro, ya que en realidad los dos muchachos eran particularmente altos para sus años, no concebía, y así lo pregonaba, que existiese diferencia alguna entre ambos; su hermana, con mayor habilidad, hizo cuanto pudo en favor de los dos.

Elinor se declaró resueltamente a favor de William, con lo que disgustó a la señora Ferrars y a Fanny, pero no veía la necesidad de prolongar la discusión; y Marianne, invitada a expresar su parecer, ofendió a todos y levantó gran revuelo diciendo sin ambages que nunca en su vida había pensado en ello.

Antes de salir de Nordland, Elinor había pintado los plafones de un biombo como regalo para su cuñada, los cuales, montados ahora, podían admirarse en el saloncito; estos plafones, habiendo llamado la atención de John Dashwood cuando entró con los otros caballeros, fueron enseñados al punto al coronel Brandon para que los admirase.

—Los ha pintado la mayor de mis hermanas —dijo John—, y estoy seguro de que a usted le agradarán, como hombre de buen gusto que es. No sé si ha visto anteriormente algo pintado por ella, pero todos reconocen que dibuja con maestría.

El coronel, aunque sin pretensiones de entendido, contempló con interés aquellas pinturas, tal como había admirado siempre los trabajos de Elinor; y como con ello despertó la curiosidad de los demás, todos se reunieron alrededor del biombo para apreciar su mérito. La señora Ferrars, ignorando que se trataba de obra de Elinor, solicitó inspeccionar en detalle el artístico trabajo, y Fanny, luego de haber constatado el favorable informe de la señora Middleton, presentó el artístico trabajo a la consideración de su madre, informándola al mismo tiempo que era obra de Elinor.

—¡Ah! —musitó la señora Ferrars—. Muy bonito. —Y sin ni siquiera mirar las pinturas se apartó de ellas.

Fanny pensó que su madre había estado bastante ruda, pues sonrojándose un poco dijo:

—Son muy hermosas, ¿verdad? —Pero creyendo al punto que había dado muestras de una amabilidad excesiva, y temerosa de los efectos de tal proceder, Fanny se consideró en la obligación de añadir—: ¿Verdad que tienen un estilo parecido a las pinturas de la señorita Norton? Ella sí que pinta maravillosamente. ¡El último paisaje que me enseñó era realmente magnífico!

—Sí, magnífico —respondió la señora Ferrars—, es una muchacha que posee las mejores habilidades.

Marianne no pudo resistir más. Enfadada con la señora Ferrars por aquel elogio de otra muchacha sólo para herir a Elinor, dijo con vehemencia:

—¡Qué peculiar admiración! Pero ¿qué pinta aquí la señorita Norton? ¿Quién la conoce y a quién le preocupa? Es de Elinor de quien estábamos hablando, según creo. —Y se acercó a las pinturas para contemplarlas con toda atención, tal como merecían.

La señora Ferrars parecía muy contrariada y, adoptando una postura más rígida y altiva que nunca, pronunció con aire ofendido esta breve filípica:

—La señorita Norton es la hija de lord Norton.

Fanny pareció disgustarse también y su marido comenzó a temer las audacias de su hermana. Elinor se sintió más molesta por las palabras de Marianne que por las circunstancias que las habían provocado. Pero los ojos del coronel Brandon, fijándose en Marianne, parecían declarar que sólo querían ver el aspecto amable de aquella actitud: un corazón lleno de afecto que no podía tolerar que se faltase el respeto a la hermana.

Pero la vehemencia de Marianne no paró aquí. La fría insolencia de la señora Ferrars parecía presagiar tantas dificultades y sufrimientos para Elinor como las que su lacerado corazón había sufrido y sufría. Movida por un poderoso impulso de afectuosa sensibilidad, transcurridos unos momentos se acercó a la silla de su hermana y pasándole un brazo alrededor de los hombros, le susurró al oído:

—Querida Elinor, no hagas caso. No conseguirán hacerte infeliz.

No pudo decir más: las fuerzas la abandonaron y ocultando el rostro en el hombro de Elinor estalló en sollozos. Todos se interesaron por ella. El coronel Brandon se acercó sin saber qué hacer. La señora Jennings exhaló un «¡Ah, pobrecilla!», lleno de comprensión y le hizo oler su frasquito de sales. Sir John se sintió tan indignado contra el promotor de aquella crisis nerviosa, que acercó su silla a Lucy Steele y en voz baja, casi al oído, se dedicó a desahogar su mal humor.

A los pocos minutos Marianne se había tranquilizado lo suficiente para poner fin al incidente y pudo de nuevo alternar con los demás, aunque su espíritu continuaba bajo la impresión de lo que había acaecido aquella noche.

—¡Pobre Marianne! —musitó su hermano al coronel Brandon—. No goza de tan buena salud como su otra hermana, está siempre muy nerviosa; no tiene el temperamento de Elinor y hemos de admitir que debe de resultar muy duro para una muchacha que ha sido una belleza tener que presenciar la ruina de su hermosura. Recuerde usted qué bonita era Marianne hace unos meses, casi tanto como Elinor, y ya la ve usted ahora…

XXXV

El interés de Elinor por conocer a la señora Ferrars quedó satisfecho. Halló en ella todo cuanto podía hacer indeseable un enlace entre las dos familias: su orgullo, su vulgaridad y sus terribles prejuicios contra ella le hicieron ver todas las dificultades que hubiesen surgido en caso de un compromiso formal y posterior casamiento con Edward, y no dejó de alegrarse de que un mayor impedimento la hubiese apartado de los sufrimientos que habría de reportarle vivir de la merced de tal dama; depender absolutamente de sus caprichos y de su solicitud. Aunque le era difícil alegrarse de que Edward estuviese comprometido con Lucy, comprendía que serenamente hubiese tenido que hacerlo.

Le sorprendía que Lucy se sintiese tan satisfecha de las amabilidades de la señora Ferrars, que su amor y su vanidad hubiesen sido tan ciegos para no comprender que aquellas atenciones con que la había colmado estaban motivadas exclusivamente por el hecho de *no ser Elinor*, no por ningún aprecio personal, y que revelaban muy poco de una supuesta preferencia por Lucy, ya que en realidad la señora Ferrars desconocía la verdadera situación. Esta ceguera de Lucy quedó harto demostrada al día siguiente, cuando ésta fue a Berkeley Street para tratar de ver a solas a Elinor y referirle lo muy feliz que se sentía.

—Querida amiga —exclamó Lucy tan pronto como quedaron a solas, pues la señora Jennings tuvo que marcharse a cumplir un recado—, vengo para hablarle de mi buena suerte. ¿Puede existir nada más favorable que la manera con que la señora Ferrars me trató ayer? Fue de una amabilidad casi excesiva. Ya sabe usted cuánto temía enfrentarme a ella, pero no bien le hube sido presentada adoptó un aire tan cordial que me parecía estar soñando. ¿Verdad que fue tal como digo? Usted pudo verlo todo y seguramente se sorprendió tanto como yo.

—Sí, realmente estuvo muy amable con usted.

—¿Amable? ¿No vio usted nada más que amabilidad? En verdad sólo me atendió a mí, sin orgullo y sin altanería. Por otra parte, su hermana fue la misma de siempre, con su habitual suavidad y compostura.

Elinor quería cambiar de tema de conversación, pero Lucy insistió en decirle que su felicidad era fundada y total, y Elinor no tuvo más remedio que complacerla.

—Tiene razón —dijo Elinor—, la señora Ferrars estuvo de una deferencia extraordinaria hacia usted, pero no hay que olvidar que ignoraba…

—Adivino lo que va a decir —replicó Lucy con vivacidad–. Pero no hay razón para creer que no le cayese en gracia, y si fue así, mi victoria me parece segura. No conseguirá usted enfriar mi entusiasmo. Todo terminará bien y no habrá dificultades insalvables. La señora Ferrars es una mujer encantadora y su hermana también. Me extraña no haber oído nunca de usted que tenía una cuñada tan digna de admiración.

Elinor no supo qué contestar y tampoco lo intentó.

–Pero ¿qué le pasa, señorita Dashwood? Ha palidecido… tal vez no se encuentra bien.

–Nunca me he sentido mejor.

–Pues su aspecto no lo haría creer. Me apenaría ver que usted se encuentra mal; usted ha sido mi mayor consuelo en el mundo. Dios sabe lo que habría sido de mí sin su buena amistad.

Elinor intentó dar una contestación amable, aunque dudando de su éxito. Pero Lucy prosiguió al punto:

–Estoy convencida de su afecto hacia mí, el cual, con el amor de Edward, son los mayores tesoros de mi vida. ¡Pobre Edward! Por cierto, tengo que darle una buena noticia: creo que podremos vernos a menudo, muy a menudo. Lady Middleton está encantada con la señora Dashwood y sin duda se nos verá con frecuencia en Harley Street. Y como Edward vive casi siempre con su hermana… Además, lady Middleton y la señora Ferrars se visitarán, y ésta y la cuñada de usted parece que tienen ahora mucho interés en verme. ¡Son unas damas tan deliciosas! Creo que si usted dice a su cuñada lo que yo pienso de ella, no ha de quedarse corta en elogios.

Pero Elinor no quiso darle ninguna esperanza de que hablaría de ella a su cuñada. Lucy prosiguió:

–Si yo no hubiese sido del agrado de la señora Ferrars, me habría dado cuenta inmediatamente. Si sólo hubiese obrado de pura cortesía formularia, sin dirigirme la palabra con complacencia, sin hacer ningún caso especial de mí… ya comprende usted lo que quiero decir. Si hubiese sido tratada por ella con despego y hostilidad, me habría entregado a la desesperación. No lo habría resistido. Porque sé muy bien cuán violenta es en sus antipatías.

Elinor no pudo contestar a estas razones que parecían confirmar el triunfo de Lucy, porque en ese momento, se abrió la puerta y el criado anunció al señor Ferrars. A continuación Edward entró en la estancia.

Fue un instante verdaderamente embarazoso para todos, y Edward vaciló entre abandonar de nuevo la habitación o entrar definitivamente en ella. Las cosas se le venían encima en la forma que más quería evitar. No sólo se encontraban reunidos los tres, sino que no disponían de la salvación de otra persona. Las muchachas se repusieron antes que él. Convenía a Lucy no hacerse notar para mantener el carácter secreto de sus relaciones, por tanto, sólo pudo dar testimonio de su ternura con los ojos y guardar silencio.

El papel de Elinor era más complejo y sentía, en interés de ella misma y de él, tantos deseos de acertar que, tras unos momentos de vacilación, logró obligarse a saludarle con un ademán natural y franco; y a fuerza de voluntad consiguió mantener un aire impasible. No se sintió cohibida por la presencia de Lucy ni por el convencimiento de haber sido tratada injustamente, y pudo decir al muchacho que se sentía encantada de verle y que había lamentado no encontrarse en casa cuando él estuvo de visita en Berkeley Square; al pronunciar aquellas fórmulas de cortesía, naturalmente debidas a un buen amigo y casi un pariente como era Edward, no llegaron a intimidarla las miradas penetrantes de Lucy, que estaba al acecho.

Esta actitud animó un tanto a Edward y le infundió valor para sentarse. Pero su confusión superaba a la de las muchachas, pues su corazón no era frío como el de Lucy ni su ánimo poseía la serenidad del de Elinor.

Lucy, con aire contrariado, daba la sensación de no querer contribuir a encauzar la conversación, y casi todo su peso recaía en Elinor, que tuvo que preguntar una serie de cosas obligadas, como la salud de su madre, la duración de su estancia en Londres, etc.; preguntas que también Edward, por su parte, hubiese podido dirigir, pero no lo hizo.

Sus fatigas no terminaron aquí sino que intentó el esfuerzo final de marcharse estoicamente con la excusa de ir por Marianne, dejándoles en privado; y realmente lo llevó a cabo y con tanta energía que permaneció por unos minutos en el vestíbulo, antes de dirigirse a la habitación de su hermana. Una vez informada ésta, poco duró la entrevista de aquellos dos, por cuanto, sin perder un instante, Marianne se precipitó al saloncito con entusiasmo. El placer que experimentaba de ver a Edward era como todos sus sentimientos, exaltado y expresado con arrebato. Se le dirigió alargándole una mano que quería ser apretada cordialmente y en la voz con todo el afecto de una hermana.

–¡Querido Edward! –exclamó–. ¡Cuánto me alegra que hayas venido! Tu visita nos compensará de muchos malos ratos.

Edward intentó corresponder a su amabilidad, aunque no se atrevió a expresar nada de lo que realmente sentía. Todos volvieron a sentarse y permanecieron unos momentos en silencio, mientras Marianne dirigía sus miradas alternativamente a Edward y Elinor con infinita ternura, lamentando, empero, que el placer de estar juntos fuese perturbado por la inoportuna presencia de Lucy. Edward fue el primero en hablar y lo hizo para observar que encontraba muy cambiada a Marianne y manifestar su temor de que tal vez Londres no le sentaba bien.

–Ah, no te preocupes por mí –replicó ella con entereza, aunque sus ojos se llenaron de lágrimas–. Tanto

Elinor como yo nos encontramos bien. Y para nosotras basta con eso.

Lucy contemplaba a Marianne con ojos no precisamente de simpatía.

–¿Te gusta Londres? –dijo Edward tratando de desviar la conversación hacia otros asuntos.

–Nada absolutamente. Creí que podría divertirme mucho aquí, pero mis esperanzas han resultado vanas. El haberme encontrado contigo es uno de los pocos consuelos que he tenido y, gracias a Dios, sigues siendo el mismo de siempre. –Hizo una pausa, y nadie interrumpió el silencio–. Me parece, Elinor –añadió al fin–, que no sería desacertado pedir a Edward que nos acompañe a Barton. Creo que nos marcharemos dentro de una o dos semanas y confío en que Edward aceptará el encargo de buen grado.

El desventurado Edward farfulló unas palabras, pero nadie las entendió, ni siquiera él mismo. Marianne, al reparar en su turbación, la atribuyó a su habitual timidez, se quedó perfectamente satisfecha y cambió de tema.

–Edward, qué día pasamos ayer en Harley Street. Tan terriblemente aburrido… He de hablarte de lo que observé allí pero tal vez no sea este el momento oportuno.

Y con tal inesperada discreción defirió para momentos más privados relatarle las impresiones que había recibido de su familia y especialmente la contrariedad que supuso conocer a su madre.

–¿Por qué no le vimos allí, Edward? ¿Cómo fue que no asistió?

–Tenía otro compromiso.

–¿Otro compromiso? ¿Qué clase de compromiso, cuando sus mejores amigos le esperaban allí?

–Tal vez, Marianne –repuso Lucy buscando herirla–, cree usted que todos los jóvenes rompen tranquilamente sus compromisos, si no les viene en gana cumplirlos, tanto los grandes como los pequeños.

Elinor se inquietó, pero Marianne salió airosa de la estocada, ya que repuso imperturbable:

–Sí, comprendo que Edward es una persona seria y que por cumplir sus compromisos no acudió a Harley Street. Creo realmente que en este punto es la persona más delicada que he conocido, la más escrupulosa en cumplir sus compromisos, aun los mínimos y aunque resulten en perjuicio de su interés o sus gustos. Es el hombre más incapaz de causar pena a los demás o defraudar las esperanzas de nadie, el menos egoísta. Sí, Edward tiene esta manera de ser y así lo proclamo ante todos. De otra manera no podría usted ser amigo mío, pues quienes quieren serlo han de aceptar mi crítica favorable o desfavorable.

La naturaleza de estas manifestaciones en el caso presente resultaba especialmente peligrosa para las dos terceras partes de los interlocutores que tenía Marianne, y tan alarmante para Edward que a los pocos momentos se levantó para despedirse.

–¡Cómo va tan pronto, Edward! –exclamó Marianne–. ¡No puede ser!

Y llevándole aparte le murmuró unas palabras en voz baja que pusieron sumamente inquieta a Lucy. Pero ni este recurso fue suficiente, porque él insistió en irse, y Lucy, que hubiese permanecido allí si la visita hubiese durado dos días, se despidió también poco después.

–¿Qué la trae aquí tan a menudo? –dijo Marianne cuando aquélla hubo salido–. ¿No comprendió que todos estábamos deseando que se marchase? Edward estaba contrariado.

–¿Por qué razón? Todos éramos amigos suyos, y Lucy quizá su amiga más antigua. Es natural que desease estar con ella tanto como con nosotras mismas.

Marianne la miró fijamente y dijo:

—Ya sabes, Elinor, que esta manera de hablar no me agrada. Si es que sólo aguardas que se te contradiga, y así lo creo, soy la persona menos indicada para hacerlo. No puedo rebajarme a estos amaños de asegurar cosas que no se creen.

Y con ellos salió de la estancia; y Elinor no se atrevió a seguirla para continuar aquellos razonamientos, ya que, atada como estaba por la promesa de secreto que había dado a Lucy, no podía proporcionar a Marianne más detalles del asunto y, por muy penoso que fuese mantenerla en su error, no cabía otra solución que el silencio. Sólo podía esperar que ni ella ni Edward se expusiesen más en lo sucesivo a los errores apasionados y sinceros de Marianne, que procurasen evitar los momentos difíciles como los de este último encuentro.

XXXVI

Unos días después de estos hechos, los periódicos anunciaron que la esposa del señor Thomas Palmer había dado felizmente a luz un hermoso niño, el heredero de la casa Palmer; una noticia llena de interés para todos aquellos amigos que ya conocían el estado de gestación de la señora Palmer.

Tal acaecimiento, de la mayor importancia para las actividades de la señora Jennings, determinó una sensible alteración del tiempo de que podía disponer esta señora y tuvo también, por tanto, influencia sobre la vida de sus jóvenes invitadas. Como la señora Jennings estaba ansiosa de permanecer el mayor tiempo posible con Charlotte, iba allí a primera hora de la mañana y no regresaba hasta entrada la noche. Las señoritas Dashwood, por insistente petición de los Middleton, pasaban casi todo el día en Conduit Street. Por razones de comodidad hubiesen preferido permanecer, al menos durante la mañana, en casa de la señora Jennings; pero no era cortés contrariar los deseos de aquellos buenos señores. Sus horas transcurrían entre los Middleton y las señoritas Steele, cuya compañía resultaba de poco valer, por la manera como se prodigaban y andaban detrás de la gente.

Marianne y Elinor tenían demasiado ingenio para constituir para lady Middleton una compañía agradable; y eran miradas con malos ojos por las Steele, tan afectas a ellas en otros instantes, como temiendo que viniesen a sacarlas del coto que ellas deseaban monopolizar. Aunque no se podía dispensar un trato más cortés que el que lady Middleton dedicaba a Elinor y Marianne, en realidad no sentía hacia ellas simpatía verdadera, antes bien, las consideraba maliciosas porque no la adulaban pregonando todo el día las excelencias de sus hijos, y porque eran muy dadas a la lectura las tenía por satíricas, tal vez sin una idea demasiado clara de lo que significaba *satírica*. Todo ello no era sino deseo de criticar asiéndose de los motivos más fútiles.

La presencia de las hermanas Dashwood era una molestia tanto para Lucy como para lady Middleton. Ésta parecía incómoda en su presencia y Lucy se sentía molesta para desarrollar en libertad sus artes de adulación. La otra chica Steele era la menos violentada de las tres por la presencia de Marianne y Elinor, y en manos de ellas se hallaba la llave para una total reconciliación. Si una de aquellas dos se hubiese tomado la molestia de dedicar sólo unos minutos de la conversación al asunto de la ruptura de Marianne con Willoughby, se habría considerado ampliamente recompensada de haber tenido que ceder tantas veces el mejor sitio junto al fuego después de la comida. Pero esta base de convivencia y reconciliación no la ofrecieron las Dashwood, pues por más que la chica Steele a menudo dedicaba a Elinor frases compasivas para su hermana y más de una vez formuló ante Marianne una reflexión sobre la inconstancia de los galanes, sólo obtuvo una mirada de indiferencia de la primera y una de enojo de la segunda. ¡Si al menos hubiesen tenido la atención de gastarle alguna broma con relación al doctor!

Tales descontentos y rivalidades eran, no obstante, tan poco sospechados por la señora Jennings, que aún decía que aquellas amistades eran lo más interesante que podía ofrecer a sus invitadas, y cada noche las felicitaba por haberse librado una vez más de la poco agradable compañía de una vieja estúpida. Algunas veces iba a recogerlas a casa de sir John y otras las encontraba ya en su casa, pero fuese donde fuese, siempre llegaba con un ánimo excelente, atribuyendo el que Charlotte siguiese tan bien a sus propios cuidados y dispuesta a dar tan exacta cuenta de la situación, que toda la curiosidad de la pequeña Steele no podía ya exigir más. Una contrariedad tenía, sin embargo, y de ello se lamentaba cada día. El señor Palmer sostenía la opinión, muy extendida en los de su sexo, de que todos los recién nacidos eran iguales, y por más que ella estaba convencida de que el pequeño tenía parecidos sorprendentes ya con uno ya con otro miembro de la familia de ambos lados, no lograba convencer al padre de ello, ni llegaba a persuadirle de que no era en nada igual a cualquier niño de aquella edad. Aquel padre ni siquiera tomaba en serio la simple sugerencia de que se trataba del recién nacido más gracioso del mundo.

Y llego ahora a tener que referir unos desventurados azares que acontecieron por estos tiempos a la señora John Dashwood. Vino a suceder que al tiempo que sus hermanas y la señora Jennings visitaban por vez primera Harley Street, llegó otra de las amistades de la casa, una circunstancia al parecer inofensiva. Pero mientras la imaginación de las otras personas pueda divagar y formar juicios erróneos de nuestra conducta, fallando las cuestiones por simples apariencias, nuestra felicidad estará a merced del azar. En el presente caso, la señora que había llegado dejó volar su imaginación tan a la ligera, más allá de toda certeza y probabilidad, que oyendo solamente el nombre de las señoritas Dashwood y sabiendo que eran hermanas de la señora de la casa, concluyó al punto que vivían con ella en Harley Street; y esta falsa creencia determinó al cabo de dos o tres días que llegasen tarjetas invitando al matrimonio Dashwood y a sus hermanas para una fiesta musical en casa de aquellos amigos; y la consecuencia de ello fue que la señora de John Dashwood no sólo tuvo que soportar la molestia de enviar su coche a recoger a las señoritas Dashwood, sino algo peor: se vio forzada a tener que fingir que las trataba con atención; ¿quién hubiese podido imaginar que difícilmente se las volvería a ver juntas en una reunión? Es cierto que la facultad de hacerles un mal papel le correspondía por entero. Pero esto no le parecía suficiente, porque cuando alguien sigue una línea de conducta que sabe no razonable, le molesta que aguarden de él algo equitativo.

Marianne fue acostumbrándose gradualmente a salir cada día, y ahora ya le resultaba indiferente salir o quedarse en casa. Y cada noche se preparaba silenciosa y mecánicamente para cumplir con las invitaciones que recibía, sin aguardar el menor placer de ellas y aun sin saber muchas veces hasta el último momento a qué casa tenían que acudir aquel día.

Había llegado a mostrarse tan indiferente para con sus vestidos y atavíos, que seguramente no les prestaba más atención durante todo el tiempo que empleaba en componerse, del que les dedicaba la mayor de las Steele en los primeros cinco minutos de emperifollarse. Nada escapaba a la observación de la curiosa Steele, todo lo miraba y todo lo preguntaba, no conocía reposo hasta que conseguía saber el precio de todas las prendas de Marianne, o adivinaba el número de sus trajes, que conocía mejor que su dueña. Nunca perdía la esperanza de llegar a saber, antes de terminar la velada, cuánto gastaba Marianne semanalmente en limpiar su ropa, o cuánto le costaban al año sus atavíos. La impertinencia de esta clase de pesquisas, además, terminaba en la mayoría de los casos con un cumplido que, aunque le valía su fama de dulzura de carácter, era tenido por Marianne como la mayor impertinencia de todas. Después de haber examinado minuciosamente el valor y el corte de su traje, el color de sus zapatos y la compostura del peinado, Marianne sabía que la señorita Steele añadiría: «No tengas dudas de que estás elegantísima y que me arriesgaría a afirmar que harás muchas conquistas esta noche.»

Con estas ideas tan poco alentadoras salió aquel día a tomar el coche de su hermano, a los cinco minutos de haberse detenido aquél ante la puerta, una puntualidad no muy agradable para su cuñada, que las había precedido en casa de aquellos amigos y que hubiese deseado cierta tardanza para verlas hacer un papel ridículo, sin contar la consiguiente indignación del cochero.

Los sucesos de aquella noche no fueron muy notables que digamos. La reunión, similar a otras reuniones con música, incluía un grupo de personas con verdadero sentido de lo que se estaba ejecutando y otro, mucho mayor, que carecía en absoluto de él. Y los ejecutantes eran, como suele suceder, en concepto de los anfitriones y de sus amigos, los más notables ejecutantes no profesionales de toda Inglaterra.

Como Elinor no era aficionada a la música, ni pretendía que la tomasen por tal, no tenía escrúpulos de apartar sus ojos del gran piano cada vez que le placía, y sin tener en cuenta la presencia de un arpa y un violoncelo, pasearlos por todos los objetos del salón. En este divagar de sus ojos descubrió en un grupo de jóvenes a aquel caballero de la caja de palillos en la joyería Gray. Se dio cuenta de que él también la reconocía y que hablaba familiarmente con el hermano de Elinor. Ésta decidió preguntar quién era a la primera ocasión.

Terminada la pieza, ambos se acercaron a Elinor y el señor Dashwood hizo la presentación: era Robert Ferrars, que se dirigió a la muchacha con gesto de cortés afabilidad, pero con una reverencia exagerada que reveló, más que las palabras, que era exactamente el tipo fachendoso que Lucy le había descrito. Felizmente el interés de Elinor hacia Edward dependía más de los méritos personales de éste que de los de sus familiares, pues en tal caso no hubiesen sido muy halagüeñas las perspectivas, ya que tan hiperbólica reverencia del hermano venía a ser la pincelada final al cuadro que formaban las extravagancias de la madre y la hermana. Y mientras ponderaba la diferencia entre los dos hermanos, si le resultaba molesta la vacua y arrogante vanidad del uno, no dejaba de hacer justicia a la modestia y auténtica valía del otro. De por qué eran harto diferentes sugirió él mismo la explicación, que duró apenas un cuarto de hora; pues hablando del hermano y lamentando su poca destreza en el trato que a su juicio le apartaba de alternar en sociedad, cándida y generosamente la atribuía, no a falta de condiciones naturales, sino a la desdicha de una educación privada, puesto que él mismo, sin que se considerase en nada superior en dotes y cualidades a causa de su educación en un colegio distinguido, se sentía como el hombre más capaz de brillar en el mundo.

–Por mi alma –añadió–, creo que no se trata de nada más, y a menudo se lo he dicho a mi madre, cuando se lamenta de cómo andan las cosas de Edward. «Muy señora mía, una vez más le repito que no se preocupe por ello. El mal es ahora irremediable y ha sido enteramente obra suya. ¿Por qué se dejó convencer por mi tío Robert y contra el propio parecer de usted envió a Edward a un colegio privado y en el momento más crítico de su educación? Si le hubiese mandado a Westminster, como hicieron conmigo, en lugar de confiarlo al señor Pratt, todo habría podido evitarse.» He aquí las razones que exponía a mi madre y ella llegó a reconocer su error.

No le era posible a Elinor exponer su parecer sobre la educación en los colegios, ya que, fuese la que fuese su estimación por esta forma de enseñanza, no podía juzgar con ánimo sereno la permanencia de Edward con la familia del señor Pratt.

—Usted vive en Devonshire —fueron sus palabras siguientes—, en una alquería cerca de Dawlish, ¿verdad?

Elinor le indicó claramente dónde vivía, que no era junto a Dawlish, y pareció sorprenderse de que en Devonshire se pudiese habitar en otra parte que no fuese Dawlish. Aprobaba, sin embargo, el buen gusto de vivir en el campo.

—Por mi parte —añadió—, me encantan las casas de campo; es algo agradable y confortable en extremo. Si algún día puedo ahorrar algún dinero, compraré un poco de tierra y construiré una casita a corta distancia de Londres, naturalmente, donde pueda acudir de tanto en tanto a reposar un poco, invitando quizá a unos amigos y siendo feliz unos momentos. A todos los que se quieren construir algo, les aconsejo una casa de campo. Mi amigo lord Courtland vino a mí el otro día solicitando mi consejo y me enseñó tres planos diferentes. Yo tenía que decidir. «Querido Courtland», le dije arrojando los tres al fuego, «yo no me construiría ninguna de estas casas, sino una simple alquería.» Y la cosa creo que terminó así.

—Mucha gente imagina que en una alquería no se pueden hallar comodidades, que hay poco espacio; pero es un error. El mes pasado estuve en casa de mi amigo Elliot cerca de Dartford. Su esposa deseaba celebrar un baile. «Pero ¿cómo es posible aquí? –decía–. Querido Ferrars, dígame cómo puedo arreglarlo. No hay una habitación en toda esta alquería, donde puedan bailar dos parejas, y ¿cómo hacerlo para la cena?» Inmediatamente advertí que no existían dificultades invencibles y le dije: «Mi querida señora Elliot, no se preocupe. El comedor tiene espacio fácilmente para ochenta parejas; en la sala de estar pueden ponerse las mesas de juego; en la biblioteca puede organizarse el té, y los refrescos y la cena pueden servirse en el salón.» La buena señora quedó encantada de la idea. Medimos el comedor y resultó que cabían allí más de ochenta parejas; todo el plan se desarrolló según mis indicaciones. Ya ve usted, por lo tanto, como, de hecho, si la gente sabe entenderse puede hallar tanta comodidad en una pequeña alquería como en la casa más espaciosa.

Elinor asintió a todas aquellas razones, porque estaba convencida de su sensatez.

John Dashwood, tan poco aficionado a la música como su hermana, dejaba también vagar su imaginación libremente por otros campos; y una idea le asaltó aquella noche oyendo la música, idea que comunicó más tarde en casa a su esposa, para ver si era de su gusto. La consideración del error de la señora Dennison al creer que sus hermanas vivían con ellos le sugirió la idea de que realmente fuesen sus huéspedes durante el tiempo que habían pensado permanecer con la señora Jennings. El gasto no era mucho, los inconvenientes pocos y constituía una atención que la delicadeza de su conciencia le señalaba como un requisito para dejar enteramente cumplida la promesa hecha a su padre. Fanny arguyó a la propuesta:

–En verdad que no sé cómo sería posible sin humillar con ello a lady Middleton, pues pasan todo el día allí; si no fuese por esto ya puedes pensar que me encantaría. Ya sabes que siempre estoy dispuesta a tener con ellas todas las atenciones, como lo demuestra el que esta noche las haya admitido en nuestra compañía. Pero son habituales en casa de lady Middleton, ¿cómo podría yo apartarlas de ella?

El marido, aunque con humildes palabras, no conseguía ver la fuerza de aquella objeción.

–No veo por qué no pueden frecuentar igualmente a los Middleton. Nosotros las retendríamos aquí, pero no todo el día.

Fanny calló unos momentos y luego añadió con renovada convicción:

–Las invitaría de todo corazón si estuviese en mi mano; pero es que yo había invitado para estos días a las señoritas Steele a pasar una semana con nosotros. Son muchachas de muy buenas maneras y de excelente carácter. Además les debemos muchas atenciones por lo bien que su tío trató a Edward. Podemos invitar a tus hermanas algún otro año, pero las señoritas Steele difícilmente volverán a la capital. Estoy segura de que te gustarán, sí, no dudo que les tienes ya simpatía, igual que mi madre, y además quieren mucho a Harry.

El señor Dashwood quedó convencido. Comprendió la necesidad de invitar a las Steele y su conciencia procuraba tranquilizarse con la idea de que al fin la invitación quedaría aplazada para otro año, y sin dejar de imaginarse que el año próximo la invitación sería ya innecesaria, porque Elinor vendría a la ciudad como señora Brandon y Marianne sería su acompañante.

Fanny, contenta por cómo había salido del asunto y orgullosa del ingenio que le había proporcionado la victoria, al día siguiente escribía a Lucy, solicitando su compañía y la de su hermana, por algunos días, en Harley Street, tan pronto como pareciese bien a la señora Jennings. Aquello era suficiente para hacer justamente feliz a Lucy. La señora Dashwood parecía ahora interesarse mucho por ellas y procuraba satisfacer todos sus gustos y distinciones. Esa oportunidad de vivir con la familia de Edward y quizá con el propio Edward era algo que superaba las mayores esperanzas de Lucy. Todo ello constituía una ventaja que nunca podía ser bastante agradecida y la estancia en casa de la señora Jennings, que hubiese podido durar todo lo que ellas quisiesen, fue considerada como excesiva y que debía terminar en dos o tres días.

Cuando la carta de invitación fue mostrada a Elinor, a poco de haberse recibido, ésta por primera vez creyó realmente fundadas las esperanzas de Lucy; por cuanto aquella muestra de verdadera distinción obtenida en un trato tan reciente, parecía proclamar que tan buena voluntad para con Lucy provenía de algo más profundo que el simple deseo de mortificar a Elinor, de algo que con el tiempo y un poco de destreza podía trocarse en lo que Lucy tanto anhelaba. Su adulación había sometido casi ya el orgullo de lady Middleton y penetrado en el hermético corazón de la señora Dashwood, resultados que dejaban el camino abierto para más importantes ventajas.

Las señoritas Steele se trasladaron a Harley Street y todo lo que supo Elinor de su influencia allí acrecentaba su expectación. Sir John, que había ido de visita algunas veces, trajo tal impresión de la vida de que allí gozaban, que dejaba boquiabierto a todo el mundo. La señora Dashwood nunca había hallado con nadie tanto placer como con ellas: regaló a cada una un primoroso alfiletero, llamaba a Lucy por su nombre de pila, y sin duda estaba dispuesta a que ellas la acompañasen allá donde fuese.

XXXVII

La señora Palmer había llegado al término de los quince días y su madre creía que ya no era necesaria su continua asistencia; se contentaba ahora con visitarla una o dos veces al día y volvían los tiempos de pasar largas horas en casa, adoptando las costumbres de siempre. Halló a las señoritas Dashwood dispuestas a acompañarla de nuevo.

A la tercera o cuarta mañana de haber vuelto la señora Jennings de tal guisa a Berkeley Street, tras su acostumbrada visita a su hija, entró en el saloncito, donde se hallaba Elinor, con un aire arrebatado y sorprendido, como para disponer a la muchacha para oír algo sensacional; y sin perder un minuto justificó su actitud diciendo:

—¡Dios mío, Elinor! ¿No sabes la nueva?

—No sé nada. ¿Qué sucede?

—Algo muy curioso. Cuando llegué a casa de los Palmer encontré a Charlotte alarmadísima con el niño. Estaba segura de que estaba muy enfermo: lloraba y se mostraba intranquilo y desazonado. Yo le examiné con detenimiento y le dije que no se asustara, no era más que una inflamación de las encías. Pero Charlotte no se daba por satisfecha y enviamos al punto por el señor Donovan; y sucedió que justamente venía de Harley Street y entró un momento a ver al niño. Él confirmó que no era sino una inflamación de encías y Charlotte se tranquilizó. Cuando se marchaba se me ocurrió preguntarle si había algo nuevo. Se sonrió y lanzó un suspiro, adoptó luego expresión seria y me dijo en voz baja: «Por miedo de que lleguen noticias exageradas a las jóvenes que aloja usted en su casa, respecto al estado de la señora Dashwood, me parece aconsejable anunciarles que no existe ninguna razón de alarma. Confío en que la señora Dashwood no tardará en reponerse.» «Pero ¿es que Fanny está enferma?» «Por desgracia, sí.» «Dios mío —exclamé—. ¿Fanny enferma?» Y todo salió a relucir entonces, lo pequeño y lo grande, pero pude deducir lo siguiente: Edward Ferrars, aquel muchacho sobre quien yo siempre te gastaba bromas (y por cómo han ido las cosas, estoy encantada de que no hubiese nada), Edward Ferrars, según parece, se ha comprometido con mi prima Lucy para dentro de un año. He aquí la noticia que te traigo, querida. Nadie sabía nada excepto Nancy. ¿Verdad que es increíble? Que hayan simpatizado no tiene nada de particular, pero que hayan podido llevarlo adelante sin que nadie supiese ni sospechase nada, no me lo explico. Yo nunca los vi juntos, de lo contrario lo habría adivinado. Así pues, todo había sido mantenido en estricto secreto por temor a la señora Ferrars. Nadie, ni su hermano ni su mujer, sospechaba nada, hasta que esta mañana la pobre Nancy, que es una buena chica, pero con poco carácter de conjurado, lo soltó todo. «Dios mío —pensó la pobre—, todos quieren tanto a Lucy, que sin duda estarán contentísimos y no habrá ninguna dificultad.» Y así, fue donde tu hermana, que estaba bordando, sin imaginar lo que se le venía encima. Hacía pocos minutos que había estado hablando a tu hermano de promover la boda de Edward con la hija de un lord, no sé cual. Puedes suponer qué rudo golpe ha sido para su vanidad y su orgullo. Sufrió una crisis nerviosa, con tales gritos que llegaron a oídos de tu hermano, que se hallaba en su despacho del piso bajo escribiendo una carta al administrador de sus fincas. Subió corriendo donde su mujer y tuvo lugar una terrible escena, pues Lucy acababa de acudir también preguntando qué sucedía. ¡Pobrecita! Me da pena. Tengo que decir la verdad: tu cuñada la maltrató furiosamente de palabra y la pobre muchacha se desmayó. Nancy se arrodilló a su lado y lloró amargamente. Tu hermano se

paseaba por la habitación y no sabía qué hacer. La señora Dashwood declaró entonces que las Steele se marchasen inmediatamente de la casa y tu hermano tuvo casi
que pedirle de rodillas que les diese tiempo para hacer el
equipaje. Cayó luego en otra crisis nerviosa y tu hermano se alarmó tanto que mandó en busca del señor Donovan, quien al llegar encontró aún la casa en plena efer-
vescencia. El coche no tardó en llegar a la puerta para
llevarse a mis pobres primas, que subían al coche cuando Donovan llegaba: Lucy en un estado que apenas podía sostenerse en pie y Nancy casi igualmente abatida.
Yo no habría tenido tanta paciencia con su cuñada. De
todos modos me parece que a pesar de todo habrá boda.
¡Señor, cómo se quedará el pobre Edward cuando sepa
que su novia ha sido tan duramente afrentada! Dicen
que está enamoradísimo de ella. No me extrañaría que se
indignase de veras. El señor Donovan piensa como yo.
Hablamos largamente de ello. Lo mejor es que el muchacho no esté en la casa cuando anuncie la noticia a su
madre, que fue avisada en cuanto mis primas abandonaron la casa. Tu cuñada estaba fuera de sí. Pero ni la una
ni la otra me inspiran lástima. No puedo compadecerme
por una gente que arma tanto alboroto por el dinero y
los honores. No existe en el mundo razón por la cual
Edward y Lucy no se puedan casar, porque estoy segura
de que la señora Ferrars no dejará de hacer lo que pueda en favor de su hijo, y aun cuando Lucy no cuenta con
nada, es una muchacha capaz de conseguir mucho. No
dudo que si la señora Ferrars les asigna unas quinientas
libras al año, será como si dispusiesen de más de ochocientas. ¡Qué bien vivirían en una pequeña casa de campo como la vuestra (quizá un poco más amplia), con dos
sirvientas y dos criados! Si les hiciese falta una sirvienta yo podría hallarles una, pues mi Betty tiene una hermana que seguramente por esa época estará sin coloca-
ción.

Aquí acabó la perorata de la señora Jennings, y cuando Elinor hubo sosegado un tanto sus ideas, no tardó en hallar una contestación adecuada y en exponer las observaciones que el caso naturalmente sugería. Contenta de que nadie sospechase el interés especial que tenía en el asunto y de que la señora Jennings (como alguna vez había temido últimamente) hubiese dejado de considerarla ligada de alguna forma con Edward; contenta también, por otra parte, de la ausencia de Marianne, se sintió capaz de hablar de aquellos asuntos sin turbación, y de hacer un juicio imparcial de todas las personas que intervenían en ellos.

Sus propias esperanzas en aquella cuestión eran imprecisas e intentaba por todos los medios desvanecer definitivamente la idea de que pudiese terminar de otra manera que con el casamiento de Lucy y Edward. Estaba muy interesada, empero, en saber lo que haría y diría la señora Ferrars, aunque conociendo su manera de ser, no era muy difícil prever sus reacciones. También aguardaba con ansia comprobar qué conducta sería la de Edward. Hacia éste sentía una viva compasión; hacia Lucy, muy poca, y aun le costaba este poco; hacia los demás, ni poco ni mucho.

Como la señora Jennings parecía no saber hablar de otra cosa, Elinor vislumbró la necesidad de preparar a Marianne para la noticia. No era conveniente gastar tiempo en desengañarla, en procurarle contacto con la verdadera realidad y en convencerla de que delante de los demás, cuando se hablara del asunto, no dejase traslucir que sufría por su hermana o que estaba resentida con Edward.

El papel de Elinor era arduo. Tenía que destruir en su hermana la ilusión que era su mayor consuelo y tenía que transmitirle una idea de Edward que desvanecería el buen concepto que Marianne guardaba de él, y con todo ello, por otra parte, se avivaría de nuevo el rescoldo de la pena de Marianne, hallando un parecido en la situación de las dos hermanas que sin duda la imaginación de aquélla agrandaría. Pero por muy ingrata que fuese la tarea, era preciso llevarla a cabo, y Elinor se disponía a ello.

Estaba muy lejos de proponerse revelar sus propios sentimientos o de lamentarse de su sufrir, muy al contrario, el dominio de sí misma de que había dado muestras desde que se había enterado del compromiso de Edward, tenía que servirle de pauta ahora también para exponer el estado real de las cosas a Marianne. Su relato fue claro y sencillo; y aun cuando no era posible hacerlo sin cierta emoción, no fue acompañado de agitación ni de enojo. Todo esto correspondió a Marianne, que escuchó horrorizada y no cesó de proferir exclamaciones. Elinor creyó ofrecer consuelo revelando su serenidad de espíritu y defendiendo a Edward de cualquier imputación, excepto la de imprudencia.

Marianne, empero, no quería escuchar razón alguna. Edward era un segundo Willoughby y sabiendo muy bien, por lo que Elinor contaba, que ésta lo había querido con la mayor sinceridad, ¿cabía experimentar unos sentimientos diferentes de los suyos propios? Por lo tocante a Lucy Steele, la consideraba totalmente desprovista de cordialidad e incapaz de ganarse el afecto de un hombre sensible, y no lograba convencerse, para perdonar después de un anterior afecto de Edward hacia ella. Ni siquiera quería admitir que tal cosa fuese posible y Elinor dejó que la convenciese a la larga lo que únicamente podía convencerla: un mayor conocimiento de los hombres.

En principio Elinor sólo llegó a comunicarle el hecho del compromiso de Edward. Con eso quedó tan abatido el ánimo de Marianne que fue preciso suspender la aportación de más detalles y precisiones; y por un rato no se pudo hacer sino calmar su resentimiento, atenuar su disgusto e infundirle nuevo valor. La primera pregunta que formuló tras la conmoción inicial fue:

–¿Desde cuándo sabes todo esto, Elinor? ¿Él te lo dijo?

–Lo sé desde hace cuatro meses. Cuando Lucy vino a Barton Park en noviembre último, me reveló en confianza su compromiso.

El rostro de Marianne expresó la sorpresa que sus labios no podían pronunciar. Tras unos segundos de desconcierto dijo:

–¡Cuatro meses! ¿Lo sabías desde hace cuatro meses?

Elinor asintió.

–Mientras me auxiliabas en mis penas, tú llevabas las tuyas en tu corazón. ¡Y yo que te reprochaba ser feliz!

–No era el momento para que supieses que yo no era feliz.

–¡Cuatro meses! –exclamó de nuevo Marianne–. ¡Y tan tranquila, tan cariñosa con todos! ¿Cómo has podido soportarlo?

–Por la convicción de que estaba cumpliendo con mi deber. Mi promesa a Lucy me obligaba al secreto. Le debía el no dejar traslucir el mínimo indicio de la verdad; y debía a mi familia y a mis amigos el interés de no excitar en ellos una curiosidad que no me era dado satisfacer.

Marianne parecía conmovida.

–Más de una vez me dolió tener que engañaros a ti y a madre –añadió Elinor–, y en un par de ocasiones estuve a punto de revelaros algo, pero no podía hacerlo sin traicionar mi palabra.

–¡Cuatro meses! ¡Y aún le quieres!

–Sí. Pero es que no sólo lo quería a él. Y como la tranquilidad de los demás significaba algo para mí, me sentía contenta de ahorrarles el sufrimiento de verme padecer. Hoy puedo hablar de ello con serenidad. Ahora al menos no os veré sufrir por mi causa, porque ya casi no sufro. Existen muchas cosas que me consuelan. El disgusto que tendréis ahora en ningún caso provendrá de una imprudencia o una ligereza mía; yo padecí largo tiempo para que el asunto no se difundiese. No creo que Edward haya procedido esencialmente con malicia. Deseo que sea muy feliz; y estoy tan segura de que siempre procedió rectamente, que aunque albergue en su ánimo algo de remordimiento, al final logrará ser feliz. A Lucy no le falta inteligencia y ésta es la base de una sólida felicidad. Después de todo, Marianne, lo que resulta atractivo en la idea de un solo amor constante, todo aquello que se puede decir e imaginar de una felicidad enlazada con una sola persona, es un sueño que no encaja en la realidad. Edward se casará con Lucy; se casará con una mujer superior al nivel medio de su sexo por inteligencia y belleza, y el tiempo y la costumbre le harán olvidar que estuvo enamorado de una mujer a quien consideraba superior a su esposa.

–Si ésa es tu manera de pensar –repuso Marianne–, si la pérdida de lo que se tiene por más valioso es sustituida pronto por otro ideal, tu ánimo resuelto, tu dominio de ti misma merece menos admiración.

–Te comprendo perfectamente. No crees que mis sentimientos hayan sido muy hondos. Durante cuatro meses he llevado todo este peso encima, sin el derecho de hablar de ello a nadie; convencida de que, cuando lo conociesen, tú y madre os sentiríais terriblemente infelices, y sin poder en manera alguna preparar el terreno para que pudieseis soportarlo algún día. Toda la triste historia (yo la forcé a ello) me fue contada por la misma persona cuyo compromiso anterior a mis sentimientos hacia Edward arruinó todas mis esperanzas. Y me la contó con un aire como de triunfo. A la perspicacia de esta persona tuve que oponer mis esfuerzos para aparecer indiferente, cuando mi inquietud era profundísima. Y esto no en una sola ocasión; tuve que soportar el relato de sus esperanzas y sus alegrías una y otra vez. Me encontré separada de Edward para siempre, sin descubrir ningún detalle que me lo hiciese menos querido. No pude atisbar en toda aquella historia ninguna indignidad de Edward ni nada que me lo pudiese volver odioso. En realidad tuve que luchar contra la dureza de una hermana y la insolencia de una madre y sufrí el castigo de un compromiso amoroso de cuyas ventajas nunca gocé. Y todo ello acontecía en una época que, como tú sabes muy bien, no era la única cosa que me hacía sufrir. Si alguna vez me has considerado capaz de sentir, has de comprender cuánto he sufrido en esta ocasión. La ecuanimidad con que ahora puedo atreverme a comprender que mi desgracia, resultado de unos esfuerzos constantes y penosos, no surgió de la nada. No, Marianne. Si no me hubiese entregado a un total silencio, quizá nada habría podido evitar (ni aun el disimulo a que me obligaba la tranquilidad de las personas queridas) que me hubiese mostrado completamente infeliz.

Marianne se quedó confundida.

—¡Ah, Elinor! —exclamó al fin—, estás consiguiendo que llegue a odiarme para siempre. ¡Qué cruel he sido contigo! ¡Tú, que has sido mi único consuelo, que me has acompañado y sostenido en todas mis desdichas, y que parecías sufrir sólo por mí! ¿Es ésta la gratitud que te debo? Porque tus méritos parecen acusarme es tal vez por lo que los combato.

Tiernas caricias siguieron a esta confesión. En aquel estado de ánimo, Elinor no iba a encontrar dificultad en hacerle prometer lo que quisiese. Apremiada por su hermana, Marianne se comprometió a no hablar con nadie del asunto, a no mostrar el menor enojo si se encontraba con Lucy y aun a tratar a Edward, llegado el momento, con la misma cordialidad de antes. Grandes concesiones, en verdad. Pero cuando Marianne comprendía que se había equivocado, todos los sacrificios le parecían poco.

Cumplió la promesa de mostrarse discreta en sus admiraciones y sus antipatías. Prestaba atención a todo lo que decía la señora Jennings sobre el particular, con un aire de inalterable serenidad, sin disentir en nada, y se le oía decir repetidamente: «Sí, claro, señora.» Tuvo que oír un gran elogio de Lucy sin pestañear, aunque al fin cambió de silla. Y cuando la señora Jennings se explayó sobre los sentimientos de Edward, sorteó el peligro con un nudo en la garganta. Tales muestras de entereza incitaban a Elinor a no desmerecer ella misma.

El día siguiente trajo un nuevo momento difícil con la visita del hermano, quien llegó con un aire muy serio para tratar del terrible asunto y comunicar las nuevas de la salud de su esposa.

–Creo que ya conocéis –dijo con solemnidad en cuanto se hubo sentado– el desconcertante descubrimiento que tuvimos ocasión de hacer en nuestra propia casa, bajo nuestro propio techo.

Todas asintieron; la cosa era demasiado seria para añadir palabra alguna.

–Vuestra hermana –prosiguió– ha sufrido terriblemente por ello, la señora Ferrars también, en fin, que fue una escena verdaderamente angustiosa. Pero confío en que la tempestad amainará sin que ninguno de nosotros sea aniquilado. ¡Pobre Fanny! Todo el día tuvo crisis nerviosas. Pero no quiero alarmaros excesivamente. Donovan dice que no hay que temer ninguna complicación; su constitución es excelente y su presencia de ánimo, notable. Lo soportó todo con la fortaleza de un ángel. Dice que nunca volverá a confiar en nadie, lo que es comprensible después del desengaño que ha sufrido, hallando tanta ingratitud en quien habría depositado tantas muestras de aprecio y toda la confianza. Fue por la gran benevolencia de su corazón que aquellas muchachas fueron invitadas a nuestra casa, solamente porque las tenía por unas chicas de escasos medios pero de brillantísima educación y trato, y creyó que serían una agradable compañía; estuvimos a punto de invitaros a vosotras mientras vuestra amiga estuviese tan ocupada, cuidando de su hija, y cuánto mejor hubiese sido, ya veis cómo nos lo pagaron. «De todo corazón –decía la pobre Fanny con sus tiernos sentimientos de siempre–, querría ahora haber invitado a tus hermanas.»

Aquí se detuvo para que le diesen las gracias y, habiéndolo hecho Elinor y Marianne, prosiguió:

–Lo que padeció la señora Ferrars cuando Fanny le contó lo sucedido es indescriptible. Mientras ella con el mayor afecto estaba planeando un enlace prestigioso, ¿cómo podía suponer que él estaba comprometido ya con otra muchacha? Una sospecha así le resultaba inconcebible. Si hubiese podido suponer algo semejante, nunca lo habría creído en aquel medio. Con aquellas chicas no hubiese creído nada semejante, repetía en su desesperación. Para ella fue una verdadera agonía. Hablamos sobre lo que podíamos hacer y al fin decidimos mandar en busca de Edward, que al fin se presentó. Pero me da pena referir lo que ocurrió. Cuando la señora Ferrars le pidió poner término a su compromiso (respaldada como podéis imaginar por mis argumentos y las súplicas de Fanny), todo fue en vano. No atendió ni a deberes ni a afectos, ni a ninguna clase de razones. Jamás vi a Edward tan obstinado y tan frío. Su madre le expuso sus generosos proyectos para el caso de que contrajese enlace con la señorita Norton, mencionando que pensaba establecerle en unas tierras de Norfolk que rinden sus buenas mil libras al año; y cuando vio las cosas tan mal llegó a ofrecerle mil doscientas. Y agregó que, si persistía en la idea de aquel casamiento indigno de él, tendría que afrontar cierta penuria, que no dejaría de ensombrecer su hogar. Sus dos mil libras serían el único recurso de que dispondría. Ella, por su parte, no querría volverle a ver y no le prestaría ningún auxilio; si alguna vez pensaba abrazar alguna profesión no sólo no le procuraría los medios, sino que no daría el mínimo paso para ayudarle.

Marianne en el paroxismo de la indignación palmoteó exclamando:

—Dios mío, ¿puede ser verdad?

—Ya puedes sorprenderte, Marianne —dijo el hermano—, de hasta dónde llegó su obstinación y su ceguera. Tu exclamación es comprensible.

Marianne iba a replicar, pero pensó en la promesa dada a Elinor y se abstuvo.

—Todo esto —prosiguió John— fue instado en vano. Edward habló muy poco, pero lo poco que dijo lo hizo con resolución y energía. Nada podía hacerle romper su compromiso. Quería mantenerlo a toda costa.

—¡Y con ello —exclamó torpemente la señora Jennings, que no podía contenerse más— no hizo sino portarse como un caballero! Le pido perdón, señor Dashwood, pero si hubiese procedido de otro modo le tendría por un truhán. Por otra parte, yo también estoy interesada en el asunto, porque Lucy es prima mía, y no creo que haya una muchacha más excelente en el mundo, ni una que merezca más encontrar un buen marido.

John Dashwood quedó sorprendido, pero su temperamento era apacible, poco dado a reaccionar ante las provocaciones; nunca mostraba deseos de ofender a nadie, especialmente si se trataba de gente de categoría. Respondió, pues, sin sombra de acritud:

—En manera alguna quise faltar al respeto a personas de su familia, señora. La señorita Lucy Steele es sin duda una joven merecedora de toda consideración; pero en este caso ya comprende usted que tal enlace es imposible. Y haber adquirido un compromiso con un muchacho confiado a la tutela de su tío, el hijo de una dama de tan considerable fortuna como la señora Ferrars, es, en verdad, algo bastante extraordinario. Ciertamente, señora Jennings, no me propongo entrar en consideraciones

sobre la conducta de personas ~~d~~
mos mucha felicidad, pero no de~~j~~
la conducta de la señora Ferrars
adoptado en iguales circunstancias
estado digna y generosa. Edward s~~e~~
creo que ha sido precisamente la so~~r~~
tada.

Marianne coincidió con su herma~~n~~
sintió acongojada, viendo cómo Edwa~~r~~ ~~provocaba~~ las
iras de su madre a causa de una mujer qu~~e~~ no era premio
suficiente a sus sacrificios.

—Muy bien —dijo la señora Jennings—, ¿cómo terminó la cosa?

—Con la más absoluta ruptura. Edward queda apartado de su madre. Ayer mismo abandonó la casa. Dónde ha ido, si se encuentra aún en la ciudad, lo ignoramos,
y no haremos nada por averiguarlo.

—¡Pobre muchacho! ¿Qué habrá sido de él?

—¡Qué habrá sido de él, señora! Una idea triste, ciertamente. Nacido con tan magníficas perspectivas... No
puedo imaginar una situación más deplorable. Los intereses generados por dos mil libras bien poca cosa son
para vivir. Y si a esto se añade la idea de que dentro de
tres meses hubiese podido verse con mil quinientas al
año (pues la señorita Norton cuenta con treinta mil libras), no puedo imaginar una situación más desconsola-
dora. Todos lo sentimos por él y más aún porque no
podemos hacer nada en su favor.

—¡Pobre muchacho! —exclamó la señora Jennings—.
En mi casa será bien recibido para comer y dormir, y así
se lo dirá usted en cuanto le vea. No es un hombre para
vivir a salto de mata entre fondas y tugurios.

Elinor sintió agradecimiento por aquella prueba de
afecto hacia Edward, aunque no pudo por menos de
sonreír por la forma en que fue formulada.

—Si él hubiese estado dispuesto a poner algo de su

hn Dashwood–, no le habría faltado ayu-
bien situado y no necesitaría el amparo de
pero tal como ha procedido, honorablemente no
demos hacer nada en su favor. Y aún hay algo más
contra Edward: su madre ha resuelto, con un gesto muy
natural, traspasar inmediatamente aquellas propiedades
a Robert, las que tenían que ser de Edward si las cosas
no se hubiesen torcido. Esta mañana dejé a la señora
Ferrars tratando con su abogado del asunto.

–Muy bien –repuso la señora Jennings–, he aquí su
venganza. Todos seguimos nuestro propio criterio. Pero
el mío no sería jamás el de hacer rico a un hijo porque
nos hemos enfadado con otro.

Marianne se levantó y comenzó a pasearse por la
habitación.

–¿Puede haber nada más enojoso para un hombre
–prosiguió John–, que ver al hermano menor en posesión de lo que debía ser suyo? ¡Pobre Edward!, lo siento
sinceramente por él.

Tras unos minutos más de conversación, John, dando repetidas seguridades a sus hermanas de que no existía ningún peligro en la indisposición de Fanny y de que
no debían intranquilizarse por ello, se marchó, dejando
a las tres damas unánimemente de acuerdo en el concepto que todo aquel asunto les merecía, tanto por lo que
atañía a la conducta de la señora Ferrars, como la de los
Dashwood y la de Edward.

La indignación de Marianne estalló en cuanto hubo
salido su hermano de la estancia; y como su vehemencia
no tenía que contenerse ahora ni ante Elinor ni ante la
señora Jennings, fueron sabrosos los comentarios y críticas en que abundaron las tres.

XXXVIII

La señora Jennings ensalzaba con pasión la conducta de Edward, pero en realidad sólo Elinor y Marianne comprendían su verdadero sentido. Únicamente ellas podían comprender el escaso incentivo que podía tener para él aquel acto de desobediencia y el escaso consuelo que, excepción hecha de la conciencia del deber cumplido, podía quedarle tras la pérdida de sus allegados y de su fortuna. Elinor se sentía orgullosa de la integridad de carácter demostrada por Edward, y Marianne le perdonó todas sus ofensas cuando pensó en el terrible castigo que le esperaba. Aunque la confianza entre ellas dos parecía restablecida como consecuencia de aquellos incidentes, cuando estaban a solas tendían a evitar aquellos temas. Elinor lo hacía conscientemente, pues tales conversaciones parecían fijar más en su inteligencia, seducida por las afirmaciones categóricas de Marianne, la idea del inextinguible afecto de Edward, que ella en el fondo deseaba alejar de su mente. A Marianne le faltaba la necesaria fortaleza de ánimo para conversar tranquilamente de una cuestión que siempre la dejaba insatisfecha, atormentándola con la comparación entre su proceder y el de Elinor.

Percibía todo el valor de aquella comparación, pero no como su hermana esperaba, para tratar de fortalecerse ella misma; lo percibía con toda la fuerza del remordimiento, se lamentaba amargamente de no haber sabido luchar a tiempo contra su propia debilidad; sólo conocía la tortura de la compunción, pero le faltaba la esperanza de la enmienda. Su ánimo estaba tan decaído que consideraba imposible cualquier esfuerzo presente y esto aumentaba sus congojas.

Por un día o dos ninguna nueva noticia les llegó de cómo andaban las cosas en Harley Street y en Bartlett's

Building. Mucho de aquellas cuestiones era bien conocido de ellas y pudiera creerse que la señora Jennings tenía suficiente material para difundir y que no necesitaba buscar más temas para discutir y relatar, pero no fue así, pues decidió hacer a sus primas una visita de consuelo y, por qué no decirlo, de curioseo, tan pronto como le fuese posible, y sólo la afluencia de visitas, que fue extraordinaria aquellos días, la privó de llevar a cabo su proyecto.

El tercer día, luego de haber recibido tan emocionantes nuevas, fue un sábado de un tiempo tan magnífico que mucha gente distinguida salió a pasear por Kensington Gardens, aunque sólo corría la segunda semana de marzo. La señora Jennings y Elinor también fueron seducidas por el encanto del sol; Marianne, empero, sabedora de que Willoughby se hallaba de nuevo en la ciudad, y como se mostraba siempre medrosa de encontrarse con él, prefirió quedarse en casa que aventurarse en un lugar tan público.

Un amigo íntimo de la señora Jennings las encontró cuando entraban en los jardines y las acompañó. A Elinor le resultaba agradable porque el conocido sostenía la conversación con la señora Jennings y le permitía entregarse a sus reflexiones. No hallaron a Willoughby, ni a Edward, ni a nadie que en un concepto u otro pudiese resultar interesante. Pero de pronto se les acercó la señorita Steele, que con un gesto de timidez, expresó su satisfacción de encontrárselas. Animada por la amable acogida de la señora Jennings, dejó a las personas que la acompañaban y se fue con ellas. La señora Jennings murmuró inmediatamente a Elinor:

–Sácale todo lo que puedas, querida. Te lo contará todo si sabes preguntarle. Ya ves que yo no puedo separarme del señor Clarke.

Felizmente, para regocijo de la señora Jennings y para satisfacción del natural interés de Elinor, Nancy relató cumplidamente todo lo sucedido, sin necesidad de ser preguntada, pues parecía no poder hablar de otra cosa.

—Me alegra haber dado con usted —dijo Nancy, tomándola familiarmente por el brazo—, era lo que más deseaba en el mundo, hablar con usted. —Y bajando la voz—: Creo que la señora Jennings lo sabe todo ya. ¿Se enfadó mucho?

—Absolutamente nada con usted, créalo.

—Me complace saberlo. ¿Y lady Middleton está enojada?

—No creo posible que pueda estarlo.

—Muy bien. Créame que he pasado unos días desoladores. Nunca vi a Lucy tan exaltada. Juraba y perjuraba al principio que nunca más me arreglaría un sombrero ni me haría nada mientras viviese. Pero ya ha cambiado y somos las mejores amigas del mundo. Mire, ayer me arregló este lazo para mi sombrero, y le colocó esta pluma. Usted va a reírse de mí. Pero ¿es que no he de llevar yo buenos lazos color de rosa en el sombrero? No me importa que sea el color favorito del doctor. No tendría la menor idea de que fuese su color favorito si él no me lo hubiese dicho. Mis primos me han gastado tantas bromas sobre esto que ya no sé dónde mirar cuando estoy delante de ellos.

Había pasado a un tema que no interesaba a Elinor, pero no tardó en volver a su relato inicial.

—Muy bien, señorita Dashwood —añadió con aire de triunfo—. La gente puede decir lo que le plazca sobre que Ferrars afirmó o no que tomaría a Lucy por mujer, pero no hay nada cierto de lo que pregonan: es una vergüenza que puedan difundirse tales infundios. Piense lo que piense Lucy de las cosas, no compete a otros ir por el mundo dando por cierto esto o aquello.

—Nunca oí decir nada de lo que usted supone, se lo aseguro —respondió Elinor.

—¿De verdad? Pero no lo dude, se ha dicho. Lo sé muy bien y ha sido más de uno: la señorita Godby refirió a la señorita Sparks que a su juicio nadie puede creer que Ferrars renunciaría a un partido como la señorita Norton, que tiene más de treinta mil libras, por Lucy Steele, que no posee absolutamente nada; esto me lo ha contado la propia señorita Sparks. Y además, mi primo Richard va predicando que cuando llegue el momento, Ferrars faltará a su palabra, y cuando Edward tarda tres días en venir por casa una ya no sabe qué pensar. Yo desearía que Lucy lo diese todo por perdido. Volvimos de casa de su hermano el miércoles y no le vimos el jueves, ni el viernes ni el sábado; no supimos qué se había hecho de él. En cierto momento Lucy quiso escribirle, pero su espíritu se rebeló contra esta idea. No obstante, hoy por la mañana cuando regresábamos de la iglesia, llegó él y entonces lo supimos todo: cómo había sido llamado el miércoles a Berkeley Street y lo que le dijeron su madre y su hermana, y cómo declaró ante todos que quería a Lucy y que no tomaría por mujer a nadie sino a ella. Y que se disgustó tanto con lo ocurrido que tan pronto como pudo se marchó de casa de su madre y cabalgó hasta salir de la ciudad y que pasó en una hostería todo el viernes y el sábado para tranquilizarse en soledad. Luego de haberlo pensado una y otra vez, nos dijo que le había parecido que no teniendo fortuna, careciendo de todo no podía mantener honradamente su compromiso, que no podría reportarle más que amarguras, puesto que no contaba más que con dos mil libras y con ninguna esperanza de cualquier otro porvenir; y si tomaba órdenes sagradas, como era su aspiración, no podría alcanzar otra cosa que una simple parroquia. ¿Cómo iban, pues, a vivir? No podía soportar que ella tuviese que pasar privaciones y por ello le rogaba que se hiciese cargo de la situación y pusiese término a sus relaciones y le dejase a él solo para luchar contra la adversidad. Le oí decir estas razones y lo hizo con la mayor llaneza. Afirmó luego que era por causa de Lucy, y sin pensar absolutamente en él mismo, que proponía esa solución. Yo, por mi parte, nunca diré lo que murmuran muchos: que se ha cansado de ella, que desea casarse con la señorita Norton, o cualquier cosa parecida. Puede estar segura de que Lucy no prestó oído a las palabras del muchacho, y le contestó al punto (con tiernas razones ciertamente, con palabras de amor que no han de ser repetidas, ya lo comprende usted), le contestó que de ningún modo quería deshacer el compromiso, que viviría con él en cualquier circunstancia y que por poco que tuviesen se daría por satisfecha. Le dijo esto o algo parecido. Entonces el muchacho pareció arrebatado de felicidad y hablaron durante largo rato de lo que podían hacer. Él decidió ordenarse inmediatamente y aguardarían para casarse a que tuviese un destino. Pero no pude oír nada más, porque en eso mi prima me avisó desde abajo que había venido la señora Richardson en su coche por si quería ir con ella a Kensington Gardens; así pues, tuve que ir a mi habitación, interrumpiéndoles para preguntar a Lucy si quería venir, pero ella no quiso dejar a Edward. Luego fui a ponerme unas medias de seda y salí con los Richardson.

—No entiendo qué quiere decir con eso de interrumpirlos —dijo Elinor—, ¿no estaban ustedes juntos en la misma habitación?

—No, no estábamos juntos. Pero ¿es que usted cree, señorita Dashwood, que la gente habla de amor cuando hay otros delante? ¡Oh, qué vergüenza! Me parece que lo sabe usted mejor que yo. —Rió afectadamente—. No, ellos estaban en el saloncito y todo lo que oí fue escuchado por la rendija de la puerta.

—¡Cómo! —exclamó Elinor—, ¿me ha estado contando sólo lo que ha oído detrás de una puerta? Siento no haberlo sabido antes, pues nunca hubiese consentido que se me diesen detalles de una conversación que no oyó usted directamente. ¿Cómo podría yo proceder con tan poca corrección con su hermana?

—¡Ah, si no hay nada de particular en ello! Yo sólo estaba junto a la puerta y los oí hablar. Y estoy segura de que Lucy habría hecho lo mismo conmigo. Hace un año, cuando Martha Sharpe y yo teníamos tantos secretos juntas, ella no se abstenía de esconderse en un rincón o detrás de la chimenea para oír lo que decíamos.

Elinor intentó cambiar de tema; pero la señorita Steele no podía permanecer ni dos minutos sin referirse al asunto que excitaba su imaginación.

—Edward trata de irse lo más pronto posible a Oxford —añadió la muchacha—, pero de momento se aloja en Pall Mall. ¡Qué madre tan desalmada! Y la hermana y su marido no se quedan atrás. No obstante, no me atrevo a hablar mal de ellos, pues nos enviaron a casa en su propio coche, mucho más de lo que yo esperaba. Por mi parte, temía que la hermana de usted nos reclamase unos pañuelos bordados que nos regaló hace unos días; pero aunque no dijo una palabra de ellos, el mío tuve la precaución de mantenerlo escondido. Edward tiene bastantes quehaceres en Oxford, y le será preciso permanecer allí algún tiempo. Tan pronto termine sus estudios y dé con un obispo será ordenado. Veremos qué parroquia logra obtener. Santo Dios —dijo con afectación—, ya sé lo que dirán mis primos cuando lo sepan: dirán que escriba al doctor para obtener un destino para Edward. Y lo pretenderán de veras, pero yo no lo haría por nada del mundo. Ah, les diré, me extraña que vosotros me aconsejéis que me dirija al doctor... aunque no sé si acabaré haciéndolo.

—Sí, estar preparada a lo peor es un consuelo —dijo Elinor—. Qué bien supo usted hallar la salida.

La señorita Steele quería extenderse más sobre este particular, pero sus acompañantes se acercaron y tuvo que cambiar de tema.

–Ah, ahí vienen los Richardson. Tengo muchas cosas para contar aún, pero no puedo estar separada de ellos por más tiempo. Son gente muy simpática y poseen una fortuna y un magnífico coche. No tengo tiempo de hablar con la señora Jennings, pero ruego a usted con el mayor interés que le diga que me hace feliz que no esté enfadada conmigo, y lo mismo a lady Middleton; y si ustedes tuviesen que marcharse y la señora Jennings precisase compañía, dígale que nos alegraría estar con ella y ocupar el sitio de ustedes por el tiempo que le pareciese bien. Confío en que lady Middleton no nos guarde rencor. Adiós, querida, siento no haber visto a Marianne. Déle mis recuerdos. ¿Tiene usted ya su muselina moteada? Creía que este género ya no se fabricaba.

Tales fueron sus últimas palabras, pues luego sólo pudo despedirse de la señora Jennings antes de reunirse con los Richardson. Y Elinor quedó en posesión de informaciones que podían nutrir por algún tiempo su capacidad reflexiva, aunque era poco más de lo que había previsto y planeado. El casamiento de Edward era tan poco firme y tan incierto como había imaginado; según su manera de ver, dependía exactamente de que ganase aquel destino religioso, y esto era bastante problemático.

Al llegar al carruaje, la señora Jennings se apresuró a preguntar detalles. Como Elinor deseaba difundir lo menos posible unas palabras que de primera mano habían sido recogidas por un procedimiento tan reprochable, se limitó a una simple repetición de aquellos detalles que sabía que Lucy no hubiese tenido inconveniente en que fuesen oídos: que el compromiso se mantenía y las medidas que debían tomarse para llegar al deseado desenlace. Sus palabras determinaron la siguiente respuesta de la señora Jennings:

–Si ella queda a la espera de que él encuentre una manera holgada de vivir, todos sabemos cómo suele terminar eso. Aguardarán un año, y como no llegará el deseado destino, tendrán que resignarse con una parroquia de unas cincuenta libras al año, sin contar los intereses de sus dos mil libras y lo poco que el señor Steele y el señor Pratt puedan añadir. Luego tendrán un niño cada año y Dios sabe cómo podrán vivir. He de mirar qué puedo darles para amueblar la casa. Dos muchachas y dos sirvientes, como dije el otro día, no podrá ser de ninguna manera. Tendrán que contentarse con una muchacha para todo. En estas condiciones no les servirá la hermana de Betty.

Al día siguiente por la mañana fue llevada una carta de la propia Lucy para Elinor, por el correo de dos peniques. Decía lo siguiente:

«Bartlett's Buildings, marzo.

»Confío, querida señorita Dashwood, en que me perdonará la libertad que me tomo escribiéndole; pero estoy segura de que le complacerá tener noticias mías y de mi querido Edward, después de los trastornos y emociones por los que hemos tenido que pasar últimamente. No la aburriré relatándolos, sino que me limitaré a comunicarle que si hemos sufrido cruelmente, ahora nos encontramos más tranquilos, gozando de nuestro amor. Hemos pasado por duras pruebas y grandes persecuciones, pero al mismo tiempo hemos conocido nuestros mejores amigos, entre los cuales y en primer término se cuenta usted, de cuyo sincero afecto no podré olvidarme jamás ni dejar de pensar con agradecimiento, como asimismo sucede a Edward, a quien he hablado muchas veces de usted. Creo que tanto usted como la señora Jennings se alegrarán de saber que ayer por la tarde pasé dos horas hablando con él. No quiso saber nada de separarnos como yo estaba dispuesta a hacer. Tal como mi deber lo exigía le insté a ello, desde ese mismo instante si era preciso. Me respondió que jamás pensaría en nada parecido, pues si no contaba con mi afecto, nada le importaban las angustias de su madre. Nuestras perspectivas no son ciertamente brillantes, pero hemos de aguardar confiando en que un día realizaremos nuestros deseos. Dentro de poco, Edward será ordenado; y si está en poder de usted recomendarnos a alguien que tenga una plaza disponible, estoy segura de que usted no nos olvidará. Confío también en que la querida señora Jennings no dejará de hablar en este sentido a sir John, o al señor Palmer, o a cualquier otro amigo que pueda ayudarnos. Es verdad que cabe reprender a la pobre Nancy por lo que hizo pero como fue con la mejor intención no podemos hacerlo. Supongo que la señora Jennings no dejará de visitarnos si alguna mañana pasa por allí; sería una gran amabilidad de su parte y mis primos se sentirían orgullosos de conocerla. El papel me obliga a terminar; suplico quiera darle de mi parte los más respetuosos saludos, así como a sir John, a lady Middleton, y a sus niños si halla ocasión, sin olvidar mis afectos a Marianne.

»Mientras, quedo de usted. Lucy.»

Tan pronto como Elinor hubo terminado de leer aquella carta, llevó a cabo lo que era la verdadera intención de quien la escribiera, o sea que la entregó a la señora Jennings, que la leyó con comentarios de elogio y de alegría.

–Una carta deliciosa. ¡Qué bien escribe! Ha hecho muy bien de dejarle en libertad de romper el compromiso. Esto es propio de Lucy. ¡Pobre muchacha! De todo corazón desearía hallar una plaza para Edward. Mirad cómo se acuerda de la querida señora Jennings. Es la muchacha de mejor corazón que he conocido. Qué frase tan bien expresada. Sí, ya lo creo que sí, iré a visitarla. Qué atenta con todos. Cuánto te agradezco que me la hayas dejado leer. Es una de las cartas más encantadoras que conozco, y muestra qué corazón y qué cabeza tiene esta muchacha.

XXXIX

Las señoritas Dashwood permanecieron más de dos meses en Londres, y la impaciencia de Marianne para volver a su casa iba creciendo de día en día. Añoraba el aire, la libertad, el reposo del campo, y estaba convencida de que si algún lugar podía traerle consuelo era Barton. Elinor no sentía tanta impaciencia en marcharse de Londres, y menos se inclinaba a emprender inmediatamente el viaje cuanto más pensaba en las dificultades de una jornada tan larga, a la cual Marianne no concedía importancia. No obstante, comenzó a pensar en la conveniencia de decidirse y lo anunció a la amable señora Jennings, que se resistía a ello con toda la elocuencia que le inspiraba su afecto. Al fin esta dama sugirió un plan que, aunque aplazaba la partida por unas semanas, le pareció a Elinor como aconsejable en mayor grado que cualquier otro. Los Palmer pensaban ir a Cleveland para las fiestas de Pascua y la señora Jennings y sus amigas habían recibido una afectuosa invitación de Charlotte para ir con ellos. Pero Elinor era tan delicada en estas materias que no le pareció suficiente esta invitación. No obstante, se vio obligada por la extrema amabilidad del señor Palmer, además de por la gran deferencia que le demostraba desde que supo las desdichas de su hermana. Y al fin aceptó con gusto.

Cuando refirió a Marianne lo que había hecho, la respuesta de ésta no fue, sin embargo, muy esperanzadora.

—¡Cleveland! —exclamó con viva agitación—. ¡No, no puedo ir a Cleveland!

—No olvides que no es una ciudad situada por los alrededores de...

—Pero está en Somersetshire. No puedo ir a Somersetshire, todo lo que veré allí... no Elinor, no me pidas que vaya.

Elinor no quiso insistir sobre la necesidad de dominar aquellos sentimientos; sólo intentó neutralizarlos despertando otros, y le presentó aquel viaje como una medida que fijaría el momento de volver a ver aquella madre que tanto decía querer. Necesitaba, pues, aprovechar aquella parte que era la más deseable, la más ventajosa, la más rápida de cuantas pudiesen presentarse. Desde Cleveland, que no estaba más que a unas millas de Bristol, sólo había una jornada hasta Barton, aunque una buena jornada. El criado de su madre podría acudir allí para ayudarlas. Como no existían razones especiales para permanecer en Cleveland más de una semana, al cabo de unos quince días podían encontrarse ya en casa. Tan sincero era el cariño de Marianne por su madre que Elinor no tardó en obtener el triunfo, derrotando aquellos peligros imaginarios que rondaban la imaginación de Marianne.

La señora Jennings no estaba nada cansada de sus jóvenes acompañantes y llegó a rogarles que, una vez en Cleveland, volviesen de nuevo con ella a Londres. Elinor le agradeció el ofrecimiento, pero no le era posible aceptarlo. Una vez obtenida la aquiescencia de la madre, comenzaron los preparativos del viaje. Marianne parecía hallar consuelo viendo cómo decrecían las horas que la separaban de su querido Barton.

—Ah, querido coronel, no sé qué podremos hacer usted y yo sin las señoritas Dashwood —dijo la señora Jennings al coronel Brandon la primera vez que se vieron después de decidido el viaje—. El viaje es irreversible, se van con los Palmer y conmigo, qué triste me sentiré cuando regrese. ¡Dios mío, estaremos sentados aquí bostezando como dos gatos!

Quizá la señora Jennings abrigaba la esperanza de provocar en él, mediante aquella vigorosa imagen de su futuro aburrimiento, la formulación de aquella oferta que era el único recurso que le quedaba para combatirlo; y así fue que no tardó en poseer razones fundadas para considerar ganada la batalla: porque al acercarse Elinor a la ventana para contemplar los detalles de un grabado que estaba copiando para su amiga, el coronel la siguió con una mirada harto significativa y se puso a conversar con ella por unos minutos. Los efectos de aquella conversación en la muchacha no escaparon al espíritu avizor de la señora Jennings, pues aunque era demasiado correcta para oír la conversación y llegó incluso a cambiarse de silla con objeto de no percibir ni una palabra, pasando a ocupar una junto al piano en el que Marianne estaba tocando, no pudo dejar de reparar en que Elinor cambiaba de color, presa de viva agitación, y estaba más atenta a lo que le decía el coronel que a proseguir su trabajo. Y como mayor prueba de sus sospechas, en los intervalos en que Marianne pasaba de una pieza a la otra, fue inevitable que oyese algunas palabras del coronel, en las cuales parecía excusarse de tener una casa con tan pocas condiciones y comodidades. Aquello ponía la cuestión fuera de toda duda. Aquellas palabras no le parecían en realidad necesarias, pero tal vez era la manera de proceder apropiada. Lo que contestara Elinor no pudo distinguirlo, pero por el movimiento de sus labios dedujo que no hacía ninguna objeción importante; la señora Jennings la admiraba por su discreción. Continuaron hablando por unos minutos más, sin que la buena señora Jennings pudiese captar ni una sílaba. De pronto, una pausa de Marianne le permitió oír claramente unas palabras del coronel, quien decía con voz reposada:

—Temo que no pueda ser muy pronto.

Sorprendida y desconcertada por aquellas frases tan poco apropiadas en un enamorado, casi estuvo a punto de exclamar: «Señor, ¿y qué es lo que se le impide a usted?», pero dominando sus impulsos se limitó a musitar en voz baja:

–¡Vaya, tal vez desea ser un poco más viejo!

Tales dilaciones del coronel no parecían contrariar a su bella interlocutora, pues al terminar la conversación a poco después, al separarse oyó la señora Jennings a Elinor decir llanamente y con tono convencido:

–Créame que siempre se lo agradeceré.

La señora Jennings quedó encantada oyendo aquellas muestras de gratitud, pero le sorprendió, después de haber oído aquellas palabras, que el coronel pudiese despedirse, tal como hizo inmediatamente, con una perfecta sangre fría, sin replicar nada a las palabras de la muchacha. Nunca hubiese creído que su viejo amigo fuese un galán tan indiferente.

He aquí la manera en que las cosas sucedieron realmente:

–He oído –dijo el coronel– referir la gran injusticia de que ha sido víctima su amigo Ferrars por parte de su familia, pues, si he interpretado rectamente las cosas, ha sido arrojado fuera de su casa por perseverar en su compromiso con una muchacha muy respetable y de grandes cualidades. ¿He sido bien informado? ¿Es esto cierto?

Elinor asintió.

–La crueldad –prosiguió el coronel apasionándose–, la absurda crueldad de separar o intentar separar a dos personas jóvenes que se quieren tiernamente; es terrible. La señora Ferrars no sabía lo que hacía, no sabía a lo que podía conducir a su hijo. Vi al señor Ferrars dos o tres veces en Harley Street y me agradó sobremanera. No es un joven con el cual se intime rápidamente, pero le conocí lo suficiente para desearle la mayor fortuna, y en calidad de amigo de usted se las deseo más aún. Creo que piensa ordenarse. ¿Quiere usted ser tan amable de comunicarle que justamente está ahora vacante la parroquia de Delaford, según me informó el correo de hoy, y que es suyo si lo considera digno de ser aceptado? Pero esto, en sus desdichadas circunstancias es absolutamente seguro, es necedad dudarlo; únicamente, pues, deseará que fuese un cargo más remunerador. Una parroquia de poca importancia, la última renta que produjo ascendió a unas doscientas libras al año; no obstante, es susceptible de mejora. No creo que tal renta pueda procurarle mucho bienestar. De todos modos, la satisfacción que experimento de poderle ofrecer algo es muy grande. Le ruego que se lo haga presente.

La sorpresa de Elinor al oír aquel ofrecimiento no fue menor que si el coronel le hubiese pedido la mano. El destino que sólo dos días antes creía casi imposible de hallar, estaba ahora a disposición de Edward, y podía casarse cuando quisiese. Y ella era la encargada de comunicárselo. He aquí la emoción que la señora Jennings atribuyera a otra causa; pero por muchos sentimientos secretos que agitasen su pecho en aquellos momentos, su estima por la amistad y la generosidad del coronel no dejó de hallar calurosa expresión en sus palabras. Le dio las gracias de todo corazón, habló de los proyectos y de los dotes de Edward con el encomio que consideraba les era debido y prometió cumplir su pedido, si es que realmente era su deseo llevar a cumplimiento la propuesta con intervención suya. Pero al mismo tiempo pensaba que nadie podía llevar a cabo la gestión mejor que el mismo coronel; era una tarea, en suma, que deseosa de evitar a Edward la pena de tener que quedar en deuda hacia ella, le hubiese preferido ahorrarse. El coronel Brandon, empero, por motivos de delicadeza, insistió en que no le correspondía a él la gestión, y ella tuvo que ceder. Edward, según creía, se encontraba aún en la capital, y afortunadamente la señorita Steele le había comunicado la dirección. Por lo tanto, podría informarle del asunto aquel mismo día. Luego de haberse puesto de acuerdo, el coronel Brandon comenzó a hablar de lo agradable que sería tener un vecino tan digno de respeto, y entonces fue cuando se excusó de que la casa fuese pequeña y no estuviera en buenas condiciones; una contrariedad a la que Elinor, tal como supuso la señora Jennings, no concedía mucha importancia, por lo menos en cuanto se refería a la capacidad.

—Que la casa es pequeña —dijo Elinor—, no creo que sea para ellos un inconveniente; estará en proporción con la familia y los ingresos.

Aquí el coronel quedó sorprendido viendo que ella consideraba que el casamiento de Ferrars dependía de su propuesta, pues no consideraba posible que sólo la pequeña renta de Delaford bastase para sustentar una familia de personas bien acostumbradas. Y añadió:

—Aquella pequeña parroquia sólo puede permitir la vida de un soltero, no de un casado. Lamento que mi protección sólo pueda consistir en tan poca cosa, siendo tan grande mi interés. Si en lo sucesivo, por una de aquellas vueltas de la fortuna, llega a estar en mi poder continuar ayudándole, será para algo más importante de lo que le ofrezco ahora, pues su manutención entrará en mis cálculos de manera muy diferente de como entraba hasta el presente. Lo que le propongo ahora no es más que un pequeño avance en lo que ha de ser su principal, casi diríamos su única aspiración: la de hacer feliz a su nueva familia. Su casamiento, por lo tanto, me parece un poco distante aún, temo que no pueda ser muy pronto.

Ésta fue la frase que, mal comprendida, ofendiera los delicados sentimientos de la señora Jennings; pero una vez enterada de lo que realmente se habló entre el coronel Brandon y Elinor en su conversación junto a la ventana, la gratitud expresada por la última al separarse puede aparecer, en general, no menos razonablemente provocada ni formulada con mayor motivo, que si hubiese surgido como consecuencia de una propuesta matrimonial.

XL

Muy bien, Elinor –dijo la señora Jennings sonriendo sagazmente una vez el coronel hubo salido–. Casi no tengo que preguntarle lo que el señor Brandon te ha dicho, porque si es verdad por mi honor que me esforcé en no oír nada de la conversación, no pude dejar de percibir lo suficiente para darme cuenta de qué se trataba, y puedo asegurarte que nunca en la vida me sentí más satisfecha y te deseo de todo corazón las mayores venturas.

–Crea que se lo agradezco, señora –dijo Elinor–. Es un motivo de alegría para mí y algo que revela la extrema bondad del coronel Brandon. No muchos hombres procederían como él ha hecho; hay pocos hombres que posean un corazón tan compasivo y dadivoso. Me ha sorprendido gratamente.

–Por Dios, querida, eres muy modesta. Yo no me siento nada sorprendida, pues con frecuencia pensé que era más que probable que sucediese así.

–Lo debía de juzgar usted así a causa de la reconocida bondad del coronel; pero no veo cómo podría usted saber que la oportunidad de reconocerla una vez más iba a presentarse en esta ocasión.

–¿Una oportunidad? –repitió la señora Jennings–. Ah, cuando un hombre tiene fijación con algo, la oportunidad no tarda en presentarse de una manera u otra. Sí, querida, te deseo todas las satisfacciones; y si nunca existió en el mundo una pareja feliz, ya sé yo donde podremos buscarla.

–Pues dentro de poco podrá usted ir a Delaford a buscarla, no lo dude –dijo Elinor con una leve sonrisa.

–Ya lo creo que iré. Y que la casa se encuentre en malas condiciones, en verdad no lo creo, no sé qué ideas tiene sobre ello el coronel, pues es una de las mejores que he visto en mi vida.

—Dijo que necesitaba reparaciones.

—Muy bien, ¿y de quién es la culpa? ¿Por qué no la repara? ¿Quién puede hacerlo sino él?

Fueron interrumpidas por el criado, que se acercó a ellas anunciando que el coche estaba en la puerta. La señora Jennings, aprestándose a salir, dijo:

—Querida, tengo que marcharme antes de haber terminado nuestra conversación. Podemos acabarla esta noche, que estaremos a solas. No te pido que vengas conmigo porque comprendo que tu imaginación debe de estar tan agitada que no necesitas compañía, y además has de estar impaciente por contárselo todo a Marianne.

Marianne había salido de la estancia antes de que comenzase este diálogo.

—Ciertamente, se lo contaré a Marianne; pero de momento no hablaré de ello a nadie más.

—Ah, muy bien —dijo la señora Jennings algo desconcertada—. ¿Entonces no quiere que le diga nada a Lucy? Es que hoy pienso ir a Holborn.

—No, señora, se lo ruego, ni siquiera a Lucy. Un día de retraso no es nada importante; y hasta que lo haya escrito al señor Ferrars, no creo que deba ser comunicado a nadie más. Yo lo haré directamente. A él sí es importante que se le comunique cuanto antes, porque tendrá mucho trabajo para ordenarse.

Estas palabras acabaron de confundir a la señora Jennings. Por qué se tenía que escribir tan precipitadamente al señor Ferrars era algo que no entendía. Unos momentos de reflexión, empero, le trajeron una idea feliz y exclamó:

—Ah, ya lo comprendo. El señor Ferrars oficiará. Excelente idea. Sin duda no ha de tardar en ordenarse. Estoy encantada de que las cosas estén ya tan adelantadas. Pero, querida, ¿no va contra la costumbre? ¿No estaría mejor que escribiese el propio coronel? Sin duda es la persona más adecuada.

La verdad es que Elinor no entendió nada de las primeras frases de la señora Jennings, pero no quiso ocuparse en desentrañar su sentido. Sólo contestó a las últimas.

—El coronel Brandon es un hombre tan delicado que prefiere que sea una tercera persona quien anuncie la nueva en lugar suyo al señor Ferrars.

—Así pues, te ves obligada a tomar esta empresa a tu cargo. ¡Singular manera de ser delicado! No obstante, no quiero hacerme pesada —dijo viendo que Elinor se preparaba a escribir—. Sabes mejor que yo lo que debes hacer. Así pues, adiós, querida mía. Eres la mayor alegría que he tenido desde que Charlotte dio a luz.

Y se marchó. Pero a los pocos momentos volvió a entrar.

—Cuando salía, querida, he recordado a la hermana de Betty. Estaría encantada de poderle proporcionar semejante patrona. No estoy segura de que posea bastantes cualidades para servir a una señora de condición, sin embargo es una excelente camarera y con la aguja hace maravillas. De todos modos, medita en ello con entera libertad, sin cumplidos.

—Sin duda, señora —replicó Elinor, casi sin oír lo que le decía y más deseosa de estar a solas que de descubrir el sentido exacto de palabras tan confusas.

Cómo debía comenzar, cómo debía expresarse dirigiéndose a Edward, era toda su preocupación en aquellos instantes. Las especiales circunstancias de las relaciones entre ambos convertían en una empresa erizada de dificultades lo que entre otras dos personas hubiese sido muy fácil. Por igual temía decir poco o demasiado; y permanecía sentada ante el papel con la pluma en la mano, perpleja, cuando he aquí que vio entrar en la estancia al propio Edward.

Había encontrado en la puerta a la señora Jennings, que se dirigía a su carruaje. Él venía a dejar su tarjeta de despedida. La buena señora, tras excusarse por no poder atenderle, le hizo entrar, diciéndole que hallaría arriba a la señorita Dashwood, que deseaba hablarle de un asunto importante.

En su perplejidad, Elinor se felicitaba de que, a pesar de las dificultades, era siempre preferible expresarse por escrito a tener que exponer el asunto de palabra, pero estando en tales meditaciones se presentó la propia persona en cuestión, como para poner a prueba su serenidad. La sorpresa y la confusión de la muchacha fueron indecibles. No le había tenido delante desde que se hizo público su compromiso, y, por lo tanto, desde que él sabía que Elinor estaba enterada de ello. La conciencia de cuanto había estado pensando y de lo que tenía que comunicarle le causaba una angustiosa desazón. Él parecía más desconcertado aún. Permanecieron unos instantes profundamente turbados. El muchacho ni siquiera atinó a pedirle excusas por haber entrado sin llamar en la habitación. Pero a los pocos instantes, dándose cuenta de ello y queriendo poner término a tan embarazosa situación, se resolvió a decir, al tiempo que tomaba una silla:

—La señora Jennings me ha dicho que usted deseaba hablar conmigo; cuando menos así lo he comprendido, pues de otra manera no hubiese osado entrar tan sin ceremonias en esta habitación. Por otra parte, me hubiese apenado salir de Londres sin despedirme de usted y de su hermana y era difícil hallar otra ocasión, ya que no es probable que volvamos a vernos dentro de poco. Salgo mañana para Oxford.

—No se habría marchado usted de Londres —repuso Elinor recobrando la serenidad y decidida a pasar al tema esencial tan pronto como fuese posible— sin recibir nuestras felicitaciones, aunque no pudiésemos dárselas personalmente. La señora Jennings tuvo razón en lo que dijo. Tengo que comunicarle algo importante y me disponía a confiarlo al papel. Me ha encargado la agradable misión el coronel Brandon –añadió con respiración entrecortada–, que se encontraba aquí aún no hace diez minutos. Me ha encomendado comunicarle, confiando que usted se va a ordenar pronto, su ofrecimiento de la parroquia de Delaford, vacante a esta sazón, de la cual sólo lamenta que es poco importante. Ello me permite congratularme de que haya encontrado usted un buen amigo y un verdadero convencido de sus dotes. Además, yo también comparto el deseo de que la pensión fuese más considerable y le proporcionase a usted más que una solución provisional de sus problemas; en suma, que pudiese colmar sus sueños de felicidad.

Lo que Edward sentía, ya que prefirió no exteriorizarlo, no cabe que nadie intente hacerlo en su lugar. Parecía sobrecogido de una extremada sorpresa, tal como aquella nueva absolutamente inesperada no podía dejar de producirle. No pudo pronunciar más que estas palabras:

–¿El coronel Brandon?

–Sí –continuó Elinor, cobrando decisión al ver que lo más arduo había sido superado ya–. El coronel Brandon quiere dar a su acto el sentido de un testimonio de solidaridad por lo que últimamente le ha ocurrido a usted, por la cruel situación en que se halla a causa del incalificable proceder de su familia; un interés que no puedo dudar que tanto Marianne como todos los amigos de usted, como yo misma, compartimos; asimismo su acto representa una prueba de la alta estima en que tiene a las excepcionales dotes de usted y de la particular aprobación de su actitud.

–¡El coronel Brandon me ofrece una plaza! Pero… ¿cómo es posible?

–La dureza de su propia familia le llena a usted de sorpresa ante la buena amistad de otras personas.

–No –replicó como ganando súbitamente aplomo–, no me sorprende todo lo bueno que usted puede hacer en favor mío, por cuanto sé muy bien cuánto debo a su bondad. Y querría poder expresar en palabras el concepto que usted me merece, pero ya sabe que no soy buen orador.

–Pues se equivoca. No dude que todo se debe a sus propios méritos y a la inteligente comprensión que de ellos tuvo siempre el coronel Brandon. No tengo parte en ello. Antes que el coronel hiciese su ofrecimiento, no sabía que esa parroquia estuviese vacante, ni se me había ocurrido que el coronel pudiese disponer de nada conveniente para usted. Como buen amigo mío y de mi familia, él tal vez puede (ciertamente estoy convencido de ello) hallar placer en proporcionar una solución para usted; pero, palabra, no se debe a un ruego mío.

La fuerza de la verdad la obligó al fin a reconocer alguna intervención suya en el hecho; pero estaba tan poco dispuesta a aparecer como la bienhechora de Edward, que sólo con muchas vacilaciones aceptaba las circunstancias que contribuyeron a despertar de él la sospecha que había surgido recientemente en ella. Permaneció unos momentos meditativo y al fin, como haciendo un esfuerzo, añadió:

–El coronel Brandon parece un hombre de grandes méritos y respetabilidad. Siempre oí hablar de él en este sentido y el hermano de usted lo considera en alta estima. Es indudablemente un hombre sensible y en sus maneras, un perfecto caballero.

–Por supuesto –contestó Elinor–. Creo que al tratarle más a fondo hallará en él las cualidades que se le atribuyen; y como van a ser vecinos próximos (pues según creo la parroquia está junto a la mansión del coronel), es muy importante para usted que sean una realidad.

Edward no respondió, pero dirigió a la muchacha una mirada grave y adusta, como si quisiese significar que en lo sucesivo su deseo sería ver la mayor distancia posible entre su parroquia y la mansión.

–El coronel Brandon creo que vive en St. Jame's Street –dijo luego Elinor levantándose de la silla. Y añadió el número de la casa.

–Le visitaré sin tardanza para darle estas gracias que no quiere para usted; para asegurarle que su ayuda me hace un hombre profundamente feliz.

Elinor no intentó alterarle y se separaron con las más efusivas palabras por parte de la muchacha de sus deseos de felicidad para Edward y de parte del joven, con el intento de expresar adecuadamente unos sentimientos semejantes.

«Cuando vuelva a verle –pensó Elinor al verle cerrar la puerta–, será ya el marido de Lucy.»

Y con este melancólico avance de lo que iba a ocurrir, permaneció largo rato considerando el pasado y tratando de otear en el futuro, esforzándose en interpretar los sentimientos de Edward; meditando, como es natural, sobre sus propios sinsabores y contrariedades.

Cuando la señora Jennings regresó a casa, aunque volvía de visitar a unos recién conocidos de los que, por tanto, hubiese podido contar muchas cosas, su imaginación estaba más ocupada con el importante secreto que creía poseer que con cualquier otro asunto, de manera que a él volvió en cuanto se reunió de nuevo con Elinor.

–Muy bien, querida –exclamó–, te envié al muchacho. ¿Hice bien? Supongo que nada de dificultades; sin duda no le encontraste dispuesto a dar su consentimiento.

–Accedió, no hay duda, era algo probable.

–Bien, ¿y cuándo estará listo? Creo que todo depende de esto.

–Realmente –dijo Elinor–, sé tan poco de estas ceremonias que no imagino cuánto tiempo necesitan de preparación; supongo que es cuestión de dos o tres meses.

–¡Dos o tres meses! –exclamó la señora Jennings–. ¡Santo Dios, con qué calma lo dices! ¿Está el coronel dispuesto a aguardar dos o tres meses? ¡Dios nos bendiga!, seguramente perderá la paciencia. Y aunque pueda desearse mostrar amabilidad con el pobre señor Ferrars me parece que no hay por qué esperar tres meses por culpa suya. Sin duda se encontraría otra persona que se prestaría gustosa, alguien que estuviese ya ordenado.

–Querida señora Jennings –dijo Elinor–. ¿Qué está usted pensando? La única idea del coronel Brandon es ser útil al señor Ferrars.

–¡Dios le bendiga! ¡No trates de convencerme de que el coronel se casa contigo únicamente para hacer ganar diez guineas al señor Ferrars!

El embrollo no pudo continuar después de estas palabras, e inmediatamente tuvo lugar una explicación por ambas partes que sirvió de diversión a las dos damas, ya que ninguna de las dos salía perjudicada por la confusión; para la señora Jennings sólo significaba un cambio de motivos en su alegría, aunque no viese cumplidas las esperanzas de su primera impresión.

–Sí, sí, pero aquella parroquia es muy pequeña –decía la buena señora tras las primeras emociones de sorpresa y satisfacción–, y además está en mal estado, ha de ser reparada. No cuesta aconsejar cuando se tiene una casa con cinco salones y numerosos dormitorios, según me dijo su ama de llaves. ¡Claro que tal vez pensaba que tú vives en la alquería de Barton! Es algo ridículo. Querida, hemos de insistir al coronel para que haga algo a favor de aquella parroquia, a fin de que pueda estar presentable cuando vaya Lucy.

–El coronel cree que es poca cosa lo que puede ofrecer a Lucy y a Edward, y que la pensión es insuficiente para casarse.

–Tiene mucha gracia el coronel. Porque él cuenta con dos mil libras al año cree que nadie se puede casar con menos. Oye lo que te digo, si estoy con vida iré de visita a la parroquia de Delaford antes del día de San

Miguel; y si no está Lucy, naturalmente, no pienso aparecer por allí.

Elinor coincidió en lo referente a la inminencia de la boda de Lucy.

XLI

Edward, luego de su visita de gratitud al coronel Brandon, se dirigió con presteza a comunicar la nueva a Lucy; y tan feliz parecía cuando llegó a Bartlett's Buildings, cuando menos según el criterio de Lucy, que ésta pudo asegurar a la señora Jennings, al día siguiente, que nunca en la vida le había visto tan animado y satisfecho.

La felicidad y la satisfacción de ella sí eran auténticas. Lucy abundaba en el parecer de la señora Jennings, que antes de San Miguel podrían verse reunidos en Delaford. Estaba tan alejada de la menor desconfianza respecto a Elinor, tan cerca ya del crédito que le concedía Edward, que hablaba llanamente de su amistad hacia ellos dos con un verdadero agradecimiento, estaba siempre dispuesta a reconocer lo muy en deuda que quedaban, y declaraba abiertamente que ningún afán de la señorita Dashwood le sorprendería en lo más mínimo, pues la creía capaz de llevar a cabo lo inimaginable en defensa de las personas a quienes honraba con su afecto. Al coronel Brandon no sólo estaba dispuesta a considerarle una especie de santo, sino que además se preocupaba de que todos lo considerasen como tal; quería que sus méritos fuesen admirados por todos; y para sus adentros estaba enteramente decidida a sacar provecho en Delaford, tanto como pudiese, de sus criados, sus coches, sus vacas y sus pollos.

Había transcurrido más de una semana de la visita de

John Dashwood a Berkeley Street y, como desde aquella fecha nadie se había interesado por la indisposición de su esposa, Elinor comenzaba a considerar devolverles la visita, a fin de informarse personalmente. Era una obligación que no solamente repugnaba a sus inclinaciones propias, sino que tampoco hallaba el menor apoyo o el menor estímulo en sus compañeras. Marianne, no contenta con haberse negado a acompañarla, se esforzaba en impedir que su hermana se interesase en tal grado por la salud de su cuñada. La señora Jennings, aunque puso su coche a disposición de Elinor, encontraba tan desagradable a la señora Dashwood que ni su curiosidad por ver su aspecto después de aquellos cataclismos, ni su ardiente deseo de enfrentarse con ella para defender a Edward podían dominar la molestia que la compañía de aquella señora le causaba. El resultado fue que Elinor tenía que emprender por cuenta propia una visita por la cual sentía bien escasa inclinación y acudir a un *tête-a-tête* con una dama a quien no tenía menores motivos que los demás para sentir antipatía.

Le dijeron que la señora Dashwood no recibía visitas. Pero antes de que el coche hubiese emprendido el regreso, salió casualmente el marido, que expresó satisfacción en encontrar a Elinor, le comunicó que justamente se dirigía a Berkeley Street para visitarlas y que Fanny se alegraría de verla, que no podía ser que se marchase sin procurarle esta satisfacción.

Subieron por la escalera al saloncito. No vieron a nadie.

–Supongo que Fanny está en su habitación –dijo el señor Dashwood–. Podemos ir allí, porque estoy seguro de que Fanny se alegrará de verte. Tú y Marianne siempre gozasteis de su favor. ¿Por qué no ha venido Marianne?

Elinor la excusó.

–Me sabe mal que hayas venido sola –replicó el hermano–, porque tengo muchas cosas que decirle. ¿Es cierto este ofrecimiento del coronel Brandon? ¿Es verdad que ofrece una parroquia a Edward? Ayer me enteré por casualidad e iba a veros para saber más.

–Es absolutamente cierto, el coronel Brandon ha ofrecido la parroquia de Delaford a Edward.

–¡Sorprendente, en verdad! Sin parentesco, sin sólida amistad entre ellos… Y ahora las parroquias valen mucho. ¿Cuánto produce ésta?

–Unas doscientas libras anuales.

–Para cubrir el cargo de una parroquia de esta renta, en el supuesto de que el antiguo titular era ya viejo y enfermo y de pocas energías, Brandon podría sacar por ello unas mil cuatrocientas libras. ¿Cómo es que no tenía arreglada la sucesión antes de la muerte del anciano? Ahora quizá es un poco tarde para venderlo con ventaja, pero en un hombre de su sensatez, no se explica esta negligencia en un punto tan importante. ¡Sí, creo que hay un algo de ligereza en casi todos los caracteres humanos! Pensándolo bien, tal vez no han sucedido así las cosas. Creo que Edward sólo podrá disfrutar del cargo hasta que la persona a la cual el coronel vendió realmente la prebenda tenga la edad necesaria para hacerse cargo de ella. Sí, he aquí el hecho, no lo dudes.

Elinor le contradijo y con argumentos muy sólidos, obligándole a darse por vencido al comunicarle que ella era la encargada de formular el ofrecimiento a Edward de parte del coronel, y que, por lo tanto, conocía exactamente los términos de la cuestión.

–¡Algo sorprendente, inaudito! –exclamó él oyendo las razones de la hermana–. ¿Cuáles pueden ser los motivos del coronel?

–Pues simplemente favorecer a Edward.

–Bien, sea el motivo que sea, Edward es un hombre afortunado. No obstante, no digas nada de ello a Fanny, pues aun cuando ha superado algo la excitación de los primeros días y resiste ya bastante bien el tema, es mejor no hablarle de ello.

Elinor casi no logró dominar el impulso de observar que Fanny oiría con serenidad que su hermano había acrecentado sus medios de vida sin empobrecer ni a su hijo ni a ella.

–La señora Ferrars –añadió bajando la voz para hallar el tono adecuado a una cuestión tan importante– hasta el presente no sabe nada, y creo que es mejor no informarla de nada durante el mayor tiempo posible. Cuando llegue el casamiento me temo que no habrá más remedio que darle conocimiento de todo.

–Pero ¿por qué tantas precauciones? Si no cabe el supuesto que la señora Ferrars experimente la menor satisfacción al enterarse de que su hijo cuenta con qué vivir, ¿qué motivos tendremos para pensar que puede mostrar algún sentimiento o se va a impresionar de saber todo esto? Ha roto con su hijo, lo ha expulsado de casa, ha procurado que aquellos sobre los cuales ella tiene alguna influencia hiciesen lo mismo. Después de haber hecho tales cosas no puedo imaginármela asociada a idea alguna de tristeza o de alegría; no ha de sentir ningún interés por las cosas de su hijo. No la hemos de considerar tan irracional de destruir el bienestar de un hijo, manteniendo la solicitud de una madre.

–Ah, Elinor –repuso John–, tu razonamiento es excelente, pero se funda en el desconocimiento de la naturaleza humana. Cuando la desdichada boda de Edward tenga lugar, cree que su madre sentirá por su hijo lo mismo que si no hubiese tenido disgustos con él, y, por lo tanto, cualquier circunstancia que pueda acelerar el terrible desenlace ha de ser ocultada lo más posible. La señora Ferrars nunca podrá olvidar que Edward es hijo suyo.

–Me sorprende; casi habría dicho que era una circunstancia que se le había olvidado.

—Eres demasiado dura con ella, es una de las madres más afectuosas que he conocido.

Elinor no respondió.

—Ahora estamos tratando —dijo el señor Dashwood tras una breve pausa— de casar a Robert con la señorita Norton.

Elinor, sonriendo ante el tono grave e importante con que hablaba de ello su hermano, replicó seriamente:

—Esta señorita no debe tener derecho a elección en el asunto.

—¿Derecho de elección? ¿Qué quieres decir con ello?

—Quiero decir que, según tu manera de hablar, a esta señorita le ha de dar lo mismo Edward que Robert.

—Ciertamente, no hay diferencia, porque Robert será considerado ahora, a todos los efectos, como el hermano mayor, y por lo demás ambos son jóvenes agradables; no entiendo por qué uno puede ser preferido a otro.

Elinor no dijo nada más y John también permaneció unos momentos en silencio. Sus reflexiones terminaron de esta guisa.

—Puedo asegurarte, querida hermana —le dijo tomándole cariñosamente la mano y hablando como en un cuchicheo—, puedo asegurártelo firmemente y quiero hacerlo, para satisfacción tuya, que tengo poderosas razones para creer; sí, las tengo y de la fuente más autorizada, pues de otro modo no sería lícito anunciártelo; no me las ha dado precisamente la señora Ferrars, sino su hija. En suma, cualesquiera que hubiesen sido las objeciones que podían hacerse a un determinado enlace, ya me comprendes, hubiese sido en su concepto mil veces preferible, nada hubiese habido tan humillante y molesto como lo que sucede ahora. Me sentí en extremo satisfecho de saber que la señora Ferrars era de este parecer: una circunstancia que ha de enorgullecernos a ti y a todos nosotros. «No cabe comparación», parece que dijo, «hubiese sido el mal menor», y se hubiese tenido por satisfecha de no dar en nada más aborrecible. No obstante, ahora ya no tiene remedio; no es preciso hablar de ello ni mencionarlo. De un verdadero amor no hay que hablar: todo pasó. Pero me he creído obligado a hablarte de ello, por cuanto supongo que ha de causarte satisfacción. No es que tengas que quejarte ahora, creo tu situación actual muy favorable, puedes pensar en algo excelente, mejor, a mi entender. ¿Vino a veros últimamente el coronel Brandon?

Elinor había oído ya bastante, si no para satisfacer su vanidad y halagar su amor propio, sí para sacudir sus nervios y agitar su imaginación; y se sintió contenta de ver que quedaba excusada de la fatiga de tener que contestar y del peligro de seguir oyendo las razones de su hermano, por la llegada de Robert Ferrars. Tras unos momentos de conversación, acordándose John de que su esposa no tenía noticia de la presencia de Elinor, salió de la estancia para buscar a Fanny y Elinor quedó allí. Tuvo ocasión de profundizar su concepto de Robert, quien con la alegre desenvoltura, la feliz satisfacción de sí mismo que respiraban sus modales, como disfrutando de aquel divorcio entre la madre y el hijo, y en el consiguiente daño para el hijo ausente y en la injusticia que implicaba el contraste entre su vida disipada y la integridad del otro hermano, venía a confirmar su juicio extremadamente desfavorable de su inteligencia y corazón.

Hacía apenas unos minutos que estaban juntos y comenzaron ya a hablar de Edward, porque Robert había oído algo de la cuestión de la parroquia, y parecía muy curioso sobre aquel particular. Elinor le repitió casi lo mismo que había dicho a John pero la reacción de Robert fue harto distinta de la de su hermano y no menos sorprendente. Se echó a reír a carcajadas. La idea de ver a Edward convertido en un religioso y confinado a una pequeña parroquia rural le divertía sobremanera, la visión de su hermano pronunciando oraciones y sermones desde el púlpito, así como las amonestaciones de la boda de todos los John Smith y Mary Brown le parecía la cosa más grotesca del mundo.

Mientras Elinor aguardaba en silencio y en una inconmovible gravedad el final de tales despropósitos, no pudo evitar que sus ojos se posasen en él expresando todo el desdén que colmaba su espíritu. Era un mirar de un valor indiscutible, porque revelaba la indignación de ella, pero Robert no alcanzaba a comprenderlo. Éste fue traído de nuevo a la sensatez no por los reproches de ella, sino por una reacción de su propia sensibilidad.

–Por más que lo tratemos en broma –dijo al fin, pasada la crisis de risa–, por mi alma, es un negocio muy serio. Edward quedará arruinado para siempre. Lo siento profundamente, porque sé que es un muchacho de muy buen corazón; lleno de buenas intenciones como pocas personas en el mundo. No ha de juzgarlo, señorita Dashwood, por el conocimiento superficial que seguramente tiene usted de mi hermano. Pobre Edward. Su destino no parece de los más felices. Pero no todos nacemos con las mismas facultades ni con la misma habilidad. ¡Pobre muchacho, verle rodeado de gentes extrañas! Sin duda hay que compadecerle, pero, por mi alma, creo que es el corazón más honrado del reino, y me considero obligado a declarar que nadie quedó más sorprendido que yo cuando esto salió a la luz. No quería creerlo. Mi madre fue la primera persona que me lo contó, y ya sintiéndome en la obligación de actuar inmediatamente con resolución, le dije: «Querida madre, no sé qué te propones en una tal ocasión, pero por mi parte puedo asegurarte que si Edward se ha de casar con esta muchacha, yo no quiero volverle a ver jamás en la vida.» He aquí lo que le dije. Estaba terriblemente sorprendido. Pobre Edward, dónde ha ido a parar, se ha cerrado para siempre las puertas de toda sociedad decente. Pero tuve también el valor de decir a mi madre que no era nada inexplicable, dado el tipo de educación que recibió el muchacho. Mi madre se desesperaba considerándolo.

—Usted conoce a la muchacha.

—Sí, un día la vi en esta casa, una vez que pasé por diez minutos, y demasiado que la vi: una ruda muchacha pueblerina, sin estilo, sin elegancia, y casi sin belleza. Me acuerdo de ella con claridad. Exactamente el tipo de muchacha que podríamos imaginar para la manera de ser de Edward. Yo me ofrecí al punto, cuando mi madre me contó cómo andaban las cosas, para hablar con él e intentar convencerle de que la olvidara; pero ya era demasiado tarde para conseguir nada provechoso. Al principio yo desconocía todo aquel enredo, no supe nada hasta que la catástrofe hubo estallado; después de esto intervenir habría sido en vano. Si hubiese conocido el asunto un poco antes, habría sido más fácil intentar algo. Le habría expuesto el asunto con luces muy acusadas: «Querido hermano, considera fríamente lo que vas a hacer. Vas a llevar a cabo una boda desdichadísima, nadie en la familia te concederá su aprobación.» En fin, no sé qué palabras habría hallado, convincentes en todo caso. Pero ahora es tarde. Pasará hambre, no lo dude, pasará hambre.

Había pronunciado estas frases con aplomo, pero fue interrumpido por la entrada de la señora Dashwood. Aunque nunca había hablado de aquellos temas fuera de su propia familia, Elinor notó la influencia de aquellos sucesos en el espíritu de Fanny, en una especie de embarazo de su gesto al entrar y en un intento de tener un aire cordial cuando hablaba con Elinor. Llegó hasta a encontrar que ésta y su hermana se marchaban demasiado pronto de Londres y que esperaba verlas más a menudo; unos esfuerzos que a su marido, que la acompañaba y que estaba pendiente de sus palabras, parecieron muestras de afecto y simpatía.

XLII

Una breve visita a Harley Street, en la cual Elinor recibió las felicitaciones de su hermano por su viaje a Barton sin ningún gasto y por la circunstancia de encontrarse dentro de dos o tres días con el coronel Brandon en Cleveland, significó el final de las entrevistas de los dos hermanos en Londres. Una ceremoniosa invitación de Fanny para ir a Nordland si alguna vez pasaban por allí, que de todas las cosas posibles era la menor probable, juntamente con la promesa un poco más afectuosa, aunque más reservada, de John a Elinor referente a la prontitud con que acudiría a Delaford era cuanto hubiese podido presagiar que se verían en el campo.

A Elinor le resultaba divertido observar que todos los amigos parecían dispuestos a situarla en Delaford, un lugar que, entre varios, hubiese sido el último refugio para ella; y aquel criterio no solamente lo hallaba en su hermano o en la señora Jennings, sino que la propia Lucy, cuando se despidieron, insistió en que fuese a la parroquia.

Un día de principios de abril y por la mañana muy temprano, los dos grupos de amigos, el de Hannover Square y el de Berkeley Street, salieron de sus respectivas casas, para encontrarse en la carretera. Para mayor comodidad de Charlotte y su pequeño, decidieron emplear dos días en el viaje. El señor Palmer, que viajaba con el coronel Brandon, había quedado en alcanzarles en Cleveland pocos días después.

Marianne, aunque sus horas de asueto habían sido muy pocas en Londres y deseosa como estaba de abandonar la capital, no pudo decir adiós sino con gran pena a la mansión donde había vivido aquellas horas inolvidables de confianza en Willoughby, que ahora se había desvanecido para siempre. No pudo abandonar sin derramar lágrimas aquellos lugares donde Willoughby se ocupaba de nuevos compromisos y proyectos.

La satisfacción de Elinor al salir de Londres era más real. No existía en el mundo ninguna persona por la cual suspirase, no dejaba atrás ningún ser humano del que sintiese pena de separarse, anhelaba verse libre de la solicitud de Lucy, estaba contenta de poderse llevar a Marianne sin que tuviese que ver a Willoughby casado, y conservaba la esperanza de que unos meses de tranquilidad en Barton serían cruciales para restablecer la paz en el ánimo de Marianne y fortalecer el suyo propio.

El viaje se desarrollaba normalmente. El segundo día de marcha cruzaron por aquella región de Somerset querida o prohibida, ya que estos dos caracteres tuvo alternativamente en el ánimo de Marianne. Al mediodía de la tercera jornada llegaron a Cleveland.

Cleveland era una moderna y espaciosa casa edificada en una verde ladera. No tenía parque, pero las tierras que la rodeaban eran encantadoras. Como en muchas casas de la misma categoría, había un bosquecillo no lejos de aquélla y un soto de arbustos. Una carretera de gravilla conducía a la fachada principal. Los prados se veían salpicados de árboles añosos. La propia casa estaba protegida por altos pinos, fresnos silvestres y acacias. Algunos de estos árboles y chopos de Lombardía casi ocultaban los edificios de servicio.

Marianne entró en aquella casa con el ánimo henchido de emoción al considerar que ochenta millas la separaban de Barton y apenas treinta de Combe Magna; y a los cinco minutos de encontrarse allí, mientras los demás estaban ocupados ayudando a Charlotte, que estaba en trance de enseñar el pequeño al ama de llaves, se separó furtivamente y discurriendo por entre los arbustos del soto, que comenzaba a reverdecer, se subió a un mirador que allí había, desde cuyo templete griego se divisaba una gran extensión de tierra en dirección sudoeste. Dejó vagar su mirada hasta las más lejanas colinas que cerraban el horizonte, como si desde aquella cima fuese posible atisbar Combe Magna.

En aquellos momentos de infinita añoranza disfrutaba, no obstante, de hallarse en Cleveland, y al regresar por un camino diferente a la casa, entre el encanto del apacible bienestar campesino, hallaba placer en vagar de un lugar a otro entre la magnífica soledad de los bosques. Decidió pasar todo el tiempo que pudiese, durante su estancia en casa de los Palmer, en la quietud de aquellos parajes encantadores.

Llegó a la casa cuando sus acompañantes se disponían a salir para visitar los terrenos circundantes y el resto de la mañana lo pasaron agradablemente paseando por el huerto, viendo las flores sobresalir por encima de la acera y oyendo las lamentaciones del hortelano sobre los desastres de los insectos. Además, visitaron el invernáculo, donde las flores preferidas habían sido agostadas por el hielo (Charlotte se reía de tales accidentes), y el gallinero, donde las frustradas esperanzas de la mujer del colono, porque las gallinas abandonaban los huevos o las raposas hurtaban las mejores aves o los pollitos se morían de epidemias, dieron lugar a un coro de lamentaciones.

La mañana era clara y seca, y Marianne, en sus planes de paseos fuera de la casa, había contado con un tiempo siempre bueno durante su estancia en Cleveland. Pero, para su sorpresa, después de cenar no pudo salir a causa de una lluvia inesperada. Había pensado en una excursión al templete griego cuando cayese la tarde y quizá a través de los campos. Un anochecer frío o húmedo no la hubiese disuadido de su paseo, pero una lluvia fuerte y cerrada no era ciertamente el tiempo más idóneo para excursiones.

La reunión no era muy numerosa y las horas pasaban lentamente. La señora Palmer tomó a su pequeño y la señora Jennings su carpeta de trabajo. Conversaron sobre los amigos que habían dejado en Londres, las combinaciones matrimoniales de lady Middleton, y si era probable que el señor Palmer y el coronel Brandon hubiesen pasado ya de Reading aquella noche. Elinor, aunque poco interesada en tales pláticas, no se abstenía de tomar parte en ellas; en cambio, Marianne, que en todas las casas lo primero que hacía era buscar el camino de la biblioteca, generalmente evitado por los habitantes de aquélla, se procuró un buen libro.

Nada hallaba en falta junto a la señora Palmer de lo que un buen humor, cordial y persistente, puede procurar. La afectuosidad y franqueza de sus maneras compensaba sobradamente la inmoderación y falta de elegancia que hacían deficientes sus modales; su amabilidad, sostenida por una cara bonita, era cautivadora; su necedad, aunque evidente, no llegaba a molestar, por ingenua; pero Elinor se lo hubiese perdonado todo menos su risa perpetua.

Los dos caballeros llegaron al día siguiente casi a la hora de cenar, proporcionando un buen refuerzo a la reunión y aportando mayor variedad a los temas de conversación, que una mañana de lluvia incesante había agotado.

Elinor había visto tan pocas veces al señor Palmer, y aun éstas le habían procurado impresiones de él tan diferentes, que deseaba observarlo en su propio hogar para formarse quizá de este señor una idea más cabal. Le pareció ciertamente un verdadero caballero en su proceder para con los huéspedes, pero bastante rudo con su mujer y su suegra; viole verdaderamente capaz de ser un buen compañero, aunque si algún obstáculo existía para ello era su exagerada inclinación a imaginarse tan superior a los demás como en realidad lo era respecto de la señora Jennings y Charlotte. Por lo demás, en cuanto a su carácter y sus costumbres, según Elinor pudo percibir, no era sensiblemente distinto de los restantes caballeros de su edad y condición. Correcto en la mesa, poco atento a las horas, apasionado por su pequeño pero queriéndolo disimular. Perdía en el billar las mañanas que hubiese podido emplear en los negocios. En conjunto, le produjo una impresión más satisfactoria de lo que esperaba y en el fondo no sentía pena de no haberlo hallado mejor; no sentía pena, porque la consideración de su epicureísmo, de su egoísmo, de su engreimiento parecían invitarla a recordar el temperamento generoso, los gustos sencillos y los sentimientos reservados y discretos de Edward.

De Edward, o cuando menos de cosas que con él se relacionaban, pudo hablar largamente con el coronel Brandon, quien había estado recientemente en el Dorsetshire, y como trataba a Elinor como a amiga desinteresada de Ferrars y como a su amable confidente, le hablaba repetidamente de la parroquia de Delaford, le describía sus deficiencias y le contaba que se disponía a iniciar en ella las obras de reparación. La conducta del coronel para con ella en todo momento, su manifiesta satisfacción cada vez que la encontraba, y especialmente cuando volvió a verla tras una ausencia de diez días, su inclinación a conversar con ella y el respeto que le merecían sus opiniones podían perfectamente justificar lo persuadida que andaba la señora Jennings de que estaba enamorado de la muchacha, y habrían constituido datos susceptibles de sospechar aún para la propia Elinor si ésta no hubiese estado convencida de que era Marianne quien reinaba en el corazón del coronel. De todos modos, tal idea ni hubiese surgido en su cabeza de no haber sido por sugerencia de la señora Jennings. Y no podía dejar de tenerse Elinor por la mejor observadora de las dos, ya que ella trataba de leer en sus ojos, mientras la señora Jennings sólo en su proceder; y en tanto las miradas de angustiosa solicitud del coronel cuando Marianne afirmaba notar, en su cabeza y en su garganta, los primeros síntomas de un fuerte resfriado, solicitud no expresada en palabras, pasaban inadvertidas a la observación de la señora Jennings, Elinor lograba descubrir en dichas miradas el profundo sentir y la alarma excesiva de un verdadero enamorado.

Dos deliciosos paseos al anochecer que realizó al tercer y cuarto día de estar allí, no solamente por el terreno más bien seco del soto de arbustos, sino a través de los campos y especialmente por lugares algo distantes, donde había más bosques que en las cercanías, los árboles eran más añosos y la hierba más crecida y más fresca, le provocaron un fuerte enfriamiento por haberse quedado largo tiempo con las medias y los zapatos mojados. Aunque al principio procuró disimular o bromear con sus dolencias, los síntomas se fueron acentuando y al final todos, y aun ella misma, se interesaron por su quebranto de salud. Le ofrecieron diversos remedios, pero Marianne, según su costumbre, no aceptó ninguno. A pesar de tener fiebre, de sentir doloridos los miembros y la garganta irritada, un poco de descanso durante la noche, a su decir, la restablecería del todo. Finalmente, al ir a acostarse, Elinor consiguió hacerle tomar uno de los remedios propuestos.

XLIII

Marianne se levantó al día siguiente a la hora de costumbre. Dijo que se encontraba mejor e intentó demostrarlo ocupándose en sus quehaceres habituales. Pero no tardó en sentarse lánguidamente en un sofá al lado del hogar, temblorosa y febril, con un libro en la mano, lo que no hablaba en favor de su mejoría. Y al tener que volver a la cama, cada vez más indispuesta, el coronel

Brandon se manifestó sorprendido de la tranquilidad de Elinor, quien, aunque la atendía y cuidaba durante todo el día, contra las inclinaciones de la enferma, y por la noche le había hecho tomar una medicina, su mayor confianza, al igual que Marianne, la tenía puesta en la eficacia del reposo y el sueño, y no daba muestras de ninguna alarma.

Tras una noche agitada y febril, Marianne, persistiendo en la idea de levantarse, comprobó que casi no podía tenerse en pie, y voluntariamente volvió a la cama y se mostró al fin dispuesta a aceptar el ofrecimiento de la señora Jennings, mandando en busca del farmacéutico de los Palmer.

Éste examinó a la paciente y animó a Elinor al anunciarle que unos días de cama bastarían para restablecerla; no obstante, dejó entrever que aquella dolencia tenía un carácter infeccioso, y esta palabra, «infeccioso», causó gran alarma en la señora Palmer, quien temía por su pequeño. La señora Jennings, que siempre había considerado la enfermedad de Marianne más seria de lo que pensaba Elinor, concedió bastante gravedad al informe del señor Harris, y confirmando los temores de Charlotte, recomendó el inmediato alejamiento de la madre y del pequeño. El señor Palmer, aunque consideraba excesiva aquella alarma, vio que la ansiedad y la insistencia de su esposa eran demasiado grandes para contradecirlas. La partida fue, pues, acordada, y una hora después de la visita del señor Harris salía de la casa Charlotte con el pequeño y la nodriza, hacia la casa de unos parientes del señor Palmer, que vivían a unas millas al otro lado de Bath. Su marido le prometió que en un par de días se reuniría con ella y que su madre le acompañaría. La señora Jennings, no obstante, con una bondad que demostró a Elinor cuánto las quería, declaró que no saldría de Cleveland mientras Marianne estuviese enferma. Por lo demás, trataba por todos los medios de ocupar el lugar de la madre, de quien por iniciativa suya se habían apartado, y Elinor la halló en toda ocasión una compañera sacrificada y dispuesta, deseosa de compartir todas sus fatigas y a menudo de gran utilidad por su experiencia en asistir enfermos.

¡Pobre Marianne, lánguida y débil a causa de su enfermedad, doliente de cuerpo y alma, sin la esperanza que al día siguiente estaría repuesta, y pensando además que aquel día era el señalado para emprender el regreso al hogar! Estos pensamientos parecían acrecentar sus males. Realmente aquél era el día señalado para la partida y, ayudadas por el criado de su madre, hubiesen podido sorprender a ésta con su llegada al mediodía siguiente. Las pocas palabras que pronunciaba Marianne eran para lamentarse de aquel aplazamiento inevitable; no obstante, Elinor procuraba darle ánimo y hacerle creer, como realmente creía ella misma, que era una enfermedad leve y que no tardarían en emprender el viaje.

El día siguiente trajo poca alteración en el estado de la paciente: ciertamente no estaba mejor, pero no podía hablarse de un agravamiento. El grupo se redujo más aún: el señor Palmer, aunque no se marchaba de buen grado, tanto por su interés y sentido humanitario como por la contrariedad que le causaba que su mujer se impusiese, al fin se dejó convencer por el coronel Brandon a cumplir lo prometido a Charlotte; y mientras estaba preparando la marcha, el propio coronel Brandon, costándole mucho más esfuerzo, comenzó a pensar que quizá le acompañaría. Aquí se interpuso la cordialidad y buena intención de la señora Jennings: que el coronel se marchase, pensó la buena señora, mientras su amor estaba acongojado a causa de la hermana, era privarlas a ambas de amparo y compañía. No dejó, pues, de insistir al coronel diciéndole que su presencia era necesaria en Cleveland, ya que de lo contrario, ¿con quién jugaría al *piquet* por las noches cuando Elinor permanecía en la habitación de su hermana, etcétera? Le instó de tal suerte a quedarse, que él –que cediendo cumplía uno de los mayores deseos de su corazón– no halló nada que objetar, especialmente cuando se percató de que las súplicas de la señora Jennings iban respaldadas por el señor Palmer, quien consideraba prudente dejar en aquella casa a una persona tan capaz para asistir o aconsejar a Elinor en cualquier cosa que pudiese acontecer.

Marianne, por supuesto, no estaba al corriente de todos aquellos amaños. No sabía, por ejemplo, que por causa suya los dueños de Cleveland habían tenido que abandonar su mansión, a los siete días de haber llegado. No sentía sorpresa alguna de no ver a la señora Palmer, y como, por otra parte, no le interesaba en absoluto, nunca mencionó su nombre.

Dos días habían transcurrido ya desde la marcha del señor Palmer, y el estado de la enferma continuaba poco más o menos estacionario. El señor Harris, que la visitaba dos veces al día, hablaba abiertamente de una rápida curación, Elinor se mostraba igualmente optimista; pero las impresiones de los demás no eran tan optimistas. La señora Jennings opinó siempre que era un asunto grave y el coronel Brandon, que no hacía sino oír los temas de la señora Jennings, no tenía la entereza suficiente para sustraerse a su influencia. Exponía éste unos razonamientos inspirados por el temor tan opuestos a los juicios del boticario, que parecían absurdos; pero las muchas horas de cada día que pasaba en soledad no eran sino una ocasión favorable para engendrar ideas melancólicas y no lograba apartar el convencimiento de que no volvería a ver a Marianne.

La mañana del tercer día, no obstante, la tristeza de aquellas suposiciones pareció desvanecerse, porque al llegar el señor Harris declaró que la enferma se encontraba sensiblemente mejor. El pulso latía con más fuerza, y todos los síntomas eran más favorables que en la precedente visita. Elinor, viendo confirmadas sus esperanzas se sintió feliz y se alegró de que en sus cartas a su madre hubiese seguido su criterio antes que el de sus amigos y le hubiese expuesto todos los detalles de la indisposición de Marianne que las retenía en Cleveland, eso sí, sin dejar de señalar la fecha en la cual creía que podrían proseguir el viaje.

Pero el día no terminó tan optimista. Hacia la caída de la tarde Marianne comenzó a sentirse de nuevo molesta y febril. Su hermana, no obstante, siempre animosa, estimó aquella agravación como una consecuencia de la fatiga de haberse levantado unos momentos para que ella le hiciese la cama. Habiéndole administrado los cordiales prescritos, Elinor notó, con satisfacción, que Marianne caía en un tranquilo sopor, del cual esperaba beneficiosos efectos. Aquel sueño, que luego se tornó más agitado de lo que hubiese deseado Elinor, duró bastante y ésta, deseosa de ver sus resultados, se sentó junto a la cama dispuesta a velar mientras su hermana durmiese. La señora Jennings, sin saber las novedades de la enfermedad de Marianne, se acostó a la hora de costumbre. Su doncella, que era una de las veladoras, se había quedado de palique con el ama de llaves, y Elinor permaneció sola con Marianne.

El reposo de ésta iba volviéndose cada momento más agitado, y su hermana observaba sus continuos cambios de postura y las voces inarticuladas que de vez en cuando profería. Dudaba de si era preferible despertarla de un sueño tan intranquilo. De pronto, Marianne despertó a causa de un ruido que se produjo en la casa, pareció estremecerse y exclamó como en un delirio febril:

–¿Es mamá que llega?

–Aún no –contestó la hermana, disimulando su angustia e intentando tranquilizar a Marianne–, pero no tardará mucho en llegar. Recuerda que hay mucho camino de Barton hasta aquí.

–Supongo que no irá a Londres –exclamó Marianne con la misma exaltación–. Si va a Londres nunca más volveré a verla.

Elinor se dio cuenta con alarma que Marianne estaba en pleno delirio y al tratar de calmarla le percibió el latir del pulso, más apagado y más rápido de lo normal. Marianne continuaba llamando con arrebato a su madre y Elinor consideró conveniente mandar al punto en busca del señor Harris y de su madre en Barton. A su resolución siguió inmediatamente la idea de consultar con el coronel Brandon sobre la manera de llevarla a cabo. Llamó a la sirvienta para que se quedase con Marianne, y bajó al saloncito del piso inferior, donde sabía que muchas noches por aquella hora se encontraba aún el coronel.

No cabían vacilaciones. Le expuso en detalle sus temores y las dificultades para comunicarse con su madre. Para combatir su temor el coronel no poseía bastante confianza ni bastante valor: la escuchaba con silenciosa tristeza. Las dificultades, empero, fueron al punto resueltas, pues con una resolución, que dejaban adivinar lo dispuesto que estaba a servirla, se ofreció él mismo para ir en busca de la señora Dashwood. Elinor le dio las gracias con palabras emocionadas, y mientras el coronel enviaba a su criado con una esquela para el señor Harris y la orden para una silla de posta especial, Elinor escribió unas líneas a su madre.

¡Cuán profundamente sentía en aquellos instantes Elinor la importancia de tener un amigo como el coronel Brandon, de disponer de una compañía semejante para su madre! Un compañero cuyo buen juicio podía serle guía y valimiento, cuyas atenciones podían traerle consuelo, cuya amistad calmaría las angustias de aquellos instantes. En la medida en que pudiera hallarse un alivio a semejantes tribulaciones, sin duda la presencia del coronel podía aportarlo.

Fuesen cuales fuesen sus sentimientos, el coronel obraba con la firmeza y la serenidad de un espíritu elevado, organizaba el viaje con diligencia y calculaba con exactitud matemática el tiempo necesario para el regreso. Nada se retrasó ni un momento. Los caballos llegaron antes de lo convenido; y el coronel Brandon, con un leve apretón de manos y un gesto de solemnidad, pronunciando unas palabras en voz baja que no llegaron a los oídos de la muchacha, subió al carruaje. Eran aproximadamente las doce y Elinor volvió a la habitación de su hermana para aguardar la llegada del boticario, velando toda la noche junto a la enferma. Fue una noche en que sufrieron igualmente las dos. Las horas fueron transcurriendo una tras otra, hasta la llegada del boticario; para Elinor en una insomne ansiedad, para Marianne en pleno delirio. Elinor sentía temor y zozobra, como si tuviese que pagar ahora el exceso de seguridad de antes, y la sirvienta que velaba con ella –porque no quiso que se despertase a la señora Jennings– parecía dispuesta a torturarla recordándole sus opiniones anteriores.

Las palabras de Marianne, en su incoherencia parecían centrarse, no obstante, en el recuerdo de la madre, y cada vez que citaba su nombre era una tortura para el corazón de la pobre Elinor, que se reprochaba no haber actuado con la necesaria diligencia durante aquellos días primeros de la dolencia, aguardando siempre una pronta curación. Ahora imaginaba que no cabía esperar ya la mejoría, que se había esperado demasiado, y trataba de representarse el cuadro de su madre llegando demasiado tarde para ver con vida a su hija querida, o para verla en uso de razón.

Estaba a punto de mandar de nuevo en busca del señor Harris, y si éste no podía acudir, en busca de algún otro facultativo, cuando he aquí que el buen boticario, alrededor de las cinco, llegó. Aunque reconoció una alteración desagradable e inesperada del estado de la enferma, no quiso admitir que se hallaba en un peligro real, y habló del alivio que se iba a producir tras un nuevo tratamiento; y todo ello, con tantas muestras de confianza que terminaron por impresionar a la propia Elinor. Prometió volver en dos o tres horas y dejó a la paciente y a sus veladoras un poco más animadas.

Con gran inquietud y desatándose en reproches por no haber sido llamada, la señora Jennings se enteró al día siguiente de lo sucedido. Sus temores de siempre aparecían en aquel momento, y con harta razón, acrecentados; ni por un momento dudó de su desenlace fatal; y aunque intentaba tranquilizar a Elinor, su convicción del peligro que corría Marianne no la hacía muy recomendable para una misión semejante. Su corazón se hallaba verdaderamente apesadumbrado. La rápida decadencia, la muerte prematura de una persona tan joven como Marianne, habría sobrecogido a la persona más indiferente, y mucho más a la señora Jennings. Marianne había sido su compañera durante tres meses, confiada a su cuidado, y había sufrido grandes calamidades y desdichas. La pena de la hermana, una persona especialmente querida para la señora Jennings, estaba ante sus ojos, y por lo que respecta a la madre, cuando pensaba que Marianne era para la señora Dashwood lo que Charlotte para ella, era sincera la simpatía con que la acompañaba en sus sufrimientos.

El señor Harris fue puntual en su segunda visita, pero quedó desconcertado al ver el curso de la dolencia. Las medicinas no habían surtido efecto y la fiebre se mantenía inalterable. Marianne, si bien algo más tranquila, había caído en una especie de estupor. Elinor, aún intentando esconder sus temores, propuso llamar a otro facultativo. El boticario lo consideró innecesario; le quedaban, según dijo, muchos remedios aún para probar, en cuyo éxito confiaba tanto como en los anteriores, y su visita terminó con nuevas esperanzas, que sin embargo no hallaron eco en el corazón de Elinor. Estaba serena, pero convencida de lo peor, y cuando pensaba en su pobre madre, el peso de la aflicción era tanto que sólo su férrea entereza podía resistirlo. Sus esperanzas se habían desvanecido por entero. Y en aquella pesadumbre permaneció hasta la tarde, sin apartarse un momento del lecho de la enferma, su imaginación vagando por las más tristes visiones, siempre considerando la pena de las personas más allegadas. Su espíritu sentíase oprimido especialmente por las palabras de la señora Jennings, que no supo contenerse y le dijo que a su juicio cabía atribuir la gravedad de aquella dolencia a las semanas de abandono y tristeza que Marianne había vivido después de su desengaño amoroso. Elinor comprendía que era una idea razonable y por ello se sentía doblemente acongojada.

Hacia la tarde comenzó a notar, aunque con temor –el temor que la había vuelto silenciosa aún para los más íntimos– una mejoría en el pulso de la enferma; aguardó, observó, lo examinó nuevamente y, finalmente, presa de una agitación más difícil de ocultar con una apariencia de serenidad que su temor de antes, tuvo la osadía de comunicar sus esperanzas a los demás. La señora Jennings tuvo que declarar que sus esperanzas eran tan mínimas que consideraba a Marianne un caso perdido. Pero era demasiado tarde. La esperanza se había adueñado por entero de Elinor y en el ansia de ver triunfar sus ilusiones se inclinaba sobre su hermana para constatar su evolución favorable. Transcurrió una media hora. Otros síntomas favorables vinieron a confirmar los primeros. El respirar de la enferma, el tacto de la piel, sus labios, parecían revelar un manifiesto alivio: Marianne llegó a fijar los ojos en ella con un mirar apagado, pero donde brillaba ya la razón. Ansiedad y esperanza oprimían por igual el corazón de Elinor, no le dejaban un instante de reposo, y cuando a la llegada del señor

Harris a las cuatro, vio confirmadas y aun aumentadas sus esperanzas, lágrimas de consuelo, esperanza e indecible alegría brotaron de sus ojos.

Marianne se encontraba mejor, no cabía duda, y el boticario la declaró fuera de peligro. La señora Jennings, quizá satisfecho su amor propio por el éxito afortunadamente parcial de sus presagios, acabó por creer en la ciencia del farmacéutico y admitió con franca alegría, y a poco de ello con verdadero alborozo, la probabilidad de un total restablecimiento.

Elinor no sabía abandonarse de tal suerte al entusiasmo. Su alegría era diferente y no conducía ciertamente al alborozo franco y expansivo. El restablecimiento de Marianne, devuelta a la vida, a la salud, a sus familiares y amigos, a su madre, era una idea que la llenaba de consuelo y gratitud; pero no lo exteriorizaba en demostraciones de alegría, en palabras, en risas. En el corazón de Elinor todo era satisfacción silenciosa y contenida.

Transcurrió toda la tarde Elinor al lado de su hermana, procurando disiparle cualquier temor, respondiendo a todas sus preguntas, atendiendo a cuanto pudiese aliviarle, vigilando sus movimientos, su aspecto, su respiración. De tanto en tanto pensaba en la posibilidad de una recaída, como para recordarle que sus sufrimientos no habían terminado aún, pero cuando en su incesante observación fue viendo que los síntomas de mejora persistían y al cabo de un rato Marianne se sumiese en un sueño tranquilo y reposado, todas las dudas que reinaban aún en su espíritu se desvanecieron.

Se iba acercando el momento señalado para la llegada del coronel Brandon. Confiaba Elinor en que a las diez lo más tarde, llegaría el instante de ver a su madre liberada de la zozobra que debía de atormentarla durante el camino. Y también al coronel. ¡Oh qué lento avanzaba el tiempo para salvarles de tan congojosa angustia!

A las siete, dejando a Marianne sumida en un profundo sueño, Elinor se reunió con la señora Jennings en el saloncito para tomar el té. Poco había comido en el desayuno a causa de sus temores, y poco en la comida a causa de la crisis de la enfermedad, por lo que agradeció en extremo aquella ligera colación. Cuando acabaron, la señora Jennings intentó convencerla de que descansase un poco antes de la llegada de su madre cediéndole su lugar junto al lecho de Marianne; pero Elinor aseguró que no tenía necesidad de descanso, que no podría dormir en aquellas circunstancias y que no quería separarse un momento de la enferma. La señora Jennings, por tanto, la acompañó hasta la habitación de aquélla, donde Elinor se creía insustituible, la dejó otra vez entregada al cumplimiento de sus obligaciones y a sus pensamientos, y se retiró a su habitación para dormir.

La noche era fría y borrascosa. El viento silbaba en derredor de la casa y la lluvia batía contra las ventanas; pero Elinor, colmada de dicha, casi no se percataba de ello. Marianne durmió sumida en un sueño apacible.

El reloj dio las ocho. Si hubiese sido más cerca de las diez, Elinor habría pensado haber oído un coche acercándose a la casa, y tan real le pareció aquel rumor que a pesar de la imposibilidad de que ya llegasen, se dirigió al contiguo cuarto vestidor y abrió el postigo de la ventana para cerciorarse de que no era verdad, pero comprobó que su oído no la había engañado: entre la lluvia distinguió las luces de un carruaje. A la tenue luz que despedían pudo discernir que iba tirado por cuatro caballos, circunstancia que revelaba la ansiedad de su madre y explicaba la anticipación.

En ningún momento de su vida le resultó tan difícil mantener la serenidad como en aquél. La idea de lo que su madre estaba sufriendo al pararse el coche, de sus temores, sus angustias, su ansiedad, quizá de su desesperación, la idea de lo que iba a decirle –todo le venía a las mientes y socavaba su calma–. Lo único que podía acortar tantos tormentos era apresurarse, y por lo tanto, esperó a que la sirvienta de la señora Jennings se quedase con Marianne, y se precipitó escaleras abajo.

El primer rumor que oyó en el vestíbulo le anunció que habían llegado ya. Se dirigió al saloncito, entró en él y se encontró con Willoughby.

XLIV

Elinor retrocediendo horrorizada, quiso seguir el primer impulso de su corazón, que era el de abandonar la estancia; y su mano había asido ya el pomo de la puerta, cuando desistió al verle avanzar resueltamente diciéndole con tono más imperativo que suplicante:

–Señorita Dashwood, le ruego me escuche.

–No –replicó ella con firmeza–, no puedo permanecer aquí. Seguramente no es a mí a quien desea usted ver. Los criados tal vez han olvidado anunciarle que el señor Palmer no está en casa.

–Me lo dijeron –exclamó con firmeza–, pero qué me importa a mí el señor Palmer y todos los suyos. Es a usted a quien quiero ver.

–¿A mí? –dijo desconcertada–. Bien, pues no pierda tiempo y procure serenarse.

–Sentémonos, y no echaré en olvido su sugerencia.

La muchacha vaciló. La posibilidad de que llegase el coronel Brandon y los encontrase allí la angustiaba. Pero había prometido escucharle y estaba en juego tanto su honor como su curiosidad. Tras unos momentos de reflexión, concluyó que la prudencia requiere también a menudo decisión, y que su rápida aquiescencia sería en aquel caso una prueba de ello. Tomó, pues, en silencio una silla. El muchacho se sentó delante de ella y permaneció en silencio unos instantes.

—Le ruego presteza —dijo Elinor impaciente—, no puedo perder un minuto.

Willoughby parecía sumido en profundas meditaciones.

—Su hermana está fuera de peligro —dijo bruscamente unos momentos después—. Me lo han dicho los criados. ¡Alabado sea Dios! Pero ¿es verdad?, ¿es realmente cierto?

Elinor no respondió. Willoughby repitió la pregunta.

—¡Por lo que más quiera, dígame que está fuera de peligro, o que no lo está, necesito saber toda la verdad!

—Se encuentra en franca mejoría.

Él se levantó y comenzó a pasearse por la habitación.

—Si lo hubiese sabido media hora antes… pero desde que estoy aquí ¿qué significa ya para mí? —dijo con énfasis al volver a la silla—. Piense, señorita Dashwood, que nos vemos quizá por última vez; sintámonos pues alegres. Dígame con honradez —una expresión más profunda apareció en su rostro— si es cierto que me tiene usted por canalla o por loco.

Elinor le miró más sorprendida que nunca. Pensó que tal vez había bebido demasiado, tan singular era aquella visita y tan singulares sus dichos; de lo contrario todo aquello resultaba incomprensible. Convencida de ello le dijo:

—Le aconsejo, señor Willoughby, que vuelva usted enseguida a Combe. No tengo tiempo para permanecer más con usted. Sea cual sea la cuestión que quiere usted tratar conmigo, será más oportuno dejarlo para mañana.

—La comprendo —replicó con una sonrisa y una voz perfectamente serena—. Sí, estoy algo bebido, los vasos de oporto con la cena que tomé en Malborough me han descontrolado.

—¡En Malborough! —exclamó Elinor cada vez más intrigada con lo que todo ello pudiese significar.

—Sí, he salido de Londres esta mañana a las ocho, y sólo he hecho una parada de diez minutos en Malborough para cenar.

La firmeza de sus gestos y el brillo de inteligencia de sus ojos convencieron a Elinor de que el motivo que le había llevado allí no era ciertamente el de la bebida. Tras una pausa le dijo:

—Señor Willoughby, usted debe de creer, como yo, que presentarse en esta casa después de lo sucedido, a destiempo y de esta manera impropia, requiere una explicación cumplida. ¿Qué significa todo esto?

—Significa —respondió él— que me propongo que usted me odie un poco menos de lo que ya me odia. Pienso ofrecerle una explicación, una interpretación de hechos pasados, para abrirle todo mi corazón y para que usted se convenza de que, si bien he sido siempre un cabezota, nunca he sido un truhán. En definitiva, me propongo obtener el perdón de su hermana Marianne.

—¿Y éste es el motivo de haberse presentado en esta forma?

—Sin duda —contestó él con un calor que le recordaba el Willoughby de otros tiempos, y que a pesar de sus prejuicios le hizo pensar que hablaba con sinceridad.

—Si es así, no se preocupe. Marianne hace tiempo que le ha perdonado.

—¿Me ha perdonado? —exclamó con ardor—. Entonces me ha perdonado sin ninguna razón para hacerlo. Pues no dude que tendrá que perdonarme con mayores motivos. ¿Quiere usted escucharme?

Elinor asintió.

—Ignoro —dijo tras una pausa, expectante en ella y meditativa en él— qué opina usted en lo tocante a mi conducta con su hermana, o qué diabólica razón me supone usted en este asunto. No dudo de que en todo caso su opinión no sea muy favorable. Por lo tanto vale la pena hablar de ello. Cuando comencé a intimar con su familia no tenía otra intención que pasar lo más agradablemente posible el tiempo que me era forzoso vivir en Devonshire (y lo pasé tan maravillosamente como nunca en mi vida). La belleza de su hermana y su trato exquisito me impresionaron hondamente; y su proceder para conmigo tuvo tal calidez desde el primer momento que para no corresponderle sólo cabía que yo tuviese un corazón de hielo. Pero al principio, lo admito, solamente significaba un halago para mi vanidad. Poco atento a su felicidad, pensando solamente en mis gustos y diversiones, dando rienda suelta a unos sentimientos con los cuales siempre había tenido una complacencia excesiva, traté por todos los medios de despertar en ella un afecto al cual no me proponía corresponder.

En este punto, la señorita Dashwood, mirándolo con indignación, le interrumpió diciendo:

—No vale la pena, señor Willoughby, para mí oír y para usted relatar estos hechos. Tal comienzo no puede traer nada digno de atención. No me torture con más detalles de este lamentable asunto.

—Insisto en que me escuche hasta el final —replicó el muchacho—. Mi fortuna no es muy considerable y siempre he tenido que gastar mucho dinero por mi costumbre de alternar con personas más ricas que yo. Desde mi mayoría de edad, y tal vez antes, cada vez he aumentado en algo mis deudas; y aun cuando el eventual fallecimiento de la señora Smith, mi anciana prima, ha de dejarme en mejor situación financiera, es algo incierto y probablemente distante aún. No me quedaba, pues, más recurso que casarme con una mujer de dinero. Casarme con su hermana era algo en lo que ni remotamente había pensado; y con un egoísmo al cual nadie, ni usted misma, puede condenar con toda la dureza que se merece, procedí en forma de despertar el interés de ella sin poner yo ningún sentimiento firme ni serio. Pero una cosa puede argüirse en mi defensa, aun en el horrible estado de egoísta vanidad en que me encontraba entonces, y es que propiamente no conocía lo que era querer. ¿Había conocido alguna vez el amor? No lo creo, pues si yo hubiese amado a alguien de verdad, ¿habría sacrificado mis sentimientos a la avaricia y la vanidad, más aún, la habría sacrificado a ella misma? Pero incurrí en todas estas bajezas. Para evitar una penuria que su afecto y su compañía me habrían hecho soportable, purificándola de la parte terrible, queriendo ganar unas ventajas quiméricas, perdí lo que para mí hubiese sido una bendición.

–¿En algún momento creyó usted estar enamorado de ella? –preguntó Elinor.

–Haber resistido a tales atractivos, no haber cedido a su delicada ternura… ¿hay alguien en el mundo capaz de conseguirlo? Poco a poco, fui enamorándome de ella, y las horas más felices de mi vida fueron las que pasé con Marianne cuando supe que mis intenciones eran honorables y verdaderos mis sentimientos. No obstante, me permitía un aplazamiento de día en día del instante de asumir un compromiso formal mientras la situación de mis negocios fuese tan confusa. No pretendo aquí justificar estos hechos; pero no quiero dejar de exponer toda la absurdidad de aquellos momentos, cuando sentía reticencia a comprometer mi palabra mientras ya casi estaba comprometido mi honor. Los hechos han demostrado que fui un insensato inescrupuloso, pero insensato al fin, y que parecía al acecho de una ocasión para hacerme desgraciado y despreciable para siempre. Pero la decisión fue tomada al fin. Me resolví a asumir un solemne compromiso con ella. De esta manera pensaba convencerla de mi amor, que tan difícil me había sido de exteriorizar. Pero en el ínterin (en el ínterin de aquellas pocas horas que era preciso pasar antes de hallar una ocasión oportuna para decírselo), en aquel lapso de tiempo se descubrió una desdichada circunstancia que echó por tierra toda mi resolución y con ella toda mi ventura. Por aquel entonces supe –pareció vacilar y bajó los ojos– que la señora Smith había sido informada por alguien, supongo que algún pariente lejano que tenía interés en separarme de ella, de cierto asunto, unas relaciones. Pero no quiero extenderme más –añadió con rubor y una mirada inquisitiva–. Quizá oyó usted contar esta historia a alguna persona muy íntima hace ya bastante tiempo.

–Sí, la he oído –contestó Elinor enrojeciendo también y sintiendo que su corazón se endurecía de nuevo y no podía sentir compasión por el muchacho–, la he oído toda, y cómo logrará usted eximirse de culpa en esta historia es algo que no llego a concebir.

–Recuerde de quién procedió el relato –repuso Willoughby–. ¿De alguien imparcial? Reconozco que su carácter y su situación han de ser respetados por mí. No quiero intentar defenderme, pero tampoco quiero que usted suponga que yo no tengo nada que alegar. Que ella, porque fue maltratada, era irreprochable, y que yo, porque era un libertino, la convertía a ella en una santa. Su afecto hacia mí merece más consideración. A menudo, haciéndome reproches, recuerdo aquella ternura que por un breve momento tuvo el poder de hacerse corresponder. Pero no es a ella sola a quien maltraté; maltraté también a una persona cuyo afecto hacia mí (puedo decirlo así) era tan inflamado como el suyo y cuya inteligencia era infinitamente superior.

–La indiferencia de usted hacia esta desdichada muchacha me resulta desagradable como la discusión de este asunto; la indiferencia de usted no excusa su cruel ligereza respecto a ella. No se considere tampoco excusado por alguna debilidad, por algún defecto de comprensión por su parte, no crea usted excusada su evidente crueldad. Ha de saber que mientras usted corría por Devonshire en busca de nuevas sensaciones, siempre alegre, siempre feliz, ella quedaba reducida a la más extrema desolación.

—Puedo asegurarle que lo ignoraba —replicó él con calor—. No me acordé de dejarle mi dirección, aunque el sentido práctico más elemental le hubiese mostrado la manera de encontrarla.

—Muy bien, ¿y qué dijo la señora Smith?

—Me achacó toda la culpa y ya puede comprender mi desconcierto. La rigidez de su vida, lo arraigado de sus principios, su ignorancia del mundo, todo parecía confabularse contra mí. No pude negar el hecho y todos mis esfuerzos para calmarla resultaron vanos. Estaba dispuesta a dudar de la moralidad de mi conducta y parecía descontenta de la pequeña porción de mi tiempo que le dedicaba, o sea de mis visitas. En fin, todo acabó en una ruptura total. Sólo me quedaba un camino para salvarme. Situada en la cúspide de la moralidad, aquella buena mujer me ofreció perdonar todo mi pasado si me casaba con Eliza. No podía ser, y por eso fui inmediatamente expulsado de su casa y perdí su favor. La noche que siguió a esta resolución (tenía que marcharme al día siguiente) pasé largo tiempo meditando cuál sería mi futura conducta. La decisión fue dura, pero no tardó en quedar confirmada. Mi amor por Marianne resultó insuficiente para hacerme olvidar el temor a ser pobre, o para librarme de las falsas ideas de la necesidad de la riqueza, a las que me sentía inclinado en exceso, ideas que venían robustecidas por la sociedad que me rodeaba. Podía estar seguro de mi nuevo partido, si no me mostraba remiso en proponerle matrimonio, y no tardé en convencerme de que era lo que el sentido común exigía. Una violenta escena me aguardaba antes de abandonar Devonshire. Aquel día estaba invitado a comer con ustedes y tenía que dar las justificaciones de la ruptura. Si tenía que hacerlo personalmente o por escrito fue una cuestión que debatí largamente. Reunirme con Marianne podía ser algo terrible y yo mismo dudaba de mis fuerzas para verla y comunicarle mi decisión. En este punto no hay duda que sobrestimaba mi propia nobleza de ánimo, tal como demostraron los hechos, ya que fui, la vi, me di cuenta de que sufría, la dejé sufriendo, y salí decidido a no volverla a ver.

—¿Por qué ha venido, pues, Willoughby? —dijo Elinor con tono de reproche—. Una carta hubiese sido más apropiada. ¿Era necesario que viniese a visitarnos?

—Era necesario, para salvar mi propio orgullo. Me resultaba intolerable marcharme en una forma que hubiese dado la sensación, a ustedes y a todos los demás, de lo que realmente había ocurrido entre la señora Smith y yo, y decidí, en consecuencia, pasar por la alquería en mi viaje a Honiton. Verme con su hermana me resultó algo terrible, y para agravar la situación la encontré a solas. Todos ustedes habían salido, no recuerdo para qué. ¡Y el día anterior yo la había dejado firmemente resuelto a proceder correctamente! Unos minutos, y hubiese podido ser mía para siempre. Y recuerdo cuán alegre y feliz me sentía en aquel paseo de la alquería a Allenham, satisfecho de mí mismo, contento con el mundo. Pero en aquella última entrevista como amigos, me acerqué a ella con un sentimiento de culpa que casi me quitaba las fuerzas de defenderme. Su pena, su desconcierto, su profunda angustia, cuando le dije que me veía obligado a marcharme inmediatamente de Devonshire, nunca podré olvidarla... todo ello unido a su gran afecto hacia mí, a su confianza ilimitada en mis actos...

Permanecieron unos momentos en silencio. Al cabo Elinor dijo:

—¿Le dijo usted que no tardaría en volver?

—No sé lo que le dije —replicó—. Seguramente menos de lo que exigía nuestra relación, y con toda probabilidad mucho más de lo que podía justificarse en el futuro. No puedo pensar en ello. Ni quiero hacerlo. Luego llegó la querida madre de ustedes para turbarme con su amabilidad y su confianza. Sí, gracias al cielo, me sentía turbado como un miserable. Señorita Dashwood, no sabe usted cuánto me gusta mirar hacia atrás en mi propia miseria. Merecía aquel tormento por la vil y estúpida maldad de mi corazón. Todos aquellos sufrimientos de entonces no son más que gozo y triunfo ahora. Sí, abandoné a quien más quería en el mundo, para dirigirme a quien, en el mejor de los casos, me era indiferente. Mi viaje hasta la capital, realizado con mis propios caballos y no obstante tan aburrido (nadie a quien dirigir la palabra, mis reflexiones, las engañosas esperanzas con que miraba al futuro, y la pena que me roía cuando pensaba en Barton)… ¡oh qué día aquél!

—Muy bien, señor —dijo Elinor, que si bien le compadecía no dejaba de desear que se marchase—. ¿Eso es todo?

—Ah, ¿olvida usted lo que pasó en la capital? Aquella carta infame, ¿se la enseñó?

—Sí, lo supe todo.

—Cuando recibí su primera carta (fue inmediatamente, porque yo estuve siempre en Londres), lo que sentí, y cabe aplicar con propiedad este lugar común, no puede ser expresado. Cada palabra, cada línea eran, en la forma metafórica del querido ser que las había escrito, un puñal clavado en mi corazón. Y el saber que Marianne se encontraba en la capital, usando un lenguaje parecido, podría decir que fue como un rayo. ¡Rayos y puñales!, tales eran los reproches que implícitamente me dirigía.

El corazón de Elinor, que había pasado por muchos cambios en el curso de aquella reveladora conversación, parecía ablandarse de nuevo, pero creyó que era su deber detenerle.

314

—No tiene usted razón, señor Willoughby. Piense que está casado. Cuénteme solamente aquello que en conciencia juzgue que tiene que decirme.

—La carta de Marianne, asegurándome que me quería tanto como en los tiempos pasados, y que a pesar de las muchas semanas transcurridas desde nuestra separación, se mantenía tan fiel a mí como suponía que yo me mantenía a ella, estas razones de Marianne avivaron mis remordimientos. Cabría decir que los despertaron, porque el tiempo y la agitación de Londres, los negocios, las distracciones de toda clase, en cierta manera los habían adormecido y había ido volviéndome poco a poco un villano endurecido, que se suponía indiferente hacia Marianne y se aferraba a la idea de que también para ella era yo algo indiferente. Pensaba en aquel pasado y en aquel amor como si hubiese sido una aventura ociosa y sin contenido. Me encogía de hombros cuando recordaba lo que había hecho y procuraba echar tierra sobre cualquier reproche y superar cualquier escrúpulo, diciéndome: «¡Qué contento voy a estar cuando sepa que se ha casado con otro!» Pero la carta que me envió me hizo recobrarme a mí mismo, me reveló lo que realmente soy. Sentí que la quería infinitamente más que a cualquier otra mujer en el mundo, y que había procedido con ella de una manera infame. Pero todo estaba ya convenido con la señorita Grey, la retirada era imposible. Lo único que podía hacer era evitar encontrarme con ustedes. No contesté a Marianne, creyendo así ponerme a cubierto de recibir noticias suyas, y estaba decidido a no aparecer por Berkeley Street en mucho tiempo; pero al fin, juzgando lo más prudente afectar un aire de amistad corriente como con unas personas cualesquiera, esperé un día a que estuviesen ustedes fuera de casa y dejé mi tarjeta.

—¿Esperó usted que estuviésemos fuera de casa?

—Exactamente. Usted se sorprendería de que yo estuviese tan atento a lo que ustedes hacían. Muchas veces estuvimos a punto de encontrarnos. Más de una vez tuve que evitar una tienda porque el coche de ustedes aguardaba en la puerta. Como yo habito en Bond Street, apenas si pasaba un día sin que viese a alguno de ustedes. Y sólo mi constante vigilancia, en la que se mezclaba mi deseo de evitarlas con el de verlas, me permitió vivir separados, sin encontrarnos. Evité a los Middleton tanto como pude y a todos los que eran una amistad común. No sabiendo que estaban en la capital me topé a boca con sir John el mismo día que llegaron, y el día después de haber visitado yo a la señora Jennings. Me invitó a una reunión en su casa para aquella noche, un baile. Aunque no me hubiese dicho, como un aliciente de la fiesta, que iba a encontrarme con ustedes allí, tratándose de aquella casa no me hubiese arriesgado. Al día siguiente recibí una breve nota de Marianne, llena de afecto, abierta, franca, sin artificio, en fin, reprochándome mi odioso comportamiento. No pude contestarla. Lo intenté, pero no conseguí hilvanar una frase. Pensaba en ella todos los momentos del día. Si usted puede compadecerme, señorita Dashwood, compadezca mi situación de entonces. Con mi fantasía y mi corazón ocupados por su hermana, tuve que representar el papel de amante enamorado de otra mujer. Aquellas tres o cuatro semanas fueron las más terribles de mi vida. Y al fin, como ya sabe usted, tuvimos que vernos. ¡Qué dulce me resultó su figura! ¡Qué noche de agonía! A un lado, Marianne, bella como un ángel, llamándome Willoughby con ese cautivador tono suyo, ¡oh Dios mío!, alargándome la mano, pidiéndome una explicación con el hechizo de sus ojos fijos en los míos, y Sofía, celosa como una diablesa, en el otro lado, atenta a todo lo que pasaba. Bien, esto ha perdido ya significado, es algo pasado. Aquella noche huí de todos en cuanto pude, pero no sin haber visto el rostro de Marianne pálido como la muerte. Aquélla fue la última mirada que recibí de ella, la última visión que de ella tuve. Un recuerdo terrible. Y cuando pienso en ella ahora, tal vez moribunda en la realidad, me resulta una especie de consuelo imaginar que yo la contemplé tal como era aquella vez. Ahora tenía delante de mí aquella imagen, durante todo el viaje.

Siguió una pausa en la que ambos meditaron. Al fin Willoughby, levantándose, exclamó:

—Tengo que apresurarme, pues he de marchar. Su hermana está mejor, ¿verdad?, fuera de peligro.

—Parece seguro.

—¿Y su pobre madre? ¡Quiere tanto a Marianne!

—Pero la carta, Willoughby, la carta de usted, ¿no ha de decirme usted algo de ella?

—Sí, sí; pero es confidencial. Su hermana volvió a escribirme, sin duda usted lo sabe ya, al día siguiente. Ya sabe usted lo que me dijo. Yo estaba desayunando en casa de Ellisons, y aquella carta, con algunas otras, me fueron llevadas de mi casa. Recayeron en ella las miradas de Sofía antes que las mías, y su forma, la elegancia del papel y el carácter de letra, le despertaron al punto la sospecha de lo que se trataba. Algún vago rumor le había llegado ya anteriormente de mis sentimientos hacia una bella muchacha de Devonshire, y lo que observó la noche anterior le indicó quién era la dama en cuestión y la puso más celosa que nunca. Afectando un aire juguetón, abrió la carta y leyó su contenido. Su imprudencia quedó bien pagada. Leyó lo que tenía que resultarle una tortura. Sus torturas no me importaban, pero su pasión y su espíritu dañino tenían que hallar una venganza. Y fue llevada a cabo en sus frases delicadas y femeninas; ¿qué le parece su estilo epistolar?

—¿De su mujer? ¡Aquella carta era letra suya!

—Sí, pero yo no hice más que copiar servilmente sus frases, y no sentí vergüenza de estampar allí mi nombre. El original era todo de ella, sus propios giros de pensamientos, su elegante dicción. Pero ¿qué podía hacer? Estábamos comprometidos, todo preparado y fijado el día de la boda. Estoy hablando como un insensato. Hablando claramente, su dinero me era necesario, y en mi situación era forzoso evitar por todos los medios una ruptura. Y después de todo, ¿qué podría significar para que Marianne y los suyos juzgasen mi carácter, que la contestación estuviese redactada de una o de otra manera? Todo revelaba lo mismo. Mi plan parecía el de mostrarme como un truhán, y que lo hiciese en una forma o en otra no tenía importancia. «Ante su opinión me he hundido para siempre», me dictaba, «quedo expulsado para siempre de su compañía, me tienen sin duda por un individuo sin principios, y esta carta no puede sino confirmarles en tal parecer.» He aquí mis razones cuando en una especie de desesperado aturdimiento fui copiando las palabras de mi prometida y abandoné las últimas reliquias de Marianne; sus tres cartas, por desgracia, se hallaban en mi bolsillo, o tenía que negar su existencia y destruirlas luego, las tuve que incluir, sin siquiera poder besarlas. El rizo de su cabello lo había llevado siempre conmigo, en la misma cartera, que fue hurgada por Sofía con su cruel avidez, aquel rizo tan querido... ¡me arrancaron todos sus recuerdos!

–Se pone usted en un terreno equivocado, señor Willoughby, muy equivocado –dijo Elinor, mientras su voz, a su pesar, dejaba traslucir su compasiva emoción–. No tendría que hablar en esta forma ni de su esposa ni de mi hermana. Usted eligió su esposa, nadie le obligó a ello. Y su esposa tiene al menos derecho a que usted sea correcto con ella, a que la respete. Debe quererle, de lo contrario no se habría casado con usted. Tratarla desconsideradamente, hablar de ella a la ligera, molestará a Marianne, y no resultará ya un alivio para la conciencia de usted.

–No me hable de mi mujer –dijo suspirando–, pues

no merece su compasión. Al casarnos sabía muy bien que yo no la quería. Así pues, nos casamos y nos fuimos a Combe Magna para ser felices y luego otra vez a la capital para divertirnos. ¿Me compadece ahora, señora Dashwood? ¿O cuanto he dicho ha sido en vano? ¿Soy ahora a sus ojos, aunque sea una brizna, algo menos culpable de lo que era antes? Mis intenciones no siempre han sido torcidas. ¿No he explicado ya bastante los motivos de mi actitud?

—Sí, algo ha quedado claro, ciertamente. En conjunto no es usted tan culpable como yo imaginara. Ha demostrado que su corazón albergaba menos maldad de lo que nos pareció. No obstante, difícilmente alguien hubiese podido causar mayor estrago del que usted causó.

—¿Me promete contárselo a su hermana cuando esté algo repuesta? Para que se haga un poco más de luz en su opinión, como en la suya. Usted dice que casi me ha olvidado por completo. Permítame imaginar que un conocimiento más preciso de mi corazón, de mis sentimientos presentes, le proporcionará un olvido más amable, más digno. Háblele de mi miseria y mi penitencia; dígale que nunca mi corazón le fue infiel, y añada que en este instante la quiero más que nunca.

—Referiré a ella cuanto juzgue necesario para lo que podríamos llamar la justificación de usted. Pero aún no me ha explicado cómo se le ocurrió venir aquí; por qué razón particular lo hizo, y cómo tuvo usted noticia de la enfermedad.

La última noche en Drury Lane me encontré con John Middleton, que cuando me vio se dirigió a mí. No lo había hecho en más de dos meses. Había roto sus relaciones conmigo desde mi casamiento y yo no me sentí sorprendido de su resentimiento. Pero en aquel momento su alma mediocre pero honesta y buena, llena de indignación contra mí y de interés hacia Marianne, no pudo resistir la tentación de darme una noticia que me lanzó como un reproche. Con su torpeza habitual me contó que Marianne Dashwood se hallaba en Cleveland enferma de unas fiebres infecciosas, en gravísimo estado. La señora Jennings se lo comunicaba en una carta que acababa de recibir. Los Palmer se habían ausentado de Cleveland por temor a la infección. Sentí repugnancia de pasar por insensible aun ante una persona poco inteligente como sir John. Su corazón se ablandó al ver que yo sufría, y su aversión se disipó en tal manera, que al despedirnos me estrechó la mano afectuosamente. ¡Lo que pensé al oír que su hermana estaba moribunda, moribunda creyéndome el peor villano, despreciándome, odiándome en sus últimos instantes, sin duda me creía capaz de las mayores atrocidades…! Ella era la persona que más me podía tener por un ser malvado. Sentí algo profundísimo, y mi decisión fue tomada al punto. A las ocho subía a mi coche y el resto ya lo sabe usted.

Elinor no contestó. Tenía sus pensamientos absortos en los terribles daños que una independencia excesiva y las consiguientes costumbres de pereza, disipación y lujuria habían ocasionado en el corazón de un hombre que a su talento y carácter unía una inclinación natural a la franqueza y la rectitud y un temperamento tierno y afectuoso. El mundo le había hecho extravagante y vano; y extravagancia y vanidad le hicieron frío de corazón y egoísta. La vanidad le había llevado a buscar su propio triunfo a expensas de otra persona y lo enredó en las mallas de un amor sincero que la extravagancia, o más bien su hijuela, la necesidad, sacrificó sin compasión. Toda propensión viciosa, inclinándole al mal, lo conducía al castigo. Aquellas relaciones que contra el honor, contra su sentir, contra el verdadero y honrado interés había roto despiadadamente, ahora, que ya casi no se podía hablar de ellas, ocupaban todo su pensamiento; y el enlace, por cuya causa había dejado en la mayor aflicción a su hermana, probablemente se iba convirtiendo en una fuente de las más terribles desventuras. De tales pensamientos fue sacada por Willoughby, quien saliendo de pensamientos igualmente penosos, se levantó para marcharse y dijo:

–No hay razón para que permanezca más tiempo aquí, tengo que marcharme.

–¿Vuelve a la capital?

–No, a Combe Magna. Tengo cosas que hacer allí. De Combe saldré para Londres dentro de unos días. Adiós, señorita.

Le alargó la mano. La muchacha no pudo negarle la suya. Willoughby la estrechó con efusión.

–¿Verdad que tiene usted ahora mejor concepto de mí? –le dijo, dejándosela libre y apoyándose contra la chimenea, como si olvidase que pensaba marcharse.

Elinor le aseguró que así era, que había olvidado muchas cosas, que le compadecía, que le deseaba mejor suerte y verle feliz. Y añadió algún buen consejo para que escogiese el camino acertado para ello. La contestación de él no fue muy esperanzadora.

–Por lo que a esto se refiere –dijo–, he de arrastrarme por el mundo como pueda. De felicidad doméstica no cabe hablar. No obstante, si pudiese saber que usted y los suyos tienen un interés por mi destino y por mi discurrir en la vida, sería algo por lo cual valdría la pena vivir. A Marianne sin duda la he perdido irremisiblemente. Si algún día, por un azar afortunado, recobrase yo la libertad…

Elinor le interrumpió y el joven se despidió por segunda vez:

–Una vez más, adiós. Me marcharé para vivir en el pesar infinito.

–¿Qué quiere decir?

–El casamiento de su hermana me provocará un pesar infinito.

–No veo la razón. Marianne nunca podrá estar más perdida para usted de lo que lo está ahora.

–Pero puede ser ganada por otro. Pero no quiero perder de nuevo su compasiva simpatía demostrando que donde más dañé es donde menos sé perdonar. ¡Adiós! ¡Dios las bendiga!

Y con estas palabras salió apresuradamente de la habitación.

XLV

Elinor permaneció largo rato en la habitación después de haberse apagado el rumor del coche del joven, como oprimida por el peso de los pensamientos, contradictorios, harto diferentes, cuyo elemento común era que todos se relacionaban con su hermana.

Willoughby –a quien no hacía una hora aborrecía como al más indigno de los hombres–, a pesar de sus faltas, producía ahora en ella una gran conmiseración a causa de los sufrimientos producidos por estas mismas. Le veía ahora separado para siempre de ella y los suyos, con verdadero pesar, con cierto sentimiento de ternura hacia, como reconocía ahora, los deseos de él más que hacia sus méritos. Percibía que ahora ejercían influencia sobre sus ideas las mínimas peculiaridades de Willoughby: el porte de su persona especialmente atractiva, sus maneras afectuosas y vivaces, cosas naturales en él y que por ende no requería mérito alguno el poseerlas. Además, le inspiraba simpatía su gran amor por Marianne. También se daba cuenta de que había de pasar mucho tiempo antes de que disminuyese sobre ella la influencia de Willoughby.

Cuando volvió al lado de Marianne ajena a lo ocurrido, se encontró con que acababa de despertarse, más repuesta por aquel sueño prolongado de lo que hubiese esperado. El corazón de Elinor sentíase colmado. El pasado, el presente y el futuro, la visita de Willoughby, la salvación de Marianne, la espera de la madre, la precipitaban en una agitación de espíritu que la situaba más allá de cualquier fatiga y le infundía el temor de traicionarse ante su hermana. Breve fue el lapso de tiempo en que pudo sentirse contrariada por este temor, pues transcurrida una media hora de la partida de Willoughby, bajaba de nuevo la escalera por haber oído el ruido de otro carruaje. Ansiosa de reunirse con su madre, descendió rápidamente al vestíbulo y alcanzó a la puerta exterior justamente en el momento en que su madre entraba y se precipitaba en sus brazos.

La señora Dashwood, aterrorizada por tener la convicción de que ya había ocurrido la tragedia irreparable, casi no tuvo voz para preguntar por Marianne. Pero Elinor al instante anunció la buena noticia y su madre, reaccionando con su habitual ardor, por un momento quedó sobrecogida por la felicidad. Entró en el saloncito sostenida por su hija y por su amigo y allí, derramando lágrimas de puro gozo, aunque aún sin poder pronunciar palabra, abrazaba una y otra vez a Elinor, volviéndose también a menudo para estrechar la mano del coronel Brandon, con una mirada que expresaba a la vez su gratitud y su convicción de que compartía con ella la felicidad del momento. La compartía, ciertamente, en un silencio más impresionante casi que el de la señora Dashwood.

Tras haber recobrado ésta un poco la serenidad, su primer deseo fue ver a Marianne, y a los pocos instantes estaba junto a su querida hija, ahora más querida tras la ausencia, la desventura y el peligro que había corrido su vida. El gozo de Elinor viendo el sentir de los suyos en aquellos momentos fue turbado por su preocupación de que Marianne no podría volver a conciliar el sueño. Pero la señora Dashwood, tratándose de la vida de su hija, consiguió ser prudente y Marianne, luego de haber experimentado la satisfacción de tener a su madre junto a ella, y consciente de que se encontraba demasiado débil para conversar, acató fácilmente el silencio y reposo que las que la asistían prescribieron. La señora Dashwood quiso permanecer con su hija toda la noche y Elinor, de acuerdo con su madre, se retiró a descansar. Pero el descanso, que una noche en vela y muchas horas de terrible ansiedad hacían necesario, no llegaba para su espíritu lleno de agitación. Willoughby, el «pobre Willoughby», como le llamaba ahora, no se apartaba de su mente. Hubiese preferido no tener que oír aquella dolorosa vindicación, y unas veces se reprochaba el haberle juzgado tan duramente, y otras, no haber sido más severa con él. Su promesa de contárselo todo a su hermana le resultaba un tormento. Temía decírselo y temía el efecto que causaría en Marianne; dudaba que después de ello Marianne pudiese querer a otro hombre, y en ciertos instantes llegó a desear que Willoughby fuese viudo. En otras ocasiones, acordándose del coronel Brandon, se reprendía por aquellas ideas, y pensando en la constancia y la nobleza de éste llegaba a creer que su hermana debía corresponderle, y entonces deseaba muchos años de vida a la señora Willoughby.

La conmoción causada a la señora Dashwood por la llegada a Barton del coronel, quedó aminorada por su propio estado de ánimo; era tan grande la preocupación que sentía por Marianne que tenía tomada ya la decisión de salir para Cleveland aquel mismo día, sin aguardar ya más noticias. Las cosas estaban tan adelantadas que sólo faltaba la llegada de los Carey, que tenían que llevarse consigo a Margaret, pues la señora Dashwood temía que fuese con ella a Cleveland. Al fin y al cabo se trataba de una enfermedad contagiosa.

Marianne iba mejorando día a día; y la brillante alegría y el buen humor de que en todo momento daba muestras la señora Dashwood demostraban, como repetía ella misma, que se sentía completamente feliz. Elinor no podía oír estas palabras sin pensar que evidentemente su madre no se acordaba de Edward. La señora Dashwood, empero, siguiendo la temperada información que Elinor le había proporcionado de sus sentimientos, se dejaba llevar por la exuberancia de su alegría. Para ella Marianne se había salvado de un peligro, a cuyo surgimiento ella había contribuido a exponerla, por los alientos que dio desde un principio al interés de Marianne por Willoughby; y al verla recuperada, ocurrió que también descubrió una nueva fuente de gozo que Elinor no podía descubrir. Pero no dejó de revelársela a la primera oportunidad que tuvieron de hablar a solas:

–Al fin podemos hablar, Elinor. Lo primero que he de decirte es que soy más feliz de lo que imaginas. El coronel quiere a Marianne, él mismo me lo ha dicho.

Su hija, a la vez feliz y apenada, sorprendida y no sorprendida, guardó silencio.

–No te pareces a mí, Elinor, me sorprende tu sangre fría. Si yo hubiese podido escoger la mejor fortuna para mi familia, habría elegido que alguna de vosotras se casase con el coronel Brandon; y según veo la afortunada será Marianne.

Elinor estuvo a punto de preguntarle en qué se fundaba para opinar así, porque no vislumbraba ninguna prueba lo suficientemente sólida, fundada en una consideración imparcial de las edades, sentimientos o caracteres; pero la señora Dashwood, cuando le interesaba una cosa, se dejaba llevar por la imaginación y, en lugar de examinar los hechos, prosiguió con una sonrisa:

–Ayer, durante el viaje, me abrió su corazón. Sucedió casi de improviso, sin cálculo. Puedes creerlo, no habló en todo el camino más que de Marianne. No podía ocultar su emoción. Era tan profunda como la mía. Y él, quizá pensando que tal como van las cosas en el mundo, no quedaban justificadas aquellas continuas manifestaciones de simpatía, o tal vez no pensando nada, simplemente abandonándose a sus sentimientos, me comunicó su verdadero, profundo y constante afecto hacia Marianne. La quiere, según parece, desde el primer momento que la vio.

Elinor sabía que en realidad lo que llegaba a ella no eran las razones del coronel Brandon, sino los inevitables embellecimientos de la activa fantasía de su madre, que transformaba cuanto caía a su alcance en lo más deseable y delicioso.

—El amor que le dispensa es infinitamente superior al que nunca sintiera o fingiera sentir Willoughby, mucho más apasionado, sincero y constante del que pudo suponer Marianne, por desgracia, en aquel indigno galán. Además, sin asomos de egoísmo, sin alimentar esperanzas caso de que la hubiese visto feliz con otro. ¡Qué noble alma! ¡Qué espíritu abierto, qué sinceridad! ¡No caben desengaños con un hombre semejante!

—Que el coronel Brandon es un hombre excelente, no hay duda —replicó Elinor.

—Yo sé muy bien que es así —repuso la madre con gravedad—, de lo contrario, después de la experiencia que hemos vivido, yo sería la última en prestar ayuda a tal efecto, o en sentirme satisfecha de él. Su mismo viaje para traerme a Cleveland, que ha realizado con tanta cordialidad y atención, es lo suficiente para acreditarle como hombre digno de todo elogio.

—Su carácter se revela en aquel acto de amor a Marianne —respondió Elinor—, sin contar el sentido humanitario que tiene. La señora Jennings y los Middleton le conocen íntimamente; todos le quieren y le respetan y el conocimiento que de él he adquirido es bastante considerable. El hecho es que le considero y estimo a tal extremo que si Marianne se casa con él lo tendré por la mayor bendición que hayamos encontrado en la vida. ¿Qué contestación le diste?

–Ah, querida, en aquel momento no podía hablar de esperanzas, pues ni yo misma las tenía. En aquellos instantes yo suponía que Marianne se estaba muriendo. Pero él no me pedía que le diese esperanzas o que le animara. Era una confidencia casi involuntaria, una irresistible confidencia dirigida a un amigo que puede consolarnos, no una petición a una madre. Al cabo de un rato, pues al principio quedé completamente absorta, fui pensando que si Marianne vivía, y no era mucha la confianza que abrigaba entonces, toda mi felicidad sería trabajar en favor de esa boda; y desde nuestra llegada, desde que estoy segura de que se salvará, se lo he repetido al coronel más de una vez, le he animado cuanto he podido. El tiempo, un poco de tiempo, le dije, puede componer las cosas; el corazón de Marianne no merece ser devastado para siempre por un hombre de la calaña de Willoughby. Sus propios méritos aseguran el éxito al coronel.

–Para juzgar las cualidades del coronel, no obstante, no has de apasionarte.

–No me apasiono. El coronel considera el cariño de Marianne enraizado demasiado profundamente para pensar en otro cambio que el que pueda aportar un gran espacio de tiempo; y aún contando que el corazón de ella alcanzase la libertad, él se muestra desconfiado de que con la diferencia de años y de caracteres le sea posible granjearse el amor de Marianne. No obstante, se equivocó. Que tenga algunos años más viene a ser una ventaja, pues sus ideas y su carácter son más sólidos; su manera de ser, al contrario, creo que es justamente la que precisa tu hermana para ser feliz. Y su persona, sus maneras, además, todo habla en favor suyo. Mi parcialidad no me ha de cegar. No es tan bien parecido y elegante como Willoughby, pero hay algo más agradable en su actitud que en la de éste. Siempre encontré, ya lo recuerdas, algo que no me gustaba en el fondo de Willoughby.

En realidad, Elinor no se acordaba, pero su madre, sin aguardar su asentimiento, prosiguió:

—Y sus maneras son más apropiadas para ganarse el afecto de Marianne que las de otro. Su gentileza, su constante atención a los demás, y su natural hombría, están más de acuerdo con su verdadero sentir, que la vivacidad, artificial casi siempre, de Willoughby. Estoy segura de que si Willoughby se hubiese mostrado todo lo deferente que imaginábamos, Marianne habría sido menos feliz con él que con Brandon.

Se hizo un silencio. Elinor no estaba completamente de acuerdo, pero se abstuvo de mencionarlo.

—En Delaford —prosiguió la madre— viviría a una moderada distancia de nosotras, aun en caso de que continuemos en Barton. Con toda probabilidad, pues parece que es un pueblo bastante grande, encontraríamos por allí alguna casita para instalarnos tan confortablemente como en Barton.

¡Pobre Elinor! He aquí un nuevo plan para llevarla a Delaford. Pero su espíritu no se arredraba.

La señora Dashwood añadió:

—Su fortuna (has de saber que a mi edad nos preocupan estas cosas), aunque no sé ni pretendo saber si es muy cuantiosa, todos aseguran que es considerable.

En ese momento fueron interrumpidos por la entrada de una tercera persona. Elinor se retiró para meditar en privado sobre aquellos hechos. Deseaba un buen éxito a su amigo, pero no dejaba de sufrir por Willoughby.

XLVI

La dolencia de Marianne, aunque agotadora, no había sido suficientemente larga para que tardase en reponerse. Y con su juventud y natural vigor y la presencia y ayuda de su madre, adelantó su convalecencia para poder salir, a los cuatro días de haber llegado aquélla, hasta el cuarto vestidor de la señora Palmer. En aquella ocasión, y a solicitud de ella, pues estaba impaciente por darle las gracias por haber acompañado a su madre, el coronel Brandon fue invitado a conversar con ella unos momentos.

Su emoción al penetrar en la estancia, al ver el cambiado aspecto de Marianne y al tomar la pálida mano que ésta le alargaba, procedía, según el conjeturar de Elinor, de algo más que de su afecto por Marianne o de la conciencia de que éste era ya conocido por los demás. Elinor no tardó en descubrir, en la melancolía de las miradas que dirigía a Marianne, el probable afluir de los recuerdos de muchas escenas de su pasado, escenas de pena y miseria, evocadas vivamente por aquel parecido entre Mariannc y Eliza, acentuado en aquellos instantes por los ojos hundidos, la piel enfermiza, el gesto de lánguida flaqueza, y por el hecho de tener que demostrarle la muchacha un fervoroso agradecimiento.

La señora Dashwood, no menos atenta a lo que sucedía a su hija, pero en otro orden de ideas, y, por lo tanto, aguardando unos efectos diferentes, no supo distinguir en la conducta del coronel nada más que cuanto derivaba de simples y manifiestas emociones, mientras en los actos y palabras de Marianne creía hallar ya el alborear de algo que no era simple agradecimiento.

Al cabo de dos o tres días, fortaleciéndose visiblemente Marianne de hora en hora, la señora Dashwood, movida por sus propios deseos y por los de sus hijas, comenzó a pensar en el regreso a Barton. En cierta medida la marcha de sus dos amigos dependía de lo que ellas acordasen. La señora Jennings no quería abandonar Cleveland mientras estuviesen allí los Dashwood, y el coronel Brandon anunció que su presencia allí estaba igualmente decidida, aunque reconocía que no era igualmente importante. A petición del coronel y de la señora Jennings, la señora Dashwood se vio obligada a aceptar el coche del coronel en el viaje de regreso, para mayor comodidad de su convaleciente hija, y el coronel, ante la conjunta invitación de las señoras Dashwood y Jennings, obrando ésta con su habitual amabilidad y generosidad, que arrastró a su compañera, no tuvo más remedio que aceptar la liquidación de la deuda, comprometiéndose a una visita a la alquería para dentro de unas semanas.

Llegó el día de la marcha y la separación. Marianne, luego de haberse despedido emotivamente de la señora Jennings con palabras de agradecimiento y los mejores deseos, como queriendo resarcirse de sus desatenciones pasadas y despidiéndose del coronel con la cordialidad de un viejo amigo, subió al coche ayudada por éste, que parecía deseoso de poder ocuparlo por entero. La señora Dashwood y Elinor subieron luego, y sus amigos se quedaron hablando del vacío que se produciría en la casa, hasta que la señora Jennings tomó su silla de posta, donde no tendría más pasatiempo que charlar con su doncella, e inmediatamente después el coronel Brandon, en soledad, emprendió el camino de Delaford.

Las Dashwood estuvieron dos días de camino, y Marianne soportó el ajetreo del viaje sin fatigarse demasiado. Proporcionarle un celoso afecto y un solícito cuidado, apropiados para hacerle el viaje agradable, fue tarea de sus compañeras, que hallaban cumplida recompensa viendo su bienestar físico y el reposo de su espíritu. Para Elinor, la constatación de este último era un verdadero regalo. Ella, que la había visto semana tras semana con el corazón constantemente doliente y oprimido por tantas congojas, sin que tuviese valor para hablar de ellas o fortaleza para ocultarlas, ahora la contemplaba con alegría disfrutar de orden y serenidad en las ideas, lo cual, siendo el resultado de una profunda reflexión, tenía que conducirla necesariamente al contento y bienestar.

Cuando se aproximaron a Barton y penetraron en un paisaje, donde cada campo y cada árbol le traía un preciso y penoso recuerdo, fue tornándose silenciosa y pensativa, y volviendo el rostro a sus compañeras miraba fijamente por la ventanilla. Pero Elinor se extrañó de ello, y cuando al ayudar a Marianne para que bajase del coche vio que se echaba a llorar desconsoladamente, comprendió que se trataba de una emoción natural que no tenía que despertar otra cosa sino piedad, y que en cierta manera debía ser admitida y aun elogiada. En el conjunto de su actitud subsiguiente se manifestaba la dirección de un espíritu esforzándose para ser más racional, pues tan pronto como entró en la sala de estar, Marianne lanzó una mirada escrutadora por toda la pieza, pero con expresión de firmeza, como si quisiese ya acostumbrarse a la visión de todos aquellos objetos vinculados con los recuerdos de Willoughby. Pocas palabras decía, pero eran amables y joviales, y aun cuando de vez en cuando se le escapaba algún respiro, no era sin la enmienda de una sonrisa. Después de comer quiso tocar un poco el piano. Se acercó a él y lo primero que cogió fue la partitura de una ópera que le había regalado Willoughby, porque contenía algunos de sus dúos favoritos. En su primera página se leía el nombre de ella escrito de puño y letra del muchacho. No era oportuno, en verdad. Movió la cabeza, apartó a un lado aquella partitura, y luego de haber tocado unas escalas notó que sus dedos aún estaban algo débiles. Cerró de nuevo el piano, declarando, con entereza, que en lo sucesivo pensaba practicar asiduamente.

El día siguiente no trajo disminución de tales síntomas de recuperación. Al contrario, con un cuerpo y un ánimo cada vez más fortalecidos, hablaba y reía con verdadero gusto, soñando con el regreso de Margaret y ocupándose de su deseo de ver completo el cuadro de familia y reemprendidas sus tareas habituales, según ella las únicas que podían procurarle la verdadera felicidad.

—Cuando mejore el tiempo y me sienta algo más fuerte —decía—, me gustaría pasear cada día juntas por los alrededores. Iremos donde aquellos campesinos de más abajo, y veremos cómo están sus pequeños; quiero ver también las plantaciones de sir John en Barton Cross y llegaremos hasta Abbeyland; visitaremos las antiguas ruinas del priorato y trataremos de estudiarlas. No dudo que seremos felices. El verano transcurrirá en paz y felicidad. Pienso levantarme lo más tarde a las seis y repartir las horas hasta el mediodía entre la música y la lectura. Tengo ya proyectos, y estoy decidida a emprender los estudios con seriedad y constancia. Nuestra biblioteca no puede proporcionarme sino obras de mero pasatiempo, pero en Barton Park hay muchas obras dignas de ser estudiadas y otras excelentes y más modernas pueden serme facilitadas por el coronel Brandon. Leyendo seis horas cada día puedo adquirir una instrucción que ahora realmente echo en falta.

Elinor la admiraba por aquellos nobles proyectos, pero se sonreía viendo la misma exaltación, que la había llevado de un extremo de lánguida indolencia y de egoísta tristeza, al otro, ahora para tornar excesivo un plan cuya base de racional empleo del tiempo y el dominio de sí mismo lo hacían digno de loa. Pero sus sonrisas se trocaron en suspiros recordando que la promesa que hiciera a Willoughby permanecía aún incumplida. Temía que aquellas noticias y explicaciones pudiesen inquietar aún el entendimiento de Marianne, destruyendo de momento tan bellos proyectos de laborioso sosiego. Inclinada a postergar en lo posible aquel momento cruel, decidió aguardar a que la salud de Marianne estuviese más consolidada. Pero aquella resolución fue rota al poco tiempo.

Marianne había permanecido dos o tres días en casa antes que el tiempo fuese bastante bueno para permitir un paseo a una convaleciente como ella. Pero al fin apareció una mañana, serena y luminosa; y Marianne recibió permiso para pasear sin fatigarse apoyada en el brazo de su hermana, por el camino que se extendía delante de la casa.

Las hermanas caminaban con la lentitud requerida por la debilidad de Marianne, para la cual resultaba trabajoso un ejercicio que no había practicado desde su dolencia, y no se habían separado de la casa lo suficiente para divisar plenamente aquella colina, que era un hito tan importante en el recuerdo de Marianne, cuando ésta, dirigiendo allí sus ojos, dijo reposadamente:

—Allí, allí fue exactamente. —Lo señaló con la mano—. El lugar donde me caí y donde vi por vez primera a Willoughby… —Su voz parecía ahogarse, pero cobrando energía añadió—: Me alegra comprobar que puedo mirar ese lugar con tan poca pena. ¿He de volver a hablar en mi vida de estas cosas? —dijo como vacilando—. Si no me equivoco, puedo ya hablar de ello cuanto me plazca.

Elinor la invitó a expresarse con franqueza.

—He cambiado un poco de sentir, por lo que a él se refiere —dijo Marianne—, y no pienso ocuparme ahora de lo que fueron mis sentimientos, sino de lo que son en la actualidad. En este momento, si pudiese quedar satisfecha en un punto, si pudiese pensar que no hubo falsedad conmigo, que él no se propuso engañarme, pero más que nada, si pudiese estar segura de que no fue tan malvado como a veces le imagino cuando pienso en la historia de aquella desventurada muchacha… —Se interrumpió. Elinor oyó con satisfacción aquellas palabras y contestó:

–¿Si pudieses estar segura de ello, te sentirías más feliz?

–Sí. La paz de mi espíritu depende doblemente de ello, pues no sólo es horrible sospechar en una persona, que ha sido para mí lo que él fue, tales designios, sino pensar lo que me descubre de mí misma. Es horrible pensar a lo que me exponía una situación como aquélla, con un amor confiadamente ciego como el mío.

–¿Qué, pues, desearías pensar de su proceder?

–Me encantaría suponerle un tanto versátil y ligero en sus cosas.

Elinor no dijo nada más. Se preguntaba si convenía referirle inmediatamente la historia, o aguardar a que Marianne estuviese más fuerte. Permanecieron unos momentos en silencio.

–Nada bueno pensaría de él si supiese –dijo Marianne con un suspiro– que sus reflexiones secretas no son tan amargas como las mías. Si lo son, ya sufre lo suficiente.

–¿Comparas tu conducta con la suya?

–No; pero la comparo con la que hubiese podido ser la mía; la comparo con la tuya.

–Nuestras situaciones se parecen muy poco.

–Pero se parecen más que nuestras respectivas conductas. No quieras ahora, querida Elinor, que tu amabilidad te haga defender lo que tu juicio condena. Mi enfermedad me ha abierto los ojos. Me ha proporcionado tiempo y reposo para meditar mis recuerdos. Hay que decir que desde hacía algún tiempo ya comenzaba a sentirme capaz de cierta reflexión. Comenzaba a meditar el pasado y consideraba mi conducta desde el comienzo de nuestra amistad en el pasado otoño, como una serie de imprudencias para conmigo y para con los otros, como una serie de faltas de consideración. Empecé a ver que mis sentimientos habían preparado mis desdichas y que mi falta de entereza para resistirlas me llevaría a la tumba. Mi enfermedad, ahora lo veo claro, fue enteramente provocada por mí misma, por la sistemática negligencia respecto de mi salud, actitud que aun entonces me parecía a veces un error. Si hubiese muerto habría sido una autodestrucción. No tuve consciencia del peligro hasta que había pasado; pero con el sentir que surgió de estas reflexiones, me maravillé de haberme repuesto: me maravillé de que mi exaltación, mi deseo de vivir y de tener tiempo para expiar ante Dios y ante vosotros mis errores no me matase sin tardanza. ¡Si hubiese muerto, en qué desesperación te habría dejado a ti, mi enfermera, mi hermana, la persona que más me quiere! ¡Tú que has visto todo el egoísmo de mis últimos tiempos, que oíste todos los rumores de mi corazón, qué recuerdo guardarías en tu memoria! ¡A madre cómo hubieses podido consolarla! No encuentro palabras para expresar cuánto me aborrezco. Siempre que dirijo mis ojos al pasado, no veo más que deberes incumplidos y debilidades consentidas. Hice daño a todos. La benevolencia e infinita amabilidad de la señora Jennings fue correspondida con ingratitud y desdén. Con los Middleton, con los Palmer, con las Steele, con todas nuestras amistades me he mostrado insolente e injusta, con un corazón endurecido y un temperamento que se irritaba ante sus atenciones. A John, a Fanny, aun a aquellos que eran merecedores de poco, les concedí menos de lo que les correspondía. Pero tú, tú más que nadie, más que mi madre, has sido ofendida por mí. Yo y solamente yo conocía tu corazón y sus penas; sin embargo, ¿qué influencia tuvieron sobre mí? No supieron inspirarme una compasión que nos beneficiase a ti y a mí. Tu ejemplo estaba ante mí, pero ¿qué ventaja supe extraer de él? ¿Me mostré diligente en favor tuyo, en socorro tuyo? ¿Supe imitar tu comedimiento o procuré disminuir tus fatigas tomando parte en aquellas actividades sociales que la gratitud exige, y que tuviste que emprender tú sola? No por saberte desgraciada, por saber que tú también vivías tus angustias, intenté compartir aquellos afanes de deber o de amistad; creyendo que el dolor sólo existía para mí, sólo compadeciendo el corazón de aquel hombre que me había abandonado y traicionado, a quien profesaba un afecto sin límites, y dejando que tú fueses desgraciada por causa mía.

Aquí se interrumpió aquel rápido fluir de palabras que surgían de su ánimo arrepentido; y Elinor, impaciente por calmarla, pero demasiado honesta para la adulación, expresó escuetamente aquellos elogios que eran indispensables y que su emotiva contricción merecía. Marianne apretó su mano y respondió:

—Eres muy buena. El porvenir ha de ser mi rehabilitación. Tengo mi plan, mi decisión, y si soy capaz de llevarlo a cabo quedará demostrado que sé gobernar mis sentimientos y mi temperamento. En lo sucesivo no serán tormento de los demás ni propia tortura mía. Viviré exclusivamente para los míos. Tú, mi madre y Margaret serán en lo sucesivo todo mi mundo; todos mis afectos estarán concentrados en vosotras. De vosotras, de mi hogar, nunca querré apartarme; y si frecuento otras gentes será simplemente para demostrar que tengo el espíritu humilde, el corazón renovado y que soy capaz de cumplir las exigencias de los más simples servicios de la vida con amabilidad y buen ánimo. Por lo que atañe a Willoughby, es ocioso decir que le olvidaré enseguida o que le olvidaré en lo futuro. Su recuerdo no puede ser vencido por los cambios de circunstancias o de opiniones. Pero ha de ser algo regulado, equilibrado, por la religión, por la razón, por mi constante actividad. —Hizo una pausa y añadió en voz más baja—: ¡Si al menos conociese su corazón, cuánto más simple sería mi vida!

Elinor, que había reflexionado sobre la conveniencia de lanzarse arriesgadamente a revelarle su secreto, sin alcanzar una decisión, al oír estas palabras, pensando que no es la reflexión quien resuelve los problemas sino la decisión final, sin saber cómo comenzó su historia.

Compuso su relato, tal como confiaba, con tacto, preparó con destreza a su oyente; refirió con sencillez y honestidad los principales puntos en que Willoughby fundaba su defensa; hizo justicia a su arrepentimiento y procuró suavizar su situación actual. Marianne no respondió una palabra. Temblaba; fijos los ojos en el suelo, sus labios se volvieron más pálidos aun de lo que los dejara su dolencia. Mil preguntas se agolparon en su corazón, pero no se sentía capaz de formular ninguna. Escuchaba cada sílaba con palpitante avidez; su mano, sin saber cómo, apretaba la mano de su hermana, y resbalaban lágrimas por su rostro.

Elinor, temiendo que Marianne se fatigase, la acompañó hasta la casa; y hasta que llegaron a la puerta de ésta, pensando en la natural curiosidad de la hermana, aun cuando ésta no se atrevía a formular pregunta alguna, no le habló más que de Willoughby y de la conversación que había mantenido con él. Fue minuciosa en la descripción de las palabras y las actitudes, donde era importante detallar la escena. Cuando hubieron entrado en la casa, Marianne, con un beso de gratitud y unas palabras articuladas entre lágrimas, «¡Cuéntaselo a mamá!», se separó de su hermana y comenzó a subir la escalera. Elinor no se atrevió a interrumpir una soledad tan razonable como la que ahora necesitaba Marianne; y con el ánimo presintiendo con ansia el resultado de aquel retiro, y con la resolución de sacar de nuevo el tema, en caso de que no lo hiciese Marianne, se dirigió al saloncito dispuesta a cumplir su recomendación final.

XLVII

La señora Dashwood no pudo oír sin emoción la vindicación de su antiguo favorito. Se alegró de verle algo descargado de buena parte de la culpa que se le imputaba; padecía pensando en él, hubiese querido verlo feliz. Pero los sentimientos pasados no pueden volver. Nada podía deshacer ya una fe rota, un nombre definitivamente maculado. Nadie podía borrar la idea del sufrimiento de Marianne por su causa, ni su incalificable conducta con Eliza. Nada podía volverle al lugar de antes en su estima, ni ensombrecer el prestigio de que gozaba ahora el coronel Brandon.

Si la señora Dashwood, igual que su hija, hubiesen podido oír aquella historia directamente de Willoughby –ser testigos de su desesperación, directamente bajo el influjo de su actitud y sus modales–, es probable que su compasión hubiese sido mayor. Pero no estaba en el poder de Elinor comunicar los sentimientos que ella experimentara a los otros mediante explicaciones, por muy detalladas que fuesen. Además la reflexión había calmado ya su juicio y había depurado su propia opinión de las andanzas de Willoughby; ahora, pues, se hallaba en las mejores condiciones para comunicar sólo la verdad, poniendo de manifiesto los hechos tal como realmente habían sucedido, sin ningún embellecimiento del sentimiento capaz de extraviar la fantasía.

Por la noche, cuando se encontraban juntas las tres, Marianne comenzó casi involuntariamente a hablar de él; pero no sin incomodidad, como el prolongado aire de preocupación que precedió a sus palabras, su alterado color y su voz temblorosa mostraban claramente.

–Puedo aseguraros que veo las cosas tal como vosotras deseáis –dijo.

La señora Dashwood quiso interrumpirla al punto

con expresión de ternura, a no ser por Elinor, que deseosa de oír la verdadera impresión de su hermana hizo una seña a su madre para que guardase silencio. Marianne prosiguió con voz entrecortada:

–Es un gran consuelo para mí haber podido oír lo que me contó Elinor esta mañana; es exactamente lo que anhelaba saber. –Por un momento pareció que se le perdía la voz, pero luego, tranquilizándose, prosiguió con voz más firme–: Estoy perfectamente satisfecha; en verdad que no deseo cambio alguno. Nunca habría sido feliz con él, luego de saber, como tarde o temprano hubiese sabido, todas estas circunstancias. No habría podido tenerle confianza ni estima. Nada habría borrado esta impresión.

–¡Lo comprendo, querida hija! –exclamó la madre–. ¿Feliz con un hombre libertino, con alguien que había destruido la paz de la persona a quien más queremos, y del mejor de los hombres? ¡No, mi Marianne no tiene corazón para haber sido feliz con un hombre semejante! Su conciencia tan sensible habría sufrido por todo lo que faltaba a la de su esposo.

Marianne repitió suspirando:

–No deseo cambio alguno.

–Veo que consideras el asunto –añadió Elinor– con alma serena y clara inteligencia; y llegaría a decir que te das cuenta, tan bien como yo misma, no solamente de esto sino en muchas otras circunstancias, de que existe razón suficiente para creer que tu casamiento te habría deparado un cúmulo de sinsabores y conflictos, en los cuales habrías sido débilmente amparada por el afecto de él, incierto en el fondo… Si te hubieses casado con él, siempre habrías sido pobre. Su tendencia al derroche es conocida aun por él mismo; y toda su manera de proceder anuncia que el espíritu de sacrificio es para él una expresión hueca. Sus exigencias unidas a la inexperiencia tuya y a una renta exigua habrían provocado numerosos conflictos que resultarían más penosos para ti por el hecho de haber sido desconocidos e inimaginables previamente. Tu sentido del honor y la honestidad te habría conducido, lo sé muy bien, en cuanto te hubieses hecho cargo de la situación, a intentar todas las economías posibles; y en cuanto se hubiesen relacionado éstas con tu propia comodidad tal vez habrían sido posibles; pero sin este aspecto (¡y qué poca influencia tendrían tus propios sacrificios para detener la ruina general!), sin tus economías, si intentabas imponer las de él, no cabe duda de que, en lugar de dominar su egoísmo y consentir en ello, no habrías obtenido más que un descenso de tu influencia sobre su corazón, hasta el punto que tal vez llegaría a lamentar haberse casado contigo.

Los labios de Marianne temblaron y parecieron murmurar: «¿Egoísta?», con un tono que implicaba: «¿Realmente lo consideras egoísta?»

–Toda su conducta –replicó Elinor–, desde el principio al fin de tu historia, está fundada en el egoísmo. Fue egoísmo lo que le movió desde el principio a jugar con tus sentimientos; lo que más tarde, cuando los suyos estaban en juego, le hizo retrasar el confesarte su amor, y finalmente lo que le apartó de Barton. Su propio placer, su propia comodidad es su ley en cada momento decisivo de su vida.

–Es cierto. Nunca buscó mi felicidad.

–Ahora lamenta su propia conducta –prosiguió Elinor–. ¿Y por qué se lamenta de ella? Porque proceder de aquella manera no le ha resultado. Porque no le ha hecho feliz. Su situación es ahora holgada; no sufre escasez, puede vivir con cierto lujo, pero se encuentra casado con una mujer de un carácter mucho menos soportable de lo que creía. Pero ¿cabe deducir de ello que si se hubiese casado contigo sería ahora más feliz? Los inconvenientes habrían sido otros. Habría padecido entonces de la escasez de medios, que ahora, porque no tiene que afrontarla, cree que no cuenta para nada. Habría tenido una mujer que no se quejaría, pero habría tenido que luchar con la pobreza siempre miserable; y seguramente habría terminado por conceder a las innumerables ventajas de una buena renta, mucha más importancia, aun para la felicidad doméstica, que el carácter de la esposa.

–No dudo de ello –dijo Marianne–, y no he de lamentar por mi parte nada de lo sucedido; excepto mi propia locura.

–Di antes excepto la imprudencia de tu madre, hija mía –dijo la señora Dashwood–, tu madre no tiene excusa.

Marianne no quiso que siguiese por aquel camino y Elinor, satisfecha de que cada una reconociese su error, deseaba, no obstante, evitar cualquier eventual consideración del pasado que pudiese conturbar el ánimo de Marianne; por lo tanto, persistiendo en el primer tema, añadió:

–Una observación, empero, puede deducirse del conjunto de esta historia: que todas las dificultades de Willoughby provinieron de su primer insulto a la virtud con su conducta hacia Eliza Williams. Este crimen fue la causa de los errores que siguieron y de su presente desolación.

Marianne asintió con pasión a estas razones y su madre se lanzó a una enumeración de los méritos del coronel Brandon y de las ofensas que en contra de él cometió Willoughby, con un calor que sólo la amistad y la simpatía pueden inspirar. Su hija Marianne la escuchaba como ausente, como si no la oyese.

Elinor se dio cuenta de que en los tres días siguientes Marianne no continuaba mejorando como en los anteriores; pero como su resolución parecía mantenerse incólume y a cada momento se la veía esforzándose para mostrarse amable y desenvuelta, su hermana confiaba aún en los efectos sedantes y reconfortantes del tiempo.

Margaret no tardó en llegar, y la familia se halló de nuevo sosegadamente reunida en aquella casita; y si no proseguían sus estudios con tanto ímpetu como cuando llegaron a Barton, por lo menos vivían en la ilusión de comenzar dentro de poco una vida de abnegados trabajos.

Elinor estaba intranquila por tener noticias de Edward. No sabía nada de él desde que salió de Londres, nada de sus proyectos, ni casi dónde vivía por aquel entonces. Cruzaron algunas cartas con su hermano con motivo de la enfermedad de Marianne, y en una de las primeras, John le decía: «No sabemos nada de nuestro desventurado Edward y no podemos hacer averiguaciones que nos están vedadas, aunque creo que continúa en Oxford.» He aquí todo lo que aquella correspondencia pudo revelarle de Edward, pues en ninguna de las otras cartas se mencionaba su nombre. Pero el destino no quiso que tardase mucho en tener noticias de él.

Un sirviente fue enviado un día a Exeter por unos encargos, y cuando la señora le preguntó por detalles de sus diligencias, el buen hombre dijo:

—No sé si tienen ustedes noticias, pero me dijeron que el señor Ferrars se ha casado.

Marianne se sintió profundamente conmovida, fijó sus ojos en Elinor, y al ver la palidez de ésta se dejó caer desmayada en un sofá. La señora Dashwood, cuyos ojos, al oír las palabras del criado, instintivamente habían mirado a Elinor, quedó sorprendida al ver por su aspecto que realmente sufría, y al ver poco después, desmayada a Marianne, no sabía a cuál de sus dos hijas tenía que dirigir primero sus cuidados.

El criado, que veía solamente que la señorita Marianne se había desmayado, tuvo el buen acierto de llamar a una de las sirvientas, que con ayuda de la señora Dashwood la trasladaron a la otra habitación. Marianne no tardó en recobrar el sentido, y su madre, dejándola al cuidado de Margaret y la sirvienta, volvió junto a Elinor, que aunque bastante emocionada aún había recobrado la compostura y se disponía a preguntar a Thomas por más detalles. Al punto se encargó la señora Dashwood de esta tarea; y Elinor tuvo la ventaja de una buena información sin la fatiga de recabarla directamente.

—¿Quién le dijo que el señor Ferrars se había casado?

—Vi al propio señor Ferrars, señora, esta mañana en Exeter, y también a su esposa, antes señorita Steele. Venían en una silla de posta que se detuvo ante la posada New London cuando yo entraba con una carta de Sally de Barton Park para su hermano, que es uno de los postillones. Pasé por delante de la silla de posta y pude ver claramente que era la menor de las señoritas Steele. Me quité el sombrero para saludar, y ella me reconoció y me llamó, preguntándome por usted, señora, y por las señoritas, especialmente por la señorita Marianne, para todos me dio saludos, a los que se añadieron los del señor Ferrars. Ambos me dijeron que sentían mucho no haber podido pasar a saludarles, pero que tenían que continuar su viaje sin demora, porque se dirigían muy lejos, y que al volver pasarían por aquí a visitarlas.

—¿Pero ella le dijo que ya estaban casados, Thomas?

—Sí, señora. Sonrió y dijo que su nombre había cambiado. Siempre fue una señorita muy habladora y simpática, y muy cortés con todos. De todo corazón le deseo felicidades.

—¿El señor Ferrars iba en el coche con ella?

—Sí, señora. Se reclinaba contra el acolchado del carruaje, aunque casi no levantó la cabeza. Jamás vi un caballero más seco de palabras.

El corazón de Elinor registró al punto aquel deseo de Edward de no exhibirse y seguramente tampoco la señora Dashwood dejó de reparar en ello.

—¿No iba nadie más en el coche?

—No, señora, sólo ellos dos.

—¿Pudo usted saber de dónde venían?

—Venían de Londres, según me dijo la señorita Steele, quiero decir la señora Ferrars.

—¿Y adónde se dirigían?

—No lo sé, pero no estarán muchos días. Dijeron que regresarían pronto y que las visitarían a ustedes.

La señora Dashwood miró a su hija, pero ésta estaba segura de que no vendrían. Adivinó en todo ello la mano de Lucy, pero sabía que Edward nunca consentiría en pasar por allí. Observó en voz baja a su madre que seguramente se dirigían a casa del señor Pratt, que vivía cerca de Plymouth.

Las informaciones de Thomas parecían agotarse ya, pero Elinor quería saber más aún.

—¿Volvió a verlos antes de que se marchasen?

—No, señora; llegaron los caballos, pero yo no podía permanecer más allí, tenía miedo de retrasarme.

—¿La señora Ferrars parecía en buena salud?

—Sí, señora, tenía muy buen aspecto. A mi entender siempre ha sido una dama muy bella. Se la veía contenta.

Aquí terminó el interrogatorio. Marianne había mandado decir que no comería. La señora Dashwood y Elinor habían perdido también el apetito. Margaret, sin embargo, nunca se había quedado sin cenar, seguramente por no haber sufrido nunca las contrariedades y sinsabores que tantos malos ratos habían causado a sus hermanas, y esta vez no fue la excepción.

La señora Dashwood y Elinor se quedaron solas y ensimismadas en unas mismas ideas; permanecieron largo tiempo en silencio. La señora Dashwood temía arriesgarse a decir algo y no se atrevía a ofrecer su consuelo. Comprendía que se había equivocado atendiendo únicamente a lo que Elinor dejaba entrever, que aquel amor había sido disimulado a sabiendas por Elinor, para evitar a su madre mayor pena, cuando se sentía tan atribulada con las desdichas de Marianne. Sentía que había sido confundida por las atenciones delicadas y cariñosas de Elinor, hasta llegar a creer que aquel afecto por Edward que ahora de súbito alcanzaba a comprender, era más ligero y superficial de lo que en este instante revelaban los hechos. Temió que en su equivocada creencia hubiese sido injusta, poco comprensiva –sí, tal vez excesivamente dura– con Elinor; que las penas de Marianne, por más conocidas, habían aumentado su afecto hacia la hija desdichada y la habían hecho olvidar que tenía en Elinor una hija que sufría igualmente, pero con menos exhibicionismo y mayor entereza.

XLVIII

Elinor descubría ahora la diferencia entre el temor de un hecho desagradable, por muy probable que la inteligencia lo considere, y la certitud del mismo. Ahora alcanzaba a ver que siempre había conservado en el fondo una cierta esperanza, ya que Edward estaba aún soltero, como si alguna cosa fuese a ocurrir y evitase el casamiento con Lucy; que tal vez una resolución suya, o la mediación de algún amigo, o algún partido mejor para Lucy, iban a mediar para proporcionarle la soñada aventura. Ahora, empero, estaba ya casado y Elinor se reprochaba a su corazón el haber seducido a su inteligencia con tan vanas ilusiones.

Que Edward se hubiese casado tan pronto, antes de ser ordenado y, por lo tanto, antes de tener la pensión de la parroquia era algo que de buen principio la había sorprendido un tanto; pero no tardó en percatarse de que Lucy, siempre providente en su prisa por asegurarse la boda, había pasado por encima de todo, con tal de evitar todo aplazamiento. Se habían casado a toda prisa –en

Londres– y ahora se dirigían a casa de su tío. ¡Qué habría sentido Edward sabiéndose a cuatro millas de Barton –viendo al criado de su madre– oyendo los propósitos de Lucy!

No tardarían en ocupar la parroquia de Delaford, aquel lugar en que tantas cosas parecían concurrir para hacérselo interesante, aquel lugar que tanto deseaba ver y que ahora sólo anhelaba evitar. Por un instante se los imaginó instalados en la casa parroquial: Lucy como una activa dueña de casa, uniendo el deseo de figurar y lucir con la más estricta sobriedad, siempre algo avergonzada de que pudiesen sospecharle aquellas actividades caseras, persiguiendo el propio interés en toda ocasión, cortejando el favor del coronel Brandon, de la señora Jennings y de cualquier amigo acaudalado. En Edward en realidad no sabía ni lo que veía, ni lo que desearía ver. Feliz o infeliz, ninguna visión le parecía justa; apartaba de su mente cualquier cosa que se pareciese a un trasunto del joven.

Elinor suponía que algunas de sus amistades de Londres le escribirían comunicándole el acontecimiento y dándole detalles; pero pasaba un día tras otro y no llegaban cartas ni noticias. Aunque no podía considerar un descuido en todos ellos, el hecho no dejaba de causarle desazón. Al parecer, todos eran olvidadizos e indolentes.

–¿Cuándo escribirás, madre, al coronel Brandon? –fue la pregunta que surgió de la impaciencia de su espíritu dispuesto a moverlo todo.

–Le escribí, querida, la semana pasada, y antes espero verlo por aquí que tener noticias suyas. Le pedí formalmente que nos hiciese una visita y no me sorprendería que le viésemos llegar un día de estos.

Esto era ciertamente una solución. El coronel debía saber algo sobre el particular. Nadie mejor que él.

Apenas si había tenido tiempo de pensar en ello,

cuando he aquí que distinguieron la silueta de un jinete desde la ventana. Y se paró ante la puerta. Un caballero bajó del caballo: el propio coronel Brandon. Ahora Elinor iba a saber infinidad de cosas y temblaba de emoción. Pero se fijó mejor y ya no le pareció el coronel Brandon, sino alguien que recordaba a Edward. Elinor aguzó la mirada: no cabía duda ni confusión, era Edward. Se apartó de la ventana y se dejó caer en un sillón.

«Viene desde la casa del señor Pratt para visitarnos. He de permanecer serena y dueña de mí misma», se dijo.

Al mismo tiempo vio que las demás se habían dado cuenta del error. Su madre y Marianne cambiaron de color; la miraron y se cuchichearon unas palabras. Hubiese querido poder hablarles para decirles que no pusiesen frialdad ni desdén en sus palabras cuando él llegase pero no logró articular una sola palabra y tuvo que abandonarlo todo a la discreción de ellas.

No se oyó ni una sílaba; todas permanecían en silencio aguardando la presencia del visitante. Se oyeron sus pasos en la gravilla del jardín y en un momento estuvo en la puerta, y luego ante ellas.

Su aire al entrar en la estancia era poco cordial, aun para Elinor. Estaba pálido, parecía presa de la agitación y como temeroso de que la acogida no fuese amable. La señora Dashwood, no obstante, confiando interpretar los deseos de la hija por cuyos deseos se dejaba guiar ahora en todos los momentos, se dirigió al muchacho con mirada afable y le alargó la mano con corteses palabras.

El joven enrojeció y murmuró unas palabras casi ininteligibles.

Elinor seguía con desesperación las palabras de su madre y también hubiese deseado darle la mano, pero con un aire que quiso ser desenvuelto se volvió a sentar y comenzó a hablar del tiempo. Marianne se había puesto lo menos posible en evidencia para disimular su confusión, y Margaret, comprendiendo algo, pero no del todo lo que pasaba, creyó que su misión era mantener una actitud digna, y en consecuencia se sentó lo más lejos que pudo del visitante y guardó un recatado silencio.

Cuando Elinor terminó de expresar su regocijo por un tiempo tan claro, se produjo una terrible pausa que afortunadamente interrumpió la señora Dashwood al decir que estaba segura de que la señora Ferrars se hallaba bien. Con precipitación, el muchacho contestó que sí, que estaba magníficamente.

Otra pausa.

Elinor, haciendo un esfuerzo por resolver la situación, dijo, casi temerosa de su propia voz:

—¿La señora Ferrars se encuentra en Longstaple?

—¿En Longstaple? —replicó el visitante, sorprendido—. No, mi madre está en Londres.

—Es que preguntaba —añadió Elinor, tomando una labor de encima de la mesa—, por la señora de Edward Ferrars.

No se atrevió a levantar los ojos, pero su madre y Marianne dirigieron sus miradas al muchacho. Éste se ruborizó, pareció perplejo y, con algunos gestos de duda, dijo:

—Quizá se refiere usted a mi hermano: usted habla, sin duda, de la señora de Robert Ferrars.

—¡La señora de Robert Ferrars! —repitieron Marianne y su madre con gran desconcierto.

Aunque Elinor casi no podía hablar, sus ojos se fijaron en él con una expresión de impaciente extrañeza. El joven se levantó de la silla, se acercó a la ventana y, sin saber lo que hacía, tomó unas tijeras que allí había y empezó a cortar en pedazos, mientras hablaba, el estuche.

—No sé si ustedes lo saben —dijo con voz presurosa—. He de anunciarles que mi hermano se ha casado no hace mucho con Lucy Steele.

Aquellas palabras provocaron una indescriptible sorpresa, excepto en Elinor, que con la cabeza inclinada sobre la costura, aunque presa de una extrema agitación interior, quería aparentar indiferencia.

–Sí –continuó el muchacho–, se casaron la semana anterior y actualmente se encuentran en Dawlish.

Elinor no pudo más. Abandonó la estancia y cuando se vio sola estalló en un torrente de lágrimas de alegría. Edward, que miraba a todas partes, menos a Elinor, percibió, no obstante, la salida de ésta y tal vez su emoción, pues inmediatamente cayó en una especie de ensoñación, de la cual no pudieron apartarle ni las preguntas ni las palabras afectuosas de la señora Dashwood; y al fin, sin decir nada más, se marchó y emprendió el camino del pueblo, dejando a todos sorprendidos y perplejos por aquel cambio tan maravilloso y repentino: una perplejidad que no podían resolver más que con sus propias conjeturas.

XLIX

Por muy inesperado que resultase a la familia Dashwood el hecho, era seguro que Edward estaba aún soltero. Cómo pensaba emplear esta libertad parecía algo incierto; sin embargo, luego de experimentar las delicias de un compromiso imprudente, adquirido sin el permiso de la madre, todo podía esperarse menos que quisiese incurrir en otro.

Su viaje a Barton tuvo un motivo muy concreto. Había ido simplemente para pedir en matrimonio a Elinor; y teniendo en cuenta que no era un inexperto en la materia resultaba curioso que se hubiera sentido tan turbado y necesitara que le animasen y le reconfortasen.

Como llevó a buen puerto su resolución, tan pronto como tuvo oportunidad de hacerlo, en qué términos se expresó y cómo fue recibido no ha de ser expuesto detalladamente aquí. Indicaremos solamente, que, con ocasión de una nueva visita a casa de las Dashwood, cuando todos estaban sentados a la mesa, unas tres horas después de su llegada, había obtenido ya el consentimiento de la muchacha y el de su madre y se le vio no sólo en el papel de enamorado extasiado ante su amada, sino también como uno de los hombres más felices. Su situación era más afortunada de lo que pueda imaginarse. Era algo más que el triunfo de un amante correspondido lo que inflamaba su corazón y enardecía su ánimo. Había sido liberado sin una queja de las ataduras de un compromiso con una mujer, que desde hacía tiempo había dejado de querer y hallado en otra una absoluta seguridad de ser querido, en una mujer en la que había pensado siempre con desesperación profunda, desde el momento en que comenzó a sentirse atraído por ella. No había llegado al extremo de la duda o la perplejidad, sino al de la miseria y la más profunda desventura; y refería aquel cambio con una gracia tan sincera y auténtica como nunca sus amigos habían podido admirar en él.

Su corazón se abría ahora a Elinor, reconocía todos sus errores y debilidades, y su primer enamoramiento, cosas de chicos, era tratado ahora con la filosófica dignidad de los veinticuatro años.

–De mi parte fue una inclinación alocada, propia de la juventud –decía–, la consecuencia de la ignorancia del mundo. Si cuando salí de la tutela del señor Pratt, a los dieciocho años, me hubiesen dedicado a alguna profesión activa, estoy seguro de que nada habría sucedido; pues cuando abandoné Longstaple, preso ya de la preferencia por una de sus sobrinas, si hubiese tenido algún trabajo concreto, alguna actividad que me absorbiese, en la cual pudiese emplear mi tiempo y mantenerme alejado de ella por unos meses, no habría tardado en superar aquel afecto en realidad imaginario mezclándome más directamente con el mundo, como los negocios suelen determinar. Pero en vez de encontrarme con cosas que hacer, en lugar de hallarme cara a cara con una profesión que me hubiesen señalado o que yo hubiese escogido, volví a mi hogar para entregarme al ocio. Los primeros doce meses no me consintieron ni la nominal ocupación de pertenecer a la universidad, pues no entré en Oxford hasta los diecinueve años. No tenía más ocupación en el mundo que imaginarme que estaba enamorado; y como mi madre no supo hacerme acogedor el hogar desde ningún punto de vista, como no tenía amigos, ni un compañero en mi hermano, y me contrariaba tener que buscar nuevas amistades, me resultó lo más natural emprender a menudo el camino de Longstaple, donde me encontré siempre como en casa y donde estaba siempre seguro de una buena acogida. Así pues, de los dieciocho a los diecinueve años pasé allí la mayor parte del tiempo. Lucy me parecía el símbolo de lo más amable y delicioso de la vida. Además la encontraba encantadora, por lo menos en aquellos momentos, ya que sabía tan poco de las mujeres que no cabían comparaciones, y sus defectos me pasaban desapercibidos. Considerando todo esto, creo que si bien fue una locura nuestro compromiso, entonces y siempre, no era un acto de locura que no tuviese en aquellos tiempos sus causas y su justificación.

El cambio que unas pocas horas habían operado en el ánimo de las Dashwood, llenándolo de ventura, era tan grande que deparó a todos el goce de una noche insomne. La señora Dashwood, demasiado feliz para tener sosiego, no sabía cómo querer bastante a Edward ni elogiar bastante a Elinor, ni cómo mostrarse bastante agradecida por su delicadeza en no dejarla sola. A esto quería corresponder proporcionándoles todas las ocasiones posibles para que conversasen los dos, aunque no le desagradaba gozar de la compañía de los prometidos.

Marianne sólo podía expresar su felicidad con lágrimas. Naturalmente siempre surgían comparaciones, siempre hallaba motivos de añoranza, y su alegría, aunque tan sincera como su afecto a su hermana, era incapaz de hallar palabras, y de prestarle serenidad.

Y ¿cómo describir los sentimientos de Elinor? Desde el momento que supo que Lucy se había casado con otro, que Edward estaba libre, desde el momento que vio claramente justificadas sus esperanzas, pareció envolverla un profundo reposo. Pero tras el primer momento, cuando vio alejarse definitivamente toda duda, todo cuidado –cuando pudo comparar ventajosamente su situación presente con la pasada–, cuando le vio honorablemente desligado de su primer compromiso y aprovechar al punto aquella libertad para dirigirse a ella y declararle un amor tan constante como sincero, un amor tal como ella había imaginado, se sintió embargada y transformada por su propia felicidad. Dispuesta, como todo espíritu humano, a familiarizarse fácilmente con los cambios favorables, no fueron necesarias muchas horas para calmar la inquietud de su espíritu y ofrecer un poco de tranquilidad a su corazón.

Edward decidió pasar en la alquería por lo menos una semana, pues por muchas otras atenciones que pudiesen reclamarle, era imposible que se concediese menos de una semana para gozar de la compañía de Elinor o para formular todo aquel mundo de ideas que le sugerían en aquellos momentos el pasado, el presente y el porvenir; pues si unas cuantas horas de incesante conversación son suficientes para despachar más temas de los que en realidad pueden ser de interés común a dos criaturas racionales, con los enamorados es muy diferente. Entre éstos ningún tema tiene fin, no existe ningún asunto que no sea debatido más de veinte veces.

La boda de Lucy, la mayor y más curiosa maravilla

entre aquellos sucesos, formaba, como es natural, uno de los más frecuentes temas de conversación entre ellos. El particular conocimiento de ambos contrayentes que poseía Elinor, le permitía aquilatar la extraordinaria significación de tan singular connubio. Cómo se sintieron repentinamente atraídos el uno por el otro –y qué atracción debía mover a Robert a casarse con una muchacha, de cuya belleza le había oído hablar con singular desdén, una muchacha además prometida con su hermano y por cuya causa éste había sido repudiado por la familia– era algo que escapaba a su comprensión. Para su corazón era un asunto delicioso, para su imaginación una visión ridícula, mas para su razón, para su juicio, un verdadero embrollo.

Edward intentaba una explicación: habiéndose encontrado accidentalmente, la vanidad de uno había sido tan bien trabajada por la adulación del otro, que había desembocado necesariamente en boda. Elinor recordó lo que le había dicho una vez Robert en Harley Street: que en su opinión, si él hubiese intervenido a tiempo en los asuntos de Edward, las cosas habrían sido muy diferentes. Ella se lo contó ahora a Edward.

–He aquí algo propio de Robert –fue su inmediata respuesta–. Y algo que debía rondar aún por su cabeza cuando comenzó la amistad entre ellos. Y Lucy al principio tal vez sólo creía interceder en favor mío. Lo demás debía de surgir después.

Cuánto tiempo hacía que duraba la cosa entre ellos era algo difícil de precisar; pues en Oxford, donde por decisión suya pasó Edward los últimos tiempos desde que salió de Londres, no tenía más fuente de noticias de Lucy que ella misma, y sus cartas hasta el final fueron siempre igualmente frecuentes y cariñosas. Ni la más ligera sospecha le había preparado el ánimo para lo que había de suceder; y cuando finalmente estalló todo en una carta de la propia Lucy, permaneció por algún tiempo estupefacto de sorpresa, de horror y, por qué no decirlo, de alegría, ante el hecho de su liberación. No vaciló en enseñar la carta a Elinor.

Querido amigo: Convencida de que desde hace bastante tiempo he perdido su afecto, me he creído en libertad para conceder el mío a otro hombre, y no dudo que podré ser con él tan feliz como había imaginado serlo con usted. No puedo aceptar una petición de mano cuando mi corazón pertenece a otra persona. Le deseo mucha felicidad en su elección, y no será por mi culpa si no podemos mantener la amistad que conviene a nuestro próximo parentesco. Puedo asegurarle que no le guardo ningún rencor, y estoy segura de que usted no nos desea ningún mal. Su hermano ha sabido ganarse enteramente mi afecto, y como no podíamos vivir el uno sin el otro, acabamos de llegar de la iglesia y nos dirigimos a Dawlish para unas semanas, pues su hermano siente deseos de conocer aquel lugar, pero creyó conveniente que antes le enviara estas líneas. Su sincera amiga y hermana,

LUCY FERRARS

PD: He quemado todas sus cartas y a la primera oportunidad le devolveré su retrato. Puede destruir las mías, pero no veo inconveniente en que conserve mi cabello.

Elinor leyó la carta y la devolvió sin ningún comentario.

—No quiero preguntarte qué opinas sobre esta misiva como composición literaria —dijo Edward—; por nada del mundo te hubiese enseñado antes una carta de ella. Pero una cuñada es diferente de una esposa. Cuántas veces me avergoncé de la manera en que escribe. Y puedo asegurar que desde los primeros meses de nuestras relaciones, ésta es su primera carta cuyo contenido me compensa de los defectos del estilo.

–El hecho es que se han casado –repuso Elinor tras una pausa–, y tu madre ha sido con ello suficientemente castigada. La situación de independencia que ofreció a Robert, por resentimiento hacia ti, puso en su poder la posibilidad de escoger a quien le viniese en gana. Y ahora resulta que ha recompensado a un hijo con mil libras al año por realizar la misma acción que fue causa de que te desheredara. Poco menos le dolerá que Robert se case con Lucy que si hubieses sido tú.

–Más aún, porque Robert fue siempre su favorito. Lo sentirá más, pero sin duda lo perdonará antes.

Edward ignoraba en qué estado se hallaban los asuntos de Robert con su familia, porque desde hacía tiempo no tenía noticias de ellos. Había salido de Oxford veinticuatro horas después de haber llegado la carta de Lucy y con un solo objetivo: buscar el camino de Barton. No hallaba manera de imaginar proyecto alguno que no se relacionase estrechamente con tomar este camino. No podía pensar en nada que no pasase por ver cómo estaban las cosas con la señorita Dashwood; y en este sentido, a pesar de los celos que algunas veces sintiera del coronel Brandon, a pesar de la modestia de sus propios recursos pecuniarios y de lo que dudaba de su prestigio personal, no esperaba en conjunto hallar una cruel acogida. Su mayor preocupación era manifestar lo que sentía, y lo manifestó cabalmente. Quedó convencido que no tardaría ni un año en estar casado con Elinor.

Que Lucy se proponía engañarla malintencionadamente con lo que mandó decir por el sirviente Thomas, Elinor lo veía clarísimo; y el propio Edward, enterado ahora de su verdadera manera de ser, no vacilaba en considerarla capaz de las más bajas arterías. Aunque sus ojos habían sido abiertos a la realidad antes de que comenzasen sus relaciones con Elinor, o sea antes de este momento, ya tenía una idea clara de la falta de generosidad y la ignorancia que revelaban las actitudes y opiniones de Lucy; no obstante, las imputaba a defectos de educación; hasta recibir su última carta la había considerado una muchacha bien intencionada y de buen corazón y con un gran afecto hacia él.

—Creí mi deber —dijo Edward—, independientemente de mis sentimientos, concederle la opción de continuar el compromiso o no, ya que yo había sido repudiado por mi madre y no tenía en el mundo ningún amigo leal que pudiese ayudarme. En tal situación, cuando nada podía encontrarse en todo ello para tentar la codicia o la vanidad de ningún ser viviente, ¿cómo podía suponer viéndola insistir con tanto calor y vehemencia que deseaba compartir mi destino, fuese el que fuese, que no inspirase sus palabras el afecto más desinteresado? Aun ahora no puedo comprender qué motivos la impulsaron, o qué ventajas pensaba alcanzar, uniéndose a un hombre por el que no sentía el menor interés y que no poseía en el mundo más de dos mil libras. Es evidente que no podía adivinar que el coronel Brandon me iba a ofrecer un destino.

—No, pero sin duda presumió que algo vendría a suceder en favor tuyo, que algún día tu familia se reconciliaría contigo. Y además no perdía nada continuando en su compromiso, porque ha quedado claro que éste no le ligaba ni en sus inclinaciones ni en sus acciones. Las relaciones contigo eran algo importante y probablemente acrecentaban su consideración ante sus amistades; y si no pasaba nada más ventajoso, sería preferible en todo caso casarse contigo que quedarse soltera.

Edward, como era lógico, se convenció de que la conducta de Lucy tenía, observándola bien, una explicación harto evidente, una motivación manifiesta.

Elinor le riñó con alguna dureza (las damas riñen siempre por aquellas imprudencias que en último término tendrían que halagarlas) por haber permanecido tanto tiempo en Nordland con ellas. En aquellos momentos era un acto de ligereza.

–Tu conducta fue incorrecta –añadió la joven–, porque, sin hablar de mis sentimientos, nuestras relaciones estaban dirigidas a soñar y confiar en cosas que, tal como estaban las circunstancias, eran imposibles.

Él no pudo alegar más que desconocimiento del propio corazón y errónea confianza en la fuerza de su compromiso.

–Yo pensaba simplemente que si había entregado ya mi confianza a otra, no existía peligro en un trato contigo; y que la conciencia de tener un compromiso era suficiente para mantener mi corazón tan sano y salvo como mi honor. No dejaba de experimentar una gran admiración hacia ti, pero nunca pensé que fuese más que amistad; y hasta que comencé a establecer comparaciones entre tú y Lucy no llegué a vislumbrar lo lejos que había llegado. No obstante, es evidente que permanecí demasiado tiempo en Sussex, y el argumento con que trataba de justificarme era de este tenor: el peligro es para mí, no perjudico a nadie sino a mí mismo.

Elinor asintió sonriendo.

Edward se enteró con satisfacción que se esperaba en la alquería la llegada del coronel Brandon. No sólo tendría ocasión de tratarle más en detalle sino también de expresarle su gratitud por el ofrecimiento de un destino eclesiástico en Delaford.

–Ahora es la ocasión –le dijo– para demostrarle que a pesar de la manera tan brusca y descortés en que le di las gracias anteriormente, nunca olvidaré su gesto magnánimo.

Ahora él mismo se sorprendía de no haber estado aún en Delaford. Pero había tomado tan poco interés en el asunto, que debía todos sus conocimientos de la casa, del jardín, de los campos, de la extensión de la parroquia, de las condiciones de la región y de la cuantía de los diezmos, a la propia Elinor, quien oyera estos detalles del coronel Brandon, y los había escuchado con tal atención que ahora dominaba la materia.

Una sola cuestión quedaba, empero, sin resolver aún, un trascendental obstáculo: Edward y Elinor se sentían atraídos por un amor mutuo, el enlace era bien visto por sus allegados y el profundo conocimiento que cada uno de ellos tenía del otro sentaba las bases de una segura felicidad, pero sin embargo les faltaban recursos para vivir. Edward contaba con dos mil libras más la renta de la parroquia de Delaford, y Elinor con mil, eso era todo cuanto poseían en el mundo. Por otra parte, era imposible que la señora Dashwood pudiese ayudarles en nada; y por muy enamorados que estuviesen no dejaban de comprender que trescientas cincuenta libras al año no bastarían para cubrir las más elementales comodidades de la vida.

Edward no perdía la esperanza de un cambio francamente favorable en su madre, y en ello confiaba para procurarse el resto de sus medios. Pero Elinor no compartía estas ilusiones; porque como Edward continuaría negándose a contraer matrimonio con la señorita Norton y el haber escogido a Elinor resultaba, según las halagadoras palabras de la señora Ferrars, sólo un mal menor comparado con la elección de la señorita Steele, temía que la rebeldía de Robert sólo serviría para enriquecer a Fanny.

Al cabo de cuatro días desde la llegada de Edward, se presentó nuevamente el coronel Brandon, como para completar la felicidad de la señora Dashwood y otorgarle la importancia de una señora, por primera vez desde que moraban en Barton, que tenía tantos invitados como cabían en su casa. Se concedió, pues, a Edward el privilegio de primer invitado, y fue preciso que el coronel Brandon se retirase cada noche a sus antiguos cuarteles de Brandon Park. Por lo general, regresaba de allí muy pronto por la mañana, lo suficiente para interrumpir el coloquio de los novios antes del desayuno.

Tres meses de residencia en Delaford, donde al menos en las veladas tenía tiempo sobrado para meditar la desproporción entre treinta y seis años y diecisiete, le trajeron a Barton con un temple de ánimo que precisaba de toda la mejoría de Marianne, de toda la amabilidad del recibimiento, de todas las esperanzas de la señora Dashwood, para prestarle un poco de afabilidad. No obstante, entre tales amigos y tan delicadas lisonjas le pareció revivir. No estaba aún enterado del casamiento de Lucy, nada sabía de lo sucedido y, por lo tanto, las primeras horas en Barton no fueron sino cosa de maravilla y de sorpresa. La señora Dashwood fue la encargada de ponerle al corriente; y lo que había hecho en favor de Ferrars le fue ahora causa de doble satisfacción, viéndolo redundar en beneficio de Elinor.

Así pues, aquellos caballeros iban ganando terreno en la consideración del otro a medida que se iban conociendo más a fondo, porque no podía ser de otra manera. La coincidencia en rectos principios y en recto criterio, en mentalidad y en maneras de pensar, habría sido suficiente para unirles aunque no hubiese existido ninguna otra razón de simpatía; pero el hecho de estar enamorados de dos hermanas, y dos hermanas que se querían tanto, hacía inevitable aquel afecto. La simpatía fue inmediata, cuando normalmente tales afectos tardan cierto tiempo en consolidarse.

Las cartas de la capital, que un tiempo atrás habrían hecho vibrar a Elinor, ahora eran leídas con menos emoción que alegría. La señora Jennings escribía sobre la singular historia y expresaba toda su indignación contra la mudable muchacha, al tiempo que daba ferviente testimonio de compasión por el pobre Edward, quien sin duda había confiado en el cariño de una caprichosa. Ahora debía de hallarse en Oxford entregado a su desesperación. «No creo –agregaba– que nunca nada se haya realizado con mayor disimulo, porque dos días antes Lucy estuvo hablando conmigo dos horas. Nadie sospechó lo que pasaba, ni la pobre Nancy, pobre pequeña, que vino al día siguiente entre exclamaciones y lloros por temor a la señora Ferrars y no sabiendo qué hacer para ir a Plymouth; resulta que Lucy, antes de casarse y con la intención de hacer algo productivo, le pidió todo el dinero y la pobre Nancy se quedó sin un céntimo; tuve que darle cinco guineas para que pudiese llegar a Exeter donde pensaba permanecer dos o tres semanas con la señora Burgless, en la esperanza, según me dijo, de encontrarse con el doctor. Y he de decir que lo peor de todo fue la crueldad de Lucy que no quiso que ella la acompañase en su carruaje. ¡Pobre Edward! No me lo puedo quitar de la cabeza, lo que tendrían que hacer es invitarlo a Barton, tal vez Marianne lograría consolarle.»

Las lamentaciones del señor Dashwood fueron más solemnes. La señora Ferrars era la más desventurada de las mujeres; la pobre Fanny había pasado un verdadero calvario; él tenía que dar gracias al cielo por haberla conservado después de tales golpes. La ofensa de Robert era imperdonable, pero la de Lucy infinitamente peor. Ninguno de los dos podía ser mencionado a la señora Ferrars; y si alguna vez llegaba a perdonar a su hijo, a la mujer no la consideraría como hija ni permitiría que se presentase delante suyo. El secreto con que fue conducido aquel asunto fue tenido, como se comprende, como una terrible agravante del crimen, pues si se hubiesen tenido indicios de lo que iba a pasar, se habrían tomado las medidas pertinentes para evitar la boda. Y pedía a Elinor que se uniese a sus lamentaciones por no haberse llevado a cabo la boda de Lucy con Edward, pues así se habrían evitado más calamidades en la familia. Proseguía de esta suerte:

«La señora Ferrars nunca ha mencionado el nombre de Edward, lo que no debe sorprendernos; pero nos ha llamado la atención que en estos momentos no hayamos recibido de él ni una línea. Tal vez guarda silencio por temor a ofender. Estoy decidido a enviarle cuatro líneas a Oxford, comunicándole que tanto su hermana como yo creemos que una carta de sumisión a su madre, dirigida tal vez a Fanny, quien se la mostraría, sería muy oportuna. Todos conocemos la ternura de la señora Ferrars y de qué manera no desea otra cosa en el mundo que estar en buena armonía con sus hijos.»

Este párrafo era de suma importancia para las perspectivas de Edward. Decidió intentar una reconciliación, pero no de la manera indicada por sus hermanos.

—¡Una carta de verdadera sumisión! —repetía—. ¿He de pedir perdón por la ingratitud de Robert hacia ella, o su indignidad para conmigo? No cabe una sumisión. Lo sucedido no me ha hecho humilde o arrepentido. Ahora soy feliz, pero esto sin duda no interesa. No sé qué sumisión he de hacer.

—Creo que tienes que pedir perdón —dijo Elinor—. Y creo que has de arriesgarte a manifestar tu disgusto por haber disgustado a tu madre con tu proyecto de boda.

El muchacho estuvo de acuerdo.

—Y cuando te haya perdonado, tal vez será conveniente un poco de humildad antes de presentarle un segundo proyecto de enlace que ha de contrariarle casi tanto como el primero.

Él no puso objeción alguna al plan, pero se resistía a la idea de una carta de sumisión, y en consecuencia, para hacérselo más fácil, ya que anunciaba estar dispuesto a hacer todas las concesiones de palabra pero no por carta, quedó resuelto que iría a Londres y trataría de cambiar las cosas a favor suyo.

—Y si se llega a obtener —decía Marianne con su inagotable candor— una reconciliación, seguramente será obra de John y de Fanny.

Tras una estancia de tres días del coronel Brandon, los dos caballeros salieron de Barton. Se dirigieron a Delaford, para que Edward tuviese alguna idea de su residencia futura y pudiese ayudar a su amigo y señor sobre las mejoras necesarias. Y de allí, habiéndose detenido sólo dos días, prosiguieron el viaje a Londres.

L

Tras la previsible resistencia de la señora Ferrars, Edward fue admitido de nuevo a su presencia y reconocido nuevamente como hijo.

Durante una parte de su vida la señora Ferrars tuvo dos hijos; pero la ofensa de Edward, unas semanas atrás, le había dejado con uno solo, y el desvío actual de Robert la dejaba ahora sin ninguno; sin embargo, la rehabilitación de Edward nuevamente le proporcionaba uno.

A pesar del reciente perdón, Edward no se sintió seguro hasta haber revelado su compromiso con Elinor: juzgaba que el anuncio de sus nuevos proyectos ocasionaría un nuevo y profundo trastorno en sus relaciones con su madre y crearía una situación muy parecida a la anterior. Expuso el asunto con gran tiento y fue oído con inesperada calma. Al principio la señora Ferrars intentó disuadirle razonablemente de su matrimonio con Elinor, dándole todos los argumentos que le parecieron oportunos: le refirió que la señorita Norton era la hija de un noble y que con ella tendría una esposa de alta alcurnia y sólida posición, reforzó el argumento enumerando los títulos del padre y hablando de las treinta mil libras que poseía; en cambio, la señorita Dashwood sólo era la hija de un caballero de poca monta y sólo poseía tres mil libras. Pero al darse cuenta que, a pesar de haberle demostrado la importancia de aquel partido, el muchacho no parecía dispuesto a aceptarlo, le pareció lo más discreto, atendiendo a la experiencia del pasado, ceder en lo que fuese necesario; y en consecuencia, tomándose un tiempo, para salvaguardar su amor propio y evitar cualquier sospecha de debilidad, promulgó solemnemente el decreto por el cual consentiría el matrimonio de Edward con Elinor.

Quedaban por resolver los sacrificios pecuniarios necesarios para aumentar los ingresos de la joven pareja; y aquí surgía la dificultad, pues aunque Edward era actualmente su único hijo, de todos modos no le correspondía el mayorazgo, de forma que mientras a Robert no se le podían negar mil libras al año, no cabía hacer la menor objeción a que Edward se ordenara para obtener doscientas cincuenta libras como máximo. No se le prometió, pues, otra cosa, tanto para el presente como para el futuro, de lo que se le había dado a Fanny, o sea diez mil libras.

Era más de lo que esperaban Edward y Elinor; y la misma señora Ferrars buscaba tantas explicaciones que parecía la primera sorprendida de que no les diera más.

Con la seguridad de unos ingresos suficientes a sus necesidades, no les quedaba sino aguardar que cuanto antes Edward se hiciese cargo de la parroquia y la casa estuviese en condiciones, pues el coronel Brandon, deseoso de proporcionar a Elinor un alojamiento confortable, había emprendido en aquélla importantes reparaciones. Decidieron aplazar la boda hasta la terminación de éstas; pero como, según inveterada costumbre, sufrieron considerable retraso por el carácter remolón de los trabajadores, Elinor, también siguiendo una costumbre muy extendida, adoptó la práctica resolución de prescindir de todos esos obstáculos y la ceremonia tuvo lugar en la iglesia de Barton a principios de otoño.

Los primeros meses de casados los pasaron en la casa señorial con su amigo el coronel; de allí podían supervisar el progreso de las obras en la parroquia y dirigirlas a su gusto y con detalle; podían escoger los papeles de las habitaciones, proyectar el jardín, descubrir las habitaciones más agradables. Las profecías de la señora Jennings, aunque por los caminos más inesperados, alcanzaron su realización, pues para el día de San Miguel, pudo visitar a Edward y a su esposa en la parroquia; y en verdad que halló en ellos, tal como esperaba, una de las parejas más felices del mundo. Sólo dos cosas le quedaban para desear: que el coronel se casase con Marianne y un pasto más abundante para las vacas.

En aquel primer alojamiento fueron visitados por casi todas sus amistades. La señora Ferrars acudió como para ver de cerca aquella felicidad que casi se avergonzaba de haber autorizado y aun el matrimonio Dashwood vino de Sussex para rendirles cortesía.

–Casi no me atrevo a decirlo, pero me siento algo desencantado, querida hermana –le dijo John una mañana que paseaban ante las rejas de Delaford House–, claro que exagero, porque sin duda eres una de las mujeres más felices que he visto. Pero no sabes qué placer hubiese tenido en llamar hermano al coronel Brandon. Esta magnífica mansión, estas tierras, todo en condiciones tan admirables... ¡Ah, y sus bosques! En ninguna parte de Dorsetshire vi bosques como los de Delaford Hanger. Sin duda, Marianne no era la persona más indicada para atraerle, y yo pensé muchas veces en ti, en que hubiese sido todo tuyo. El coronel Brandon frecuentaba mucho tu casa, y nadie podía asegurar lo que sucedería, pues cuando las personas se ven asiduamente... la verdad es que habrías podido sacar ventaja de esta situación. En fin, que habría sido una gran suerte para ti, ya lo comprendes.

Aun cuando la señora Ferrars había ido a verles y los trataba siempre con todo el afecto que permite un cariño formal, nunca se vieron acosados por un favor y una preferencia efectivos. Ello fue debido sin duda a la locura de Robert y a la astucia de su esposa. Los resultados fueron cosechados por ellos antes de transcurrir muchos meses. La egoísta sagacidad de la esposa, que en los comienzos arrastrara a Robert al mal paso, al fin supo sacarlo indemne de éste. La respetuosa humildad de Lucy, sus asiduas atenciones, sus inacabables lisonjas, en cuanto hallaban la menor rendija para colarse, fueron prácticas que terminaron por reconciliar a la señora Ferrars con la elección de su hijo y la rehabilitación por entero de su nuera.

El conjunto de la conducta de Lucy en aquel asunto, y el éxito que lo coronó, puede ser considerado un estimulante ejemplo de cuánto una atención incesante y profunda a la propia conveniencia, aunque sus progresos puedan parecer de momento detenidos, puede llevar a cabo en el campo de asegurarse todas las ventajas de la fortuna, sin otro sacrificio que el tiempo y la diligencia. Cuando Robert buscó por primera vez un acercamiento con su madre, al visitarla por primera vez en su casa, fue sin duda con el objetivo que su hermano le atribuyó. Él sólo se proponía obtener que su madre cediese en su actitud hacia Edward; y como allí no había más que aprovecharse del amor que se dispensaban, naturalmente confiaba en que una o dos entrevistas serían suficientes para llegar a un acuerdo. No obstante, en este punto, y sólo en éste, se equivocó. Pero Lucy insistía en que con otra visita quizá lograría el resultado, que su elocuencia al fin la convencería. Al finalizar cada una de aquellas conversaciones, siempre surgían algunas dudas en el ánimo de la buena señora, que evidentemente no podían ser disipadas más que por otra entrevista. Así pues, él fue frecuentando la casa cada vez más, y el resto vino por añadidura. En lugar de Edward acabaron hablando solamente de Robert, un tema del cual hallaba más cosas que decir que de cualquier otro, y hacia el cual pronto la señora Ferrars demostró un interés superior al de él mismo; en resumen, que pronto ambos se dieron cuenta de que en realidad Robert había suplantado a Edward. Robert se sentía orgulloso de su hazaña, orgulloso de casarse sin el consentimiento de su madre. Lo que inmediatamente siguió ya es sabido. Pasaron unos meses felicísimos en Dawlish porque él tenía deseos de apartarse de sus muchas amistades. Al regresar a la capital procuró hallar el perdón de la señora Ferrars, mediante el sencillo procedimiento de pedírselo, que era el preconizado por Lucy. El perdón, como era natural, no alcanzaba más que a Robert, y Lucy, que no estaba ligada a su suegra por ningún deber y por lo tanto no podía transgredir ninguno, tuvo que permanecer aún unas semanas sin ser perdonada. Finalmente, la perseverancia en la humildad de sus actos y en los mensajes que enviaba llegó a procurarle el favor de su suegra, circunstancia que pronto la condujo al más alto grado de afecto e influencia cerca de ella. Lucy se tornó tan necesaria a la señora Ferrars como Robert a Fanny, y mientras Edward no fue nunca perdonado del todo por haber pretendido casarse con Lucy, y Elinor, mejor situada tanto en fortuna como en familia, era tenida por una intrusa algo molesta, Lucy se veía atendida en todo y abiertamente estimada como una hija favorita. Se radicaron definitivamente en Londres, recibieron liberal ayuda de la señora Ferrars, mantuvieron relaciones con los Dashwood en los mejores términos, pues dejando de lado los celos y la continua mala voluntad entre Fanny y Lucy, en las cuales, naturalmente, los maridos tenían también su parte, así como las frecuentes disputas domésticas entre los propios Lucy y Robert, nada más perfecto que la armonía en que vivían.

Todo lo que Edward realizó para perder el mayorazgo no dejó de sorprender a mucha gente, pero lo que realizó Robert para conseguirlo aún más. No obstante, el resultado fue justificable en sus efectos, sino en sus causas, pues en la manera de vivir y de hablar de Robert nada daba a entender que lamentase tener una renta tan cuantiosa o haber dejado tan poco a su hermano, teniendo él mismo tanto; y si era preciso juzgar a Edward en lo referente a cómo cumplía sus deberes en todos los terrenos, a su creciente amor hacia su esposa y su hogar, y a su constante afabilidad y buen temple, se podría calificar de plenamente satisfecho con su suerte, en absoluto deseoso de ningún cambio.

El matrimonio de Elinor la separó de su familia lo menos que las circunstancias hacían posible, haciendo casi inútil la alquería de Barton, porque su madre y sus hermanas vivían casi siempre con ella. Las frecuentes visitas de la señora Dashwood eran tanto con miras a un determinado interés como por placer, pues su deseo de un enlace entre Marianne y el coronel Brandon era más profundo que el de John. Constituía ahora el objetivo de su vida. Por muy valiosa que fuese para ella la compañía de Marianne, nada deseaba tanto como verla situada en la vida junto al admirado coronel. Edward y Elinor anhelaban también ver a su hermana como señora de Delaford. Todos comprendían la tristeza de la vida del coronel y creían de buena fe que Marianne tenía que ser la recompensa de tantos sinsabores.

Con esa alianza contra ella, con tan íntimo conocimiento de la bondad del coronel y del gran afecto que le dispensaba, un afecto que le fue declarado, aunque mucho después de haberse dado cuenta de ello todo el mundo, ¿qué podía hacer Marianne?

Marianne Dashwood había nacido para un destino excepcional: había nacido para descubrir la falsedad de sus propias convicciones y para contradecir con sus actos sus máximas preferidas. Tuvo que dominar unos sentimientos nacidos en su alma, no demasiado tarde en la vida sino a los diecisiete años, y con un afecto no muy distinto de una simple amistad y una profunda consideración, conceder su mano voluntariamente a otro hombre que, como ella, había renunciado también a un gran amor, un hombre que dos años atrás era considerado demasiado viejo y para quien, a fin de proteger su salud, sólo se pensaba en un chaleco de franela.

Pero éstos eran los hechos. En lugar de dejarse arrastrar por una irresistible pasión, como había hecho hasta entonces, en lugar de quedarse siempre con su madre, hallando placer solamente en el retiro y el estudio, tal y como se había propuesto en sus momentos de calma reflexiva, se encontró a los diecinueve años sometida a una nueva relación sentimental, cargada de nuevos deberes, viviendo en una nueva casa como esposa, señora de una familia y de un pueblo.

El coronel Brandon se sentía muy feliz; en Marianne halló el consuelo para todas sus pasadas aflicciones: el amor de ella y su trato devolvió toda la animación y afabilidad a su espíritu. Por su parte, Marianne iba encontrando su propia felicidad en la encantadora tarea de crear la de su marido, tal como comprobaban con satisfacción los amigos que les trataban. Marianne no podía querer a medias, y con el tiempo dispensó tanta devoción a su marido como antaño a Willoughby.

Willoughby no podía oír hablar del casamiento de ella sin padecer, y su castigo al final fue completo, pues la señora Smith se indispuso con él, comprendiendo también el cúmulo de sus indignidades y faltas al honor, de manera que si se hubiese casado con Marianne tal vez hubiese podido ser rico y feliz. El arrepentimiento de su pasada conducta, que llevaba aparejada el propio castigo, fue sincero. Nunca, por largo tiempo, pudo pensar sin envidia en el coronel Brandon y sin añoranza en

Marianne. Pero no creamos que permaneció siempre inconsolable, que huyó de la sociedad o adquirió un temple sombrío, o que murió de un ataque al corazón. Nada de eso. Vivió para luchar en primer término consigo mismo, y aun para gozar. Su esposa no dejaba de tener algo agradable en su carácter, su hogar no era de los más incómodos, y en sus aficiones a perros y caballos y a todo género de deportes no dejó de hallar cierto solaz. Con respecto a Marianne, no obstante, a pesar de la dureza de sobrevivir a su pérdida, conservó siempre un verdadero interés por cuanto se relacionaba con ella y en secreto continuaba siendo ella su ideal de perfección femenina. A muchas de las nuevas beldades las miraba con desdén y afirmaba que de ninguna manera podían compararse con la señora Brandon.

La señora Dashwood fue lo suficientemente discreta para no trasladarse a Delaford y permaneció en la alquería. Afortunadamente para sir John y para la señora Jennings, cuando perdieron la compañía asidua de Marianne, Margaret tenía edad para comenzar a pensar en bailes y para que un enamorado fuese algo perfectamente normal.

Las comunicaciones entre Barton y Delaford fueron continuas, todo lo continuas que requería un profundo afecto, y una de las evidentes virtudes de la felicidad de Elinor y Marianne era, y no precisamente de las menos importantes, que aunque hermanas y habitando la una a poca distancia de la otra, vivieron en un perfecto acuerdo entre ambas, sin que esto molestase a los maridos.

BIBLIOTECA DE AUTOR DE

JEAN PLAIDY

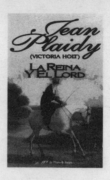

BIBLIOTECA DE AUTOR DE

DAPHNE
DU MAURIER

BIBLIOTECA DE AUTOR DE

M. M. KAYE